KB020678

입술
끝이
닿으면

입술 끝이 닿으면 1

1판 1쇄 찍음 2021년 9월 8일
1판 1쇄 펴냄 2021년 9월 16일

지은이 | 강혜
펴낸이 | 고운숙
펴낸곳 | 봄 미디어

기획 · 편집 | 박나영. 임지윤. 정지은

출판등록 | 2014년 08월 25일 (제387-2014-000040호)
주소 | 경기도 부천시 소향로13번길 14-11, 203호
영업부 | 070-5015-0818 **편집부** | 070-5015-0817 **팩스** | 032-712-2815
E-mail | bommedia@naver.com
소식창 | http://blog.naver.com/bommedia

값 12,000원

ISBN 979-11-6632-308-9 04810
       979-11-6632-307-2 04810(세트)

※파본은 구입하신 서점에서 교환하여 드립니다.

※이 책은 봄 미디어를 통해 독점 계약되었습니다.
저작권법에 의해 보호를 받는 저작물이므로 무단 전재와 무단 복제를 엄금합니다.

입술
끝이
닿으면 ——————————— 1

강혜 장편 소설

Contents

1장

"내가 말했잖아요. 나 싸가지 없다니까."

사람 좋은 얼굴로 웃는 그를 내려다보며 문영은 손끝이 저리도록 주먹을 쥐었다.

제 몸에 남자의 손길이 닿았던 게 언제였던가.

어학연수 중에 가졌던 짧은 연애가 마지막이니, 작은 자극에도 민감하게 반응하는 게 당연했다.

"아⋯⋯."

은은한 남자의 눈빛이 묘하게 고혹적이었다.

유려하게 눈매를 접어 웃는 얼굴에 자연스레 시선이 사로잡혔다. 눈빛을 따라 마음이 흔들리는 건 저편에서 끓어오르는 욕망 때문일 테다.

타의를 가장한 자의가 분명했다.

서연우가 풍기는 지독한 페로몬에 반응해 이곳까지 따라왔다. 냉정한 이성 저편에서 허물어진 본능은 눈앞의 진창을 보고도 고집을 부려 댔다.

"응?"

화려한 서울 도시의 파랑고, 노란 LED 조명이 한눈에 보이는 고층 스위트룸. 룸 한가운데 자리한 소파에 앉아 나른하게 미소 짓고 있는 그가 문영은 조금 낯설었다.

"이리 와요."

7년 전의 기억이 선연한데, 그때의 일을 다시금 되풀이한다는 게 미친 것 같았다.

하지만 뿌리칠 자신이 없었다.

"아니면, 내가 갈까요?"

지금 그는 그녀가 가장 좋아하는 다정한 남자의 가면을 쓰고 있었다. 부드럽게 되묻는 목소리에 가슴이 떨렸다.

결국 문영은 느릿하게 걸음을 떼어 냈다. 발치에 있는 그와 가까워질수록 서로를 향한 시선에 진한 열기가 느껴졌다.

"처음부터 이러려고 그랬지. 네 마음대로……."

"이러려고? 뭐, 섹스?"

가까이 다가온 문영의 허리에 그가 긴 팔을 둘렀다. 가볍게 힘을 주어 다리 위에 그녀를 앉혀 놓고 눈을 맞춰 오는 그에게 아직 인내가 남아 있는 모양이었다.

"내 마음대로 할 거였으면 다시 만난 그날, 당장 박았겠지."

"……."

"섹스가 전부라고 생각하는 놈은 아니지만, 애초에 그게 목적이었다면 이러고 있지도 않았어."

느른하게 웃으며 한 손을 떼어 낸 그의 손끝이 그녀의 턱끝을 부드럽게 거머쥐었다.

"흐……."

그녀의 고개를 낮추고, 금방이라도 닿을 것처럼 가까이 댄 입술에서 나온 숨결이 뜨거웠다. 턱선을 간질이던 숨결이 귓불로까지 닿았을 때 문영의 어깨가 잘게 떨렸다.

반응이 더딜 것이라는 생각과 다르게 그의 무릎 위에 앉았다는 사실만으로 이미 몸은 잔뜩 민감해졌다.

기척에 예민한 만큼 감각은 또렷했다. 말초적인 감각까지 살아나 그를 탐닉하도록 했다.

"지금은 키스만 할래요."

나직하게 속삭이는 목소리가 그칠 때쯤 꾹 다문 입술 위로 그의 부드러운 입술이 닿았다. 짧게 입을 맞췄다가 달아나는 그는 집요했다. 그러나 위로라도 하는 듯 다정한 입맞춤이었다.

"서연우……!"

"입, 열어요."

그의 이름을 내뱉는 입술이 금세 홧홧해졌다. 윤기 나는 입술이 떨어졌다 맞물릴 때마다 여린 살이 촉촉하게 젖어 드는 느낌이었다.

"자, 잠……깐만, 으읍!"

그를 안지도, 붙잡지도 못한 채 입술을 나누며 문영은 차분하게 숨을 고르려 부단히 노력했다. 잇새 사이로 간신히 숨을 흘리는 그녀의 여린 살을 집어삼킬 듯이 깨물다가도 허무할 정도로 떨어졌다.

단단한 그의 허벅지를 짚고 있던 손이 겨우겨우 그의 어깨를 부여잡았다. 딱딱해진 몸과 다르게 무감한 척하는 연우를 문영은 게슴츠레 풀린 눈빛으로 내려다보았다.

그와 몇 번이나 부딪혔던 입술이 질펀했다. 물기를 머금은 입술 끝을 꾸욱, 깨물었다. 간헐적인 느낌이 몸 어딘가를 간질이는 기분이었다. 참을 수 없는 자극이었다. 술기운을 타고 오른 충동은, 기어이 그녀를 무너지게 했다.

"설마, 정말 키스만 할까 봐 그래요?"

이윽고 그녀의 두 팔이 제 목을 와락 끌어안자, 그는 기분 좋은 듯 낮은 음성으로 웃음을 터뜨렸다. 이내 커다란 손이 문영의 안을 파고들었다. 여유로운 어조로 말하는 사람치고 브래지어를 밀어 올리는 손길은 성말랐다.

"물론."

그의 목소리는 단호했고, 지독한 욕망이 떠오른 눈빛은 견고했다.

"섹스도 할 거야."

문영은 더는 물러날 데 없는 현실을 똑똑히 깨달았다.

✤　　　✤　　　✤

자성 전자 IT 부문 R&D. 제품 전략 2팀 회의실.

내년 상반기 제품 로드 맵 수립으로 회사는 정신이 없었다. 책상에 쌓인 보고서만 수십 개였다.

〈B2C 리테일 업체별 수요, 판매 데이터 분석 보고서〉

〈IMC 전략 기획 보고서〉

〈국내외 동향 확인 보고서〉

타 부서에서 넘어온 보고서를 몇 차례 확인하고, 검토한 끝에 내년 상반기 출시 제품 로드 맵을 설계해야 하는 제품 전략 2팀의 회의는 연장 두 시간째 쉬지 않고 이어졌다.

문영은 침까지 튀며 연설을 하는 상석의 윤 차장에게서 한시도 눈을 떼지 않았다.

그의 말을 꼼꼼하게 기록하며 기본적인 기획안의 틀을 구상하는 그녀는 경청과 질문, 의견 제시를 반복하며 적극적으로 회의에 참여했다.

"오늘은 여기까지만 하자고."

회의가 끝났다. 만족스러운 기획 구성을 찾지 못해 짜증이 난 얼굴로 자리를 박찬 윤 차장이 먼저 회의실에서 사라졌다.

잠시 찾아온 침묵 속에 박 과장의 묵직한 한숨이 번졌다.

문영은 그런 그를 보며 쓸쓸하게 미소 지었다. 과격한 상사는 때때로 부하 직원을 난처하게 했다. 바로 지금처럼.

"후……. 아무튼 수고들 했어."

시무룩한 박 과장이 이어 회의실 밖으로 나섰다. 그다음에 몸을 일으킨 문영이 수첩을 챙겨 책상을 돌아가려는데 내내 곁에서 말없이 회의록을 작성하던 사원 지은이 랩톱을 끌어안은 채 한숨을 푹 쉬었다.

"권 대리님. 저희는 인원 충원 안 해요?"

"지은 씨, 벌써부터 전투력 상실한 거예요?"

"그런 건 아닌데 인간적으로 업무 병력이 너무 적다고 생각이 들어서요. 저번 주에 신입 사원 발표 났다던데, 아무래도 저희 쪽은 피해 가겠죠?"

"음. 인력은 충분한데 하나같이 제 몫을 못 하니까 문제가 되는 것 같은데. 나만 그렇게 생각하는 건가?"

"어, 아, 아뇨!"

"그럼 툴툴댈 시간 아껴서 보고서 정리나 한 번 더 하는 걸로 해요. 뭐든지 꼼꼼하게, 치밀하게. 알죠?"

"……네. 아! 대리님, 그런데 소식 들으셨어요? 이번 신입 중에 완전 잘생긴 남자가 있다는데."

풀이 죽은 것도 잠시. 지은은 쌩하니 저를 지나치는 문영에게 종알거리듯 말을 이었지만, 역시나 돌아오는 답은 없었다.

그녀는 물큰한 눈빛으로 저를 앞서가는 문영을 바라보았다. 일 앞에선 냉철해도 문영이 얼마나 알뜰살뜰하게 자신을 챙겨 주는지 잘 알고 있었다.

입사 3년 차 권문영 대리는 종종 과한 업무량에 힘겨워하는 저를 대신해 문제를 해결해 주거나 잘못된 부분을 체크해서 알려 주는, 생각보다 괜찮은 상사였다.

그래서 좋았다. 이상하게 냉담한 문영에게 마음이 끌렸다.

물론 존경과 선망, 그 이상의 것은 아니었지만.

폭풍 같았던 회의 후, 미처 처리하지 못했던 업무를 끝내고 어느 정도 숨 쉴 틈이 생겼을 즈음이었다.

입사 동기인 해외 영업 1팀 최 대리에게서 메시지가 도착했다.

[잠시 휴게실로.]

피식 웃어 보인 문영이 자리에서 일어났다.

휴게실을 찾은 그녀는 먼저 와서 기다리고 있는 최 대리와 마케팅 전략 1팀 성 대리를 보며 반색을 했다. 입사 동기인 성 대리는 그녀들과 유일하게 친한 남자 동기였다.

알게 모르게 끈끈한 전우애를 형성하고 있는 문영이 자리에 앉자, 기다렸다는 듯 최 대리의 한탄이 쏟아져 나왔다.

"참 신기하죠? 어떻게 일을 하면 할수록 애사심에 대한 수치를 낼 수 없을까?"

"확률이 없으니 그렇지. 기본적으로 회사에 대한 개인의 봉사심, 배려심이 0.0001%라도 책정이 돼야 하는데 그런 게 전혀 없잖아. 권 대리님도 그렇죠?"

성 대리의 대꾸에 문영이 어색하게 웃었다.

"그나저나 이번에 들어오는 신입 사원은 몇이나 되려나. 우리 쪽 충원이 시급하거든. 인사 팀에 몇 번이나 신청서 넣었는데, 영 회신이 없네."

별안간 최 대리가 넌지시 꺼낸 말 한마디가 대화의 화제를 완전히 뒤바꾸었다.

"이번 신입 중에 완전 잘생긴 남자가 있다는데."

순간, 지은이 제 뒤통수에 대고 하던 말이 떠올랐다.

잘생긴 신입 사원이라. 흥미가 생긴 문영이 슬쩍 귀를 세웠다.

"얼추 열두 명이라고 하더라."

"오! 그래요? 근데 그걸 성 대리님이 어떻게 알아요?"

"나 그룹 본사에 후임 있는 거 알잖아."

"아. 그 입사 1년 만에 승진해서 대리 직급 달았다던?"

"흠흠, 그게 뭐 중요한가. 동료라고 합시다. 같은 전우끼리 뭘 그렇게 선을 그어, 서운하게?"

넉살 좋은 성 대리가 눈을 찡긋거리자 최 대리가 못 볼 걸 본 사람처럼 질린 얼굴을 하며 외면했다.

"그나저나 제품 전략 팀도 인원 충원이 시급하지 않아요?"

"지금 인원으로 충분히 가능하긴 한데 효율성을 높이려면 조금 더 충원하는 게 좋긴 하죠. 아직 밑에 사원들이 서툴러서."

보통 1년 이상 된 직원들임에도 업무 프로세스에 잘 적응하지 못했다. 그건 지은도 예외는 아니었다.

"거긴 내가 봐도 너무 심각해. 인력이 물이라면 전략 팀은 거의 가뭄 수준 아니에요?"

문영이 고요히 웃으며 작게 고개를 끄덕였다. 굳이 따져 말하자면 고초가 곳곳에 널려 있는 그녀의 제품 전략 2팀은 지뢰밭이나 다름없었다. 잘못 밟는 순간 폭발에 이르는데 어떻게 된 영문인지 발 디디는 곳곳마다 폭탄이었다.

"아니, 인원수에 맞춰 일거리를 주던가. 거의 1팀 밑 닦아 주는 건 2팀에서 다 하고 있잖아."

"그러고 보니까 이번에 들어오는 신입 중에 괜찮은 애 하나 온다던데. 본사 경영 전략 팀에서 인턴으로 일했다지?"

"엥? 본사 출신이 뭐 한다고 우리 쪽으로 온대요?"

미래 지향적인 근무지는 전자보다는 그룹 본사에 더 가까웠다. 본사에서 인턴 생활을 했다는 건 임원의 신망이 두터운 인재라는 뜻인데, 어째서 전자 쪽으로 인사 배치를 받게 됐는지, 그 부분은 문영이 생각해도 조금 의아했다.

그룹 본사는 자성 그룹의 중축이 되는 컨트롤 타워였기에 모두들 궁극적인 목표를 본사 발령으로 삼고 있었다.

그럴 만도 한 게 본사 근무 시 정년퇴직 전까지 탄탄대로는 따 놓은 당상이라는 말이 나돌 정도였으니, 바보가 아닌 이상 얻어걸린 기회라 한들 대차게 내치는 무모한 짓은 안 할 텐데.

"거기까진 모르겠는데, 커리어가 괴물 같다나 봐. 아주 작정하고 입사한 거지."

"그럼 나이가 좀 있겠네요?"

내내 듣기만 하던 문영이 미약한 호기심을 드러내며 물었다.

"글쎄. 그것까진 잘 모르겠고. 무엇보다 제일 괜찮은 건 이거, 이거!"

성 대리가 손을 들어 얼굴 앞에서 흔들어 보였다.

"외모만으로 직급을 따졌을 때 거의 회장님 수준이라던데."

"어떡하죠. 전 회장님 별로 안 좋아하는데."

그의 곁에 있던 최 대리가 심드렁하게 대꾸했다.

성 대리는 짐짓 당황한 얼굴을 했다.

"다들 일에 너무 지쳐 있는 거 아니야? 잘생긴 신입 온다는 데도 어떻게 반응이 이렇게 무미건조할 수가 있어?"

"얼굴로 일하는 건 아니잖아요."

믿었던 문영의 무심한 반응에 성 대리의 만면 위로 충격의 빛이 떠올랐다. 그런 그를 가느스름한 눈으로 흘겨보는 최 대리가 무심한 목소리로 쐐기를 박았다.

"성 대리님, 중국 쪽 이야기 못 들었구나. 그쪽 카베이 수출 성공률이 작년 대비 3.4% 이상 상승했다는 기사 못 봤어요? 중동 쪽으로 점유율 꽉 잡고 있는 탓에 우리 영업 팀 유통망 개박살 났고, 덕분에 발등에 불똥 떨어졌는데, 잘생긴 게 웬 말이야.”

“저도요. 보고서 속, 숨은 확률 찾기 때문에 정신이 없네요. 근데 웃기죠. 본사 출신 신입이라니까 조금 탐이 나긴 하네요.”

문영이 배시시 웃으며 말했다.

“난 절대 놉. 그 정도 되는 신입은 신입 같지도 않아서 귀여운 맛이 없거든. 부사수도 부사수 나름이지, 커리어가 너무 부담스러워도 못 써.”

“그래도 쓸 만은 할 텐데요. 커리어가 괜히 커리어는 아니잖아요. 나는 솔직히 좀 욕심나는데. 성 대리님은요?”

그녀를 돌아본 성 대리와 눈이 마주치자 문영이 입술이 함지박만 하게 벌어졌다. 찰나적으로 주눅 들었던 그의 낯이 한밤중에 뜬 보름달보다 환해졌다. 신이 나서 벌어지는 입술이 이내 신랄하게 떠들어 댄다.

“아마 지금쯤 사원증 발부받고, 신입 사원 직무 교육을 받고 있지 않을까 싶은데. 다들 얼굴 가지고 호들갑을 떨어서 그런가. 내심 궁금하긴 해. 같은 남자로서 자존심도 상하고.”

“어쩐지 아까 마케팅 팀 백 차장님 인사 팀 쪽으로 부랴부랴 뛰어 내려가더라니. 그리고 본 적 없는 신입한테 무슨 자격지심을 느껴요? 누군지도 모르는 사람한테. 참, 성 대리님은 좋겠어요. 일하는 데 스트레스가 없나 봐.”

문영은 이어지는 두 사람의 말에 잠자코 귀를 기울였다. 실적 좋은 부서를 중심으로 인사 배치를 할 것 같다는 두 사람의 추측이 난무한 가운데 문영은 가만히 입을 다물고 있었다.

신입은 무슨.

데리고 있는 사원들을 가르치는 것만으로도 버거운 문영에게 신입 사원은 골치 아픈 짐이었다.

✦ ✦ ✦

　부서로 돌아온 문영은 지은이 건네준 보고서를 검토하며 수정 사항에 대해 일러 주었다. 그녀를 돌려보내고 모니터를 응시한 문영이 미확인 메일을 열어 확인하려는 찰나였다.

　순간, 머리 위로 그림자가 졌다.

　등 뒤로 사뿐히 다가온 윤 차장이 그녀의 어깨에 턱 손을 얹으며 뜬금없는 이야기를 전했다.

　"권 대리 밑으로 신입 하나 들어올 거야."

　"네?"

　"당분간 권 대리가 맡아서 가르치고 책임져. 듣자 하니 똘똘한 놈이라 일 가르치는 데 문제는 없을 테고."

　"······."

　"왜 대답이 없어?"

　"아뇨, 아닙니다. 그런데 신입 사원이요?"

　"뭐 나도 갑자기 전달받은 내용이라 당황스럽긴 한데, 기왕 이렇게 된 거 합심해서 열심히 해 보자고."

　간략하게 할 말을 끝낸 윤 차장이 돌아서고, 박 과장과 눈이 마주친 문영은 어색하게 미소 지으면서도 아리송한 표정을 감출 수 없었다. 갑작스러운 소식에 어리둥절했다.

　우리 팀에 신입이 들어온다고?

　전에 없는 일이었다.

　그렇다면 위에서 떨어진 지침인가?

　모니터를 응시하면서도 그녀의 머릿속엔 막연한 의심이 끊임없이 생성되고 있었다.

　설마, 성 대리가 말하던 그 스펙 좋은 신입은 아니겠지? 본사에서 인턴 생활을 마친 신입이라더니. 그래서 천하의 윤 차장이 껌뻑 넘어간 건가. 대체 누구기에…….

생각이 꼬리를 물고 이어졌다. 영문을 알 수 없으니 집중력은 흐트러지고, 난데없는 신입 사원의 등장에만 골몰했다.

겨우겨우 업무에 집중한 건 영업 팀에서 전달한 보고서를 확인한 후였다. 분기별 매출 분석 자료를 프린트로 출력해 엮어 놓은 문영은 다시 자리로 돌아와 남은 일을 정리했다.

느닷없이 전략 2팀의 문이 열리고, 일정한 발걸음이 내는 구둣발 소리가 이내 정적이 흐르는 부서실을 울린 건 그로부터 얼마 지나지 않아서였다.

그녀는 물론, 여기저기에 무익한 호기심을 보이는 사원들의 시선이 당연한 것처럼 파티션 너머를 향했다. 이윽고 보통 사람보다 한 뼘 반 정도는 더 커 보이는 남자가 모습을 드러냈다.

경건한 자세와 구겨짐 없이 깔끔한 정장. 지나치게 화려하지도, 그렇다고 우습게 느껴질 정도로 평범하지도 않은 적당한 네이비 컬러의 타이. 말끔하고 수려한 외모.

아마도 그의 목에 걸려 있는 사원증이 아니었다면 누구도 이 남자가 제품 전략 2팀에 인사 배치를 받은 신입 사원이라고 생각하지 못했을 테다. 여기저기서 들려오는 탄성으로 부서실이 자못 왁자해졌다.

"오, 오……."

파티션을 지나 천천히 중앙으로 걸어 나온 남자가 윤 차장을 직시한 채 섰다.

옆에서 보기에도 훤칠하게 컸던 남자는 가까이서 보니 더 장대했다. 흔히 볼 수 있는 체격이 아니라서 그의 두꺼운 몸이 꾸준한 운동으로 다져진 몸이라는 걸 자연스레 알 수 있었다. 옆에서 놀란 눈치를 보이는 지은에 반해 문영은 비교적 초연했다.

"……아니겠지."

누군가를 상기시키게끔 기시감을 전해 주는 체구가 그녀에게는 전혀 낯설지 않았기 때문이었다.

언젠가, 하루하루 달라지는 성장에 그녀를 놀라게 했던 누군가의 얼굴이 얼핏 눈앞을 스쳤을 때, 그때 비로소 문영은 소스라쳤다.

느닷없는 실루엣이 굵직한 형상을 그리며 잠재된 기억을 건드린 탓이다.

아스라한 저편에서 웅얼웅얼 목소리가 건너오는 것 같았다. 점점 커지는 환청이 희미하게 남아 있는 누군가의 잔영을 또렷이 부각시키는 것 같아 지레 놀란 문영이 고개를 저었다. 검질기게 붙어 오는 기억을 떼어 놓으려는 생각이었다.

아무래도 그 애와 비슷한 체격을 가진 남자를 봐서 그런 거겠지.

돌연히 밀려오는 지난 기억이 당황스러웠지만 어렵지 않게 훌훌 털어 냈다.

"자네가 이번에 우리 팀에 배정받은 그러니까, 그……."

반색을 표하는 윤 차장의 시선이 문영에게 등을 보이고 선, 남자의 사원증을 향했다.

"안녕하십니까."

그가 더듬더듬 남자의 이름을 읊으려는 찰나 정중하게 인사를 올린 남자가 먼저 대답했다.

꽤 깊이 있는 목소리였다.

울림 있는 목소리. 그래서 더 익숙한.

"……!"

간신히 떼어 놓았던 기억이 다시 훅, 엄습해 들었다.

방 한구석에 처박아 놓듯 하고 있는 해진 곰 인형처럼 무관심이라는 먼지가 쌓여 해묵어진 기억이 부챗살처럼 머릿속에서 펼쳐졌다. 두뇌의 제어 신호에도 멋대로 기억 회로를 작동시킨 것이다.

작은 덩이로 이루어진 편린이 과거를 되새김질시켰다. 어디선가 불어온 목소리에 오래된 추억에 쌓인 먼지가 민들레 홀씨처럼 훌훌 날아가는 것 같았다.

탁했던 기억이 순식간에 또렷해졌다.

"서연우입니다."

문영의 눈이 휘둥그레졌다.

기시감을 몰며 등장한 남자의 뒷모습.

성인 남자답게 풍채가 좋고, 기골이 단단해 보이는 남자를 보자 문영의 얼굴에 당혹감이 번졌다.

설마.

"아, 그래. 서연우 씨."

선선히 웃으며 자리에서 걸어 나온 윤 차장이 남자의 앞에 섰다.

그가 악수를 건네자 그 손을 빤히 지켜보던 연우가 손을 뻗었다. 문영의 눈에는 그 모습이 꼭 마지못해 손 인사를 나누는 것처럼 느껴졌다. 그러니까 1초도 채 안 되는 경각에 머뭇거리던 남자를 문영은 똑똑히 보았다.

"그룹 본사에 배치를 받았는데도, 우리 부서를 희망 지원했다고."

"네, 그렇습니다."

"우리야 전에 없던 일이라 조금 당황스러운 게 사실이야. 음, 서연우 씨가 알지 모르겠지만 다들 베테랑이라 인력 보충에 큰 필요성을 못 느꼈거든."

"업무에 누가 되는 일은 없을 겁니다."

필요성이야 말 그대로 물처럼 고요히 흐르다가 공기처럼 당연하게 스며드는 것이었다.

당장 느끼지 못한다 한들 그 한 사람이 끼어든 순간부터 어떻게 뒤바뀔지 모를 판도였다.

"그래. 듣자 하니 스펙도 뛰어나고, 다들 서연우 씨 칭찬을 입이 닳도록 하더군."

"과찬이십니다."

"하하, 과찬은. 모쪼록 앞으로 함께 근무할 테니 잘 지내 보자고. 난 윤정식 차장일세, 자. 그리고 이쪽."

문영은 마른침을 삼키며 돌아서는 남자를 올려보았다.

"전략 2팀의 기둥, 박종원 과장."

"반가워요, 서연우 씨."

"그리고 이쪽이······."

말꼬리를 흐리는 윤 차장의 말에 문영을 돌아보는 남자의 시선도 느릿하게 움직였다.

"우리 팀 에이스, 권문영 씨."

이윽고 그녀를 내려다보는 연우와 정면으로 눈이 마주쳤다. 박 과장의 힐책과 멸시의 눈빛에도 동요 없던 그녀의 눈동자가 잘게 흔들렸다.

극악한 박 과장의 사람 좋은 척하는 모습보다 설마, 했던 상대가 눈앞에 있다는 사실에 놀라움이 큰 탓이었다.

설마 제가 아는 서연우일까 봐, 그녀의 마음은 종전까지 되똥거리고 있었다.

"아."

의미를 알 수 없는 간투사가 그의 잇새 사이로 잔잔히 흘러나왔다. 커다래진 그녀의 동공이 연우에게 박힌 채로 굳어졌다.

시간이 지났는데도 변함없이 날렵한 턱선과 오똑하게 솟은 콧날은 그의 트레이드마크나 다름없었다. 특히나 쌍꺼풀 없이 큰 눈과 특유의 신비로운 분위기를 내는 남자는 그녀가 아는 그 몽환적인 서연우 밖에 없었기에 이쯤 되면 인정해야 했다.

그가, 그녀가 아는 서연우라는 것을.

나른하게 감겼다 뜨일 때는 퍽 온순해 보이지만 정색한 얼굴을 하고 있을 때면 지나치게 서늘한 감이 느껴지는 눈매가 가느스름하게 접혔다.

연우는 석고처럼 굳은 그녀를 내려 보며 부드럽게 미소 지었다.

그 모습에 문영의 머릿속에선 댕댕, 종이 울렸다.

예상치 못한 재회에 충격을 받아 이러는 건지, 아니면 분명 옛날 그 얼굴이 남아 있는데도 사뭇 달라 보이는 연우의 생경함 때문인지 머릿속이 진창이 되어 버렸다.

조금 차분해진 문영은 오리무중 속에서도 갈피를 잡으려고 부단히 노력했다.

계산을 해 보았다. 대체 몇 년 만인가.

연우를 마지막으로 본 게 그가 군 입대를 앞둘 때쯤이었으니까, 자그마치 7년 만의 재회였다.

"안녕하세요."

"아, 네. 안녕하세요."

말끝이 가늘게 떨렸다. 말결에 숨은 긴장감은 베일보다 얇아 금세 탄로 났다. 다행인지 불행인지 그녀에게 찾아온 미세한 변화를 아무래도 연우만 눈치챈 듯싶었다.

그의 한쪽 눈썹이 오묘하게 꿈틀거렸다. 내리깐 눈동자가 잠시나마 그녀의 하얀 손등 위를 스쳤던 것 같다. 쿵쿵, 문영의 맥이 빨라졌다.

"잘 부탁드립니다."

구름 한 점 없는 하늘을 닮아 사위가 고요했다. 착각이라는 걸 알지만 쉬이 헤어 나올 수 없었다.

차츰차츰 주변 사람들이 지워지고, 오롯하게 남은 연우의 눈빛만이 그녀가 내는 불규칙한 맥박 소리를 따라 리드미컬하게 움직였다.

"권문영 대리님."

찰나의 눈짓이 마법처럼 멈춘 시간을 움직이고.

"서연우라고 합니다."

그의 목소리가 귓가에 닿는 순간, 문영의 촘촘한 속눈썹 끝이 파르르 떨렸다.

✢   ✢   ✢

서연우와는 흔히 말하는 이웃사촌이었다.

문영이나 연우나, 둘 다 형제가 없는 탓에 서로를 가족처럼 생각했다. 때로는 피보다 진한 유대감을 느끼곤 했으니 그만하면 둘도 없는 가족이나 진배없었다.

어릴 땐 곧잘 어울려 놀 만큼 사이가 돈독했던 연우와 언제부터 멀어졌던가.

결정적인 이유는 그의 군 입대였지만 조금씩 간극이 생긴 건 그전부터였다는 걸 문영은 모르지 않았다.

"제가 들까요. 무겁잖아요."

연우의 눈빛이 달라진 건 그녀가 첫 연애를 시작하면서였다.

한 걸음, 한 걸음 느리게 다가오던 그의 마음을 어렴풋하게 느꼈으나 그저 동생 같기만 하던 마음을 받아 줄 가슴이 없어 모른 체하기 일쑤였다. 그에게 괜한 기대감을 주고 싶지 않아 부러 백 보 이상의 거리감을 주었다.

"많이 컸죠. 몰라 볼 정도로."

그러다가도 힘이 들 때면 어김없이 그를 찾기만 하던, 지금 생각하면 마냥 이기적이었던 과거의 기억이 물보라를 일으켰다.

"아니, 사실은 몰라 봤으면 좋겠어요. 아니면 다시 봐 주던가."

문영은 어제 들은 말처럼 선명하게 기억되는 연우의 환청을 들었다. 고작 세 살 차이인데도 유난히 깍듯했던 그였다. 그는 저를 첫사랑이라고 말했지만 문영은 코웃음만 칠 뿐이었다.

서로가, 서로를 애타게 갈망한 적이 없는데 어떻게 첫사랑일 수 있을까.

한때는 미치도록 사랑했던 연인과 헤어진 후로 문영은 절실하게 깨달았다.

우리가 처음으로 하는 사랑과 거리가 먼 첫사랑을 첫사랑으로 혼동하는 이유가 비밀 때문이라는 걸.

사실 그 말의 의미를 깨닫기까지 꽤 오랜 시간을 필요로 했지만 말대로 첫사랑은 공상에 가까운 신기루라는 것을 결국 이해하게 됐다.

한 번도 열렬히 사랑해 본 적 없는데 '첫사랑'일 리 없었다. 그것은 낯선 감정에 중독된 나 자신이 억척스레 만들어 낸 깊은 허상일 뿐이었다.

"그 노래 가사가 좋아요? 그래서 듣는 거예요?"

첫사랑은 환상이었다. 잘 쓰인 허구 소설이었고, 어느 공상가가 만들어 낸 SF 영화였다.

"그럼 내가 매일 들려줄게요. 그 가사보다 더 예쁜 말들."

대낮에 뜬 달처럼 허상이 낳은 마음은 상대의 실체를 갈구하는 절실한 욕망에서부터 파생되는 법이다.

문영은 부단히도 생각했었다.

그러니까 그녀가 상대에게 그랬듯 그 시절 연우가 제게 느낀 마음도 같을 거라고.

추상적인 마음을 실제처럼 지각하게 돼서 그런 걸 거라고.

결코 그 마음은 애틋하고 사랑스러운 마음이 아닐 거라고.

무엇보다 문영은 예쁜 연우가 자신을 닮아 예쁘고 고운 색을 입힌 사랑만 하길 바랐다. 착한 서연우에게 권문영은 어울리지 않는 악역이었다.

그것도 질 나쁜.

저를 좋아하는 그의 마음을 알면서도 가치를 따져 이용하려 했던 못된 악역.

✤　　✤　　✤

"나 먼저 간다. 수고들 해."

퇴근 시간이 되어 자리를 정리한 박 과장이 가방을 챙겨 부리나케 부서실을 박찼다.

30분 전에 윤 차장마저 퇴근했으니, 이제 회사에 남은 사람이라곤 문영과 연우, 두 사람뿐이었다.

부사수란 이유로 그녀의 옆자리에 배치된 연우는 모두가 떠나고 한적한 사무실에 남아 말없이 모니터를 응시하고 있었다.

문영은 가만히 그의 옆얼굴을 살펴보았다. 정확히는 무념의 빛을 띠고 있는 그의 표정을 훑었다.

내내 한마디도 없던 두 사람 사이에 당연한 것처럼 떠도는 기류는 어색함과 불편함뿐이었다. 공기마저 눈치를 보는지 두 사람 사이에서 조용히 사라진 듯했다.

무중력 상태에 빠진 것만 같은 기분을 느낀 건 그녀의 마음이 붕 떠 있기 때문이었다.

물론 다른 의미에서.

적당히 인수인계를 해야 하는데 종일 쉴 새 없이 밀려드는 업무 처리하기에 급급해 미처 곁에 있는 연우는 신경 쓸 여력이 없었다.

솔직하게 말하자면 일부러 외면했다. 속 좋게 웃으며 인사를 건네야 할지, 이대로 모르는 척 회피해야 하는지 아직 결정짓지 못했기 때문이다.

자신을 첫사랑이라고 낭독하듯 고백하던 그 애가 완전히 다른 모습으로 탈바꿈한 채 나타났으니 지리멸렬에 빠지는 것도 당연했다.

나를 잊은 건지, 완벽한 타인으로 벽을 세우려는 건지, 7년이 지나 다시 만난 연우 덕에 문영은 전전긍긍해야만 했다.

제가 왜 그래야 하는지도 모른 채.

"서연우 씨. 퇴근 안 하세요?"

보고서 정리가 막바지에 들어갔다. 분류 작업만 남겨 두고 있어 그리 오래 걸릴 것 같진 않았다.

"대리님은요?"

할 일 없이 자리를 지키고 있는 것도 고역일 것 같아 미안한 목소리로 물었는데, 돌아오는 연우의 대꾸는 생각보다 천연덕스러웠다.

"이것만 정리하고 들어가려고요. 첫날이라, 피곤할 텐데 먼저 들어가세요."

"같이 일어나죠, 그럼."

"……."

"제가 도울 건 없습니까?"

인내로 점철된 사람처럼 참을성 있게 대꾸하는 그가 대수롭지 않다는 듯 고개를 돌려 문영을 응시했다.

그러자 눈이 마주쳤다. 깊이 있는 그의 눈동자 위로 흠칫한 그녀의 눈부처가 섰다. 흑석을 박아 놓은 듯한 새까만 동공 위에 선을 그리고 있는 실루엣이 유독 하얗게 보였다.

한때는 자주 들여다보던 눈동자였다. 거울처럼 생각해서 종종 그의 앞에 서서 흐트러진 머리카락을 정리하곤 했는데, 왜 이 타이밍에 그때의 기억이 흘러 들어오는지 모르겠다.

"아뇨, 남은 일은 내일 처리해도 될 것 같네요. 그냥 지금 일어나죠."

당황한 문영이 성마르게 보고서를 덮고는 자리에서 일어났다.

그와 계속 붙어 있다간 쓸데없는 기억을 불러일으킬 것만 같았다.

그건 싫었다. 첫사랑은 허구였으나 실존적인 기억은 그렇지 않아 꺼리게 되는 것도 사실이었지만 꼭 서연우가 자신의 결핍된 도덕성을 지적하는 것만 같아 내키지 않았다.

문영은 이대로 연우와 모르는 척 지내는 게 나을 것 같다는 성마른 판단을 내렸다. 그녀의 윤리관을 파산시키는 연우를 지척에서 보는 일은 위험했다.

여전히 깨끗해 보이는 눈동자가 지난날을 설파하는 것 같아 다 잊힌 시간을 속수무책으로 되새기게 됐다.

게다가 고작 세 살 차이였지만 동생으로 각인되었던 연우의 기묘한 변화가 어색해서 둘만 있는 시간을 완강하게 차단하고 싶었다.

7년이 지났으니 그녀가 달라진 만큼 그도 달라져 있는 게 당연했지만 왠지 이상했다. 입체적인 눈, 코, 입도 그렇지만 남성적인 윤곽이 단단하게 잡혀 있는 하관이 특히 그랬다.

여전히 날렵한 선을 가지고 있었지만 확실히 어릴 때와 비교가 될 만큼 풍기는 분위기가 극명하게 달랐다.

자신이 만들어 놓은 허구의 권문영을 소원하던 서연우를 닮은 듯 판이하게 달라서겠지.

문영은 깊이 생각하지 않기로 하며 먼저 돌아섰다. 구두 굽 소리를 내며 걷는 그녀의 뒤를 당연한 것처럼 연우가 따랐다.

엘리베이터 앞에 선 그녀가 손을 뻗어 버튼을 누르려는 찰나였다. 등 뒤에 바짝 붙어 서 있었는지 그가 한 템포 빠르게 손을 내밀었다. 섬려하게 뻗은 그의 검지가 먼저 버튼을 눌렀다.

회사 생활을 하다 보면 종종 남자 사원들의 호의를 받는 일이 생기곤 했다.

친절은 사소한 부분에서 나타났다.

이를 테면 지금 연우의 행동도 배려의 한 부분이라고 말할 수 있겠다.

알면서도 등골이 아찔했다. 지나치게 가까운 연우와의 거리도 문제였지만 정수리 위로 뿌려지는 그의 숨결도 문제였다. 무심코 눈에 들어온 그의 손도 알 수 없는 분위기를 팽팽하게 땅기는 데 한몫했다.

서연우의 손이 원래 저렇게 컸던가.

아니, 크기는 둘째 치고 남성적 성질을 고스란히 띠고 있는 모양새가 그녀에게 숨 가쁜 긴장감을 선사했다. 보통의 남자들처럼 투박한 손이었다.

크고 두꺼운 손. 그러면서도 섬려하게 뻗은 손가락이 연우를 생각하는 그녀의 인식에 역설했다.

그녀가 아는 서연우는 봄풀 같은 사람이었다.

숨 쉬는 것도 잊은 문영은 진지하게 골몰했다.

왜 그녀는 사사건건 과거의 서연우와 현재의 서연우를 비교 분석하는가.

어색하고, 낯설어, 그래서 피하고 싶어서……?

하지만 첫사랑이 실패로 끝난 후 그녀의 방공호가 되어 주던 서연우를 피해 달아날 방공호가 이제 그녀에게는 없었다.

사수와 부사수로 엮인 기묘한 인연이었다. 좋든 싫든 그를 내 편으로 만들어야 하는데 자신이 없다.

연우가 그녀의 후임으로 들어오는 건 반칙이었다. 계획에도 없던 일이었고.

"엘리베이터 왔는데."

"……."

"안 타십니까?"

어느새 14층에 도착한 엘리베이터가 문을 연 채 그들의 탑승을 기다리고 있었다.

한 발자국 앞으로 걸어 나와 버튼을 누르고 있는 연우가 눈을 내리깐 채 그녀를 바라보았다. 말간 눈동자는 더없이 깨끗해 그녀의 만면 위로 숨김없이 드러난 감정을 속속들이 알아채고 있을 테다.

문영이 기억하는 서연우는 생각보다 눈치가 빨랐고, 머리도 비상했으니까.

"아, 네. 고마워요."

먼저 걸음을 옮기는 그녀의 뒤로 연우가 보폭을 좁히며 가까워졌다. 문이 닫히고, 당연한 것처럼 로비 층의 버튼을 누른 그가 문영의 등 뒤에서 한 발자국 멀어졌다. 문영은 저를 위해 연우가 배려하는 거라고 생각했다.

7년 만에 부딪친 관계에 쉽사리 적응하지 못하는 그녀의 마음을 알아서, 아니면 상사를 대하는 바람직한 태도를 보여 주는 걸지도.

하긴, 원래 서연우는 착했다. 순했고, 여렸다.

대기권 밖으로 날아간 듯 숨 쉬는 것도 어색해서 드문드문 호흡하던 문영이 슬그머니 그를 돌아보았다.

"아, 그……."

"내일은."

기가 막히게도 마침 그녀에게 말을 붙이려던 연우와 대화가 얽히고 말았다.

"먼저 말씀하세요."

"음, 그러니까 저희 팀은 유독 회식이 많다고. 그 말 하려고 했어요."

"아."

통유리 너머로 시선을 돌린 문영이 머뭇대며 말을 이었다.

"윤 차장님이 술을 좋아하시거든요. 초반에는 자주 끌려다닐 수 있으니까 체력 관리 잘하셔야 돼요."

쓸데없는 노파심일 수 있으나 인수인계도 없이 하루 내내 그를 방치하고 있었다는 게 괜히 미안해서 운을 뗐다.

"권 대리님의 경험담입니까?"

"네?"

"대리님도, 그랬어요?"

질문으로 대답을 되받아친 연우의 말결에 웃음이 녹아 있는 것 같았지만 대수롭지 않게 생각했다.

"네, 뭐. 여자라고 차별하시는 분이 아니라서요. 다방면으로 평등하신 분이거든요, 윤 차장님."

"술자리에서도?"

"그렇죠."

"숙취도 심하신 분이 고생 많았겠어요."

문득 그 말에 연우를 돌아본 문영과 그의 눈이 마주쳤다. 가늘어진 그의 눈매가 웃고 있는 것 같아 반대로 문영은 미간을 모았다.

오늘 처음 만난 사람이 한 것치고 지나치게 잘 아는 감이 느껴지는 말이었다.

"왜요?"

아는 척을 하자는 건가?

"아뇨, 내일부턴 진행 중인 프로젝트에 대해 알려 줄게요."

"……."

……아닌가.

"당분간은 내년 상반기 로드 맵 전략 수립 회의로 바쁠 것 같긴 한데. 모쪼록 잘해 봐요, 우리."

뭐가 됐든 나쁘게 지내는 것보단 낫겠지.

대화를 갈무리한 문영이 새침하게 고개를 돌렸다. 뒤에서 뭐라고 대답한 연우의 목소리가 뭉그러졌다.

인사 팀이 있는 7층에서 잠시 멈춘 엘리베이터 안으로 잘 아는 동료

서너 명이 올라탔다. 하나같이 반갑지 않은 얼굴이었다.

특히 중앙에 선 조 대리가 그랬다. 얼굴을 붉힐 만큼 낯부끄러운 사이는 아니지만 며칠 전까지 해도 그녀에게 적극적이던 인물이었기에 영 껄끄러웠다.

"권 대리! 어어, 서연우 씨도 계시네."

자연스럽게 뒷걸음질 친 그녀는 마지못해 연우의 옆에 서게 됐다.

나란히 붙어 있으니 체격 차이부터 키 차이가 확연하게 드러났다. 막 모습을 드러낸 인사 팀 조 대리도 아마 그 모습에 잠시 두 사람을 번갈아 쳐다본 것일 테다.

그녀의 얼굴은 잔뜩 경직되어 있었다. 옆에 있는 연우에게서 풍겨 오는 시원시원한 머스크 향이 미치도록 향기롭다는 사실을 뇌가 먼저 깨달았다는 데 충격받았기 때문이라는 걸 아무도 몰라야 할 텐데.

"안녕하세요, 조 대리님. 문 대리님. 하연 씨도 안녕이에요."

"이제 퇴근해? 오늘도 늦네?"

"어쩌다 보니 그렇게 됐네요."

"오늘도 박 과장님 뒤 닦아 주고 들어가는 길이죠? 여하간 권 대리님도 알아주는 관문형이야. 그리고 보니 서연우 씨, 권 대리님네 제품 전략 팀으로 인사 배치받았지?"

"네."

"그럼 권 대리님이 서연우 씨 사수?"

"……네, 뭐."

세 사람 몫을 해내는 조 대리의 목소리가 엘리베이터를 가득 메웠다. 어쩐지 분위기가 왁자한 것 같았다.

"서연우 씨, 우리 권 대리님 잘 챙겨 줘요. 매일같이 고생하니까."

"그래야죠."

"그래요, 우리 권 대리님 같은 사수 또 없어. 오죽하면 별명이 관문형이겠어."

시끄러운 건 딱 질색을 하는 문영은 더 이상 말을 하지 않았다. 조용히 미소 지으며 조 대리 옆에 붙어 선 하연과 눈 맞춤을 했다.

슬쩍슬쩍 연우를 돌아보는 그녀의 눈빛에서 모호한 호감을 발견한 문영은 의아한 얼굴로 하연을 지켜보다 다시 시선을 내리깔았다. 문득 먼지 한 톨 묻지 않은 연우의 깨끗한 구두코를 보았다.

"그러니까 왜 관문형이냐면."

이제야 눈에 들어온 그의 차림새였다.

신입 사원답지 않게 몸을 감싸고 있는 슈트의 원단이 무척 매끄럽다는 생각이 들었다.

비단을 감아 놓은 듯 윤기가 흐르는 바짓단을 보다가 고개를 들었다.

"원래 제품 전략 팀에서 인원을 충원하는 일이 거의 없거든. 몇 안 되는 사원들 데리고 고군분투하는 권 대리님 실적이 오죽 좋아야지. 그러니까 몇 년째 거기 윤 차장님이랑 박 과장님 뒤 닦으면서 일을 했겠어. 오죽하면 권문영 대리의 별명이 관문형이겠냐고."

"아아."

"권문영을 넘어야 비로소 제품 전략 팀의 일원이 된다는 말에서 비롯된 말이긴 한데 사실 의미가 여러 가지지."

"중의적인 표현인가 봐요."

"그게 우리 권 대리님이……."

문영은 연우에게 귓속말을 소곤거리는 조 대리를 눈으로 흘기며 먼저 엘리베이터에서 내렸다. 실없이 떠드는 조 대리의 말을 듣고 싶지 않았다. 분명 그가 연우에게 하는 말들 중엔 지나치게 사적인 이야기도 포함되어 있을 테다.

"저래 봬도 꽤 인기가 많거든. 근데 하도 철벽이라 남자들끼리 농담 삼아 어려운 관문이라고 말을 해. 비슷하잖아. 권문영. 관문형."

예를 들어 이런 거.

못 들은 척 나아가던 그녀가 탁 걸음을 멈췄다. 조 대리의 입방정이 하루 이틀 일도 아닌데 불쑥 화가 오른 건 순전히 연우 때문이었다. 다른 사람은 몰라도 그가 청자인 건 싫었다. 쓸데없는 그녀의 이야기를 그가 아는 게 싫은 게 더 정확하겠다.

"서연우 씨."

뒤돌아 연우를 응시하는 문영의 눈빛이 서늘했다.

"내일 늦지 않게 와요. 웬만하면 20분 정도 빨리 나왔으면 좋겠는데."

"네, 알겠습니다."

이야, 역시 확실하네. 우리 권 대리님. 옆에서 농담처럼 던지는 조 대리의 말에 문영이 눈썹을 추켜세웠다.

"그리고 조 대리님."

"네?"

순진한 얼굴로 눈을 동그랗게 뜬 조 대리의 표정을 보며 문영은 부러 사근사근하게 말을 했다.

"보통은 본인이 차인 얘기, 창피해서라도 남들한텐 잘 안 하는 게 정상이죠."

"……네?"

"쓸데없는 잡음 내서 좋을 거 없잖아요. 인사 관리하시는 분이 경솔하게 행동하는 건 남들 보기에도 퍽 불편할 텐데, 서로 조심하죠."

차갑게 일갈한 그녀가 돌아섰다.

바보가 아닌 이상 똑똑히 알아들었으리라. 후임들이 지켜보는 가운데 기어이 창피를 당했으니 저도 자존심이 있으면 더 이상 그녀를 자극하는 일은 없겠지.

어처구니없을 정도로 구시대적인 방안으로 제게 접근하던 조 대리에게 쐐기를 박았다. 혼자 밀고 당기면서 북 치고 가락 맞추던 너를 거들떠보지 않으니 어쭙잖은 뒷말은 삼가라는 의미였다. 추접한 행태로 관심 끌 생각은 추호도 하지 말라는 뜻이기도 했다.

먼저 로비를 가로지른 문영은 조금 쌀쌀해진 가을바람을 맞으며 길게 숨을 불어 쉬었다.

괜스레 곁에 있던 연우를 의식하게 됐다. 쓸데없는 오해를 하지 않았으면 했다.

난처한 얼굴을 한 채 마른 낙엽 위를 거니는 그녀의 구두 굽 아래로 바스락거리는 소리가 끊임없이 울려 퍼졌다. 사뿐사뿐 걷는데도 서걱거리는 소리는 그치지 않았다. 그게 꼭 서연우 같았다.

조심한다고 하는데도 자꾸 생각이 났다.

손등 위에 붉어진 그의 손이, 역하지 않아 떠올리게 하는 체취가, 깨끗한 구두코가.

"……모르겠다."

정말 모르겠다.

2장

눈물이 안 날 줄 알았는데 특유의 오만함을 무기처럼 다루는 태섭은 가슴을 후벼 파는 막말도 서슴없이 지껄였다.

"말했잖아. 단순한 식사 자리였다고."

맑은 눈동자에 구슬 같은 눈물이 차올랐다. 쓸데없이 깨끗해서 흐르는 눈물방울에 찬 그녀의 만감이 다 보이는 것 같았다. 연인의 식상한 핑계에 질렸는지, 멀쩡한 귀는 그의 말을 제멋대로 재해석하기 시작했다.

"그게 나한테 할 소리야? 내가, 내가 오빠 여자 친구 맞아?"

"너 진짜 왜 그래. 지금 내 상황, 현실, 이미 너한테 충분히 설명한 것 같은데."

"그래, 말했지! 그것도 질리도록. 어쩔 수 없다. 집안에서 강요한 일이다. 나는 힘이 없으니 무력하게 굴 수밖에 없었다. 집안에서 원하는 여자와 갖는 단순한 식사 자리니까, 나더러 이해하라고 했지."

"권문영."

눈, 코, 입. 어느 하나 모나지 않은 남자의 이목구비가 불쾌하게 일그러졌다.

한때는 그마저 좋아 열렬하게 사랑했다.

"너, 왜 이렇게 변했어. 이렇게 이해심 없는 여자 아니었잖아."

"속 괜찮아? 그렇게 말하기엔 오빠 양심이 너무 더럽혀지는 것 같은데. 이해심? 내가 얼마나 더 이해해야 되는데? 오빠 만난 4년 동안 내 시간은 늘 이해하고, 인내하는 시간이었어. 도저히 못 해 먹겠다고, 싫다고 했잖아."

"……."

"다른 여자랑 선보는 거 싫다고 입이 닳도록 말했잖아! 왜 내 말은 안 들어주는데. 왜 내 마음은 들여다보지도 않는 건데……. 그럴 거면 그만하자고, 내가 몇 번이나 말했잖아."

부는 바람이 눈가를 간질거려서 울음이 나는 거라고 문영은 부단히도 생각했다. 내내 눈꼬리를 섧게 하고 있던 탓에 이리도 쉽게 눈물이 흐르는 거라고.

설움은 시간에 따라 몸집을 키웠다. 시야가 번졌으나 무표정한 태섭의 얼굴만큼은 또렷했다.

우는 그녀를 앞에 두고서도 꼼짝없는 그를 보는 순간, 4년간 꽉 쥐고 있던 동아줄이 썩었다는 걸 실감했다.

"그만하자."

"너……."

"그냥 그만하자, 이제 나도 정말 지쳤어."

"권문영. 너 지금 무슨 말을……."

"내 미련이 너무 컸어. 사실 이젠 내가 오빠를 좋아하는지도 잘 모르겠어. 4년이면 오래 만났지. 그렇잖아, 오빠도 예전 같진 않잖아."

어쩌면 나는 그와의 시간에 집착했던 건지도.

버릴 수 없는 과거를 등에 멨다. 버거운 짐이었지만 버릴 수 없었다. 앞으로의 시간이 막연히 기대가 돼서 아니라는 걸 알면서도 아닌 남자를 내칠 수 없었다.

기다림에 목이 마르고, 견딜 수 없는 괴로움에 가슴이 반쪽이 됐지만 그런데도 놓을 수 없었다.

그게 다 미련 때문이었다.

"우리 헤어져, 오빠."

그마저 지울 때가 됐다는 것을 이별을 고한 그녀를 말없이 내려 보다가 시선을 거두는 태섭의 행동에 깨닫게 됐다.

어깨가 덜덜 떨렸다. 얼굴이 뜨겁게 젖어 가는 느낌이 생경했다. 우는 것만큼 자존심 상하는 일도 없다고 생각하는 그녀에게 이 느낌은, 최악이었다.

문영은 돌아섰다. 끝내 그의 팔은 움직이지 않았다. 잠시나마 저를 붙잡아 주기를 바랐던 여자의 이별 통보 역시 미련의 일부분일지 모르겠다.

입안의 여린 속살을 잘근 깨물며 빌라로 들어서는 계단을 밟았다. 문을 열고 복도를 걸었다. 쏜살같이 움직이고 싶은데 속수무책으로 흐르는 눈물이 발목까지 적신 모양이다. 물에 젖은 다리가 무거워서 속도를 내는 게 어려웠다.

일부러 느릿하게 움직였다. 서늘한 빌라 안의 공기만이 그녀의 발자취를 따랐다.

3층까지 간신히 올라왔다. 다리에 힘이 풀려 풀썩 주저앉은 그녀의 흐느낌 소리가 빌라 안에 가득 울려 퍼졌다. 그만 울고 싶은데 복받쳐 오른 만감이 자꾸만 가슴을 두드렸다. 하나둘 튀어나오는 설움은 4년간의 노고를 위로해 주다가도 감정적으로 행동한 그녀를 따끔하게 지적했다.

후회는 생각보다 빨리 찾아왔다.

내가 그 사람 없이도 살 수 있을까.

내 스스로 내 가슴에 칼을 꽂은 것 같았다.

내가 잠깐 미쳤었던가. 그 식사 자리가 뭐라고. 내가 모르는 여자를 보며 작위적으로 웃고 있었을 남자를 생각하니 그를 처음 만난 날, 그가 자신에게 보였던 따스한 미소가 떠올랐다.

"아……."

이렇게 헤어지면 안 될 것 같았다. 아니라는 걸 아는데도 함께한 시간이 그녀를 미련스럽게 만들었다.

비틀비틀 일어나 창문 밖을 내다보았다. 종일 연락 없던 그녀가 꽤 씸했는지, 아니면 걱정이 되었는지, 자리가 파하자마자 집 앞을 찾아왔던 태섭의 모습이 사라졌다.

어떤 상황에서도 주눅 들지 않는 당당한 모습으로 그녀를 매료시켰던 남자의 차도 이미 자리를 떠났다.

이기적이고, 제멋대로인 남자라고 입이 닳도록 욕을 했던 그가 영영 떠났다는 생각이 들자 순간 가슴이 쿵, 나락으로 떨어졌다.

"아, 안 돼!"

큰 실수라도 저지른 사람처럼 다급하게 휴대폰을 꺼냈다. 잊으려야 잊을 수 없는 그의 번호를 누르려다가 멈칫한 손과 다르게 다리는 다시금 1층을 향해 움직이고 있었다.

울먹이는 얼굴로 막 1층에 도착했을 때였다.

유리문이 열리면서 누군가 성큼성큼 걸어 들어왔다.

연우였다.

순식간에 다가온 그에게서 훗훗한 열감이 느껴졌다.

"……울어요?"

대충 이럴 거라 예상은 했는데, 정말 이러고 있을 줄은 몰랐네요.

연우의 커다란 손이 그녀의 동그란 어깨를 붙잡았다.

한바탕 소란을 떨던 그녀를 어디선가 지켜보고 있었나 보다.

그게 아니라면 당연한 듯 그녀 앞에 설 수가 없는데.

문영은 입술을 사리문 채로 소리를 죽였다.

"차였어요?"

목이 메어 대답할 수 없었다. 가까스로 고개를 젓자 연우에게서 안도의 한숨이 흘러나왔다.

그건 그거대로 다행이고.

그렇게 말하는 그의 손이 느릿하게 움직였다. 어깨를 다독이다가 등으로 옮겨진 한 손이 조심스럽게 그녀를 위로했다.

"천장이 뚫렸나 봐요."

끝내 고개를 떨어뜨린 그녀의 얼굴이 연우의 품에 닿았다.

"밖에 비 와. 우산도 없이 다니는 건 위험한데."

거짓말.

"내내 밖에 있어서 이렇게 젖었나 보다. 얼굴이 촉촉해요."

……거짓말.

"나 정말 헤어졌어, 연우야."

아닌 척 덤덤하게 말을 했지만 구슬픈 목소리가 내는 슬픔을 감출 순 없었다.

그때 연우의 표정이 어땠는지, 문영은 알 수 없었다. 유리알을 부드럽게 굴리듯 그녀의 얼굴을 적신 눈물을 닦아 주던 손길만이 기억에 남았다.

미치도록 애틋해서 그녀에게 눈물 바람을 일으켰다.

눈물은 쉬이 그치지 못했다. 비 예고가 없는 화창한 날이었는데, 소나기라도 내리는 모양이었다.

아니면 정말 천장이 뚫린 모양이다. 연우의 품에 안긴 그녀만 흠뻑 젖은 걸 보면.

그녀가 울음을 그칠 때까지 고생이라고는 전혀 모르고 자란 연우의 섬려한 손가락은 눈물로 젖은 뺨을 감싸고 있었다.

문영은 가만히 있었다. 손가락 하나로 뺨을 쓰다듬는 그의 손길이 우습게도 따뜻했다. 웅그리고 있는 마음을 꼭 다독거려 주는 것 같았다.

평소 같았더라면 됐다며 뿌리쳤을 그의 손길이, 그 온기가 오늘따라 절실해서 할 수만 있다면 붙들고 싶었다.

툭툭, 볼을 찌르듯 건드리며 올라오는 손길이 눈가로 향할 때까지 문영은 가만가만 연우의 행동을 지켜보았다.

그는 촉촉이 젖은 눈물을 닦고, 또 닦아 주었다. 부르튼 속눈썹을, 눈두덩을 어루만지고 또 쓸어 만졌다.

"……서연우."

한참이나 시선을 맞춘 그녀를 보며 연우가 예쁘게 미소 지었다. 그새 머리가 자란 연우의 앞머리가 눈썹까지 내려와 눈가를 어렴풋이 가리고 있었다.

"나도 할 말 있는데."

"……"

"오늘은 내가 먼저 해도 돼요?"

새삼스러운 일이었다. 그녀가 연인에게 그러했듯 늘 문영을 기다리기만 하던 연우가 말을 가로챘다.

의외라는 듯 눈을 키운 그녀는 자못 놀랐다. 깨끗한 연우의 이마가 고통스러운 듯 일그러져 있음을 이제야 알아챈 것이다.

연우와 문영의 초점이 맞물렸다.

아직도 그녀의 눈가는 붉었고, 그의 표정은 아팠다.

✢　　　✢　　　✢

직장 동료.

그 이상, 그 이하도 아니었으니 복잡하게 생각할 필요 없었다.

마침표가 아니고서야 다른 문장 부호는 필요하지 않은 상하 관계였다.

그녀에게 알은체하지 않는 연우의 의중이 궁금했지만 둘 사이에 쓸데없는 쉼표를 찍음으로서 연결 관계를 애매모호하게 하고 싶은 마음은 없었다.

"아무렴 상관없잖아."

어차피 그도 그녀와 같은 생각일 거다. 웃는 낯으로 서로를 대한다고 해서 서먹서먹한 관계가 풀어지는 건 아니니까.

우습게도 밤새 연우 생각으로 잠자리를 뒤척였다. 난다 긴다 하는 사람들이 모여 실적을 이루는 곳이 자성이었다. 특출 난 수재와 미래가 보장되어 있는 인재들이 인프라를 촘촘하게 이루고 있는 이곳에 연우가 입사한 건 어찌 보면 당연한 일이었다.

문영은 처음 보는 슈트 차림의 연우를 떠올렸다. 교복 차림이거나 깔끔한 스웨트 셔츠에 면바지를 입은 캐주얼한 모습만 보다가 타이를 목에 맨 연우를 되새기니, 기억에 오류가 생긴 듯 머리가 욱신거렸다.

이내 사념을 털어 내듯 문영이 작게 고개를 가로저었다. 어제 연우에게 20분 정도 일찍 출근하라고 일러두었기에 그녀 역시 평소보다 빨리 집을 나섰다.

우여곡절 끝에 회사 앞에 도착한 문영이 사원증을 꺼내 익숙하게 목에 걸었다.

하루도 빠짐없이 검열이 이루어지는 입구 앞에서 ID 카드를 확인시키고서 로비를 가로지른 문영은 인파가 북적거리는 엘리베이터 앞에서 잘 아는 동료들과 조용히 눈인사를 나누었다.

짝수 층 엘리베이터 앞에서 대열을 이루고 있는 그녀의 눈빛이 계기판의 숫자를 읽어 내린다.

총 8대의 운행 엘리베이터를 두고 있는데도 아침마다 벌어지는 탑승 전쟁은 언제쯤 끝이 날는지.

한 층, 한 층, 줄어드는 숫자를 보며 볼 바람을 불어 넣는데, 문득 공기의 흐름이 묘하게 달라졌음을 느꼈다.

무심코 고개를 뒤돌렸다가 멈칫한 사람들이 의아해서 문영도 눈을 추켜올렸다. 모로 고개를 돌렸다가 그만 당황하고 말았다.

"안녕하세요."

언제 왔는지 연우가 제 곁에 서 있었다.

화들짝 놀란 문영이 한 걸음 옆으로 물러났다.

어제와 다른 슈트 차림을 하고 선 그는 전체적으로 시크한 느낌을 담고 있었다. 원색의 타이와 깔끔한 포마드 헤어스타일.

마치 화보 속에서 툭 튀어 나온 듯한 모습의 그를 보며 문영은 어떤 표정을 지어야 할지 잠시 고민에 잠겼다.

어제보다 더 낯설게 느껴지는 건 반칙이었다. 할 수 있다면 자꾸만 그녀를 놀라게 한 연우에게 페널티라도 주고 싶었다.

연우를 그 '애'라고 지칭하는 그녀에게 항변하듯 깨끗한 그의 셔츠가 자꾸만 눈에 밟혔다.

주름 하나 없는 새하얀 셔츠가 낯설면서도 그 위로 교복을 입고 저를 보던 어린 소년의 모습이 겹쳐 떠올랐다.

어느새 소년은 남자가 되어 있었다.

"네, 좋은 아침이에요."

입안에서 굴려지는 혀의 움직임에 그녀의 의지는 전혀 반영되지 않은 것 같았다. 문영은 힐끗 그를 훔쳐보다가 시선을 옮겨 몰려드는 사람들을 잰걸음으로 쫓았다.

만원이 된 엘리베이터 안에서 이리저리 밀리고 치인 탓에 모서리로 몰린 문영은 죽을상을 하고 손을 뻗었다. 겨우겨우 14층을 누르고 나서야 한숨 돌렸지만 그것도 잠시였다.

안도하는 그녀가 괘씸했는지 앞에 선 남자가 자꾸만 몸을 치근거렸다. 불쾌한 접촉이 잇따라 벌어지는 통에 문영은 오갈 데 없는 몸을 뒤로 다글 수밖에 없었다.

"죄송합니다."

벽처럼 단단한 누군가의 몸에 그녀의 마른 등이 착 달라붙는 느낌이 들었다.

화들짝 놀라 버릇처럼 사과를 한 뒤에 고개를 돌리니 언제부터 있었는지 바람 같은 연우가 등 뒤에 장승처럼 서 있었다.

문영의 눈이 휘둥그레졌다. 조금 전 등에 닿았던 너른 품의 주인이 그였다는 사실을 깨닫자, 괜한 긴장감에 몸이 움찔했다.

상황이 상황인 만큼 그럴 수밖에 없다는 걸 알면서도 부정하고 싶은 문영의 얼굴이 곤란한 듯 일그러졌다. 아무래도 연우와 이렇게 가까이 붙어 있는 건 불편했다.

"아, 그게."

북적대는 엘리베이터 안에서도 태연한 그의 눈은 혼자 다른 세상에 있는 것처럼 고요했다. 이따금씩 나른한 듯 천천히 눈꺼풀을 깜빡이기도 했다.

그 모습을 황망히 올려보던 그때, 앞에 있던 남자가 뒤로 한 발자국 다가왔다.

놀란 문영이 어깨를 웅크리려는 순간이었다.

남자와 연우 사이에 갇혀 극심한 압박감을 느낄 거라는 예상과 달리 어느 순간 그녀의 허리에 한 팔을 감고 쭉 당긴 연우가 문영을 품 안으로 확 끌어안았다.

피가 차게 식는 기분만 느끼던 그녀에게 피가 뜨거워지는 느낌은 굉장히 생소했다. 혈류가 머리로 역류하는 기분이었다.

"나쁜 손 좀 실례할게요."

너무 놀라 말도 못 한 채 눈만 깜빡거리고 있는데, 그런 그녀의 마음을 안다는 듯 그가 나직하게 중얼거렸다.

그의 너른 가슴에 포개진 등이 굳어졌다. 신경선이 이어진 척추가 짜릿했다. 그의 팔이 둘러진 허리에는 언젠가 느껴 봄 직한 익숙한 감각이 톡톡 터지고 있는 중이었다.

혈관이 장미 넝쿨로 이루어진 것 같았다. 올올이 선 가시가 그의 손이 닿은 골반 부분을 긁어내리는 것 같았다. 아프진 않은데 느낌이 이상했다.

어제 그 손인가. 손가락을 까닥거리며 버튼을 누를 때 툭 튀어 오르던 근육이 불식간 뇌리를 스쳤다.

"긴장할 필요 없는데. 왜 이렇게 떨어요?"

갑작스럽게 귓가에 닿는 목소리에 문영의 눈이 커다래졌다.

긴장? 내가 그랬나? 떨어? 내가? 왜?

입이 좀처럼 떨어지지 않아 속으로 질문을 곱씹고 있는데 몸이 더욱 경직되어 가는 게 느껴졌다.

"그래서 말씀드렸잖아요."

그녀의 귓가에 은밀하게 속삭이는 서연우의 표정이 어떤지 문영은 당장 고개를 돌려 확인하고 싶었다.

쓸데없는 이야기를 둘만 아는 밀어처럼 속삭이는 목소리가 지독히도 뇌쇄적으로 느껴지는 건 감각의 착오 때문일 것이다.

문영은 침착하게 숨을 골랐다. 연우의 목소리는 원래 이랬다. 느긋느긋하게 말을 하는 탓에 그가 하는 말이 귀에 속속 들어박히는 건 어쩔 수 없으니 어련히 알아서 걸러 들어야 한다고 끊임없이 스스로에게 되뇌었다.

"나쁜 손 실례한다고."

"굳이 이렇게까지 할 필요는 없는 것 같은데요."

차마 그를 올려보진 못하고, 계기판만 죽어라 노려보는 문영이 침착하게 말을 이었다.

"계속 치이면 어깨 부러져요."

"과장이 심하네요. 제 말의 핵심은 그게 아닐 텐데요."

"전 그게 핵심이라."

문영의 눈썹이 구겨졌다. 허리에 감긴 그의 손을 떼어 내려고 팔을 든 때였다.

그게 무슨 말이냐고 따져 말하려는 찰나 8층에서 멈춘 엘리베이터 밖으로 사람들이 일제히 몰려 나갔다.

인파로 **빽빽**이 찬 공간이 거짓말처럼 한산해졌다. 동시에 그녀의 허리를 단단하게 붙들고 있던 연우의 팔이 풀어졌다.

"허⋯⋯."

문영의 입술 밖으로 참았던 숨 한 자락이 터져 나왔다. 종전의 감촉을 하릴없이 되새기는 스스로를 자조하는 탄식이었다. 무례한 그의 행동을 지적해야 하는 것도 잊은 채 문영은 들숨 날숨 했다.

탄탄하게 배어 있는 연우의 근육이 어떤 모양으로 자리 잡혀 있는지, 그것을 음미하듯 했던 몸은 부지불식간에 지각했다.

과거의 서연우를 분명하게 깨우쳤다. 그래서인지 그의 품에 안기듯 갇혀 있는 동안 몸 안에서 알 수 없는 반응이 화학적으로 일어났다.

등에 와 닿은 그의 몸이 꼭 맨몸처럼 느껴졌다. 부드러운 재킷 원단이나 **빳빳**한 셔츠의 재질을 느낄 새도 없이 피부에 닿은 그의 몸은 너무도 뚜렷한 윤곽을 가지고 있었다.

문이 닫힌 엘리베이터가 다시 움직이기 시작했다. 비스듬히 어깨를 돌려 연우를 올려보는 문영의 눈빛이 흔들렸다.

연우는 그런 그녀를 내려 보며 항복하듯 양손을 들어 올렸다.

"서연우 씨."

"착한 손, 결백합니다."

농담처럼 던지는 그 말에 그녀의 시선이 연우의 손끝을 향했다.

흠잡을 데 없는 외양을 닮아 매끈한 손끝을 보니 이상한 생각이 들었다.

그의 손은 너무도 착한 모양새를 갖추고 있었지만 나쁜 짓을 하기에 최적화된 것 같았다.

말도 안 되는 생각이었지만 그냥, 그런 생각이 의식처럼 그녀의 머릿속에 흘러 다녔다.

문영은 그도 자신만큼이나 긴장했을 거라는 걸 금세 눈치챘다.

농담처럼 던지는 말끝이, 제게 닿은 손끝이 떨리고 있었다는 걸, 느꼈으니까.

부서실을 찾아가는 길에 힐끔 돌아본 연우는 왜인지 주먹을 말아 쥐고 있었다. 적당량을 넘어선 악력이 실려 그의 손등 위로 얼기설기 얽힌 핏줄이 툭툭 불거져 올랐다.

엘리베이터에서 그에게 안기듯 있던 제 모습이 떠올랐다.

힐뜻 그를 바라본 문영은 시선을 거두곤 질끈 눈을 감았다 떴다.

잡념을 지워야 했다.

외로워서 그래, 외로워서.

그러다 멈칫.

……외로워? 내가?

오전부터 공격적으로 시작된 회의는 어제와 마찬가지로 한 시간가량 쉬지 않고 이어졌다.

회의를 하는 내내, 문영의 시선은 수시로 연우의 랩톱 화면을 찾았다.

회의를 시작하기 전, 연우에게 회의록을 작성하는 방법에 대해 짧게 일러 주긴 했는데 잘하고 있을지 내심 신경이 쓰였다.

그런대로 괜찮게 기록하는 것 같아 안심을 하던 찰나, 윤 차장과 박 과장의 언성이 높아져 좀처럼 긴장을 풀 수 없었다.

회의가 끝나고 먼저 자리를 박찬 상사들을 대신해 뒷정리에 나선 그녀가 고개를 들어 연우를 응시했다.

"서연우 씨."

"네."

마른 입술을 혀로 쓸었다. 타액으로 입술을 적시자 속 안의 갈증이 조금 해갈된 것 같았다.

"말씀하세요."

여상하게 말하는 그를 보니 할 말을 잊었다. 생각이 휘발되어 내가 무슨 용무를 보겠다고 그를 불렀는지조차 망각하게 됐다. 그에게 안겨 있다시피 했던 그 일에 대해 말을 하려던 것 같은데, 어떻게 운을 떼야 좋을지 골몰하게 됐다.

"네?"

눈을 키우며 되묻는 연우는 말하기 미안할 정도로 아무렇지 않아 보였다. 생각이 단출한지 금세 잊은 듯했다. 아까 그 일은 그녀에게만 문제가 되었나 보다. 그는 전혀 개의치 않은 것 같았다. 그래서 더 놀랐다.

여자의 허리를 만져도 아무렇지 않을 만큼, 서연우가 그만큼 컸던가.

연우는 말이 없는 그녀를 지켜보다가 랩톱을 챙겨 자리에서 일어났다.

아래로 향했던 그녀의 시선이 곧추선 연우를 따라 자연스레 움직였다. 고개가 빳빳해지도록 추켜세운 채로 그를 보고 있으니 마른 웃음이 입가를 비집고 새어 나왔다.

서연우가 크다는 건 그녀도 익히 알고 있던 부분이라 새삼스럽지도 않은데 왜 눈에 익지 않는 건지.

"손대지 않으면 어떻게 도움을 드렸어야 했을까. 아직 사회생활이 부족해서 거기까진 생각이 닿질 않네요."

"그게 무슨 말일까요."

부러 능청을 떠는 그녀를 보며 연우가 희미하게 미소 지었다.

"착한 손이라거나 나쁜 손이라거나, 대리님은 관심 없으시죠."

"……."

"아까, 그 일에 대해 말씀하려던 것 같은데."

겉으로는 담담했지만 보이지 않는 내면은 격렬하게 널을 뛰고 있었다. 눈치가 좋은 건 알았지만 수를 읽듯 그녀의 생각을 훔쳐볼 줄은 몰랐다.

"아닌가요?"

"네, 아닙니다. 회의록 정리되는 대로 나한테 넘겨주세요."

대화를 갈무리한 문영이 수첩을 챙겨 등을 돌렸다. 회의실을 나서기 위해선 어쩔 수 없이 연우 곁으로 다가가야 했는데 왠지 머쓱했다.

발치에서 그를 보니 연우의 손이 닿았을 때 발끝에서부터 올라온 오싹한 기분에 소스라치던 그녀의 모습이 떠올랐다. 두 번 다시 느끼고 싶지 않은 느낌이었다. 인정하고 싶지 않지만 밀폐된 공간 안에서 연우의 팔이 감긴 순간 전율 같은 걸 느꼈다.

그 짜릿한 감각이 기폭제가 되어 한동안 잠잠하던 외로움이 복발한 것 같았다. 오늘 같은 일이 또 있을 것 같아 염려됐지만 무엇보다 연우와 그런 쪽으로 엮이는 게 싫어 확실하게 짚고 넘어가려고 했는데, 그 말을 하는 스스로가 한없이 우스워 보였다.

정작 그녀를 감싼 서연우는 아무렇지도 않은데, 자신만 예민하게 반응하는 것 같았다.

그는 저따윈 신경 쓰이지 않는 듯 멀쩡해 보였다.

후회하지 않느냐고 물으면서도 흔들리는 눈빛으로 그녀를 응시하던 심약한 서연우의 기억이 그녀의 망상이 만들어 낸 편린 같았다.

"문, 열까요?"

용기 내어 다가온 문영을 양순한 얼굴로 내려 보며 연우가 물었다.

문손잡이를 쥔 커다란 손은 상사의 지시를 기다리고 있었다.

"······네. 고마워요."

문영은 잠시간 연우의 얼굴을 바라보다 짧게 대답했다.

고작 이틀이었지만 그 이틀 동안 문영은 연우가 절제와 인내에 길들

여진 사람이라고 생각했다. 각고를 모르고 살아온 그에게도 풍파가 있었을까.

하얗고 깨끗한 피부와 사람 좋은 미소를 보면 아니, 아니었다. 예전부터 연우는 유복한 부잣집 도련님 같았다.

평소에는 그리도 높아 보이던 회의실의 천장이 오늘따라 낮아 보였다. 그만큼 문 앞에 선 서연우가 크다는 뜻이겠지.

문영은 속을 알 수 없는 연우의 이목구비를 차근차근 뜯어보았다.

보통은 억지로 입꼬리를 당겨 웃기 마련인데 연우는 그 반대였다. 눈은 교묘하게 눈웃음을 치고 있는데 입술은 한일자로 단단하게 다물려 있었다. 그게 꼭 전혀 웃고 싶지 않은데 당황해 할 권문영을 생각해 베풀어 주는 친절 같아서 기가 찼다.

서연우의 눈을 참 좋아하던 권문영을 알기에 보여 주는 그의 호의.

형식적인 대답에도 연우는 그녀를 향해 눈웃음을 지어 보였다.

그녀가 찬바람을 몰며 그의 앞을 지나칠 때였다.

"인사 팀 조 대리님이었으면."

잠자코 있던 연우가 소리를 냈다. 흠칫한 그녀의 발걸음이 멈췄다.

"뺨이라도 올렸을까요?"

"대답해야 돼요?"

"아. 질문, 바꿔도 됩니까?"

그럼 대답할 거냐는 말이었다. 들은 체도 않는 문영이 한 발자국 옮겼을 때, 회의실의 문을 닫는 그의 손에 힘이 실렸다. 대답을 바라는 사람의 모순적인 행동에 웃음이 났다. 대답을 하라는 건지, 그냥 가라는 건지.

태연하게 움직이는 그의 손등 위로 얼기설기 얽힌 혈관이 도드라져 있었다. 전체적으로 뼈마디가 굵은지 근육이 툭툭 불거져 올랐다. 구김살 없이 수려한 외모만 봐선 도무지 상상이 안 되는 그 큼지막한 손이 자꾸만 문영의 눈길을 잡아 끌었다.

"사적인 이야기는 언제쯤 하는 게 좋을까요. 권문영 대리님."

문영이 다시 한번 주춤했다. 고개를 돌리자마자 그와 눈이 마주쳤다.

모든 게 계산되어 있었던 것처럼 선하게 미소 짓고 있는 연우와 다르게 문영의 내면은 무질서한 만감으로 혼돈에 빠져들었다. 대답을 책동하는 그의 미소가 지나치게 감미로워 문영은 어질어질했다.

눈을 똑바로 뜨고 그를 올려보았다. 어이가 없어서 몇 번이나 고개를 갸웃댔다.

분명 서연우가 맞는데, 제가 아는 서연우가 아닌 것 같은 건 대체 뭔지.

"난 할 말이 많거든요."

왜 그가 남자처럼 보이는지, 문영은 답을 찾지 못했다.

엘리베이터에서의 뜻하지 않은 일 때문일 거라고, 스스로를 위해 급하게 답을 내렸지만 미덥지 않았다. 왠지 다른 이유가 자꾸만 그녀를 건드리는 것 같았다.

"다시, 친해져야죠. 우리."

바람만 잔뜩 든 풍선 같다고 생각했던 그가 긴 띠 모양의 구름 같았다.

"우선은 회의록부터 정리하죠."

지진운처럼 다가와 언제 연속적으로 흔들어 놓을지, 그녀도 예상할 수 없었다.

연우가 지푸라기처럼 보인 건 거나하게 취하고서부터였다.

먼저 이별을 고한 건 그녀 쪽이거늘, 매정한 남자는 후회하는 여자의 마음을 알면서도 문영의 연락을 완강하게 거부했다.

받지 않는 전화에 미련이 더 커졌다. 술기운을 빌려 문영은 속절없이 그의 번호를 눌렀다.

짧게 울리다가 신호가 멈추었다.

전화를 받지 않는 상대방의 사정이 무엇인지 그녀는 술을 마시는 내내 골몰했다.

이대로 끝일까 봐 두려웠다. 그러나 그 두려움을 잠시나마 잊게 하는 연우가 곁에 있기에 문영은 애써 머리를 비웠다.

그의 손이 술이 가득 찬 술잔을 쓰다듬었다. 문영의 시선이 자연스레 그곳을 향했다. 연우와는 어울리지 않는 술이었으나 투명한 잔 속에서 출렁이는 투명한 술은 어쩐지 그를 닮은 것 같았다.

빙긋 웃으며 그녀를 직시하는 그의 눈매가 선했다. 악의 없는 눈빛은 무색의 술만큼 깨끗했다.

"좋아해요."

"……."

"누나도 알고 있었잖아."

그렇죠? 하고 되묻는 그의 입술로 시선이 옮겨졌다.

그 순간, 하염없이 울고 있던 제 볼을 쓸어내리던 그의 손이 떠올랐다. 금세 떨어질 듯했던 손은 아쉬움에 젖어 선뜻 떨어지지 못했다.

끈질기게 얼굴을 배회하던 손끝은 그녀의 앙증맞은 턱끝을, 홀쭉한 뺨을, 날개 뼈가 도드라진 등을. 그리고 도톰한 입술 끝을 하릴없이 지분거렸다.

그 생각이 스치자 문영은 저도 모르게 훅 숨을 들이켰다. 지금까지 마신 술이 소화되는 기분이었다.

그는, 그녀를 좋아한다.

"첫사랑이에요."

알면서도 그의 마음을 막을 수 없었다.

아쉬움을 느끼는 건 피차일반이었다. 그녀 역시 연우와 멀어지는 게 좋지만은 않았으니까.

"나 방금 막 헤어졌어."

"알아요."

"근데 그런 사람한테 그런 말은 왜 하는 건데? 그것도 무척 담백하게 하면 어떡해. 듣는 사람 당황스럽게."

인형처럼 작고 예뻤던 꼬마 아이.

사람은 아름다운 것에 곧잘 홀린다는 말을 처음 깨닫게끔 했던 동생.

귀찮게만 하던 중학생 사춘기를 지나 제법 의젓해진 고등학생이 되어서도 곧잘 그녀 옆에 머물렀던 소년의 시간이 언제 이렇게나 흘렀던가.

소년과 남자의 경계에 선 존재.

"기회를 엿보는 거죠."

그래서인지 문영이 보는 연우는 낯설 만큼 모호했다.

"그동안 내가 너무 착했던 것 같아, 병신같이. 싫으면 싫다고 표현할 줄도 알았어야 했는데."

쓸쓸하게 웃으면서도 연우는 말을 멈추지 않았다.

"사실 난 다 싫었어요."

"……."

"이제 와 이러면 안 된다는 거, 나도 아는데 꼭 말하고 싶었어요."

"……."

"좋아해요, 누나가 생각하는 것보다 더 많이."

언젠가부터는 가늠할 수도 없었다.

문영은 관자놀이가 지끈거리는 것을 느꼈다. 과하게 마신 술 때문인지, 하루 사이에 많은 일이 벌어져서인지 정신이 혼미했다.

눈치는 챘지만 그의 입을 통해 직접 이런 말을 들을 거라곤 생각도 못 했기에 충격이 꽤 컸다.

긴 정적이 있었다. 쉽사리 그의 말에 대답을 할 수 없었다.

다시 말문을 열기 전까지 침묵으로 일관하던 문영은 빠르게 잔을 비우고 채우기를 반복했다. 그러기를 수십 번이었다.

"……뭘 해 줄 수 있는데."

마음에도 없는 말이 의지와 상관없이 입 밖으로 튀어나왔다.

얌전히 침묵을 지키던 연우의 눈이 조금 커다래졌다.

"나는 주는 사랑밖에 해 본 적이 없거든. 너도 알잖아."

"……."

"그럼 넌 나한테 뭘 해 줄 수 있냐고. 나도 받는 사랑이라는 게 뭔지, 알고 싶은데."

잔을 들어 출렁이는 액체를 입안에 털어 넣고, 다시 빈 잔을 채우려는 그녀의 손목을 연우가 제지했다.

"많이 마셨어요."

내뱉는 목소리에 고저가 없었다.

"아니, 뭘 해 줄 수 있냐고. 묻는 말에 대답부터 해."

"바라는 게 있어요?"

"바라는 게 있으면 네가 해 줄 수는 있고?"

피식, 바람 빠진 소리가 동그랗게 모은 그녀의 입술 사이로 새어 나왔다.

"다시 만나고 싶어, 오빠."

"그건 내가 싫은데."

나직하게 속삭인 그의 입매가 살짝 휘어졌다.

"농담으로 던진 말을 왜 그렇게 진지하게 받아들이는데."

픽 웃으며 대꾸한 문영의 고개가 꾸벅 졸듯 기울어졌다. 그 찰나에 손을 뻗은 연우가 아니었다면 테이블 위에 세게 이마를 찧었을지도 모르겠다.

"내가 뭘 해 주면 될까요."

"그러니까, 후……. 네가 뭘 해 줄 수 있는데."

웅얼대는 목소리가 테이블 아래로 흘러갔다.

"뭐든 다."

그 말에 문영의 잇새로 조소가 새어 나왔다. 그의 손이 흠칫 떨린 건 그때였다. 술김에도 느낄 수 있을 만큼 큰 진동이 그녀의 이마에 고스란히 전해졌다.

"나는 있지, 연우야."

"네."

"항상 이해만을 바라고 받는 것에 익숙한 사람을 사랑한답시고 좋아했던 내 자신이 한심해. 사랑이라는 건 상대에 대한 이해와 배려의 다른 이름이라는데, 나는 한 번도 그 사람을 이해했던 적이 없었던 것 같아. 그런 척을 했던 거지."

돌연히 고개를 추켜든 그녀가 이내 배시시 웃음을 터뜨렸다.

"결국 내가 한 건 사랑이 아니었던 거야."

"……."

"너는 어떻게 생각해?"

"모르겠어요."

"그래?"

짧게 대꾸한 문영이 손을 뻗었다.

지금보다 더 어릴 때만 해도 부러질 것처럼 여려 만지는 것조차 겁이 나던 연우의 손목을 잡았다.

아마도 그때 연우는 애써 웃는 그녀의 얼굴에서 눈을 떼지 못했을 테다.

이대로 시선이 박혔으면 좋겠다고 생각을 했을지도 모르겠다.

"그런데 이거 하난 알겠어."

그가 한 템포 쉬는 그 순간에 정적이 찾아왔다. 잠시간이었지만 문영은 달라지는 그의 눈빛을 보았다.

"난, 내가 하는 게 사랑인 것 같아요."

술에 취해서도 사리 분별만큼은 온전하게 하는 문영은 아마도 그때 누군가 곁을 채워 주기를 간절히 소망했는지도 모르겠다. 그러니 그렇게 말하는 연우에게 동한 것이다.

자신을 첫사랑이라고 말하는 연우의 마음을 받아 줄 용기도 없으면서 치졸한 그녀는 순수한 녀석이 절실했는지도 모른다.

"하……."

아닌 척, 괜찮은 척하면서도 숨은 그림처럼 내면에 감춰진 마음은 너무도 나약했다.

머리를 세운 이기심은 연우의 마음을 알면서도 당장 괴로움에 빠진 그녀를 우선시하고 있었다.

"내가 말했죠. 난 지금이 기회라고."

차갑게 조소하는 연우에게서 묵직한 한숨 소리가 들렸다. 길게 숨을 불어 내쉰 그가 그녀에게 잡힌 손을 빼냈다. 반대로 가는 그녀의 손목을 낚아채듯 붙잡았다.

"나는 지금 절실해요. 그 기회를 잡으려면 못 할 일도 해."

"……너."

"내가 해 줄 수 있는 게 있어요."

그녀와 눈높이를 맞추고 있던 그의 시선이 높아졌다. 비스듬하게 기대고 있던 허리를 펴자 그제야 두꺼운 그의 상체가 눈에 들어왔다. 원래 저렇게 컸던가.

"내가 잊게 해 줄게요, 그 남자."

"……."

"받는 게 좋다며, 받는 것밖에 못 하겠다며. 그럼 평생 받아요."

작정한 사람처럼 말을 하는 그의 눈빛이 차분해졌다. 조금씩, 가라앉은 눈동자는 탁해졌다가 이채를 띠길 반복했다.

"어차피 나는 주는 것밖에 못 해."

"서연우, 너."

취한 건 저인데, 어쩐지 그렇게 말하는 연우가 주사를 부리는 듯했다.

"나랑 자요."

문영은 말의 행간을 이해하려는 듯 미간을 모았다.

"아마 넌 착해서 절대 나랑 못 잘 텐데. 괜한 객기 부리지 말고."

"객기라뇨, 이건 오기지. 해 볼 때까지 하겠다는 거야."

"진심이야?"

"장난 같아?"

그녀와 시선을 엮은 연우의 눈빛이 잔잔하게 일렁거렸다. 손을 잡은 그의 손에 조금씩 악력이 더해졌다.

"……자꾸 그러면 거절 안 해. 난."

"하지 마요. 나도 받아 줄 거 알아서 하는 말이니까."

그에게 잡힌 손목을 뿌리칠 생각도 않고, 똑바로 그를 직시하는 문영의 눈빛도 굳어졌다.

연우의 눈이 가느스름해졌다. 문영은 씁쓸하게 웃으며 손을 들었다. 손목을 움켜잡은 연우의 팔 위에 조심히 손을 얹자 그의 몸이 움찔거리는 게 느껴졌다.

조금씩 풀어지는 표정과 손끝에 실린 미미한 힘은 남자를 아우르기에 턱없이 부족했지만 그런데도 연우는 나뭇잎처럼 가볍게 붙어왔다.

"나, 너 이용하는 거야. 내일이면 술기운을 핑계로 모르는 척 외면할지도 몰라."

"알아요."

"나 힘들어서 네 마음 가지고 노는 거야. 그것도 알아?"

"알아, 근데 그래도 좋아. 다 주겠다고 했잖아요."

문영은 자신을 물끄러미 바라보는 연우의 눈빛에서 욕망을 보았다. 이성으로부터 갈라져 나온 본능은 삽시간에 줄기처럼 뻗어졌다. 육체적인 갈망은 문영에게 등외의 부분이었다.

하지만 새하얀 이로 아랫입술을 힘주어 무는 연우를 보는 순간 몸속에 거센 불길이 일었다. 불씨를 삼킨 듯 침을 삼킬 때마다 속 안이 뜨거워졌다. 열기가 지펴진 연우의 눈빛에 동조한 변화는 그녀에게도 생경했다.

"그래, 그러자."

문영은 그 색다름을 즐기기로 했다.

"자자, 우리."

찰나적인 봄날의 아름다움처럼 눈 깜짝하면 시들어 드는 그녀의 환성이 깨어지는 순간이었다.

"말처럼 잠만 잘 자신 없어요, 난."

"……."

"귀엽고 착한 잠자리만 갖기엔 내가 그렇게 깨끗한 놈은 아니에요."

그녀의 손을 확 잡아끈 그의 목소리는 음산한 초겨울처럼 차가웠다. 우습게도 부러뜨릴 듯 그녀의 손목을 틀어쥔 손은 내장까지 태울 듯 뜨거운 열기를 전해 주고 있었다.

"후회 안 해요?"

문영이 실소를 터뜨렸다.

"후회, 안 하냐고."

틈도 주지 않고 맞물린 몸은 몸서리칠 정도로 황홀한 감각을 깨닫게 했다. 따뜻하게 맞물린 다리는 유연한 연체동물처럼 얼기설기 서로의 몸에 엉켜서는 떨어질 줄을 몰랐다.

해가 저물기 전의 봄날.

암막 커튼 사이로 스머든 봄빛은 체온을 갈구하는 새끼 짐승처럼 서로의 품 안으로 안겨 드는 남녀를 따스하게 비추었다. 초겨울의 초승달처럼 시린 마음에 어울리지 않는 온정이었다.

"아……!"

문영은 벗은 몸으로 자신을 끌어안는 연우의 목에 팔을 감았다. 과자를 **빼앗기는** 아이처럼 투정 부리듯 두 다리로 연우의 허리를 꽉 감쌌다.

떨어지고 싶지 않았다. 부드럽게 가슴을 어루만지는 손길이 연우에게서 전달되어 오는 것이라는 것조차 잊은 그녀는 오늘의 이별을 잊는데 여념을 다했다.

술을 마셔도 잊히지 않는 사람이었다. 검질기게 달라붙은 그림자는 지워도, 지워도 벗겨지지 않았다. 정결하게 닦아서 모서리로 처박고 싶어도 회색빛 땅거미 같은 기억은 저녁노을이 지는 시간에, 언제나 그녀에게로 물밀려 왔다.

유약한 문영은 그 기억에 너무도 쉽게 휩쓸렸다. 흔들리는 그녀에게는 당장 기둥이 필요했다. 연우를 중점에 둔 걸 평생 후회하겠지만 지금은 아니었다. 지금은 누구라도 좋으니 그녀를 위로해 주기를 바랐다.

"어떡하죠."

그 애는 나를 좋아하니까, 아주 조금 못된 마음을 먹는다고 해서 문제 될 건 없다고 오만한 생각을 했다.

"……좋아요. 미치도록 좋아서 죽을 것 같아요."

적당하게 땀을 흘리는 연우가 젖은 머리칼 사이로 손가락을 박았다. 유려하게 머리를 쓸어 넘기고 나서 몸을 낮춘 그의 가슴이 보기 좋게 솟은 그녀의 젖무덤에 닿았다.

체중을 실은 몸이 연약한 그녀의 피부에 자국을 남길 만큼 무겁게 파고들었다. 목덜미와 어깨, 과일처럼 다디단 젖무덤 사이에 그가 수놓은 자국이 난무했다.

이로 물고, 혀로 쓸어 그녀의 몸속 깊숙이까지 흔적을 새기는 그는 오랫동안 그녀의 몸에 얼굴을 묻고 있었다.

문영은 간질이다가 이를 세워 피부를 긁는 연우를 온전하게 느꼈다.

다리를 열어 누구도 닿지 않은 곳에 처음으로 흔적을 남긴 그의 마음이 느껴졌다. 충성을 다한 그 마음이 조금은 그녀의 마음을 녹이는 것 같았다.

아주 잠깐이지만 문영은 자신에게 집중한 연우가 좋았다.

복장이 부풀어 오르도록 꽉 채우는 그를 충만하게 느꼈다. 아래에서 꿈틀거리는 그가 세차게 밀려 들어올 때마다 심장마저 입 밖으로 끄집어 나오는 것 같았다. 그게 꼭 악착같이 입을 잠그고 있는 그녀를 자극하는 것 같아서 문영은 꾹 입을 사리물었다.

머리에서 해석되지 않은 소리가 터져 나올 것 같았다. 그녀도 모르는 말이 마구잡이로 쏟아질 것 같았다. 그런 그녀의 의도를 아는지 연우는 평소보다 맹렬하게 굴었다.

낯설 만큼 공격적인 그의 행동에 기어이 그녀의 입술이 벌어졌다.

"아, 아파……."

투정 같은 말이 고작이었지만 의지와는 전혀 관계 없는 말인 것은 분명했다.

허벅지 안쪽부터 무릎 뒤로 팬 공간까지 얼얼한 것 같았다. 달달 떨리는 다리에 힘이 훅 빠지는 걸 느꼈다.

"훗……!"

그를 감싼 하체가 늘어지는 찰나였다. 오뚝하게 선 꽃망울을 손끝으로 어루만지던 그의 손이 그녀의 안쪽 다리를 감싸 안았다. 순식간에 몸이 붕 뜨는 기분이 들었다.

"연우야……, 흐."

"다시 한번 불러 줘요. 내 이름."

기분 탓이 아니었다. 정말로 하반신이 붕 떴고 곧장 단단한 그의 허벅다리 위에 얹혀졌다. 급격히 무거워진 체중에 눌려 침대 스프링이 다시금 팽팽해졌다.

"……서연우."

"하아."

가라앉은 듯했던 연우의 열기도 한층 가열됐다.

여린 숨마저 제 것으로 흡수하겠다는 듯 입술을 포갠 연우의 혀가 움찔대는 그녀의 혀를 잡아챘다.

혀뿌리를 송두리째 뽑을 것처럼 격렬한 키스는 한참 동안 이어졌다. 접착하듯 맞물린 아래에서는 끊임없는 자극이 올라오고 있었다.

과부하에 이른 머리가 이러다 펑 터질 것 같은 쾌감이었다.

육체적인 쾌락과 종이 한 장 차이의 감각이었지만 삶의 희로애락이 아랫배에서부터 차오르는 전희에 깨끗하게 지워지는 기분이었다.

취기와 열락에 정신이 비몽사몽 했다. 금방이라도 졸음이 내려올 것 같았지만 쉽사리 눈을 감을 수 없었다.

아릿한 신체 반응에 찔끔 눈물이 나올 정도로 충분한 만족감이 파도처럼 몰려왔기 때문이다.

놓을 수 없는 기분은, 너무도 아찔했다.

아무런 장치도 없이 천공에서 뛰어내린 것처럼 두렵지만 진창을 뒹구는 일은 결코 일어나지 않는다는 걸 알기 때문일까.

무턱대고 저지른 행위는 그녀를 미치도록 행복하게 했다. 그런 마음이 가득 찰 정도로 한시도 그녀를 가만두지 않는 연우가 문영은 너무도 좋았다.

잠깐의 부재조차 없는 온기는 그녀의 머리끝부터 발끝까지 전해졌다. 혈관과 함께 흐르는 것 같았다. 어느 한 부분, 빈 곳이 없었다.

"돌아 버릴 정도로 좋아요."

애절하게 웅얼거리는 그의 입술은 눈물 자국이 선연한 눈가자리에, 수척한 뺨에, 볼록한 쇄골에 닿았다 떨어졌다.

충분히 빨아 올렸는데도 부족한지 가슴 아래로 내려가 하염없이 서성거렸다.

"흐으, 으……!"

조심스럽게 혀끝을 세우고 덜 여문 가슴 끝을 베어 물었다. 아찔한 호흡이 그녀의 잇새 사이로 흘러나올 때면 흥분한 것처럼 다급하게 몸을 핥았다. 타액으로 젖은 몸은 내내 달구어진 상태였다.

아래에서 끓어오르는 정염 때문인지, 간절하게 그녀를 끌어안고 놓아 주지 않는 연우 때문인지 모르겠다.

"어떡하지, 멈추질 못하겠어요."

"아, 아아……! 멈추지…… 마. 계속 해 줘."

그가 적신 그녀의 몸에 열은 내리지 않았다. 아니, 오히려 적당한 미열이 그녀를 더 미치게 했다. 허리 안쪽, 뒷덜미, 발뒤꿈치. 가볍게 지나칠 법한 곳곳마저 붉은 자국이 선연했다.

손가락 마디마디에 그의 입술이 닿았다. 마침내 바짝 혀를 세운 채 두툼한 귓불을 얄궂게 깨물었다.

"아윽!"

문영의 잇새로 미약한 신음이 새어 나왔다. 클래식처럼 따분하게 흘러나오는 그의 목소리에 문영이 게슴츠레 눈을 떴다.

바로 위에서 숨결을 흩뿌리는 연우를 보았다.

"더 구질구질하게 굴 수도 있어요. 뭐가 됐든 자신 있으니까……."

너무도 처연한 그의 눈빛이 어미 잃은 새끼 강아지 같았다. 낑낑대는 목소리가 곧 목덜미에 묻혀 사라졌다.

"한 번만 나 좀 좋아해 주면 안 돼요?"

문영은 제게 닿아 오는 그를 느끼며 조용히 눈을 감았다.

대답 대신 열기 어린 신음이 입새로 새어 나왔다.

오늘이 지나면, 분명 후회와 회한으로 가득 남을 순간이었다.

서연우는 곧잘 일을 해냈다. 기본적인 보고서 검토부터 정리하는 부분까지만 인수인계하려 했던 문영은 하나를 말하면 둘을 아는 연우 덕에 조금 더 진도를 빼기로 했다.

업무 프로세스에 대한 디테일한 설명을 마치고 그에게 수정할 보고서를 넘겨주었다. 말소리가 그친 부서실은 한동안 조용했다.

서걱서걱, 종이가 넘어가는 소리나 도장을 찍거나 펜촉을 움직이는 소리만이 초침 소리에 화답했다.

"권 대리님, 이 서류는 어떻게 정리하면 되겠습니까?"

어제 윤 차장이 지시한 대로 유저 컴플레인을 중점으로 보고서를 작성하던 중 옆자리에 앉은 연우가 넌지시 물어 왔다.

"아. 이건 서연우 씨가 살폈을 때 어색하거나 장황한 부분이 있으면 그 부분만 생략해 주시면 돼요. 아까 말했듯이 보고서가 너무 길거나 늘어져도 안 되거든요. 내가 오탈자까지는 맞춰 놨어요."

"네, 알겠습니다."

문영은 순순히 물러나는 그를 보며 고개를 갸웃댔다. 보통은 이해가 어려워 예시를 물어보기 마련인데 그는 구구절절 묻지 않았다. 문영은 자리에 앉아 꼼꼼하게 보고서를 검토하는 연우를 물끄러미 바라보았다.

어려울 텐데.

가뜩이나 서먹한데 어째 더 데면데면해진 것 같아 문영이 꾹 아랫입술을 물었다.

사적인 이야기는 그게 다냐는 연우의 물음을 받고서도 문영은 대답하지 못했다.

7년이나 지난 일이었고, 숱한 밤을 회한과 고민으로 지새우면서 면역이 됐다고 생각했는데 그게 아닌 모양이었다.

막상 연우를 보니 그때 그 시간이 가혹할 정도로 또렷하게 상기됐다.

"서연우 씨."

꼬리를 물고 늘어지는 사념이 마음을 뒤숭숭하게 하는 것 같았다.

성급하게 연우를 부른 문영은 자신을 돌아보는 그의 시선에 금방 후회하고 말았다. 네? 하고 되묻는 연우에게 마땅히 할 말이 없어 핑곗거리를 찾는데 문득 서류꽂이에 꽂혀 있는 파일 하나가 눈에 띄었다.

마케팅 팀에서 건네준 보고서를 깔끔하게 정리해 놓은 파일이었다.

"그러니까, 이거 보면서 해요."

무작정 파일을 꺼내 연우에게 건네주는 그녀의 초점은 그의 눈이 아닌, 입술 끝에 닿아 있었다. 눈을 마주 볼 자신이 없었다. 괜히 오지랖을 부렸다는 사실을 자각하자 묘하게 자존심이 상했다.

"아."

"처음이라 익숙하지 않을 것 같아서. 이거 보면서 해요. 내가 대략적으로 정리해 놓은 파일이에요."

"……."

"확인하면서 어떤 기준으로 보고서를 분별해 놓았는지, 대략적인 작성법을 파악하면 좋을 것 같아요."

말을 마쳤다. 상냥한 연우의 대답보다 먼저 찾아온 건 민망함이었다.

내가 지금 무슨 오지랖을 부린 거지. 과도한 친절이 불친절함보다 불편하다는 걸 잘 아는 그녀는 바로 후회했다.

파일을 든 그녀의 손이 가늘게 떨렸다. 그는 어색해하는 문영의 얼굴을 한 번, 파일을 한 번 번갈아 쳐다보다가 피식 웃으며 손을 들었다.

"감사합니다."

듣기 좋은 목소리로 점잖게 대답한 그가 파일을 건네받을 때 슬쩍 문영의 손가락에 그의 손끝이 스쳤다. 고의는 아니겠지만 실수라도 그다지 용납하고 싶지 않은 문영이 조금 오버해서 손을 치웠다.

찰나 그의 손이 허공에서 멈칫했다.

"아, 보고서 정리부터 하죠."

대화는 거기까지였다.

잽싸게 모니터로 고개를 돌린 문영은 억지로 일에 집중했다.

검지에서 느껴진 그의 온기를 지워야 했다. 키보드를 두드리는 그녀의 손길이 평소보다 거칠었다. 분주하게 자판을 누르면서도 문영은 생각했다.

그날, 그저 순백한 아이 같기만 하던 연우도 지금처럼 따뜻했던가.

지나치게 차가웠거나 뜨거워서 소스라치게 했던 기억만 남아 있는 문영은 회한이 서린 한숨을 푹 내쉬었다.

삭막한 회사 생활을 하는 동안 오롯하게 내 편이 되어 줄 수 있는 부사수를 절실히 소원했던 그녀는 앞날이 막막했다. 몇 번 생각해도 후임이 서연우인 건 인생 반칙이었다.

"족집게 과외받는 기분이에요."

"……."

"섬세하게 잘 가르쳐 주시니 보답하기 위해서라도 하루 빨리 적응해야겠네요."

이어서 보고서를 작성하던 문영의 손이 키보드 위에서 굳었다. 생각할 시간이 필요한 것 같아 잠시간 침묵했다.

연우의 말을 헤아리기 위해 골몰하던 문영이 답을 채 찾기도 전에 그를 돌아보았다.

"대학교 다닐 때 몇 번 과외 알바를 했었거든요. 아무래도 그 버릇이 남았나 보네요."

생각에 없던 대답이 툭 튀어나왔다.

"제가 좀 지나치게 섬세해요."

"그래서 생각도 많으시죠?"

"……."

"섬세하시잖아요. 보고서 정리하신 거 보니까 알겠더라고요. 늘 책상 정리도 깔끔하게 하시고."

할 말을 잃은 문영은 물끄러미 연우를 바라보며 그가 하는 말을 잠자코 듣기만 했다.

"과외 알바 하셨다고."

뭐 하자는 거야.

"그 수업받은 학생들은 복받았네요."

아는 척을 하자고?

"정말 잘 가르쳐 주셨을 것 같아요."

그가 그렇게 말하는 요지를 파악하기가 어려웠다. 곰곰이 생각하던 문영의 동그란 이마에 기어이 구김살이 졌다.

"서연우 씨, 저한테 할 말 있……."

고민 끝에 말문을 열었다. 말허리가 싹둑 잘려 나간 건 느닷없이 그녀를 찾아온 인사 팀 조 대리의 등장 때문이었다. 문영의 낯빛이 급격하게 어두워졌다.

"아, 안녕하십니까."

조 대리는 예의상 박 과장을 찾아가 먼저 인사를 했지만 문영은 예상할 수 있었다. 그의 목적이 온전히 자신에게 있다는 걸.

어제 일에 대한 뒷말이 남아서일까.

그게 아니라면 그가 이렇듯 무턱대고 그녀를 찾아오는 일은 극히 드물었다.

문영은 박 과장과 이런저런 이야기를 나누며 과장되게 웃고 있는 조 대리를 편치 않은 눈빛으로 바라보았다.

그와 몇 마디 더 나누던 조 대리가 돌연히 뒤를 돌아 그녀 앞으로 다가왔다.

잠시 할 말이 있다고 운을 뗀 그의 시선이 힐끔힐끔 연우를 곁눈질했다. 단순히 그녀 옆에 앉은 연우와 눈인사를 나누는 거라고 생각했던 문영은 자리에서 일어나 뒤를 돌아본 순간 조 대리가 왜 그렇게까지 연우의 눈치를 살폈는지 알 수 있었다.

그는 처음부터 끝까지 문영을 바라보고 있었다. 가라앉은 눈동자가 꼭 운무에 가려진 달빛 같았다. 흐리게나마 이채가 보였다. 문영은 광채를 띤 연우의 눈을 지그시 내려 보다가 한숨과 함께 고개를 돌렸다.

"저기, 그, 권 대리님……."

할 말이 많아 보이는 조 대리는 문밖을 눈짓으로 가리키며 우물쭈물하고 있었다.

"후."

짧게 한숨을 쉰 문영은 하는 수 없이 자리를 벗어났다.

멀리서 지켜보는 박 과장의 탐탁지 않은 눈빛도 거슬렸지만 그녀를 빤히 주시하는 연우의 눈빛도 알게 모르게 신경을 건드렸다.

3장

"저한테 할 말이라도 있으세요?"

조 대리와 함께 휴게실로 장소를 옮긴 문영은 커피 한 잔 놓이지 않은 테이블 위에 팔꿈치를 대고 있었다.

"아니, 그게 아니라……. 혹시 어제 나 때문에 기분 상했어?"

"아뇨."

"그렇다면 다행인데 괜히 신경 쓰이더라고. 내가 어제 농담을 너무 과하게 한 것 같아서."

"남한테 차인 얘기를 농담처럼 하는 사람들도 더러 있죠. 예를 들면 조 대리님처럼."

문영의 농기 띤 말에 조 대리가 멋쩍은 듯 뒷머리를 긁적였다. 암만 눈치 없다지만 말의 행간을 이해 못 할 만큼 바보는 아니었다.

"그래도 괜찮아요. 조 대리님이 사람 좋은 건 누구나가 다 아는 사실이니까."

"응? 내가? 정말 그래?"

"그럼요."

"궈, 권 대리도 정말 그렇게 생각해?"

싱긋 눈웃음을 지은 문영이 부러 대답을 아꼈다.

"먼저 가 봐야겠어요. 사람 좋은 조 대리님."

"으응?"

"얼른 좋은 여자 만나셔야죠."

정중하게 인사를 한 문영이 먼저 자리에서 일어나 탕비실 쪽으로 걸어갔다. 이음새가 부드러운 문을 열자 익숙한 향취가 곧장 코로 스며들었다.

어디서 맡아 본 향기인가 했더니 어제오늘 연우에게서 맡았던 향수 냄새였다.

아니나 다를까, 정수기 앞에 선 연우가 막 문을 열고 등장한 그녀를 물끄러미 바라보고 있었다.

"다녀오셨어요?"

"아, 네."

문영은 어색한 대답과 함께 탕비실로 들어섰다. 연우는 종이컵에 뜨거운 물을 절반 정도 받고 있는 중이었다. 딱 봐도 박 과장의 커피였다.

미안하지만 박 과장의 커피는 주로 지은이 준비했다. 그녀가 거의 도맡아 하다시피 했던 그 일이 연우에게 인계됐다는 건 굳이 묻지 않아도 알 만했다.

새침데기 같은 지은이 아닌 척하며 연우에게 떠넘겼을 게 분명했다. 부족함 없이 자란 서연우가 커피 심부름이라니.

그게 잘못된 건 아닌데 괜히 실없는 웃음이 났다.

"박 과장님 드릴 커피예요?"

알면서 물은 말이라 그런지 돌아오는 대답에도 재미가 없었다.

"네."

"물이 좀 많은 것 같은데."

"아, 그래요?"

어떡하지. 연우가 짐짓 곤란한 얼굴을 하며 고개를 갸웃댔다. 이미

물은 절반 이상 채워진 상태였다. 어쩐지 색깔이 연하다 했더니.

"커피 안 타 봤죠?"

"삽질은 잘하는데, 물 양 조절은 해 본 적이 없어서."

"신기하네요. 오히려 삽질에 더 재능 없어 보이는데."

"그래요? 이런 것도 다 선천적인가 봐요. 전 감이 잘 안 잡혀서."

문영이 연우 곁으로 다가갔다.

"그래요? 큰일이네요. 우리 팀에서 하는 일도 다 감이 있어야 하는 일인데."

"아. 그런 감은 좋은 편에 속하는데. 대리님도 아시잖아요."

종이컵을 꺼내 믹스커피 가루를 부으려던 문영이 멈칫했다.

"그게 무슨 말이에요?"

"내 강점이 잘 드러나는 분야가 따로 있다는 말이죠."

"그럼 그쪽 분야로 취직하지 그랬어요."

쌀쌀하게 대꾸한 문영이 정수기 앞으로 걸어가 뜨거운 물을 부었다. 일회용 티스푼을 꺼내 분말 가루가 잘 희석될 수 있도록 천천히 저어 주었다.

연우는 그런 그녀를 조용히 바라보기만 했다. 순간 그의 시선이 느껴져 목덜미가 뜨거워졌다.

종이컵을 잡은 손바닥과 두 뺨 중 어느 곳이 더 홧홧한지 모르겠다.

"그건 좀 곤란해서."

"……아무튼."

덥석 그의 앞으로 종이컵을 들이민 문영이 시선을 아래로 내리깐 채 입술을 옴쭉거렸다.

"물은 절반 정도. 과장님은 블랙은 안 드세요."

"대리님은요?"

"지금 과장님 얘기 하고 있는데, 동문서답은 정중하게 거절할게요."

"네, 물은 절반 정도. 블랙은 안 드시죠. 그래서 권 대리님 취향은 어떻게 되십니까?"

"서연우 씨, 나한테 할 말 있어요?"

"할 말은 방금 했고, 대리님 답변만 들으면 될 것 같은데. 혹시 제 질문이 대리님을 난처하게 만든 겁니까?"

"내 지레짐작이라면 미안한데, 혹시 나랑 아는 척이 하고 싶은 거예요?"

이런 식의 대화가 이어질 줄 몰랐던 문영은 묻고 나서 한숨을 쉬었다.

굳이 그런 질문을 할 필요가 있었나 싶었다. 하지만 그 순간만큼은 울컥 치미는 감정을 주체할 수 없었다. 조 대리와는 상관없이 은근히 던지는 연우의 말이 자꾸만 과거의 기억을 헤집는 것 같아 불편했다.

아예 모르쇠를 하거나 아니면 예전만은 아니겠지만 적당한 관계를 유지하며 지내거나 했으면 좋겠는데, 그녀가 보는 연우의 행동은 이도 저도 아니었다.

남 대하듯 하면서도 툭툭 던지는 말이 그녀를 잘 아는 듯한 뉘앙스를 띠는 게 영 마음에 들지 않았다.

"그냥, 제가 생각하는 권 대리님은 블랙보다 믹스를 더 좋아하실 것 같아서 물어본다는 게."

쓴맛을 싫어했다. 딸기보다는 초코를 좋아했고, 싱그러운 것보다는 달고 짠, 자극적인 걸 더 좋아했다.

사람의 취향은 입맛을 따라간다고, 연애 취향도 그랬다.

자극을 줄 만큼 강렬한 남자를 좋아했다. 그 강한 자극에 남는 건 쓰린 속뿐이라는 걸 알면서도.

다 알면서, 묻는 저의가 대체 뭔데. 문영이 머리카락을 쓸어 넘기며 확 인상을 구겼다.

"아직도 그래요?"

"……."

"단맛을 더 좋아하세요?"

"사람 취향 잘 안 변하죠."

"아."

연우가 옅게 웃으며 탄식했다. 별말 아닌 것 같아도 듣는 이에 따라 의미가 달라지는 게 말이었다.

특히나 문영의 입에서 나오는 말은 늘 연우에게 와전되고 틀어져서 끝내 아프게 닿았다.

연우는 곰곰이 생각하는 기색을 보였다.

그러니까 취향이 잘 안 변한다는 게. 느리게 눈을 감았다 뜬 그의 시선이 애먼 허공을 향했다가 도로 문영을 찾아왔다.

결심을 한 사람처럼 그의 눈빛이 한층 단단해졌다.

"권 대리님, 혹시 제가 불편하십니까?"

문영은 저도 모르게 마른침을 삼켰다. 이상하게 그의 말을 기다리게 됐다. 종이컵을 쥔 손에 힘이 들어갔다.

바짝 악력을 넣은 종이컵이 조금 찌그러졌다. 반쯤 채워진 커피가 흘러넘치면서 그녀의 하얀 손등을 누렇게 적셨다. 그 순간 연우의 너른 어깨가 움찔 떨렸다. 저도 모르게 손을 뻗으려다 멈칫하는 그를 보며 문영이 냉소를 지었다.

"서연우 씨가 그렇게 느꼈으니, 그런 질문을 하는 거겠죠? 그럼 나도 한 가지 물을게요. 그런 질문을 하는 저의가 뭐죠?"

"사회생활 편하게 하고 싶어서요. 제 욕심입니까?"

"편한 사회생활은 없어요. 안락하고, 편안하고, 내 마음대로 하고 싶은 생활이 필요하면 평생 내 방 침대 위를 굴러야겠죠."

"내가 불편한 건 권 대리님인데."

"편한 상사가 세상에 어디 있……."

"사적인 질문입니다."

여상한 얼굴로 말하는 그가 정말 다른 사람 같았다.

기억이 왜곡된 것 같았다.

원래 서연우는 이런 사람인데, 그때의 내가 서연우에게 무관심했던가?

그 시절, 그 애도 이렇게 숨김없었던가.

"절 불편하게 대하는 것 같아서 신경 쓰였어요."

"……."

"혹시 나를 보면 권 대리님이 꼭 도덕성이 결여된 사람처럼 느껴지는 겁니까?"

예상치 못한 질문에 문영의 얼굴이 경악으로 물들었다.

"무슨 말을 하는 건지 모르겠군요. 이해하기 어려운데."

조금씩 커피가 식어 가는 것 같았다. 자리를 비운 지도 꽤 오래된 것 같고.

문영이 연우에게서 돌아서자마자 부산스럽게 움직였다. 다시 일회용 종이컵을 꺼냈다. 믹스커피 스틱을 꺼내려 찻장을 더듬거리는데 바닥을 딛는 구둣발 소리가 일정하게 들려왔다.

소리는 정확히 그녀의 등 뒤에서 그쳤다. 듣기 좋은 목소리로 그윽하게 속삭이는 말이 가슴에 내리 꽂힐 거라는 걸 예상하지 못한 문영이 그대로 굳었다.

"저랑 섹스한 것 때문에 그래요?"

그녀를 대신해 높은 찻장에서 커피 스틱을 꺼내 준 연우에게서 그것을 받는 게 우선인지, 대답을 먼저 해야 할지 문영은 수 초 사이에 무수한 고민을 했다.

우왕좌왕하던 그녀는 조용히 비닐을 찢는 것을 선택했다.

"아니면."

"……."

"내가 아직도 권문영한테 미쳐 사는 서연우 같아서, 불편한 겁니까?"

"왜 자꾸만 그런 질문을 해요?"

아무렇지 않은 척 여상한 얼굴을 한 채 뒤돌아선 문영의 입가가 다시금 굳어졌다. 코앞에 선 연우와의 거리가 위험할 정도로 가까웠다. 그에게 배어 있는 향기가 그대로 그녀에게 전이되는 것 같았다.

이미 탕비실 전체에 그의 향취가 배어 있었지만 그것과는 다른 의미로 서연우의 체취가 피부에 스며드는 것 같았다.

그녀가 조금만 움직여도 그의 향이 풍겼다.

"사적인 이유로 권 대리님 눈치는 보고 싶지 않은데."

"……."

"계속 그러면 신경 쓰이잖아요."

웃음이 녹아 있는 말씨가 상냥했다. 꼭 부탁을 하는 것처럼 나긋나긋하게 말을 하는 연우를 올려보았다.

늘 그녀 앞에서만큼은 싱긋싱긋 잘만 웃던 그때의 연우가 기억되는 얼굴이었다. 그때처럼 느른하게 웃고 있는 얼굴은 익숙한데 분위기가 달랐다.

그 시절의 서연우가 인고를 모르는 철부지였다면 지금의 서연우는 꼭, 피폐와 몰락을 거듭한 사람 같았다. 지금처럼 그녀에게 보여 주는 웃음은 분명 웃음인데 잘 모르겠다.

정말 웃는 건지, 그녀로서는 알 턱이 없었지만 느낌이 그랬다.

"조 대리님이랑은 이야기, 잘 마무리 지으셨어요?"

빠르게 휘몰아치는 대화가 칼바람을 몰고 온 것 같았다. 달짝지근한 커피 향내가 풍겼지만 하나도 달콤하지 않았다.

"쓸데없는 질문은 삼가 주세요."

"가끔은 쓸데없는 질문이 친밀도를 향상시키는 데 큰 도움을 주기도 하죠."

그렇게 말하면서 빙긋 웃는 연우를 보았다. 입안 여린 살을 꽉 물었다.

"좋아요?"

그녀를 곤란하게 하려는 의도라면 성공이었다.

문영이 눈썹을 찌푸리며 묻는 말에도 연우는 여유를 부렸다. 긴장을 전혀 모르고 산 사람처럼 검지로 광대뼈부터 턱 아래까지를 매끄럽게 쓰다듬었다.

"누가 들으면 더 좋죠. 특히 조 대리님 같은 사람."

"서연우 씨."

"싫잖아요. 조 대리님이 마음에 안 차는 거 아니에요?"

"……."

"금방 돌아오셔서, 그런 것 같았어요."

"후……."

차분하게 숨을 고른 문영이 머리를 쓸어 넘겼다. 연우의 시선이 손가락 사이로 빠져나가는 그녀의 머리카락에, 가느다란 손가락에 순서대로 닿았다 떨어졌다.

도를 넘는 그의 말에 입술 밖으로 모난 말들이 튀어나왔다.

"내가 서연우 씨랑 잔 거 말인데요. 시간이 꽤 많이 지났다는 것도 알고, 그날 그 일이 실수라는 것도 아는데, 너무 오랜만에 봐서 그런지 솔직히 다시 생각났거든요. 그래서 조금 불편한 건 사실이에요."

게다가 그때 그녀를 열렬하게 안아 주던 그 애가 눈앞의 남자라는 게 쉽사리 믿어지지 않았다. 연우가 가장 불편한 이유가 눈에 띄게 달라진 겉모습 때문이라는 사실을, 문영은 죽어도 그에게 소리 내어 말하고 싶지 않았다.

"기왕 말 나온 김에 마저 하죠. 사적인 이유로 서연우 씨 불편하게 했다면 사과할게요."

멀지 않은 곳에 거울이 있었다. 문영은 당장 그 앞으로 달려가 연우를 마주 보는 표정을 확인하고 싶었다.

껄끄러운 잔해가 남아 있을 낯빛은 엉망일 게 분명했다. 그가 보기에도 흉하게 느껴질까.

문영은 수척한 뺨을 손으로 매만지며 비스듬히 어깨를 돌렸다. 이렇게 그를 마주 보고 있는 상황이 달갑지 않았다.

"아직도 후회해요?"

"그만 얘기할까요, 우리. 수다 떠는 데 시간 많이 잡아먹은 것 같은데."

연우를 지나쳐 정수기 앞으로 걸어온 문영이 박 과장의 입맛에 맞게 물을 받았다.

쪼르르, 흘러나오는 물소리를 나지막한 연우의 목소리가 집어삼킨 것 같았다.

"내 얼굴 보니까 후회하게 됐어요? 그때 그 시간이."

그의 목소리만 선연하게 귀에 닿았다. 티스푼으로 살살 커피를 저으며 고개를 든 문영이 연우를 똑바로 올려보았다.

가족 같은 동생, 아찔한 원 나잇의 상대.

그녀에게 서연우는 그런 존재였다.

그런 상대와의 잠자리를 가진 그 시절을 후회했냐고?

동생 같았던 연우와 질펀하게 관계를 가졌다는 사실이, 그의 아래에서 짙은 신음을 내질렀다는 사실이 스스로를 못 견디게 만들었다.

그래서 서연우를 보면 자꾸만 윤리관이 더럽혀지는 것 같았다. 자신이 정말 연우를 잡아먹는 요부 같아서.

문영의 입술이 조그맣게 벌어지는 그때, 탕비실의 문이 열렸다.

"뭐야? 둘이 무슨 얘기해?"

소란을 몰고 온 최 대리가 방긋이 웃으며 마주 보고 선 두 사람을 쳐다보았다.

"응? 뭐가 이렇게 심각한데?"

"하……."

곤란해하는 문영이 기어이 한숨을 뱉어 냈다.

7년 전 그날, 눈을 뜬 문영은 몇 번이나 연인이 아닌 남자의 품에 안겨 열락에 취했다는 사실에 절망했다. 그 자극들이 너무도 또렷해서 알 수 없는 회의감이 찾아왔다.

포근한 시트에 감겨 뒤척이다가 느지막이 상대가 연우라는 걸 깨닫는 순간, 숨이 멎는 것 같았다.

잠깐의 충동에 흔들려 이런 일을 저지르다니. 후회는 생각보다 빨리 그녀를 찾아와 덮쳤다.

맞붙은 몸 사이로 스며드는 체온이 좋아 하염없이 그를 끌어안고 있었다. 조금만 뒤척여도 아이처럼 칭얼거리며 연우의 목을 끌어안았다. 품을 내어 주는 것조차 그녀에게는 달콤한 위로가 되어 주었다.

아니, 사실은 철저하게 벽을 치고 외면했다. 따뜻한 체온을 나누어 주는 연우가 그 순간만큼은 미치도록 좋아서 일부러 무방비하게 굴었다. 두 팔다리로 정신없이 그를 옭아맸고, 조금만 떨어질 새면 가지 말라고 울먹거리며 속삭였다.

아기 새처럼 파들파들 떨며 너른 그의 가슴 안에 꼭 얼굴을 묻었다.

그랬으면 안 됐는데.

다른 사람도 아닌, 가족이나 다름없는 서연우와 어떻게.

"잠자리 같은 건 아무런 걸림돌도 안 되죠."

"뭐?"

"한 번 잔 걸로 발목 묶일 만큼 쉬운 사람 아니잖아요."

미친 짓이었다. 내 억울함과 설움을 회포 풀듯이 몸을 섞은 것도 어처구니가 없는데, 하필이면 그 상대가 서연우라니.

울컥, 충동이 올라왔다지만 이건 아니었다. 취기에 단락 반응이 올라왔다는 건 핑계에 불과했다. 처해진 상황을 우회하기 위한 수단으로 연우를 이용한 건 지극히 이성적인 판단하에 떨어진 결정이었다.

연우의 마음을 알면서 일부러 흔들어 놓은 꼴이 됐다. 아니, 이럴 걸 알면서도 저지른 그녀가 간악한 거였다.

"근데 난 아니야."

"……."

어쩔 줄 몰라 하는 그녀의 표정을 눈으로 읽었는지 연우가 손을 뻗어 왔다. 평소와 다르게 가는 손목을 감아 채는 그의 행동은 놀라울 정도로 과감했다.

"잡을 수 있으면 붙잡을래, 그 발목."

놀라 휘둥그레진 그녀를 확 잡아 당겨 품 안에 가둔 연우는 마른 그녀의 어깨를 꽉 끌어안았다.

머리 위로 뜨거운 입김이 쏟아졌다. 속살거리는 그의 목소리는 찬찬했지만 호흡은 조금씩 흐트러졌다.

발그스름히 상기된 얼굴이 예상됐지만 막상 눈으로 올려본 연우의 낯빛은 평소처럼 온유하기만 했다. 외려 희말쑥한 문영의 얼굴이 붉게 상기되었다.

"난 못 해요. 한 번으로 끝낼 만큼 가벼운 마음이 아니라서 욕심내려고."

취색이 가시지 않은 듯한 목소리였다.

"더 구질구질하게 굴어 줄게요."

연우의 목소리가 애달프게 느껴졌다. 긴 여운을 남기는 음성이 문영의 이면 뒤에 감춰진 어느 곳을 훅 찌르는 것 같았다.

　동그란 어깨를 붙든 그의 손에 힘이 실렸다. 키만 큰 줄 알았던 서연우는 그새 손도 자란 모양이었다. 한 움큼 손아귀에 쥔 문영의 어깨를 끌어안고 애원하듯 속삭였다. 다 큰 강아지가 주인의 사랑을 갈구하는 것처럼 애처롭고 처량한 모양새인 건 분명했다.

　"난 그래도 괜찮으니까, 받아 줄 때까지 개처럼 충성할 수도 있어요."

　문영은 기대어 오는 연우를 안지 못한 채 굳어 버린 손을 허공에 두었다.

　"원한다면 당장 바닥을 길 수도 있어. 다 할 수 있으니까…… 버리지 마요."

　버리지 말라고 웅얼거리는 그의 말은 이내 애절한 부탁이자, 간절한 소원이 되었다.

　"……그럴 거 뻔히 아는데, 그러지 마."

　하지만 연우의 욕망 같은 소망을 이루어 주기에 그녀의 마음은 차디 찼다.
　온몸에 스며들던 연우의 열기는 그녀 안에서 금세 식었다. 밑이 터진 신발같이 해진 마음이라 뭐든 금방 차올랐을 테다.
　굳이 연우가 아니더라도 말이다.

　"좋아해요."

차가운 저녁 바람이, 빗물이 스미는 것처럼 연우가 그녀에게 새어 들어온 것도 당연한 일이었지만 허무하게 빠져나가거나 바싹 말라 가는 것도 당연한 일이었다.

실틈같이 비좁은 마음이라 완전히 흘러 나가기에는 꽤 시간이 지체 될 것 같았다.

"환상은 다 깨졌어요. 그런데도 남은 말은 그 말뿐이에요."

정말 좋아해요.

진심 어린 그의 고백이 가슴에 얹혀 좀처럼 내려가질 않았다. 새빨 개진 연우의 귓불과 목덜미가 자꾸만 눈에 밟혔다.

눈치 좋은 최 대리의 눈빛이 음흉하게 변해 갔다.

"응? 둘이 무슨 얘기 했냐니까?"

마치 두 사람의 대화를 처음부터 끝까지 다 엿들은 것처럼 꼬치꼬치 캐물었다.

"서연우 씨 사수가 내가 처음이라고 하네요. 그 얘기 하는 중이었어요."

"정말?"

"네, 정말."

단호한 문영의 말에 최 대리가 눈을 접어 살살 웃음 지었다. 찻장 앞으로 걸어와 조그만 사각 트레이를 꺼낸 그녀가 종이컵과 커피 스틱을 여러 개 꺼내며 말했다.

"근데 무슨 그런 얘기를 그렇게 진지한 얼굴로 해? 솔직히 말해, 권 대리. 방금까지 서연우 씨 잡고 있었지?"

"잡을 이유가 어디 있어요."

그녀의 늘씬한 뒷모습과 연우를 번갈아 쳐다보던 문영이 나직하게 대꾸하자 최 대리에게서 호방한 웃음소리가 터졌다.

"서연우 씨 잘생겼잖아. 그것 때문에 풍기 문란 일으키지 말라고 한소리 하고 있던 거 아니야?"

"풍기 문란이라뇨."

"너도 나도 서연우 씨 좋다고 떠들어 대는 중이잖아. 하다못해 남자인 우리 팀 권재 씨도 서연우 씨의 매력에 푹 빠져 있던데."

"아."

그런가. 수려한 연우의 얼굴을 흘깃거리던 문영은 새삼스러웠다.

하루 이틀 잘생긴 것도 아닌데 입사와 동시에 전 사의 라이징 스타로 떠오른 그가 마냥 다른 사람 같았다.

"우리 팀 정은 씨랑 권 대리님네 지은 씨, 죽이 잘 맞더라. 서연우 씨얘기로 단합하는 분위기더라니까. 대단해요, 서연우 씨."

빙글, 몸을 돌려 연우를 직시한 최 대리가 정말 놀랐다는 듯 눈을 동그랗게 떴다.

"아닙니다."

"세상에 휴먼으로 다가가려고 해도 마음이 안 떨릴 수가 없네. 사람이 어떻게 그렇게 겸손하기까지 해?"

깔깔 웃는 최 대리의 눈치를 보다가 문영이 조심히 팔을 뻗었다. 연우의 슈트 재킷 자락을 잡아 무언의 신호를 건넸다.

그와 눈이 마주치자 문영이 작게 고개를 저었다. 그만, 하고 움직이는 입 모양을 빤히 내려다보던 그는 수 초 뒤 피식 웃는 소리를 냈다.

"커피 식겠어요, 서연우 씨. 할 일 없어요? 내가 아까 부탁한 보고서정리는 아직인가요?"

조잘대는 최 대리에게 등을 보이고 선 문영이 짐짓 무거운 목소리로물었다. 연우를 올려보는 그녀의 눈꼬리에 힘이 들어갔다.

하마터면 두 사람의 대화가 최 대리의 귀에 들어갈 뻔 했다. 찰나였지만 위험했던 건 사실이었다. 두 번 다시 느끼고 싶지 않은 아찔함이었다.

안정적인 차후를 위해서라도 연우에게 주의를 줘야겠다.

"정리되는 대로 넘겨줘요."

최 대리와 나란히 탕비실을 걸어 나오며 문영이 간결하게 말했다. 잠시간 썰렁해진 분위기는 넉살 좋은 최 대리 덕분에 나아졌다.

"근데 서연우 씨, 본인이 생각해도 진짜 잘생긴 거 알죠? 솔직히 말해 봐, 커리어는 얼굴로 쌓았지?"

넉살 좋은 최 대리는 어느샌가 연우의 옆에서 걷고 있었다. 앞서 걷던 문영의 걸음이 뒤처지며 저절로 두 사람의 뒤를 따르고 있었다.

문영은 반색하는 최 대리와 지극히 형식적인 미소로 화답하는 연우를 빤히 바라보았다.

자로 잰 듯 빈틈없이 맞아떨어지는 얼굴 각도 때문일까. 잘생긴 건 알겠는데 요란을 떨 만큼 잘생긴 얼굴인가.

온순한 성격을 닮아 광대뼈 모양도 성나지 않게 점잖은 연우의 옆얼굴은 퍽 보기 좋은 편에 속했다.

아니, 좋은 편이 아니라 확실히 좋았다. 벌써 3일째 보는 얼굴인데도 새삼스러울 만큼 서연우는 잘생겼다.

그저 동생 같기만 하던 그 시절의 순수했던 이미지가 7년 새 퇴색되어 버린 것 같았다.

"응? 서연우 씨, 왜?"

정확하고 반듯한 걸음으로 나아가던 연우가 돌연히 멈췄다. 고개를 갸웃대는 최 대리에게 눈웃음을 짓던 그가 비스듬히 어깨를 돌렸다. 정신없이 연우의 얼굴을 뜯어보던 문영과 눈이 마주치자 크고 두꺼운 그의 입술이 가느스름해졌다.

이마저 배려라면 배려일까. 느리게 걷는 그녀를 생각해 잠시 멈춰선 연우의 의도를 문영은 금세 눈치챌 수 있었다.

"와, 지금 권 대리가 사수라고 챙기는 거야?"

부러움에 탄성하는 최 대리를 두고, 문영을 바라보는 연우가 얄궂게 웃으며 눈을 키웠다. 안 오세요? 하고 채근하는 듯한 눈빛에도 문영은 제자리에서 꼼짝 않았다. 조금 전 그와 탕비실에서 나누었던 대화가 생각났다.

도덕성이 결렬된 것 같냐고 물었다.

아직도 권문영에게 미쳐 사는 서연우 같냐고. 아직 그의 질문에 대답하지 못했다.

사실이었다. 그를 보면 지극히 소박한 윤리관마저 붕괴되는 기분이었다. 서연우의 마음을 이용해 제 슬픔을 지우려고 했던 건 분명 천벌받아 마땅한 행동이었다.

연우를 다시 만난 3일 동안 문영은 인과응보를 절실하게 깨닫게 됐다. 이제야 대가가 따라오는 모양이었다.

화를 부른 그 일을 되새길 때마다 가슴 한 부분이 널을 뛰었다. 지금처럼.

"뭐야, 권 대리. 왜 그래?"

하지만 그렇다고 해서 서연우가 아직까지 권문영에게 미쳐 있다고는 생각 들지 않았다.

아니, 완전히 아니라고 하기에도 애매한 그의 행동이 자꾸만 문영의 생각을 왜틀비틀 흔들어 놓았다.

정말 뭐 하자는 건데.

힘주어 뜬 그녀의 또랑또랑한 눈에 응? 하고 입속말로 되물은 연우가 피식 웃는 게 보였다. 그가 느긋하게 그녀에게로 다가오는 동안 문영은 가만히 그의 행동을 살폈다.

"얼른 가야죠. 커피 식겠어요."

당연한 것처럼 그녀의 뒤로 다가와 서는 건 예상 밖의 일이었다. 아스라하게 맡아지던 그의 향수 냄새가 가까워졌다. 진하게 풍기는 향취에 순간 머리가 어질어질했다.

가까이 붙어 선 것만으로 이렇게 긴장할 거면서 잘난 체하듯 굴던 문영을 조소하는 것 같았다.

"대리님. 어깨가 굳었네요."

경직된 어깨가 대답하듯 움찔거렸다.

일부러 이러는 거야, 분명.

직접적으로 알은체할 마음도 없으면서, 난처해하는 내 모습이 보기 좋은 거야.

거기까지 생각이 미치자 맥박이 미친 듯이 빨라졌다. 황홀한 표정으로 연우의 행동을 다정하게 받아들이는 최 대리의 모습이 조금씩 지워지는 것 같았다.

실없이 나는 소리가 결단하고 있던 망각 속으로 그녀를 잡아끄는 것 같았다. 기억하지 않겠다고 해도 속절없이 떠오르는 고민이었다.

"오늘은 유독 치마가 짧아요, 대리님."

최 대리와 헤어지고 부서실 앞에 도착한 문영이 자동문 버튼을 누르려는 때, 연우가 넌지시 말했다.

✤ ✤ ✤

연우와 재회한 이후, 시시때때로 지난 과거가 머릿속을 엉망진창으로 만들었다. 결국 문영은 이틀간 그의 생각으로 잠을 설쳤다.

늦잠을 자는 바람에 부리나케 출근 준비를 했다. 생각할 시간마저 촉박해서 아무거나 꺼내 입은 게 하필 평소에는 잘 입지 않는 스커트였다.

구매한 후로 딱 한 번 입은 스커트는 무릎이 다 보이는 길이에 허리부터 골반, 허벅지까지 타이트하게 달라붙었다. 활동성이 좋지 않기도 했고, 몸의 라인이 여실히 드러나 특별한 날이 아니고서야 잘 입지 않는 옷이었다.

아마 그래서 아까 탕비실을 지나가던 조 대리가 힐끔 그녀의 다리를 훔쳐본 걸 테다. 평소답지 않은 과감한 차림새가 의아하게 느껴졌겠지.

"서연우 씨."

문영은 짧게 숨을 토한 뒤 연우를 돌아보았다.

"우리 하나만 확실히 하죠. 나도 좀 당황스러워서."

"음."

"알은척을 하자는 거예요, 말자는 거예요."

"다시 친해지자고, 저는 분명히 제 의사를 전달했죠. 중요한 건 대리님의 생각, 아닙니까?"

빙긋 웃은 연우의 팔이 그녀의 어깨를 스쳤다. 아래턱을 건드릴 것처럼 아슬아슬하게 비껴 나간 손이 그녀를 대신해 버튼을 눌렀다. 매끄럽게 문이 열리고 부산스러운 부서실의 소리가 들려왔다.

종이가 넘어가는 소리, 복사기가 작동되는 소리, 저 멀리서 고함치는 윤 차장의 목소리까지.

"대리님이야말로 하자는 거예요? 말자는 거예요?"

소음 같은 소리가 연우의 목소리를 잠식시켰다. 안도해야 하는 걸까.

"그날, 말없이 사라진 건 대리님이었잖아요."

지극히 사적인 연우의 질문을 아무도 듣지 못한 듯했으니 다행이라고 받아들여야 할까.

대답을 피할 수 없는 그녀의 처지가 곤궁하다는 건 누구도 모르는 일이었으니까.

"그때 왜 그랬어요?"

"……."

"대답해 줘요. 나도 궁금하니까."

꼭 그가 자신을 비웃는 것 같았다.

"말도 없이 사라져 놓고, 희한하죠. 알은체하기 싫은 사람 같아 보이진 않는데요."

"서연우 씨."

"또 나 혼자 하는 착각일까 봐 이번에는 확실히 짚고 넘어가야겠어요."

더없이 상냥한 말씨가 가슴을 훅 파고 들어오는 것 같았다. 그녀도 모르게 꼭꼭 숨겨 놓은 마음을 잡아채 수면 위로 끌어 올리는 것 같았다.

그를 보면 혼란에 빠진 마음을 여지없이 드러내곤 했다. 자연스러운 반응처럼 눈길이 가고, 시선이 흔들렸다.

"나만 보면 자주 흔들리는 것 같아요, 대리님은. 그런 눈으로 날 보면 내가 뭘 어떻게 해 줘야 돼요?"

까무러칠 정도로 당황스러운 마음을 지켜보는 서연우가 모를 리 없었다.

"서연우 씨 하고 싶은 대로 해요. 그런 거까지 내가 일일이 가르쳐 줘야 하나요?"

"음."

"그리고 웬만하면 회사 안에서 쓸데없는 이야기는 안 했으면 좋겠는데."

연우가 장난스레 눈을 키우며 비스듬히 고개를 움직였다.

"잡음이 생기는 걸 그다지 좋아하는 편은 아니라서요. 영양가 없는 얘기는 서로 삼가도록 하죠."

문영은 속마음을 들킨 사춘기 소녀처럼 불퉁하게 쏘아붙이곤 홱 문 안으로 건너갔다.

"……누난 여전히 나만 보면 꼬리 자르기 급급하네."

아기 새처럼 졸졸 뒤를 따르던 연우에게서 가벼운 목소리가 돌아왔다. 휘파람을 불듯 휘휘거리는 소리는 그다음에 들려왔다.

멈칫, 걸음을 세운 문영이 그를 돌아보았다. 애먼 곳을 보며 능청을 떨던 연우가 무심코 그녀를 바라보다 눈이 마주친 것처럼 씩 웃으며 고개를 갸웃거린다.

페이즐리 문양의 화려한 타이가 그가 입은 정통 클래식 슈트와 잘 어울려졌다. 그런 슈트를 입은 서연우는 더할 나위 없이 완벽했다. 가끔 그가 예상치 못한 부분에서 방긋이 웃곤 하는데 그럴 때면 꼭 문영은 뾰족하게 돋아난 가시에 질린 듯 움찔 떨었다.

생경한 아름다움에 홀려 눈을 떼지 못하다가 종국에 그가 서연우라는 사실을 지각하게 됐다.

그러니까 놀랄 것 없다. 그녀를 당황하게 할 만큼 영향력 있던 남자는 아니었으니까, 이제 와 이럴 필요 없다.

문영은 먼저 자리로 돌아가는 연우의 뒷모습을 멀거니 바라보았다.

사과를 바라는 건가?

미안하다는 말 한마디면, 괜찮은 건가.

그렇게 사과를 하면 남아 있는 껄끄러움도 제거될까.

……아니, 그럴 것 같진 않아.

왠지 그런 느낌이 들었다.

"어쩜, 서연우 씨는 넥타이 색상만으로도 그 이미지가 확 달라지는 것 같아요. 안 그래요? 대리님?"

속 좋은 지은의 이야기를 한 귀로 흘려들으며 문영은 차분하게 보고서를 작성했다.

"근데 요 며칠 동안 서연우 씨 타이 색깔이 참 많이 차분해졌죠? 그래서 그런가. 이미지가 굉장히 지적여 보이고, 막 여자 사원들 잡는 것 같고 그래요."

"지은 씨, 할 일 없어요? 동우 씨는 기획안 틀 잡느라 바쁜 것 같던데."

"아아. 저도 열심히 하고 있어요."

"학교 아니에요. 열심히 한다고 해서 인정받는 거, 사회에는 없어요. 명심해요."

열심히 할 필요 없으니 실적을 낼만 한 기획안을 만들라는 말이었다. 에두른 그녀의 말에 지은이 배시시 웃으며 고개를 끄덕였다.

"근데 진짜 완전 잘생긴 것 같아요. 인사 팀 하연 씨도 서연우 씨한테 푹 빠져서 정신 못 차리던데요?"

"좋겠네요. 그 나이에도 청춘인 것 같아서."

"어제는 올 블랙에 하얀 도트 패턴 문양의 넥타이였죠? 꽤 괜찮았는데."

오늘 연우는 젊고 경쾌한 느낌을 부각시키는 그린 컬러의 솔리드 타이를 착용하고 있었다.

서류를 복사하는 연우를 힐끔 훔쳐보는 지은의 옆얼굴을 문영이 돌아보았다. 하트 모양의 눈을 하고 그를 바라보는 지은의 입술이 바보같이 벌어지는 게 보였다.

"그저께도 나름 인상적이었는데. 뭐였더라."

"베이비 블루의 솔리드 타이였죠."

"헐. 맞아요, 맞아. 그것도 괜찮았는데. 근데 대리님, 웬일이세요? 그런 것까지 다 기억하시고?"

"그러게요. 내가 왜 그런 걸 기억하고 있을까요."

본인이 생각해도 놀랄 일이었다.

할 일 없이 연우의 일거수일투족을 관찰하는 지은처럼 연우에게 푹 빠진 것도 아닌데 이상하게 그가 매고 온 타이를 아침마다 확인하게 됐다. 아마 경황이 없어 평소와 사뭇 다른 차림새를 하고 온 자신을 은연중 비교하는 것 같았다.

끝까지 자존심을 세우는 문영은 연우에게서 자신과 같은 고민의 흔적을 찾으려 했다.

그도 그녀처럼 밤새 뒤척이거나, 종일 골몰하거나 하는 흔적.

하지만 타이 색상이 어두워지거나 패턴이 차분해지는 것 말고 연우에게는 이렇다 할 형적이 보이지 않았다. 그는 여느 때처럼 말쑥했다. 타이마저 담백하니 지나치게 정적인 그의 이미지가 숨이 막힐 정도로 완벽하게 보였다.

자리로 돌아온 연우를 올려보다가 고개를 돌린 문영이 버릇처럼 커피를 들이켰다.

늘 먹던 커피 맛이 평소와 다르게 조금 진한 것 같아 문영이 고개를 갸웃댔다. 원래도 달짝지근한 걸 좋아했지만 오늘은 조금 심했다. 설탕 덩어리가 혀에 닿자마자 녹아내리는 것 같았다.

지나치게 단맛이 의아해서 지은을 돌아보니 묻기도 전에 그녀가 척척 대답했다.

"오늘 커피 서연우 씨가 탔어요. 조금 서투른 것 같아서 제가 다시 가르쳤는데, 어때요? 맛 괜찮죠."

문영은 잠시 대답을 망설였다. 아직도 단맛을 좋아하냐고 물었었다.

아직도 단맛을 좋아하지만, 이 정도의 단맛에 싫증을 느낀 지 꽤 오래됐다.

"사 먹는 것만큼은 아니네요."

"에이, 대리님도 참. 서연우 씨, 괜찮아요. 이 정도면 충분해요. 혹시 모르는 거 있으면 또 물어봐. 내가 다 알려 줄게."

싱긋 눈웃음치는 지은의 말에 사심이 한가득이었다.

문영은 떫은 감을 씹은 듯 한쪽 눈살을 일그러뜨렸다.

"근데 대리님. 요즘 무슨 일 있으세요? 점점 미모에 물이 오르시는데요?"

평소 깔끔한 슬랙스 차림을 선호하던 문영이 요즘 들어 스커트를 즐겨 입는 모습에 하는 말이었다. 뜨끔한 문영이 황급히 고개를 돌렸다. 밀린 빨래를 해결할 생각도 없는 그녀는 요즘 연우와의 관계에 대해 깊이 골몰하고 있었다.

지극히 사사로운 이유로 집안일마저 손에 잡히지 않는 실정이었으니 옷장 속에 쑤셔 박듯 팽개쳐 놓은 옷을 꺼내 입을 수밖에 없었다.

그런데 하필 골라도 다소 기장이 짧은 스커트만 손에 걸렸다. 다른 걸 찾아 입자니 출근 시간이 촉박했다.

그런 이유로 대충 챙겨 입은 스커트가 지은에게 그런 오해를 심어 줄 줄이야.

"어, 설마! 썸남 생기셨어요?"

이상하다는 듯 그녀를 바라보는 지은을 고집스럽게 외면했다.

옆자리에 앉은 연우가 쓸데없는 생각을 하고 있을까 봐 그가 있는 쪽은 쳐다볼 엄두도 나지 않았다.

연우 때문인 건 맞지만 그를 의식해서 스커트를 차려입은 건 아닌데 괜히 뒷덜미가 따끔했다. 어디선가 피식 웃는 연우의 웃음소리가 들려오는 것 같았다.

정작 그는 그녀를 거들떠보지도 않고 있는데 말이다.

"그만 신경 쓰고 할 일들 하세요."

깔끔하게 잡음을 제거한 문영의 말에 꼬리를 내린 지은이 눈꼬리를 축 늘어뜨리며 고개를 돌렸다.

✤ ✦ ✤

상반기 출시 예정이었던 클래식 S의 출시일이 앞당겨졌다. 경쟁사의 전략적 행보에 대응하기 위해 전 사는 비상을 맞았다.

출시일이 무려 6개월이나 앞당겨졌으니 발등에 불똥 떨어진 듯 일을 처리해야 했다. 프로젝트 연구진들로부터 기술 개발 보고서를 전달받은 문영의 제품 전략 2팀은 보다 꼼꼼하게 로드 맵을 설계했다.

IM 부문 시너지 창출 및 기술 리더십을 공고히 하기 위해 팀원들은 주야장천 기획안 작성에 매진했다.

밤 10시가 다 되어 일이 마무리되었다.

피로감에 젖어 모두가 자리를 떴지만 문영의 모니터 화면만은 여전히 켜져 있었다. 오늘 일을 내일로 미루는 것만큼 미련한 일이 없다고 생각하는 그녀에게 아직 할 일은 태산이었다.

얼마 남지 않은 보고서를 확인하려는데 불현듯 생각이 샛길로 빠져나갔다.

모두가 퇴근했고, 회사도 일제히 소등됐지만 그녀와 나란히 붙어 앉은 연우의 자리에는 아직 그의 온기가 남아 있었다.

천천히 그를 돌아보았다. 서걱서걱, 보고서를 넘겨보는 그가 옆에 있었다.

"서연우 씨 하고 싶은 대로 해요. 그런 거까지 내가 일일이 가르쳐 줘야 하나요?"

문득 그에게 차갑게 일갈하던 제 모습이 떠올랐다.

그래서일까. 하고 싶은 대로 하라고 했더니.

"제 얼굴에 뭐 묻었습니까?"

완전히 무장 해제를 한 건지, 빤한 그녀의 시선을 느낀 연우가 능청스레 물어왔다.

"서연우 씨, 안 가요?"

"대리님이 여기 계시잖아요."

"저녁도 대충 때웠을 텐데, 지은 씨랑 가볍게 식사라도 하지 그래요."

배 좀 채우고 들어가야겠다며 구시렁대던 지은의 말이 생각나 꺼낸 말에 그가 문영을 돌아보았다.

"그러니까, 대리님이 여기 계시잖아요."

속 좋게 웃으며 대꾸하는 모양새를 보니 그다지 중요한 일이 아니라고 에두르는 것 같다. 구태여 말하자면, 혼자 남은 그녀 곁에 머물겠다는 말이기도 했고.

"난 서연우 씨가 불편한데."

"발등에 불똥 떨어진 상황에서도, 불편한 게 중요한가 봐요."

선선하게 웃으며 보고서를 덮은 그가 바퀴가 달린 의자를 끌어 그녀 곁으로 가깝게 다가왔다.

"잘 지냈죠, 그동안."

"……."

"잘 지냈어야죠. 말도 없이 사라진 사람이니까 발 뻗고 자는 일이 쉬웠어야지."

"서연우 씨. 지금 무슨 말을……."

"나는 잘 못 지냈다는 말을 돌려 하는 겁니다."

더없이 유순한 말씨가 어쩐지 쌀쌀하게 느껴졌다. 꼼짝없이 얼어붙은 사람처럼 연우를 직시하는 문영의 눈빛이 흔들렸다.

"마치 내가 서연우 씨를 피해 도망이라도 간 사람처럼 이야기를 하네요. 말도 없이 사라졌다니."

곧잘 대답했지만 문영은 혼란스러웠다. 그가 진정 하고자 하는 이야기가 무엇인지 그 핵심을 찾지 못했다.

다시 친해지자고 선하게 웃으며 말하던 그와 한껏 비아냥거리는 지금의 그가 교차되었다.

"내가 서연우 씨를 피해 도망갈 이유가 없잖아요. 서연우 씨 말대로 섹스 한 번으로 내가……."

"그런가요."

싱거운 대답이 돌아왔다. 말허리를 자른 그의 얼굴이 퍽 여상했다. 그 무감한 낯짝을 보니 이상하게 속이 끓었다.

"혹시, 나한테 사과라도 받고 싶은 거예요?"

능청스럽게 어깨를 으쓱이는 그를, 문영은 쌍심지를 켠 눈으로 쳐다보았다.

사라져? 누가.

가족 같던 연우와의 하룻밤 불장난에 막연한 회의감을 느낀 건 사실이지만 노골적으로 그를 피할 만큼은 아니었다.

충동적인 욕망에 현혹되어 경거망동을 했고, 그 부분에 있어 환멸을 느꼈다. 연우의 얼굴을 보기가 부끄러워 망설인 것도 사실이지만 그가 말하는 것처럼 연우를 피해 달아난 건 아니었다. 잠시 그 순간, 생각을 정리할 시간이 필요했을 뿐이었다.

문영은 대체 그가 무슨 오해를 하고 있는지 묻고 싶었으나 자존심에 질문을 아꼈다.

시비를 가리자면, 그가 먼저 문영을 떠난 꼴이나 진배없었다. 이제 와 이런 대화를 나눈다는 게 우스웠는지 문영이 작게 코웃음을 쳤다.

7년의 간극을 좁히려면 그때 그 시절로 시간을 거슬러 올라갈 수밖에 없는 건가.

"바라는 거 없어요. 대리님도 잘 아시잖아요."

"……."

"난 받는 것보다 주는 게 더 익숙한 사람이라는 거."

너무 예쁘게 웃는 탓에 화를 낼 수도 없었다. 문영이 한 템포 쉬었다가 입을 뗐다.

말을 꺼내기도 전에 그의 휴대폰이 울렸다. 대수롭지 않게 액정을 확인하는 그에게 문영이 넌지시 말했다.

"받아요."

"……."

"진동 소리도 시끄러우니까 받든지, 넘기든지 해요."

바람 소리를 내며 웃던 연우가 이내 휴대폰을 그러잡았다. 정중하게 통화를 마친 그는 그녀 보란 듯이 마지막까지 웃고 있었다.

"먼저 가 보겠습니다."

그가 느리게 몸을 일으키며 말했다. 연우를 시선으로 좇던 문영이 정면으로 의자를 바로 돌렸다.

"아, 그리고 대리님."

그대로 자리를 나설 것 같던 연우가 빙글 몸을 돌려세웠다. 곧게 굳은 사람처럼 앞을 향한 채 간간이 보고서만 훑어보는 그녀의 왼편으로 그가 다가왔다.

불식간에 가까워진 그가 상체를 낮추는 게 느껴졌다.

"여기 이 부분."

목덜미를 간신히 덮을 정도로 짧은 머리칼을 스치고 그의 손이 내려왔다.

그녀가 보는 둥 마는 둥 했던 보고서의 한 문단을 가리키는 손끝을 따라 고개를 내렸다.

"실패 확률을 책정하는 부분에서 10%는 너무 적죠."

서연우는 다정했다. 지금보다 앳된 얼굴을 하고 있을 적부터 그는 특유의 자상함으로 이따금 문영을 놀라게 하곤 했다.

지금처럼.

친절을 가장한 지적이라고 생각하고 싶지만 그의 팔이 언뜻 스치고 지나간 어깨 부위가 데인 것처럼 뜨거워 다른 건 생각할 수 없었다.

"저는 17%가 적당하다고 생각합니다."

확연히 짧아진 말, 노골적으로 스치고 지나가는 팔, 약 올리는 것처럼 웃고 있는 입술.

문영은 그를 돌아볼 자신이 없었다.

"내일 뵙겠습니다."

나긋나긋한 어조로 달콤한 인사를 건네는 목소리가 부드러웠다. 유유히 돌아서 차분하게 걸어가는 그의 구둣발 소리가 머리를 어지럽혔다.

서연우의 태도를 당최 이해할 수 없었다.

"뭐 하자는 거야, 정말."

그가 사라지고, 혼자 남은 그녀에게서 무거운 한숨이 쏟아졌다.

상대가 서연우라서 미워하는 것도 쉬운 일은 아니었다.

제게도 잘못이 있음을 알고 있으니, 미안한 건 사실이니까.

4장

서연우의 감정은 들쑥날쑥했다.

7년 전 그녀를 좋아하는 그의 마음을 이용하고 달아난 파렴치한 대하듯 굴다가도, 알게 모르게 제 주변을 배회한다는 걸 문영은 본능적으로 알 수 있었다.

"자자, 식사들 하고 일합시다."

"와! 대박. 안 그래도 완전 배고팠다고요."

"그러니까, 먹고살자고 하는 일 끼니는 챙기자고. 와서 하나씩 들어."

클래식 S의 출시일이 앞당겨지면서 눈코 뜰 새 없이 바쁜 생활이 이어졌다. 끼니는 걸러도, 하루는 허송처럼 거를 수 없다는 윤 차장의 지시하에 팀원들은 밤도 잊은 채 매일을 고군분투했다.

"권 대리님, 이거 받으세요. 식사는 하셔야죠."

"아······. 고마워요."

"연우 씨, 사수라고 대리님만 너무 특별 대우하는 거 아니에요? 서운하게.

대리님은 좋으시겠어요. 자리로 직접 도시락 배달해 주는 부사수도 있고."

그때마다 서연우는 눈물이 겨울 정도로 문영을 챙겼다. 그녀의 도시락을 가장 먼저 챙겨 주는가 하면 외부 일정차 경기도권에 있는 개발 단지를 방문할 때에도 당연하다는 듯 그녀를 따랐다.

사실 그때까지만 해도 문영은 단순한 우연이라고 생각했다.

가족 같던 이웃사촌에서 기묘한 선후배 사이로 재회를 했으니 좋든 싫든 한데 얽혀 지낼 수밖에 없었다.

신입 사원 교육은 잡무였으나 어쨌거나 그녀가 도맡은 일이었고, 해야만 하는 일이었으니까. 다만, 사적인 감정을 철저하게 차단하고 오롯한 직장 후배로만 그를 대하고 싶은데 실상 그게 잘 되지 않아 곤욕스러웠다.

시시때때로 상기되는 연우는, 그녀의 생각을 잘 알기라도 하는지 매 순간 그녀 뒤에 있었다.

'권문영 껌딱지'라는 소문이 전 사에 횡행한 후로 이상한 이야기가 나돌았다. 화장실을 가는 시간을 제외하면 회사에서 꼭 붙어 다니는 꼴이었으니, 소수에 불과하나 몇 사람들은 두 사람의 관계를 함부로 속단하기도 했다.

연인 관계로 발전할 가능성을 확률로 따지는 사람이 있는가 하면 이미 연애 중이라고 맹신하는 사람들도 있었다.

신빙성이 없는 말은 여기저기로 번져 나갔다. 사실 무근한 이야기를 귀 담아 들을 만큼 한가한 상황은 아니기에 무시하고 싶었으나 완전히 외면할 순 없었다.

어떤 장르이건 간에 주인공은 두 사람이었다.

"난 괜찮은데."

문영은 내심 연우가 신경 쓰였다.

"네?"

"사내에 떠도는 말, 재미있잖아요."

"……."

"아직 한 것도 없는데 그런 말이 도는 걸 보면 신기하기도 하고."

문영은 잠자코 그의 말을 경청했다.

"내가 잘 하고 있는 것 같기도 하고."

싱긋 웃는 그와 눈이 마주쳤다. 문영의 눈이 조금 커다래졌다.

"대리님 생각은 어때요. 내가 대리님 껌딱지처럼 붙어 있어도 괜찮 겠어요?"

"공적인 부분이라면 개의할 필요 없죠."

"사내 외로 범위가 넓어져도 괜찮겠네요. 우린 아직 공적인 관계잖 아요."

그게 무슨 말이냐고 물어보려 했으나 먼저 자리에서 일어난 연우를 올려보느라 타이밍을 놓치고 말았다.

범위를 넓힌다는 게 대체…….

매번 혼란을 주는 연우의 뒷모습을 어지럽게 지켜보다가 덩달아 자 리를 박찬 문영은 곧장 탕비실을 찾았다. 목이 타들어 가는 듯했다.

"오랜만이야, 권 대리."

탕비실에서 마주친 조 대리가 인사를 건넸다. 문영은 작게 눈인사로 화답했다.

"어제 출근 안 하셨나 봐요."

"에이. 무슨 소리, 회사 돌아가는 상황이 이런데 쉬기는."

조 대리는 힐끔 그녀의 눈치를 보며 입술을 달싹거렸다.

"저한테 할 말 있으세요?"

"아니, 그게 있지. 권 대리. 권 대리도 알다시피 내가 인사 팀 근무만 3년 차잖아."

"그런데요?"

"보통 전 사의 소식은 인사 팀을 중심으로 돈다고 하지?"

"무슨 말씀이 하고 싶으신 거예요?"

"어, 할 말이 있는 건 아니고. 하하……. 나는 그냥 요즘 권 대리 안색이 참 좋아 보여서."

"내가 농땡이라도 피운다고 돌려 말하시는 건가?"

문영의 말에 조 대리가 화들짝 놀라 손사래를 쳤다. 살이 올라 동그란 윤곽만큼 동그란 눈이 커다래졌다.

"아니! 내 말은 그게 아니라 권 대리랑 서연우 씨, 말이야. 얘기 못 들었어?"

"꼭 들어야 할까요."

"……어쩐지 권 대리랑은 대화가 안 되는 기분이야."

"성격 좋은 조 대리님이 이해해 주세요."

조 대리는 멍청할 정도로 벙한 얼굴로 문영을 내려 보았다. 웬일인지 사근사근하게 말을 하며 웃는 문영이 평소보다 더 예뻐 보였다.

일종의 호기심에서 파생된 관심이었다.

매번 건조한 얼굴을 하고 있는 저 여자가 방긋방긋 웃는다면 얼마나 예쁠까, 생각만 하던 상상 속 그 얼굴이 눈앞에 드러나니 몸이 녹는 기분이었다. 뼈도 못 추린다는 말이 제격이다.

"이해해, 근데 권 대리 나는 싫다 해 놓고 서연우 씨랑 뭐 그렇고 그런 사이인 건 아니지?"

"그런 걸 왜 물어보는지도 모르겠지만, 서연우 씨의 입장은 전혀 고려하지 않은 질문인 것 같아서 듣는 제가 다 서연우 씨한테 미안하네요."

"그냥 떠도는 말이 그렇다 이건데, 음, 그러니까……."

"……."

"보통은 사수가 외근 나간 경우 부사수는 자리를 지키고 있기 마련이니까. 굳이 외근까지 동행할 필요는 없잖아. 안 그래?"

"서연우 씨 능률 좋아요. 괜히 화제의 인턴으로 입소문 난 인재가 아니에요. 그건 인사 팀 근무 3년 차이신 조 대리님께서 더 잘 아실 테고요."

"아, 하하. 권 대리. 그, 그러니까 나는 그냥 부러워서…… 혹시나 하는 노파심에."

"조 대리님이 그런 쪽으로 노파심을 가질 이유는 없죠. 필요도 없고요."

문영이 사무적인 미소를 지은 채 조 대리의 말을 끊었다. 난처한 듯 뒷머리를 긁적이는 그가 뭐라고 떠들어 댔지만 귀에 들리지 않았다.

"일 잘하는 신입 사원을 교육하는 일이 제 일이에요. 제 판단하에 외부 업무도 필요하다면 가르칠 만하다 보고요. 그 부분에 대해 누군들 함부로 왈가왈부할 문제는 아닌 것 같은데요. 물론 조 대리님도 마찬가지고요."

"아니, 나는 서연우 씨가 비정상적으로 권 대리를 따라다니니까 그게 걱정이 돼서."

"걱정하고, 우려할 만한 일은 없습니다. 서연우 씨도 불쾌할 거예요. 쓸데없는 오인을 받았으니 기분이 좋을 리 없겠죠."

"음, 내가 권 대리를 못 믿는 건 아니지만 젊고 어린 남자들은 다 위험해서."

"젊지도 않고, 나이도 많은 조 대리님 성품이 얼마나 점잖은지 누구보다도 제가 제일 잘 알죠."

일격을 가하듯 문영이 눈을 접어 웃으며 말을 이었다.

"음, 앞으로 서연우 씨와 저를 한데 엮는 말씀만 피해 주신다면 더 좋을 것 같네요."

웃는 낯으로 대화를 갈무리한 문영이 짧게 고개인사를 한 뒤 돌아섰다. 아직 할 말이 남은 조 대리는 돌아선 그녀를 잡기 위해 다급히 팔을 뻗었다.

그때였다.

"아. 대리님, 여기 계셨네요."

어디선가 두 사람을 지켜보고 있었음이 분명했다. 그렇지 않으면 적절한 타이밍에 등장한 연우가 두 사람의 사이를 비집고 들어올 수 없었다.

정확히 그는 그녀를 붙잡으려는 조 대리를 제지하듯 가로막고 있었다. 너도 나도 놀라 동그래진 눈으로 그를 응시했다.

조 대리보다 한 뼘이나 더 큰 연우는 대놓고 그에게 등을 지고 있었다. 철저하게 무시하려는 심산인지, 생글생글 웃는 낯은 문영만 볼 수 있는 얼굴이었다.

"일전에 말씀드린 부분 말입니다."

결재판을 펼쳐 문영 앞으로 스윽 건네주는 그가 자연스럽게 상체를 낮췄다. 비스듬히 몸을 돌려 그녀의 옆에 서듯이 한 그의 손가락이 어느 한 부분을 콕 짚었다.

며칠 전 그가 실패 확률을 잡아냈던 그 부분이었다. 패기 어린 신입사원의 처세술은 기가 막힐 정도였다. 그때와 오늘의 간극이 놀라울 정도라 문영은 소리 없이 실소했다.

"여기, 이 부분이요. 데이터에 오류가 있는 것 같아서 수정했으면 하는데. 대리님 생각은 어떻습니까?"

"음. 누락된 데이터가 있네요. 그래요, 그럼 수정해서 바로 결재 올려 주세요."

"그럴까요."

순순히 대답한 그의 입꼬리에 아스라한 미소가 걸렸다.

"그땐 제가 너무 건방졌죠."

뭐 하자는 건데. 지난날을 미안해하는 것 같으면서도 억지로 조 대리와 그녀 사이에 간극을 만드는 것 같은 그의 의중을 문영은 알 수 없었다.

"저…… 서연우 씨?"

연우에게 가려져 있던 조 대리가 나지막이 그를 불렀다. 뒤늦게 조 대리를 돌아본 연우가 화들짝 놀라는 시늉을 했다.

"아, 조 대리님도 계셨네요. 안녕하세요."

"안녕은 하다가도 못하겠네. 나 지금 권 대리랑 이야기 중인 거 안 보여? 일적인 이야기는 부서실 안에서 따로 하는……."

"서연우 씨."

별안간 문영이 조 대리의 말허리를 자르고 나섰다. 이제 슬슬 퇴장할 시간이었다.

"뭐가 됐든 내가 하는 일엔 이유가 있어요. 서연우 씨의 생각이 다 틀렸다고 말할 순 없지만 다 맞는 것도 아니니까, 알아 두라고요."

"네, 명심하겠습니다."

조 대리와 눈인사를 나누고서 걸음을 뗀 그녀를 따라 연우가 움직였다.

조 대리는 멀어지는 두 사람을 멀거니 쳐다보며 눈을 깜빡였다. 연우가 펼친 채로 들고 있는 결재판을 걸어가면서까지 꼼꼼하게 확인하는 그녀도 대단했지만 조 대리를 기함하게 한 건 유심히 보지 않고서야 알 수 없는 연우의 행동이었다.

보고서를 내려 보는 채로 움직이는 문영이 걱정됐는지, 그의 시선은 하염없이 그녀를 향했다.

앞서 걸어오는 사람과 부딪치려 할 때면 자신도 잡아 보지 못한 그녀의 손목을 그러쥔 채 제 품 안으로 살며시 끌어당기기까지 했다.

"뭐래, 저건."

허리를 감싸 안을 것처럼 팔을 내렸지만 선뜻 감기지 않는.

조 대리는 머릿속이 차츰차츰 하얘지는 것 같은 기분을 느꼈다.

이상했다.

"되게 이상하네……."

권 대리의 부사수는, 쓸데없이 멋있었다. 남자인 저가 봐도 말이다.

더 멋있는 건 전혀 눈치채지 못한 문영이었다.

찰거머리처럼 붙어 걷는 연우의 존재에도 무뚝뚝한 것이 원래가 무감한 여자인 건지, 아니면 의식도 없이 업무에 매진하는 건지.

"하긴, 권 대리는 내가 열 번을 찍었는데도 안 넘어온 여자니까."

쓸쓸하게 뇌까리며 스스로를 위로하는 조 대리도 이내 자리를 떠났다.

✤　　✤　　✤

회의로 시작해 회의로 끝나는 하루가 반복됐다.

자성의 클래식이 돋보일 만한 로드 맵을 설계해야 하는 팀원들은 다양한 의견들을 제출하며 열성적으로 회의에 참여했으나 참신한 아이디어가 없으니 회의 시간은 매번 미뤄지기 일쑤였다.

회의의 방향은 오리무중에 빠졌다. 모두가 참담한 얼굴을 한 채 펜촉으로 테이블을 실없이 두드리기만 하고 있을 때 잠자코 회의록을 작성하던 연우가 단조로운 목소리로 말했다.

"말 그대로 클래식한 디자인의 휴대폰 클래식 S는 1세대의 클래식의 견고함과 3세대의 세련미를 더해 만들어진 제품입니다."

소회의실이었지만 몇 안 되는 팀원들이 사용하기에는 넓적한 공간이었다. 썰렁한 회의실에 그의 목소리가 퍼졌다.

그는 지금까지 자성에서 선보인 제품들의 장단점과 비교해 클래식 S의 실패 확률이 현저히 낮아졌음에 포커스를 맞추자는 의견을 제시했다.

5G 시대가 상용화된 세상이었다. 스마트폰이 삶의 일부분으로 녹아든 만큼 무작정 장점을 내세우기보다 소비자의 시선에서 바라보자는 것이었다. 지난 시리즈의 단점이 얼마만큼 보완됐으며 소비자의 의견을 얼마나 반영했는지를 알려 주는 게 핵심이라고 했다.

상석에 있던 윤 차장의 눈썹이 꿈틀거렸다. 침묵하거나 테이블을 쾅쾅 내려치기만 하던 상사의 표정이 풀어졌다.

그의 의견이 퍽 만족스러웠는지 이내 호탕한 웃음소리를 냈다.

"그래, 그럼 서연우 씨 의견대로 가 보자고."

자리를 갈무리하는 윤 차장의 말을 끝으로 회의가 끝났다.

어쩐지 기운이 빠졌다. 이렇게 쉽게 마무리될 거였으면 긴 시간 애를 먹지 않았을 텐데.

힘없이 자리에서 일어난 문영의 뒤로 어김없이 연우가 따랐다.

힐끔 돌아본 그의 손에는 랩톱과 회의록이 들려 있었다. 지은이 들었을 때와는 사뭇 다른 느낌이었다. 딱히 크기를 생각해 본 적 없었지만 그가 유난히 장대해서인지 연우 앞에 있어선 뭐든지 다 작아 보였다.

그녀라고 예외일 리 없었다.

"제 말이 다 맞는 말은 아닌 것 같은데."

부서로 돌아가는 길에 그가 넌지시 말을 붙였다.

"맞는지 아닌지, 저도 헷갈리네요."

문영은 헛웃음을 터뜨렸다. 입사한 지 얼마 되지 않은 신입 사원에게 기회를 뺏겼다고 생각하진 않지만 굳이 안 해도 될 말을 꺼낸 연우의 태도에 기분이 언짢았다.

"윤 차장님이 맞다 하니 맞는 거겠죠. 물론 난 이번 로드 맵은 4PM 전략을 토대로 설계하는 게 낫다고 보는 사람이지만."

제품 전략, 가격 전략, 유통 경로 전략, 판매 촉진 전략의 예를 중시하는 그녀였지만 애석하게도 연우의 전략은 STP 전략에 가까웠다. 같은 전략이라지만 미세하게나마 차이가 있다면 큰 폭으로 보느냐, 세분화해 따져 보느냐였다.

세분화된 IT 시장에서 실패율을 줄였다는 차별화는 이목을 끌 만큼 독특했지만 그만큼 리스크도 컸다.

"직접 구입해 제품을 사용하기 전까지는 이전 제품보다 나은 성능을 확인할 수 없죠. 서연우 씨 의견대로 실패율을 핵심으로 한 로드 맵은 판매량을 저하시킬 수 있기 때문에 위험도가 상당할 텐데요."

"어떤 일이든 예상하지 못하는 변수나 오차가 존재하기 마련이죠."

얄미울 정도로 예쁘게 웃으며 대꾸하는 그를 문영은 탐탁지 않은 눈으로 흘겼다.

"그 변수와 오차에 대비해 정보를 수집하고 계획을 수립하는 게 저희의 일인 것 같은데."

본사에서 인턴 생활을 해서 그런지, 그는 은근히 자만했다.

"아무래도 제가 주제가 넘었나 봅니다."

웃음기 어린 목소리로 그렇게 말하니 상당히 오만하게 느껴졌다.

지금보다 어릴 때 만났던 누군가를 떠올리게 할 만큼 떳떳하고 당당한 모습이었다.

"정답을 아는 사람이 있고, 해답을 아는 사람이 있죠. 종이 한 장 차이라지만 뭐 잘해 봐요."

부서실 앞에 도착해 잠시 걸음을 멈춘 그녀가 연우를 돌아보았다.

문득 그런 생각이 들었다.

아니겠지만, 그녀가 아는 서연우와 확연히 다른 그를 보니 누군가가 선연해졌다. 혹시나 하는 의구심에 확신이 섰다.

"서연우 씨. 일부러 우리 팀에 입사 지원했어요?"

모두가 부러워하는 본사 입사 기회를 내치고, 굳이 잡무가 많은 제품 전략 2팀에 입사 지원을 했을 리 없다.

암만 멍청해도 똥인지, 된장인지 눈으로 보고도 모를 리도 없다. 특히나 똑똑한 서연우라면 제 복을 걷어찰 만큼 어리석은 짓을 저지를 리도 없었다.

"글쎄요."

애매하게 말을 흐리는 그를 문영이 똑바로 직시했다.

"내가 지나치게 생각이 많아요. 어쩌면 그런 탓에 과하게 생각하는 건지도 몰라."

"……."

"나는 왜 서연우 씨가 일부러 우리 팀에 입사 지원했을 거라고 생각이 드는지 모르겠네요. 꼭 내가 여기 있던 걸 잘 알고 있던 사람 같아."

"그랬으면 더 빨리 왔겠죠."

"뭐라고요?"

"엉뚱한 데 시간 버리는 멍청한 짓은 안 했을 거라는 말입니다."

간결하게 대화를 정리한 그가 버튼을 눌러 문을 열었다. 친절하게 손을 뻗어 먼저 들어가라 제스처를 취하는 그를 문영은 떨떠름하게 훑어보다 마지못해 어깨를 돌렸다.

"그런데 왜 그런 생각이 들었습니까?"

침묵에 잠긴 공간에서 연우가 나직이 속삭이듯 물었다. 은근하게 들려오는 목소리가 답답한 속을 긁는 것 같았다.

"이러니까."

"응?"

"이런 서연우 씨를 보니 실없는 생각이 자꾸 드네요."

아무렇지 않은 척 자리로 돌아온 그녀 옆에 연우가 나란히 앉았다.

"이도 저도 아니게 행동하면서 사람 건드리는 일이 없었으면 좋겠는데."

문영은 못다 확인한 보고서를, 연우는 회의록을 토대로 보고서를 작성했다.

나란히 붙어 앉은 두 사람의 거리감은 상당히 좁았으나 보이지 않는 간극이 존재했다.

"나는 쓸데없는 데 힘 빼고 싶지 않아요."

알량하고 치졸한 마음이 응집되어 있는 말이었다. 달리 표정이 없는 얼굴이었으나 가시를 세운 말투에서 은연히 그녀의 어지러운 심정이 느껴졌다.

답지 않은 그녀의 반응이 재미있는지 그가 기껍게 웃었다.

"건드릴 생각은 아니었는데, 대리님이 그렇게 느꼈다면 제가 실수했네요."

"나 그렇게 꽉 막힌 사람은 아니에요. 다만 회사에서는 어느 정도 선을 지켜 줬으면 좋겠어요."

"여기서 더 지킬 선이 있습니까?"

"……."

"나는, 잘 지키고 있다고 생각하는데."

"……뭐."

화면에서 고개를 돌린 그의 눈빛이 문영을 향했다.

무심코 그를 돌아본 문영과 눈이 마주쳤다.

"겨우 참고 있는 사람한테, 선을 지켜 달라고 하다니. 생각보다 더 잔인하시네요."

"갑자기 그게 무슨……."

"대리님한텐 미안하게 됐어요."

굳은 듯했던 그의 눈매가 풀어졌다.

"더 지켜 주고 싶은 선도 없고, 지킬 마음도 없거든요."

"서연우 씨."

"오늘 뭐 할까요?"

선하게 눈웃음치며 하는 말을 듣지 못했다. 홀릴 작정으로 생글거리는 연우의 얼굴을 문영은 저도 모르게 빠져서 쳐다보았다.

"내가 왜 서연우 씨랑……."

"밥을 먹든 차를 마시든, 다 좋으니까."

말이 끝나기도 전에 몸을 돌린 연우의 등을 보았다. 속살거리며 나누던 대화가 자연스럽게 끊겼다.

어이가 없어 헛웃음을 지으며 화면으로 고개를 돌렸다. 키보드에 손을 얻으려는 찰나에 메신저가 울렸다. 최 대리에게서 온 메시지였지만 눈이 가지 않았다.

"밥도 먹고, 차도 마신다면 더 좋고."

모처럼 저녁을 먹자는 동기의 쪽지보다 지나치게 단조로운 어조로 말을 하는 연우의 목소리에 귀가 쫑긋 섰다.

"술 한잔 하는 것도 나쁘지 않은데, 잘 생각해 봐요. 뭐가 더 나을지."

머리로는 그와 사적으로 만날 이유가 없다고 생각하면서도, 마음은 그의 제안에 흔들리고 있었다.

한편으론 그런 생각을 했다. 서연우와의 술자리는 위험하다고. 같은 실수를 반복할 순 없어. 그렇다면, 굳이 가져야 하는 자리라면 식사 자리가 낫지 않을까.

의식도 없이 흐른 생각들이 꼬리에 꼬리를 물었다. 순간 정신을 차린 문영이 혹시라도 그가 제 생각을 읽었을까 싶어 부러 표정을 굳혔다.

뭐가 더 나을지 따져 볼 필요는 없었다. 지난날과 같은 실수를 번복할 만큼 어리석지도 않을뿐더러 왜인지, 그를 따로 만나는 건 위험하게 느껴졌다.

미래를 예견하듯 가슴이 작은 파동으로 흔들렸다. 그 속에 도사리고 있는 불안의 감정을 문영은 정확히 읽어 냈다.

아. 짧은 탄식 끝에 초점을 움직였다.

[오늘 저녁 소 곱창. 콜?]
[모처럼 동기들끼리 단합 한번 해야지.]

한껏 신이 나서 메시지를 보냈을 최 대리의 얼굴을 억지로 상기시켰다.

꾸역꾸역, 그녀의 얼굴을 머리에 그렸다.

✦　　✦　　✦

정제되지 않은 감정들이 혼합돼 머리와 가슴을 어지럽혔다.

연우의 제안을 받은 이후 좀체 일에 집중이 안 됐다. 거창한 제안도 아니었다. 밥 한 끼 하자는 게 대단한 일도 아닌데 문영은 의지와 상관없이 가슴을 떨었다.

"여기서 더 지킬 선이 있습니까?"

"겨우 참고 있는 사람한테, 선을 지켜 달라고 하다니. 생각보다 더 잔인하시네요."

"더 지켜 주고 싶은 선도 없고, 지킬 마음도 없거든요."

지킬 선이 없다는 연우의 말이 귓가를 맴돌았다. 연우의 의도를 문영은 이제야 조금 알 것 같았다.

그는 느긋하게 자극을 주어 그녀의 반응을 살폈다. 거침없이 다가올 용기가 없어 그런다기보다 은연하게 그녀를 농락하는 게 더 맞는 표현인 것 같았다.

일종의 심술이었다.

"설마……"

문영은 그가 아직도 과거에 얽매여 있다고 생각했다.

그러니까, 그는 아직도 권문영에게 미쳐 있다는 것이다. 그렇게 생각하면 일말의 기대감이 스멀스멀 피어났지만, 심저에서는 기대감에서 파생된 불순한 감정들이 희망인지, 기대인지도 모를 그녀의 감정을 단칼에 잘라 냈다.

그는 감정을 자유자재로 컨트롤할 줄 아는 사람인 것 같았다. 과거와는 다르게.

그 말은 그만큼 그가 이성적이거나 냉정하다는 말이기도 했다. 그 부분이 과거와 현재에 간극을 만들었다.

지나친 온도 차 때문인지 문영은 서연우를 생각하면 피가 끓었다. 그의 손이 언뜻 스치던 피부에 열이 올랐다.

도저히 일에 집중이 안 됐다. 닿을 듯 말 듯 허리춤에 닿았던 그의 손을 생각하니 전신이 달아오른 느낌이 완연해졌다.

"아. 미쳤어, 정말."

저답지 않은 생각이 이어진 탓에 머리가 과부하에 걸렸다.

생각이 덤불처럼 자라난 머리가 문제인지, 모래알이 가득 찬 것처럼 답답한 가슴이 문제인지, 꼭 어느 한 곳이 터질 것만 같았다. 결국 문영은 일을 갈무리 지었다.

남은 일을 마저 정리하려 했으나 아무래도 오늘은 어려울 것 같았다.

말도 안 되지만 문영은 지금의 서연우에게서 예전의 그를 찾으려 했다.

네가 싫어 사라진 게 아니었다고 대답해 줄걸. 그녀의 죄의식을 일깨우는 연우를 볼 때마다 가책을 느꼈지만 회개를 하기에는 그녀는 원체 독선적이고 이기적인 사람이었다.

사실상 동생 같은 그와의 섹스는 두 번째 문제였다. 한 번도 연우에게 진심이었던 적이 없는 그녀에게 연우와의 재회는 이기적인 편향에 사로잡힌 문영을 괴롭게 했다.

언제까지고 그를 불편하게 대할 수도 없는 노릇인데 알면서도 마음처럼 행동할 수 없었다.

구더기 무서워 장 못 담그는 격이었다.

미안하니까.

어떤 이유에서든 그의 자극에 동요하지 말자고 다짐하며 보고서를 덮은 문영이 재킷과 가방을 챙겨 자리를 벗어났다.

엘리베이터 쪽으로 이어지는 자동문 앞에 다다라 걸음이 멈췄다. 시선은 유리문 너머로 보이는 연우에게 박혀 들었다.

벽면에 비스듬히 등을 기대고 있던 그가 인기척을 느꼈는지 따분한 얼굴을 돌려 그녀와 눈을 마주쳤다. 조금 피곤해 보이는 얼굴이 언제 그랬냐는 듯 화색을 띠고, 몸을 세워 저벅저벅 걸어오는 그가 두 사람의 거리감을 순식간에 지웠다.

일찍 지은과 함께 퇴근한 줄 알았는데. 홀로 남아 있는 문영을 내내 기다리고 있던 모양이다.

그래서 싫었다.

착한 서연우는 아무도 모르게 꼭꼭 감춰 둔 그녀의 고약한 성정을 도드라지게 했다.

"생각보다 빨리 끝났네요."

"나 기다리고 있었던 거 아니죠? 만약 그런 거면, 서연우 씨 굉장히 미련한 거예요."

친절하게도 버튼을 눌러 문을 열어 준 그가 고개를 한쪽으로 기울이며 웃었다. 가슴 한편이 철렁거리면서 쑥 꺼지는 듯한 느낌이든 건 그녀도 모르게 일어난 일이었다.

"대리님은 모르겠지만 보기보다 기다리는 일, 잘합니다."

"무슨 말인지 모르겠네요."

"보는 그대로, 떠오르는 생각 그대로라는 말."

"……."

"뭔가 생각나는 게 있나 봐요."

그녀의 미묘한 표정도 너무 쉽게 알아채는 그가 장난치듯 물었다.

문영은 불편한 기색을 적나라하게 드러냈다. 방금까지 자극받지 않겠다던 다짐이 무색해졌다. 얼굴만 봐도 알 수 없는 기분에 빠져드니 곤욕이었다.

더구나 대놓고 자신을 기다렸다는 연우의 말을 들으면.

"애꿎은 데 시간 낭비할 거였으면 남아서 일이나 더 하지 그랬어요. 그게 더 효율적이었던 것 같은데."

그녀의 일이라면 언제든 곁을 지켜 주던 유순한 서연우가 겹쳐져 양심이 욱신거렸다.

"아무도 없는 캄캄한 회사 안에 둘이 남아 있는 일이 생각보다 곤욕이더라고."

"……"

"왜 그러겠어요."

답이 훤한 질문이었다.

"권문영 씨는 몰라도 나는 그렇습니다. 집중이 안 돼요. 좋다, 좋다 세뇌를 시켰더니 별게 다 좋아 보이더라고."

"사수의 이름을 함부로 부르는 것만큼 경솔한 일도 없다고 보는데요. 호칭 제대로 안 해요? 여기 회사예요. 정신 차려요."

"내가 지금 그럴 정신이 있는 놈처럼 보입니까?"

기가 막혀 헛웃음 짓는 입술과 다르게 마음은 부서졌다. 문영은 정의할 수 없는 심정으로 연우를 직시했다. 화가 나서 소리라도 칠 새면 입이 다물렸다.

"나 좀, 싸가지가 없습니다."

선수 쳐서 말을 걸어오는 그에게 자꾸만 휘말리게 됐다.

"나한테 왜 그래요?"

"아직 한 것도 없는데, 질문이 너무 앞섰네요. 대리님."

"내가 보기에 서연우 씨는 아직도 그 시절에 머물고 있는 것 같은데. 과거에 목매는 것만큼 미련한 일도 없어요."

"말이 나와 하는 말인데."

그가 한 걸음 다가왔다. 다리가 길어 그런지 한 걸음 움직였을 뿐인데 가뜩이나 좁은 폭이 더 작아졌다.

엘리베이터 앞의 텅 빈 공간이 모두 그의 영역인 것 같았다. 문영은 저도 모르게 가방끈을 세게 쥐어 잡았다.

흔들리지 않겠다는 생각만 견고했지, 불어오는 그의 향수 냄새에 취한 듯 몽롱해지는 정신은 물에 번진 캔버스처럼 조금씩 흐려지고 있었다.

"쓸데없이 착하게 구는 것만큼 멍청한 것도 없다고 생각해요."

"……무슨 말이죠."

"글쎄요."

시시한 대답으로 대화를 갈무리한 그가 돌아서 엘리베이터의 버튼을 눌렀다.

"그래서 생각 좀 해 봤어요? 회사 앞에 널리고 널린 게 음식점인데. 밥이 좋을까요."

다시 그녀를 돌아보며 싱긋 미소 지은 그가 물었다.

"나랑 술 한잔하기는 죽기보다 싫을 거 아니야."

"……"

"대리님은 과거에 목매는 것만큼 미련한 것도 없다고 생각하는 사람이지만 계속 생각하고 있잖아요, 그 일."

"미안해서 어쩌죠. 선약이 있는데."

그럴 줄 알았다는 그가 부러 바람 소리를 냈다.

"내 대답을 알고 있었으면서 멍청한 짓 했네요, 서연우 씨. 미련하게."

"아. 이제 알겠네요."

그러다 능청을 떨 듯 눈을 키우는 그를 문영은 가느다래진 눈으로 주시했다.

"일부러 피하는 거죠? 또 그때 같은 일이 생길까 봐."

그때 같은 일.

일순간 문영은 골몰했다. 거기까지 생각해 본 적이 없어 질문을 받고 굳어 버렸다. 잠시간 생각할 시간이 필요했다.

그의 말대로, 그때 같은 일이 또 생길까 봐?

"……억측이 심하네요."

속내가 들통날까 무서워 그의 시선을 외면한 문영이 애써 아무렇지 않은 척 엘리베이터 앞에 섰다.

"내가 보기엔 서연우 씨가 더 안달 난 사람 같은데."

문이 열리고, 먼저 엘리베이터에 오른 문영이 로비 층 버튼을 누르며 대답했다.

"그런 게 아니라면 자중해요. 지금 내가 보는 서연우 씨, 정말 싸가지 없으니까."

없는 사람이라고 생각하고 외면하면 그만인데, 어째서 부아가 치밀어 오르는지 모르겠다.

대화가 끊긴 엘리베이터 안에 적막함이 흘렀다. 연우와 멀찌감치 떨어져 선 문영은 유리창 너머를 내려 본 채 잘근잘근 아랫입술을 씹었다.

평소보다 시간이 더디게 흐르는 것 같았다.

종전까지 그녀는 지나치게 감정적이었다. 굳이 상대할 필요 없는 상대에게 괜히 기운을 뺀 것 같아 자조적으로 웃다가도 이렇게까지 화를 낼 필요가 있나 하는 회의감에 낯이 뜨거워졌다.

엘리베이터가 멈추자 문영은 빠르게 로비를 가로질렀다.

이대로 연우와 헤어질 거라는 생각과 달리 그는 말없이 문영의 뒤를 따랐다. 메뉴가 바뀌었다는 최 대리의 메시지를 확인한 문영이 지도를 확인하고 4차선 횡단보도 앞에 섰다. 두 걸음 정도 뒤에 연우가 있었다.

왜 이쪽으로 오는 건데.

의식하지 말자고 맹목적으로 생각하다 보니 헛걸음을 하고 말았다. 신호가 바뀌지도 않았는데 마음이 앞서 걸음을 뗀 것이다.

빠아앙!

빠르게 달려오던 차량의 경적 소리가 널따란 도로에 위험하게 울려 퍼졌다. 성큼 다가와 그녀의 손을 잡아끈 연우가 아니었다면 가까워지는 차를 멍청하게 지켜만 보고 서 있었을 것이다.

"……괜찮아요?"

그의 단단한 가슴팍에 얼굴을 묻은 채로 굳은 그녀의 머리 위로 연우의 목소리가 떨어졌다.

너무 놀란 탓에 대답도 잊은 그녀의 허리를 연우는 저도 모르게 휘감아 안았다.

"많이 놀랐어요?"

허리를 감싼 팔에 힘이 들어갔다. 대답도 잊은 채 불안정한 호흡을 가다듬는 그녀를 그가 어떤 시선으로 바라보는지 빤해 차마 고개를 들 수 없었다.

"괜찮아요, 그러니까 이것 좀."

뒤늦게 입을 열어 대답했다. 문영의 말에 작게 한숨을 쉰 연우가 다그치듯 말했다.

"대체 정신을……!"

굳은 표정과 말꼬리를 흐리는 그의 목소리에 걱정이 가득했다. 위험천만한 상황에 놀란 건 그녀뿐만이 아니었다는 사실을 일러 주듯 이내 연우에게 다시 한번 묵직한 한숨이 새어 나왔다.

찰나 문영은 네가 왜 그러느냐고 되묻고 싶었다.

간신히 그를 올려본 문영의 시선이 혼란으로 흔들렸다. 충격의 여운이 아직 남아 있는 상태라 허리를 감싼 그의 손을 서둘러 떼어 내야 한다는 생각을 하지 못했다.

종전과 사뭇 다른 그의 행동에 이유를 따지기만 할 뿐이었다. 지금 그녀의 눈앞에 있는 건 예쁜 연우였다.

"이렇게 가까이 있으니 다 들리네요, 심장 소리. 아직도 놀랐어요?"

"정말 괜찮으니까, 이거 놔."

진정되지 않은 심박동이 고스란히 그의 팔을 타고 전해졌다. 멋쩍은 마음에 몸을 바르작거렸지만 그는 잡힌 그녀를 쉬이 놓아 주지 않았다.

아직 회사 근처라 누가 볼까 무서웠다. 대부분이 소등되었지만 아직 회사 남아 있는 사람들이 있었다.

"내 말 안 들려요? 놓으라니까."

퉁명하게 대꾸한 문영이 그의 손목을 잡았다. 힘주어 떼어 놓으려는 그녀에게 그가 나직하게 속삭였다.

"걱정돼서 못 놓아 주겠는데요."

그녀가 잠시 멈칫한 틈을 타 친절하게 문영의 몸을 돌려세운 그가 그녀의 어깨에 닿을 듯이 턱을 대고 말했다. 그의 시선은 정면에 보이는 보행자 신호등을 향하고 있었다.

"신호 정도는 잘 확인해요. 다른 데 한눈팔지 말고."

"……."

"하필 내가 옆에 있는데 이런 일이 생겼잖아요. 오해하기 좋게."

오해? 무슨 오해?

척추가 경직되었다. 골이 패인 척추에 그의 손끝이 닿았다.

"착한 손은 여기까지만 할게요."

정지되어 있는 그녀의 걸음을 재촉하는 듯한 손에 밀려 문영이 떨어지지 않는 다리를 움직였다. 정직한 그녀의 구두 굽 소리 뒤로 일정하게 걷고 있는 그의 구둣발 소리가 들렸다.

'착한 손'이라니.

문영은 가슴이 새빨갛게 익어 가는 것을 느꼈다. 금방이라도 터질 것 같은 가슴만큼이나 그의 손이 닿았던 등골이 뜨거웠다.

일관적이지 못한 그를 괜히 원망했다. 혼자 착각하는 것만큼 자존심 상하는 일도 없는데, 그가 말하는 착한 손이 그녀에게 확답을 내렸다.

"하나만 해요. 사람 정신없게 하지 말고. 일전에도 말했듯이 착한 손이든, 나쁜 손이든 난 관심 없어요."

매정하게 말을 했지만 척추에 닿았던 그의 손길이 아직 가시지 않은 채였다.

하마터면 차에 치일 뻔했지만 그것보다 무서운 게 연우였다.

"서연우 씨. 어디까지 따라올 생각이에요?"

문영은 꼬리처럼 따르는 그를 자르고 싶었다.

약속 장소에 다다랐지만 떠날 줄 모르는 그를 돌아보았다.

평소 동기들과 자주 찾던 일식집 앞에서 걸음을 멈춘 문영이었다. 고목나무에 붙은 매미처럼 가깝게 지내는 두 사람을 두고 구설이 많았다.

가뜩이나 연우 때문에 정신적인 피로감을 느끼는 그녀였다. 더 이상의 소문을 만들고 싶지 않았다.

"내 말이 거짓말 같아서 여기까지 따라온 거면 서연우 씨 되게 무례한 거예요. 더 이상 잡음 내고 싶지 않으니 그만 돌아……."

"오! 정수 씨, 술 잘하는데요? 주량이 엄청난가 봐요. 부럽다."

"보통이죠, 뭐. 잘하는 건 아닌데 이상한 고집이 있어서요. 왠지 술을 빼는 거 자체가 자존심이 상한다고 해야 할까요."

갑자기 벌어진 일이었다. 출입문이 열리면서 익숙한 얼굴이 나타났다.

두런두런 이야기를 나누며 문을 나서다가 문영과 연우를 보고 제자리에 우뚝 선 두 사람은 연우의 입사 동기인 신입 사원이었다.

"권 대리님, 안녕하세요."

먼저 문영에게 인사를 건넨 두 사람이 그녀의 곁에 있는 연우를 보며 반색을 지었다.

"서연우 씨 왔네요. 안 올 것처럼 애매하게 대답하더니."

"그러게. 그래도 잘 왔어요. 다들 기다리고 있었거든."

기다려?

문영의 시선이 홀연히 곁으로 다가온 연우를 향했다.

"아, 권 대리님. 안에 최 대리님도 계십니다. 우연히 대리님들과 마주치게 됐는데, 어쩌다 보니 합석하게 됐네요. 다들 엄청 기다리고 계셨어요. 안쪽 다다미방입니다."

"네. 고마워요."

잠깐 편의점에 가는 길이라던 두 사람이 사라지고, 문영은 어안이 벙벙한 얼굴을 한 채 출입문 손잡이를 잡았다.

정확히는 잡으려고 팔을 뻗으려는 찰나 등 뒤에 선 연우의 긴 팔이 그녀를 재치고 먼저 손잡이를 잡았다.

머뭇대는 그녀를 대신해 문을 열어 준 그가 가벼운 고갯짓으로 먼저 들어가라고 말했다.

"……."

문영은 잠시간 그를 쳐다보았다. 왠지 자신이 우습게 느껴졌다. 그를 야만적이라고 생각했던 그녀가 외려 더 무례해진 순간이었다.

"이중 약속은 좀 아니지 않아요?"

쌀쌀하게 일침을 가한 문영이 싸늘한 시선으로 그를 훑어보다가 먼저 안으로 들어갔다. 그는 조용히 그녀의 뒤를 따랐다.

동기들이 모여 있는 장지문을 열었다.

"왔어? 역시 우리 권 대리는 알아주는 일벌레야. 내가 말했지? 권문영 대리만큼 열정적인 사람도 없다니까."

하루도 안 걸러 야근하는 그녀를 걱정하는 건지, 칭찬을 하는 건지, 성 대리가 막 들어선 그녀를 환영했다.

하나둘 자리에서 일어나 예를 갖춰 인사하는 신입 사원들과 눈인사를 나눈 그녀가 구두를 벗었다. 어디에 앉아야 하나 주위를 빙 둘러보는데 최 대리의 목소리가 들렸다.

옆에서 권 대리, 하고 그녀를 부르는 조 대리의 목소리도 겹쳐졌다. 그의 목소리가 조금 작게 들린 건 최 대리의 말이 워낙 크게 들린 탓도 있지만 비어 있는 좌식 소파가 하필 2인용이었기에 거기에 정신이 팔렸기 때문이기도 하다.

"그나저나 빡센 사수 만나 서연우 씨도 고생이네. 야근하느라 힘들었지? 얼른 와서 한 잔해, 한 잔!"

모두가 서연우와 한 패인 것 같았다.

"권 대리 껌딱지 같은 서연우 씨 생각해서 비워 놓은 자리야."

남은 자리마저도 두 사람을 나란히 붙어 있게 했다.

"입사한 지 얼마 안 돼서 매일같이 야근이라니. 위로주라도 만들어 주고 싶은데 왠지 서연우 씨는 그것보다 권 대리 옆에 있는 게 더 위로처럼 느낄 것 같아서."

처음으로 최 대리의 친절이 과하게 느껴졌다. 굳이 안 보여 주어도 될 그녀의 호의에 문영을 생각하는 마음은 없었다.

고마워하는 연우의 표정을 힐끔 살폈다. 차마 웃을 수 없는 그녀에게 달갑게 웃는 연우는 그저 눈엣가시였다.

한숨을 삼키며 착석한 그녀 옆에 이내 연우가 따라 몸을 앉혔다. 장대한 그의 몸이 그녀의 무릎에 살짝 닿았다 떨어졌다.

흠칫한 그녀가 저도 모르게 허리를 세우자 피식, 웃는 소리가 곧장 따라 들려왔다. 문영은 그 소리를 잊기 위해 왁자한 분위기에 적극적으로 물들었다.

곁에 있는 연우를 의식하고 싶지 않아 평소답지 않게 더 노력했던 것 같았다.

평소보다 유난히 더 많이 웃었고, 많이 떠들었다.

연우의 옆자리는 마음에 들지 않았지만 술자리는 퍽 괜찮다는 게 그녀의 소감이었다.

"그나저나 권 대리는 양심도 없다. 막 들어온 신입 사원을 그렇게 굴리고 싶어?"

아까부터 그런 말을 하는 동기들을 이해할 수 없어 문영이 난해한 표정을 지었다.

"자기 사수 야근 중이라고 끝까지 회사에 남아 있어야 한다고 그랬다잖아."

"무슨 말인지 이해가 잘 안 되네요."

"오늘 신입들 모임 있다고 하니까 그랬다던데. 권 대리 몰랐어? 서연우 씨가 그런 말은 안 했나 봐?"

"네, 뭐. 처음 듣는 얘기라서. 알았으면 계속 붙잡고 있진 않았겠죠."

애초부터 붙잡은 적도 없지만 어쩐지 그렇게 둘러대야만 할 것 같았다. 그가 오매불망 그녀가 끝나기를 기다리고 있었다는 말을, 할 수는 없지 않은가.

게다가 오늘 그가 그녀 옆에서 함께 야근을 했던가.

아무도 없는 회사에 단둘이 남아 있다는 사실만으로도 집중이 안 된다던 연우가.

발칙한 그의 거짓말에 어쩐지 약이 오른다.

문영은 아무도 모르게 그를 곁눈질했다. 그는 비워 있는 그녀의 잔에 절반 정도 술을 채우고 있었다.

"그것도 그래, 권 대리가 일에 미친 사람이라 해도 얼마나 정이 많은데."

내가 말했잖아, 권 대리 인심이 좋다니까.

덧대어 말한 조 대리가 호탕하게 웃으며 연우에게로 시선을 옮겼다.

"그나저나 서연우 씨는 일, 할 만해요?"

그렇게 묻는 저의가 뭔지 모르겠는 건 질문을 받은 연우도 마찬가지인 듯싶다.

"못할 것 같아도 해야죠, 대리님도 열심히 하는데 막 들어온 신입이 가타부타 떠들어 댈 필요가 있을까요.”

“그렇긴 하지. 하필 상사가 박 과장님일 게 뭐야. 우리 권 대리 많이 힘들어 하니까 서연우 씨가 잘 챙겨요. 쓸데없는 구설 만들어서 피곤하게 하지 말고.”

“그러게요. 쓸데없는 구설이 더 이상은 없어야 할 텐데요.”

“그러니까 우리 권 대리……”

“우리 권 대리님은 소란스러운 건 딱 질색을 하시죠.”

조 대리의 말을 자른 연우가 유순하게 웃으며 입을 뗐다.

황당한 눈으로 연우를 쳐다보는 조 대리의 콧잔등이 일그러졌다.

‘우리 권 대리님’이라고 노골적으로 악센트를 주어 말하는 그의 의도는 아마 문영은 알고 있을 테다.

5장

"또 우리 권 대리님은 자기 이야기 하는 걸 좋아하는 편은 아닌 것 같아서요."

반사적으로 그를 돌아본 문영을, 연우가 침잠한 눈으로 내려 보았다.

그렇죠? 하고 입속말을 하듯 살짝 벌어졌다 다물리는 입술에 시선을 빼앗겼다. 맞은편에 앉은 조 대리가 뭐라고 대답했으나 귀에 들리지 않았다.

"나, 선 잘 지켰죠."

그녀만 들을 수 있도록 소리 죽여 말을 건네는 그를 보며 문영이 가볍게 고개를 저었다.

"선 지키겠다고 나름대로 노력한 건데."

"……."

"그마저도 아니었으면 조 대리님 멱살을 잡았을지도 몰라요."

"지금 여기에 우리만 있는 거 아니에요."

"다른 사람이 알지도 못하는 권 대리님 이야기하는 게 너무 싫거든요."

부드럽게 미소 지은 그는 연기에도 탁월한 재능이 있었다. 속살거리며 그녀의 잔에 술을 채우면서도 그의 시선은 고집스럽게 문영을 바라보고 있었다.

"그런 사람이 내 얘기를 만들어요?"

"음."

그가 말을 헤아리려는 듯 미간을 모았다. 낮은음의 목소리가 잔잔하게 귓전을 스쳤다.

"공적인 부분이라면 개의할 필요가 없다고……."

"……."

"대리님이 그렇게 말했던 것 같은데."

그가 표정을 풀자 유순한 인상이 도드라졌다. 고개를 돌릴 때마다 보이는 얼굴이 적응되지 않는 건 이 자리가 순전히 회사 밖의 자리였기 때문이다.

공적인 시간이라는 걸 알면서도 지금 이 시간에 문영은 자꾸만 사적인 마음을 욱여넣게 됐다. 그러니 기분이 불유쾌한 것이다.

"사실은 나도 싫어요. 그 얘기들이 대리님에게는 공적인 부분밖에 되지 않아서. 사적인 부분은 조금도 없는 것 같아서 겁도 나고."

겁이 나는 사람치고 웃는 얼굴이 퍽 볼만했다. 문득 왜 사내 여직원들이 그에게 열광을 하는지 알 것 같았다.

연우와 함께 문서실을 찾아가는 길에도 그녀들은 그에게서 쉬이 눈을 떼지 못했다. 등 뒤에서 수군대는 이야기는 대체로 그를 칭찬하는 말들뿐이었다.

"나중에 얘기하죠, 남들 앞에서 서연우 씨랑 옥신각신하고 싶지 않아요."

대화를 일축한 채 고개를 외면하는데, 느닷없이 슈트 재킷이 무릎 위로 던져졌다. 연우의 체취가 은은하게 묻어 있는 재킷이었다. 방금까지 그가 입고 있던 재킷이기도 했다. 다시 그를 돌아본 문영의 눈썹이 일그러졌다.

"불편해 보여서."

"괜찮아요, 익숙하지 않아서 그런 거니까."

자꾸만 말리는 치맛자락을 붙잡고 있는 그녀가 내내 신경 쓰였나 보다.

후배로서 베푸는 친절이라고 생각해야 하는데, 그의 진심을 알 수 없으니 받아들이는 그녀의 입장에선 그의 뜻이 와전되어 전달됐다.

"그냥 덮고 있어요. 내가 싫어서 그래요."

착각도 병이라는 말을 새삼 실감하게 됐다.

"보는 눈이 너무 많잖아요."

나만 보기에도 아까운데.

덧댄 말에 슈트 자락을 움켜쥔 그녀의 손등에 가냘픈 핏줄이 섰다.

마음 같아선 그녀 마음처럼 오락가락하는 그에게 소리라도 지르고 싶었다.

헷갈리게 하는 그가 싫었지만 다리를 덮은 재킷을 내팽개칠 수 없었다. 그게 꼭 너른 연우의 품 같아서 떼어 놓을 수가 없었다.

온전히 그의 품에 안기던 그때, 그녀가 얼마만큼 그의 온기를 갈구했는지 선연해졌다.

몰아치는 기억이 그녀의 손을 잘게 떨게 했다.

어쩌면 그녀는, 예전 같지 않은 서연우가 싫은 건지도 모르겠다.

✤　　✦　　✤

술자리는 시간 가는 줄도 모른 채로 이어졌다. 어느 순간부터 술기운이 오른 조 대리가 발그레해진 얼굴을 한 채 문영의 이야기를 장황하게 늘어놓았다.

듣기에도 민망한 칭찬이 일장 연설처럼 이어지자 괴로운 듯 미간을 구긴 최 대리가 억지로 그의 손에 잔을 쥐여 주었다.

"이럴 때 하연 씨가 있어야 하는데, 참. 하연 씨도 고생이야. 조 대리 같은 상사를 어떻게 감당해?"

자리에 없는 인사 팀 하연을 언급하는 최 대리가 볼썽사나운 조 대리를 흘기다가 잔을 들었다.

"권 대리, 우리 짠! 하자. 모처럼 갖는 술자린데 좋든 싫든 즐겨야지."

"그래요."

화답하듯 잔을 들어 가볍게 부딪친 문영이 이내 깔끔하게 잔을 비웠다.

그녀가 최 대리와 대화를 나누는 동안 연우는 곁으로 다가온 동기와 이야기를 주고받고 있었다. 술 때문에 낯이 붉어졌다며 몸을 가만히 두지 못하는 여자는 무척 수줍어 보였다.

"어떤 커피를 좋아하는지 몰라서요. 아메리카노 괜찮아요?"

그 말을 듣는 순간 아침마다 테이크아웃 커피 잔으로 가득한 그의 책상이 떠올랐다.

누가 두고 가는 건지, 아침마다 같은 브랜드의 커피 컵이 놓여 있었다. 한 번도 그 사람들이 누구인지 궁금한 적은 없었는데, 홍조 띤 얼굴을 한 여자를 보니 마음이 먹먹했다.

"그런데 서연우 씨, 여자 친구 있어요?"

여자의 얼굴에 열띤 기대감이 번졌다. 없다는 대답을 기대하는 사람처럼 눈을 빛내는 그녀를 문영은 탁한 눈빛으로 응시했다.

있을 리 없지.

자신을 대하는 연우의 행동을 생각하면 절대 있을 수 없다고 문영은 저도 모르게 속으로 단언했다.

여자의 질문에 연우보다 먼저 답을 내리는 스스로에게 까무러쳤다.

화들짝 놀라 어깨를 움찔 떨던 그녀의 왼쪽 어깨가 그만 그의 팔에 부딪쳤다. 일부러 그런 건 아닌데 본의 아니게 두 사람의 대화에 훼방을 놓은 꼴이 됐다.

그가 잠시 문영을 돌아보았다. 애꿎은 잔을 만지작대다가 급히 자리에서 일어난 문영은 자신이 술에 취했음을 깨달았다. 과하게 술을 들이켠 탓인지 그의 팔이 스친 부분이 유난히 싸늘했다.

양팔을 교차해 팔짱을 낀 문영이 돌아서 장지문을 열었다.

굽이 높은 구두 속에 억지로 발을 끼워 넣는 중에 시끌시끌한 사람들의 목소리를 뚫고 연우의 목소리가 고요하게 흘러 들어왔다.

"글쎄요."

문을 닫을 때였다. 무심코 문틈 새를 들여다보던 그녀와 연우의 시선이 부딪쳤다. 쉽게 엉킨 시선은 떼어 놓기 무서울 정도로 꼬여 들었다.

"아직은 없다고 하는 게 맞는 것 같네요."

그의 온기가 사라진 다리가 차갑게 얼어붙었다.

제자리에 꼼짝없이 굳어 있는 그녀를 보며 그가 입꼬리를 끌어당겨 웃었다.

✤　　　✤　　　✤

"후……."

화장실에서 막 나선 그녀가 멈칫했다. 자리로 되돌아가려다 밖으로 방향을 틀었다.

건물 뒤편에 마련되어 있는 벤치에 앉아 숨을 크게 들이켰다. 바깥바람을 쐬면 술기운이 조금 가실까 싶었는데 문제는 그게 아닌 모양이었다.

머리는 집요하게 연우를 떠올렸다. 그리고 그런 그를 대하는 자신의 이중적인 마음을 속절없이 헤집고 있었다.

치기 어린 그녀야말로 과거에 머물고 있었다. 예전 같지 않은 서연우가 마음에 들지 않아 그를 멀리하는 거라면 외려 그녀가 공사를 구분 짓지 못하고 있는 거였다.

아니. 그러니까 애초부터 연우가 그녀에게 착하게만 굴었더라면 이렇게까지 날을 세우지는 않았을 텐데.

"웃기네, 권문영."

스스로 생각해도 순 억지에 모순이었다.

문영은 자조적으로 웃으며 저린 다리를 주물렀다. 인지하지 못했는데 종일 신고 있던 구두 때문에 발이 욱신거렸다. 언제부터 아팠는지조차 모르고 있다는 사실이 새삼 그녀를 놀라게 했다. 이 정도로 서연우에게 혼을 빼 놓고 있었던가.

살며시 발을 빼 구두코 위에 얹었다. 조금 부은 듯한 발볼을 주무르며 연우와 헤어지던 날을 되새겼다.

따지고 보면 먼저 그녀를 떠난 건 서연우였다.

벽이 없던 두 사람에게는 비밀조차 없었다. 사소한 부분도 공유하던 그녀에게 연우의 입대 소식은 청천벽력이었다. 연우의 입대를 전혀 생각지 않은 건 아니었지만 그 부분에 대해 일말의 언질도 없던 연우에게 문영은 커다란 배신감을 느낄 수밖에 없었다.

결국, 너도 도망가고 싶었던 거야.

말로는 첫사랑이라고, 좋아한다고 했지만 가족 같던 그녀에게 연정을 품는 것조차 말이 되지 않는 일이었으니, 그 일을 저지르고 마냥 후회막심했겠지.

어쩌면 그에게 군대란 도피처나 다름없었을 테다.

물론 그녀의 생각에 불과하지만 문영은 연우가 느낀 감정도 저와 다를 것 없다고 생각했다.

그럼 이제와 그가 이러는 이유가 뭘까.

혼란을 주는 연우로 하여 문영은 복잡한 마음을 정리할 수 없었다.

"후, 모르겠어. 아무것도……."

길게 숨을 쉬며 마른세수를 하는데 느긋하게 걸어오는 발소리를 들었다. 손을 내리고, 고개를 추켜들었다. 그녀가 벗어 두고 간 재킷을 들고 다가오는 연우가 보였다.

시종일관 웃고 있는 그의 표정이 어쩐지 건조했다.

문영은 말없이 그를 지켜보았다. 그는 당연한 것처럼 그녀 앞에서 한쪽 무릎을 굽히고 앉았다. 챙겨 나온 재킷은 도로 그녀의 무릎을 덮었다.

"이젠 뭐 하자는 거냐고, 묻지도 않네요."

먼저 운을 뗀 건 그였다. 묵묵히 할 일을 마친 사람처럼 그가 부어 있는 그녀의 발을 내려 보며 조금은 무심한 투로 말했다.

망가진 발이 부끄러워 발가락을 꼼지락대는데, 그 발을 낚아채듯 연우가 붙잡았다.

"직장 상사의 발도 아무렇지 않게 만지네요, 서연우 씨. 선을 넘어도 너무 넘은 거, 본인도 알죠?"

수치가 들어 하는 말인 줄도 모르고, 그는 태연하게 지껄였다.

"대리님이 원하는 대로 지켜보려고 노력하는 중이기는 한데, 생각보다 더 힘이 드네요."

"……."

"그러게 따로 만났으면 좋았잖아. 그럼 굳이 선을 만들 필요도 없었을 거고, 지금처럼 사람들 눈치 보는 일도 없었을 텐데."

느긋하게 말을 마친 그가 능숙하게 그녀의 발을 주물렀다.

손 떼라는 말이 쉽게 나오지 않았다. 다른 말이 하고 싶은 입이 목을 잠기게 했다.

문영은 빤히 그를 내려 보았다.

"대체 나한테 왜 이래요? 나한테 무슨 말이 듣고 싶어, 내가 어떻게 하길 바라서 이러는 건데요?"

"……."

"서연우 씨가 왜 이러는지 정말 모르겠어."

"그러겠죠."

"……."

"나도 내가 왜 이러는지 모르겠는데."

나도 모르는 나를 대리님이 어떻게 알아.

웅얼거리는 그의 목소리를 놓치지 않고 귀에 담았다.

"안 추워요? 술 깨려고 나온 건가?"

"서연우. 하나만 해."

"응?"

"더는 사람 헷갈리게 하지 말고, 하나만 하라고."

노골적으로 짧아진 말 때문일까.

"아. 그럼 선 긋는 거, 그만할까요?"

당돌함이 느껴지는 말이었다.

문영이 침착하게 숨을 골랐다. 피하기만 하기엔 그녀도 연우가 조금, 아니, 생각보다 많이 궁금했다.

때때로 술기운은 진심을 드러내는 데 탁월하게 작용했다. 취중 진담이라고 하지 않았던가.

"머릿속이 엉망진창이야. 요즘 너 때문에 내가 점점 미친 사람이 되어 가는 것 같다고."

"굳이 그럴 필요 없는데."

"굳이 그럴 필요 없는 거 아는 데도, 친절한 네가 그런 생각이 들게 만들잖아."

"……."

"그러니까 하나만 하자."

"음."

"잘 알고 지낸 이웃사촌을 하든, 회사 선후배 사이로 지내든 확실하게 하자고."

너만 보면 흔들린다는 말은 목울대를 흔들다가 삼켜졌다.

가만히 그를 쳐다보았다. 쌍꺼풀 없이 가로로 진 큰 눈이 감길 때마다 풍성한 속눈썹이 부챗살처럼 펼쳐졌다.

유난히 연한색을 띤 눈동자가 얼마나 신비로운 느낌을 주는지 본인은 모르는 듯했다. 그러나 예부터 문영은 그의 눈동자를 볼 때마다 참 예쁘다고 생각했다.

로맨티시즘을 대변하는 눈동자가 탁해질 때면 얼마나 매혹적인지, 눈을 볼 때면 그녀도 모르는 사악한 욕망이 고개를 쳐들었다.

좀 더 단단해진 몸, 남자다운 분위기와 여유로움이 느껴지는 미소. 온기가 느껴지는 손끝.

단 한 번뿐이었던 그와의 섹스는 많은 상상을 부추겼다.

이젠 인정할 수밖에 없었다.

남자가 되어 돌아온 그와 재회한 이후, 그에게 성적으로 끌리고 있다는 것을.

끊임없이 그를 탓하면서도, 결국 누구보다 서연우를 의식하는 건 권문영이었다.

"보기가 그 두 가지밖에 없어요?"

"뭐?"

"내가 하고 싶은 건 그게 아닌데."

씩 웃으며 그녀에게서 손을 뗀 그가 천천히 몸을 일으켰다. 물끄러미 그녀를 내려다보던 그가 허리를 낮추자 거대한 해일이 밀려오는 듯한 기분이 들었다.

장대한 그의 그림자가 금세 그녀를 덮쳤다.

"사실 나도 못 하겠더라고요."

"……."

"나쁜 놈 코스프레는 적성에 안 맞나 봐. 대리님 말대로 나는 천성부터가 착해 빠진 놈이라 어쩔 수 없어."

코앞에서 어른대는 그의 시선이 그녀의 이목구비를 차근차근 뜯어보았다.

백옥처럼 하얀 피부에 번져 있는 분홍빛 홍조, 숨을 쉴 때마다 살짝 벌어졌다 다물리는 입술이며 앙증맞은 턱끝.

그중에서도 유독 그의 눈길을 사로잡은 건 도톰한 입술이었다.

저 입술 끝에 닿고 싶다.

부러 모난 말들만 골라 내뱉는 저 입술을 할짝거리다 얄궂게 깨물어 주고 싶다는 생각이 들었다. 매 순간, 연기처럼 그의 머릿속을 떠도는 지독하고 탁한 생각들로 인해 이성은 새까맣게 타락한 지 오래였다.

본능만 남은 짐승 같다는 생각을, 연우는 이따금 하곤 했다.

"그래도 예전보단 많이 변했어요."

흑막과 추악을 공연히 드러내기엔 그녀가 많이 놀라지 않을까. 조금 더 자신을 숨기려 했다.

"싸가지가 없어서 대리님 말대로 움직여 줄 생각, 전혀 없어요."

나긋나긋하게 자신의 뜻을 피력한 그가 손을 내려 그녀의 손끝을 잡았다. 손가락 하나가 붙잡혔다. 개수는 금세 늘어났다.

어느샌가 그의 손아귀에 그녀의 작은 손이 꽉 잡혔다.

"너……."

"나는 차라리 조 대리가 대체 권문영이랑 무슨 사이냐고 물었으면 좋겠어."

"……."

"그랬으면 권문영한테 발정 난 서연우라고. 소리 내서 말했을 텐데, 아쉽게 됐어요."

"서연우."

엄격한 목소리로 그의 이름을 불렀으나 소용없었다.

그는 자신이 원하는 바를 에둘러 말하는 데 고집을 부렸다.

"연우야."

그의 이름을 부르는 그녀의 눈동자가 흔들렸다.

"좋다. 그렇게 불러 주는 거."

"······."

"묻고 싶은 게 있어요. 지금도 내가 섹스하자고 하면, 할 거예요?"

"······!"

그의 말에 말문이 턱 막혔다. 아니라는 짧은 대답이 그 어떤 말보다 어려웠다.

그러면 안 된다는 걸 알면서도 머리는 부지불식간에 그와의 섹스를 떠올리고 있었다.

"연우야······, 흐."

"다시 한번 불러 줘요. 내 이름."

"흐으. 으······!"

"어떡하지, 멈추질 못하겠어요."

"아, 아아······! 멈추지······ 마. 계속 해 줘."

감히 그의 마음을 이용하는 주제에, 서연우의 아래에서 얼마나 열락에 취했었는지. 헐떡이는 숨소리와 함께 수도 없이 그의 이름을 내뱉었다. 감격할 만큼 좋았던 기억이 어제 일처럼 뚜렷하게 상기됐다.

가슴속에 훈훈한 바람이 불어온 건 순전히 그 시절의 연우의 온도가 피부에 남아 있었기 때문이라는 걸, 문영은 할 수만 있다면 모르고 싶었다.

깨끗하게 잊지 못하니 기억하지 않으려 했는데, 그때의 그가 감당 못 할 정도로 선연해졌다.

"나는 대리님이랑 유치한 이웃사촌도, 선후배도 하고 싶은 마음 없어요."

웃는 낯으로 대답한 그가 구두를 들어 그녀의 발에 조심히 끼워 주었다. 그의 손에 의해 다시 구두를 신게 됐을 때 바람이 불었다.

머리카락에 찔려 눈을 질끈 감은 그때 그의 손이 자력처럼 뺨에 끌려왔다.

다닥다닥 붙은 머리카락을 정리해 주는 그의 손길이 눈물 날 정도로 따뜻해서 문영의 마음이 물큰해졌다.

"하나만 하라고 했다고 해서 갑자기 이러면 곤란해."

이런 제 마음을 들킬까 봐 부러 볼멘소리를 내며 그의 손을 쳐 냈다.

"네가 나랑 하고 싶은 게 뭔지 모르겠지만, 아직도 내가 좋은 게 아니라면……."

"……."

"잘 지내보자."

그녀의 목소리가 잘게 흔들렸다. 용기 내어 꺼낸 말이었지만 유유한 그는 문영의 의사를 가볍게 묵살시켰다.

"그렇게는 못 하겠는데요."

"……."

"잘 지낼 자신 없다고."

"……."

"그럼 우린 그럼 평생 이렇게 지내겠지. 얼굴만 봐도 껄끄럽고, 불편한 사이."

"불편하겠지만 이미 7년이 지난 일이야."

"입에 침도 안 묻히고 거짓말을 잘도 하네요. 대리님은."

"말이 안 되잖아. 아직도 내가 좋을 리 없잖아. 잘 지내지 못할 이유가 없다고 생각해."

그녀의 단언에 그가 작게 미소 지었다.

"너무 쉽게 단정 짓네, 너무하게."

"난 네가 지금 날 찔러 보는 걸로밖에 생각이 안 들거든. 괜히 가만히 있는 사람 건드리지 말고, 네가 할 수 있는 선에서……."

"또 그놈의 선. 나한테 선 같은 게 있을 것 같아요?"

그의 표정이 순식간에 굳어졌다. 결심을 세운 사람처럼 단단해진 눈빛이 흔들리는 그녀의 눈동자를 꿰뚫듯이 바라보다가 입술로 미끄러졌다.

작게 터지는 숨결이 애써 잠재운 욕망을 툭툭, 건드렸는지도 모르겠다.

"할 수 있는 선, 그딴 거 없어요."

당황스러울 정도로 단정적인 어조였다.

네가 원하는 선 따위 있을 리 만무하다고, 그렇게 말하는 눈빛이 뜨거웠다.

고저 없는 목소리는 지나치게 차분했다. 조용조용하게 말하는 그의 버릇은 여전했다.

"피할 궁리 같은 건 그만하고, 같이 밥 먹어요."

"……."

"종종 차도 한 잔씩 하고."

그러니까 우리 다시.

"친해져야죠."

"……!"

빤한 그의 눈동자 위로 아스라이 열망이 스쳤다. 모르려야 모를 수 없는 욕망이 언뜻언뜻 고개를 드러냈다. 통관하는 그녀의 눈빛이 흔들렸다.

"대리님은, 여러모로 사람 미치게 하네요."

뭉근한 가슴이 뻐근함을 호소했다. 피식, 웃으며 말하는 그가 바람에 흐트러진 머리카락을 정리했다. 그녀 앞에서 천천히 무릎을 굽히고 앉은 연우의 이목구비를, 문영은 다시금 뜯어보았다.

모공조차 없는 깨끗한 피부를 한때 얼마나 부러워했던가.

예쁜 인형 같아 막연하게 욕심을 냈던 그 시절의 서연우는 너무도 많이 변해 있었다.

"고양이 같은 얼굴로 강아지 같은 눈을 하고 있으면 무심하게 대할 수가 없잖아요."

자각에도 없었는데, 어쩌면 그의 말마따나 그랬는지도 모르겠다.

"상처받은 사람처럼 서운한 눈을 하고 있으면 또 내가 약해질 수밖에 없다고요."

"……."

"못되게 굴고 싶었는데, 그것조차도 못 하게 하네요."

능력도 좋아. 농담 같은 실없는 중얼거림이 분위기를 조금 바꾸는가 싶었으나 문영의 입가는 딱딱하게 굳어 있었다.

"내가 미안해요, 그러니까 심통 부리지 마. 내가 권문영한테 취약하다는 거, 잘 알고 있으면서."

"……조금 헷갈리네, 지금 네 말은 꼭 네가 내가 아는 서연우라고 말하는 것 같은데."

"맞아요. 잘 들었어요, 머리가 똑똑해서 이해도 빠르네요."

대단히 어려운 문제의 대답을 맞춘 것도 아닌데 그는 기껍게 웃었다.

한 템포 쉬는 동안 그녀의 눈을 보며 얄궂게 웃는 건 그가 주는 또 다른 문제였다.

"내가 아는 서연우가 아닌 것 같아. 7년이 지났으니 변하는 것도 당연하지만 어쩐지 넌……."

"싸가지도 없고, 예전만큼 이해심이 넓지도 못 해요. 이해심이나 배려심은 도덕적인 문제잖아."

그 부분에 결함이 있다고 해서 사는 데 지장이 생기는 건 아니라고, 그가 직언했다.

"또 달라진 게 있을까요."

있다. 그는 모르는 듯하나, 그녀의 눈에 지금 서연우는 참 많이도 달라져 있었다.

구체적으로 어느 부분이 그녀에게 이질감을 주는가.

문영의 눈빛이 관찰하는 시선으로 바뀌었다.

"그대로야."

있는 그대로, 그대로라고.

가슴이 철렁거렸다.

나는 여전하다고 담담하게 고백하는 그의 목소리가 듣기 좋았다. 문영이 자못 눈을 키웠다. 담백한 목소리는 쉬지 않고 이어졌다.

"키스."

"……."

"키스는 그때보다 더 잘하는 것도 같고."

그건 장담할 수 있어.

그녀의 무릎을 유려한 손끝으로 툭툭 건드리며 하는 말이 여지없이 매혹적이었다.

관능의 법칙을 충실하게 따르는 사람처럼 눈웃음 짓는 연우에게서 시선을 거두지 못했다.

왜 그런 말을 하는지, 묻지 못하는 입술은 조용했다.

머리만 뜨거워져서 거푸 시간을 거슬렀다. 불도장 같은 그의 손이 몸을 찍어 누를 때마다, 손길이 닿는 곳곳이 얼마나 뜨거웠는지, 그가 주는 열을 해소하지 못해 얼마나 몸서리를 쳤는지 선연히 기억했다.

툭툭, 간헐적으로 튕기는 그의 손끝을 멀거니 내려다보았다. 아무렇지 않은 그의 행동이 기폭제가 될 것 같아 두려운 문영의 눈동자가 흔들렸다.

"……나쁜 손."

마음과는 달리 정색한 얼굴로 나직하게 중얼댄 말을, 그가 웃으며 받아들였다.

치우라는 말까지는 할 수 없었다.

"관심 없는 것 같더니, 관심이 많았나 봐요."

인간이 추악한 이유는 잘못된 걸 알면서도 어리석은 합리화로 눈을 감기 때문이라는 걸 문영은 절절하게 깨달았다.

특히나 서연우와의 섹스는, 그녀의 이면 뒤에 숨은 추악성을 구태여 드러나게 한 계기가 됐다.

친동생 같던 그와의 접점은 문영을 참을 수 없는 쾌락의 추악성으로 덮었다.

그날 문영은, 자신이 얼마나 음험한 사람인지를 난생처음 알게 됐다.

"아무도 없어서 집으로 왔는데……. 괜찮아요?"
"……상관없어."

유독 가깝게 지냈던 두 집안의 부모님들은 마침 주말을 맞아 함께 여행을 떠난 상황이었다.

이웃집 누나로, 과외 선생님으로 종종 찾던 그의 방 침대 위에서 나눈 배덕한 행위는 낯설지만 묘한 쾌감과 동시에 아찔함을 선사했다.

"미안해요, 침대가 너무 좁죠."
"아, 흐응……."
"근데 난 좁은 게 맘에 들어."
"하아, 연, 연우야……!"
"이렇게 더 꽉 안을 수 있으니까."

눈을 돌리면 보이는 익숙한 그의 책상과, 스탠드, 벽지는 그녀의 욕망을 부추기는 매개체였다. 하얀 서연우를 막연하게 더럽히는 것만 같은 착각은 상상 이상으로 짜릿했다.

그날 그는 자신의 방 벽면에서 그녀의 숨결이 묻어나는 것 같다고 말했다.

작은 공병에라도 담을 수 있다면 좋겠다고 고백처럼 되뇌던 그 말을, 사실은 그녀가 하고 싶었다.

못다 한 말은 그를 보면 흔들리는 마음이 대신 옹알거렸다.

다 담아 버렸다. 그 시절의 연우를 조금도 놓치지 않고 다 담고 있었던 것 같다. 냉담한 그의 태도가 못내 서러워 밤잠을 설쳤다는 사실은 죽었다 깨나도 그녀만 아는 비밀로 남겠지만.

"요즘 정신이 없어요."

어쩐지 눈치 좋은 서연우는 그녀의 머리 위에서 문영을 한눈에 내려다보고 있었는지도 모르겠다.

서연우는 컸다.

손도, 몸도, 마음도.

"밤새도록 생각에 잠겨 있다가 동이 틀 때쯤 잠이 드는데, 죽을 맛이야."

"……."

"정신없이 일어나서도 생각은 이어지는데 마땅한 해답은 찾을 수도 없고, 계속 한 가지에 몰두하고 있으니 내가 무슨 정신으로 어떤 타이를 꺼냈는지도 몰라. 대충 목에 매고 거울 앞에 서면 나답지 않게 형편 없는 타이가 둘러져 있더라."

문영의 입술이 자그마하게 벌어졌다.

"다시 고쳐 매야지 하는데도 손이 안 가. 넥타이를 바꿔 매는 1초라도 아껴서 답을 찾아야 하거든."

탄성 같은 신음을 삼켰다. 여전히 그녀의 앞에 무릎을 세우고 앉은 연우를 보며 문영은 그가 한 말의 의미를 속속들이 찾아냈다.

어수선하게 자라난 넝쿨 같은 그는, 결코 그녀에게 가시를 세우지 않는다.

그런 생각이 보풀처럼 머릿속에 달라붙었다. 더불어 일말의 안도감이 순풍처럼 가슴에 불어왔다.

　연우를 다시 본 후로 조금 꼬여 버린 생체 리듬에 파동이 일었다. 자연스레 섞여 들어와 자각하지 못했는데 연우의 말을 듣고 나니 완벽하게 깨우치게 됐다.

　어느 날 갑자기 눈앞에 나타난 서연우의 존재로 진폭은 나날이 커졌고, 불만인지 설움인지 모를 감정이 권력처럼 자라나 그녀에게 알 수 없는 후유증을 남겼다.

　문득 정신을 차리고 보면 작은 일에도 그 시절의 서연우와 비교하는 그녀가 보였다.

　하나씩, 하나씩 따져 볼수록 이상하게 가슴이 저미어 왔다.

　알은체하지 않는 그에게 서운함을 느낄 필요 없다는 걸 알면서도 한 구석에 웅동그리고 있는 진심은 매정한 그의 태도에 불만족하고 있었다.

　그러다가 들려오는 그의 위로 같은 말은 그녀를 안심하게 했다.

　나에게만 잠 못 이루는 밤이 아니었다.

　슬픔인지, 분노인지도 모른 채 생각에 까무룩 잠기는 일이 그녀만 겪는 고역이 아니었다.

　"그래도 좋네요."

　"……."

　"이렇게 다시 만나게 된 것도 좋고."

　아주 잠깐 그녀의 시간이 멈췄다. 고백하듯 잔잔하게 흐르는 목소리가 주변을 감쌌다.

　"내일 밥 먹어요. 시간 없으면 만들어서라도 내 줘요."

　"꼭 나랑 뭐라도 하고 싶은 사람처럼 말하네."

　급할 게 없는데 어쩐지 그의 말에 조급함이 느껴졌다. 워낙 차분하고, 단정한 녀석이었다.

　"급할 것도 없는데."

늘 침착한 그는 유독 문영 앞에서만 풀어졌다. 그 버릇은 아직 남아 있는 모양이었다.

"급하죠. 자그마치 7년 만인데."

"……너 나 좋아하니?"

그의 웃는 얼굴에서 눈을 뗄 수 없었다.

"그렇다고 하면, 또 놀라서 도망갈 거잖아."

가만가만 지난날을 되새기면 꼭 놀랄 일만도 아니라고 생각했다.

말수가 적고 조용조용한 탓에 전혀 그럴 것 같지 않은 연우도 무언가에 대한 애착이 심했다. 사물에 대한 애착과 집착은 한 끗 차이였다.

"그건 그렇고."

그의 관심은 고유한 사물처럼 잘 변하지 않았다.

"잡아먹는 건 내가 하고 싶은데."

유동적이지 않은 성향을 빗대어 생각했을 때, 유난히 그녀에게 집착하던 서연우라면 충분히 그럴 수 있다는 생각이 들었다.

스스로를 납득시키려는 의도는 아니었지만, 서연우라면 충분히, 그녀를 좋아할 만했다.

"안에 있는 사람들 의식하고 있잖아요."

잡아먹는 건 내가 하고 싶은데. 메아리로 남은 그의 말이 귓가를 어지럽혔다.

"네가 좋아서 발목 잡은 건 아니니까 오해는 안 했으면 좋겠어."

"믿어 줄게요."

그가 너그러운 사람처럼 양보하는 말을 했다.

그가 대놓고 웃음소리를 내며 먼저 자리에서 일어났다.

"서연우."

"응?"

"단둘이 만나는 일은 없을 거야."

없을 거라고 말했지만 자신이 없었다.

유혹하듯 건네는 그의 말을 들을 때마다 가슴이 널을 뛰었다. 의지박약이었다. 그녀에게는 연우를 내칠 의지가 전혀 없었다.

아니, 아주 조금은 있을지도 모른다.

몸을 일으킨 그녀가 모르는 사이인 듯 그를 지나쳤다. 나직한 목소리도 들릴 만한 거리를 벌려 놓았을 때 그의 중얼거림을 들었다.

말했는데, 하는 속삭임.

"나 싸가지 없다고."

그 말이 꼭 그녀의 의사를 묵살시키는 것 같아서 문영은 끝까지 못 들은 척 가게 안으로 사라졌다.

왜 이제 왔냐며 그녀를 다그치는 최 대리에게 미안한 표정을 지어 보였다. 속이 안 좋다고 에둘러 말한 문영을 연우가 당연한 것처럼 부축했다. 사람들의 주목을 받고 있는 상황임을 알면서도 은근하게 허리를 쓸어 만지는 그가 괘씸했다.

사수의 일이라면 자다가도 벌떡 일어날 것처럼 구는 그의 태연한 행동에 다행히도 사람들의 오해는 피할 수 있었다. 거기다 나도 챙겨 줄 수 있다고 호통치는 조 대리의 농담 섞인 말에 금세 화제가 바뀌었다. 다행이었다.

두 사람이 자리로 돌아오고 얼마 지나지 않아 술자리는 파투 직전에 다다랐다.

내일 출근을 생각하면 다들 충분히 무리한 상태였다.

"다들 내일 봐. 조심히 들어가고."

왜틀비틀하며 가게를 나온 사람들이 각자 다른 방향으로 뿔뿔이 흩어지고, 해산 후 대로변에 남은 사람은 고작 연우와 문영 뿐이었다.

연우의 직접적인 말에 대답하지 못한 문영은 아직 그와의 대화가 끝나지 않았다고 생각이 들었다. 물론 더 나눌 말이 많은 게 사실이었다. 채 끝내지 못한 대화는 아직 시작도 안 했는데 알면서도 사망 선고를 기다려야 하는 사람처럼 벌써부터 긴장이 됐다.

구두코로 바닥을 툭툭 건드리며 머뭇대는 문영의 곁으로 별안간 연우가 한 발자국 다가왔다. 무심코 고개를 돌렸다가 훌쩍 다가온 연우의 구두를 보았다. 덜컥 심장이 내려앉는 것 같았다.

단두대에 선 사형수가 이런 기분일까.

사적인 공간에서 단둘이 있는 게 오랜만이라 그런지 확실히 편하지는 않았다. 야근 중엔 딴청 피우듯 서류라도 보면 됐지만 지금은 마땅히 눈 둘 곳이 없어 난감하기 이를 데 없었다.

이윽고 맨땅에 떨어진 실낱이라도 찾듯 하릴없이 아래를 바라보고 있는데 그녀의 발치로 다가와 우뚝 선 그의 다리가 보였다. 그새 한 걸음 더 다가온 모양이다.

"자꾸 어딜 그렇게 봐요."

너무도 쉽게 그녀의 사정거리 안으로 훅, 들어온 그의 목소리가 건조했다. 입안의 살을 꾹 깨물며 고개를 든 문영의 눈이 동그래졌다.

시선이 마주친 순간 별 하나 없는 캄캄한 밤이 오색으로 물든 것 같았다. 서연우가 불러일으키는 환시라는 걸 아는데도 당혹감을 숨길 수 없었다. 서연우에게서만 광채가 흐른다는 걸 알아 버렸기 때문이다.

곤란한 듯 미간을 좁힌 연우가 짐짓 낭패로운 얼굴을 했다.

한 걸음만 더 다가가면 반밖에 되지 않는 그녀의 몸이 그의 품 안으로 쏙 안겨 들어올 것 같은데 어떡하면 좋을지 고민하는 사람처럼 연우에게서 한숨 같은 숨소리가 흘렀다. 목울대를 긁고 나온 낮은음은 그의 마음과 상관없이 듣기 좋은 울림을 냈다.

"아. 계속 보는 것도 위험하긴 하네요."

두꺼운 그의 몸과 잘 어우러진 굵직한 목소리에 문영이 눈을 깜빡거렸다. 아래에서 보니 유독 선이 굵은 그의 턱선이 한눈에 꼭 들어찼다.

날렵하게 빠지는 턱에서부터 광대까지 이어지는 선이 확실했다. 쉽게 무너지지 않는 서연우 그 자체를 보는 것 같아 순간 문영은 저도 모르게 숨을 들이켰다.

가까이에 두고서도 본체만체하던 서연우를 지척에서 바라보는 것만으로도 어쩔 줄 몰라 하는 이런 상황이 믿기지 않았다.

"데려다줄게요."

언제부터 마음이 아기의 피부처럼 연약했던가. 시기를 따질 수 없었다. 그를 다시 본 순간부터 그녀는 내내 이런 상태였으니까.

훌쩍, 다가온 그의 구두코가 그녀의 구두 앞코를 스쳤다. 그의 손끝이 새침하게 그녀의 손끝을 스치는 순간 가슴이 지르르했다. 잡을 듯 말 듯 애태우는 사람처럼 연우는 그녀 앞을 지키고 있었다.

가슴이 몰랑몰랑해졌다.

"그 전에 술 한잔 더 해요."

신입들이 편의점에서 사 온 숙취 해소제도 마셨고, 시원한 바람을 쐬니 어느 정도 술기운도 가신 채였다.

많이는 아니더라도 대화를 나누며 마시는 몇 잔 정도는 너끈할 것 같았지만 부러 대답을 피했다.

"내 말 못 들었어?"

"둘이 만나는 일은 없을 거라는 거. 그거 말하는 거야?"

"제대로 들었으면서 청개구리처럼 구는 이유가 뭔지 모르겠네."

"말했잖아요, 나 싸가지 없다고."

"서연우, 너 계속 이러……."

"우리 자주 어울렸잖아요."

그의 눈빛이 진득하게 문영을 내려다보았다. 대놓고 그녀를 가로막은 그의 입가에 볼록 볼우물이 팼다.

"술 한잔해요."

그게 싫으면 예쁜 대화도 좋다고, 연우는 선선하게 웃으며 덧붙였다.

"할 말 많잖아."

"……."

"없을 리가 없는데."

이어지는 말과 함께 그에게 손목이 붙잡혔다.

"혹시 무서운 건 아니죠."

"그래."

"내가 섹스라도 하자고 할까 봐."

"……그래."

거짓말. 사실은 그 반대였다. 질문을 받고, 거절하지 못할 스스로가 두려웠다.

다부진 장골, 큰 키, 수려한 외모는 그녀도 모르는 새 쌓인 외로움을 자극하는 기폭제가 됐다. 하필 그 상대가 연우인 건 유감이지만.

"뭐 어때."

그가 실소하듯 코웃음을 쳤다.

"우리가 앤가."

한심함을 담은 듯한 눈빛에서 시선을 거두었다.

"물론 그때도 애는 아니었죠. 그렇죠?"

"너 혹시……."

그럴 리 없겠지만 우후죽순으로 뻗어 나는 생각들이 그녀를 불안하게 했다. 섹스에서 사랑을 빼면 단순한 유희에 불과했다.

"응?"

만약 그가 놀음 같은 환락에 빠져 그녀에게 이러는 거라면.

거기까지 떠오른 생각을 애써 떨쳐 냈다. 과거의 연우를 아는 그녀였기에 그가 그런 남자일 거라고는 함부로 의심하고 싶지 않았다. 적어도 아직까지는.

"아니야, 됐어."

"응?"

예쁘게 웃으며 대답을 종용하는 그와 다시 눈을 맞췄다.

"얘기 좀 해요, 우리."

그래, 할 말은 많았다. 그가 그러듯 그녀 역시 그에게 취약한 건 제외해야 했다.

그동안 어떻게 살았는지, 잘 지냈는지, 뭐가 너를 이렇게까지 변하게 만든 건지 알고 싶은 게 한두 가지가 아니었다.

"나 지금 대리님 시간 잡아먹으려는 거야."

그가 손아귀에 잡힌 그녀의 손목을 살짝 잡아당겼다. 힘없이 끌리는 몸이 대답을 대신했다.

"먹혀 줄래요?"

충만할 때까지 기꺼이 먹혀 주겠노라고.

낱말로 부서진 말은 곳곳으로 흩어졌다.

그녀도 모르게 긴장한 몸이, 일렁이는 눈빛이, 입 끝을 잘근 깨무는 행동이 그녀의 심경을 대변했다.

6장

가까운 곳으로 장소를 옮겼다.

연인들이 즐겨 찾는다는 바는 적당히 무거우면서도 고급스러운 분위기를 흘렸다.

낭만에 젖은 연인들에게 더할 나위 없는 곳에서 서연우와 안부를 주고받는다는 게 문영은 믿기지 않았다.

"잘 지냈죠."

대충 주문을 마친 그가 그녀를 돌아보며 당연한 것처럼 물었다.

말 그대로 당연한 말이었다.

"며칠 전에도 그랬지, 너. 그렇게 사라져 놓고 잘 지냈어야 하는 게 맞다고. 네가 원하는 대답이 잘 지냈다는 거야?"

"뭐든 적당한 게 좋죠. 너무 잘 지냈다고 해도 배가 아플 것 같아."

"하나만 하자, 서연우. 언제부터 말장난하는 게 취미가 돼 버렸는지는 모르겠는데."

"내가 모르는 권문영의 시간을 상상한다는 게 얼마나 마음 아픈 일인지 모르죠."

문영의 눈썹이 구겨졌다.

"화가 나는 일이 대부분일 것 같아 억지로 참고는 있는데, 나도 모르게 불쑥불쑥 그림이 그려진다니까."

"나랑 대체 뭐가 하고 싶은 거야?"

"우선은 대화."

단조로운 말투로 일갈한 그가 씨익 미소 지었다.

"왜, 대화만 하자니 서운해서 그래요?"

"그럴 리가."

"그래도 할 말은 해야죠."

상대적으로 굳은 낯을 한 문영과 달리 연우는 천연덕스러웠다.

넉살 좋게 구는 모습이 사회화가 된 강아지 같았다. 귀만 없을 뿐이지, 종전과 달리 한층 편안해진 그의 분위기가 예전의 서연우를 상기시켰다.

"대화가 싫은 거면 자기소개로 해요."

문영은 말없이 그를 쳐다보았다.

"그것도 싫어요? 그럼 자기 어필로 할까요?"

그럼 내가 먼저 할게요. 이어지는 말을 듣기도 전에 그의 입술이 끝에서부터 느리게 벌어졌다.

"서연우입니다. 권문영 씨보다 세 살 어린."

"이런 장난 섞인 얘기나 하자고 부른 거라면."

"첫사랑이라 기억이 깊게 남았나 봐요."

"……."

"권문영 씨가 그렇게 사라질 줄도 몰랐지만, 그렇게 안 잊힐 줄도 몰랐어. 난."

연우는 진심으로 감탄했다.

풋내 나는 첫사랑이었다. 대단한 추억만 가득했으니 잊히지 않는 게 당연했지만 한편으로는 놀랄 수밖에 없었다.

그가 그녀와 나눈 것이 사랑은 아니었으니까.

애잔한 자기 연민이 남긴 기억일까.

사실은 뭐라도 좋았다. 이렇게라도 기억에 남겨 두길 참 잘했다.

"난 계속 그렇게 살았어요."

보통의 남자처럼 군 복무를 마치자마자 수순대로 인생을 살았다고.

연우는 자신의 이야기를 들려주었다.

"하기 싫었던 유학 생활에 감사하기도 처음이야."

그 시절이 아니었다면 자성에서 그녀를 만나는 일도 없었을 테니까.

어쩌면 연우에게 현실은 애처로운 과거가 준 기회인지도 모른다.

"그렇게 사라진 뒤로, 내 생각은 안 났어요?"

문영이 버릇처럼 입술을 깨물었다. 안 났다면 거짓말이다.

살다가 드문드문, 일상에 녹아들다가도 이따금씩 찾아와 머리를 어지럽히던 녀석이었다.

그녀가 원하는 대로 따라 주던 그의 품은 생각보다 더 따뜻했다.

"예를 들자면……."

조용한 날, 안온한 밤을 닮은 서연우를 나중에는 깊이 떠올렸던 것 같다.

"다른 남자들과의 섹스 후에 내가 그리워졌다거나."

왠지 모르게 서운함이 올라왔으나 문영은 애써 침착하게 굴었다.

"날 어떻게 생각했는지 모르겠지만, 그런 기억이면 오래 남는 것도 당연하지."

"정말 그랬어요?"

"적어도 사람에게 못 할 짓을 하진 않아."

"예를 들었다고 말했잖아요."

물론 정말 그랬으면 더 좋겠지만.

"나만큼 권문영 씨 비위 맞춰 주는 놈도 없을 텐데."

착각이 아니라면 찰나적으로 그의 눈빛이 차게 가라앉았다. 아까 보았던 열망은 그가 은연하게 드러내는 질투에 사라진 것 같았다.

"기억나요? 내가 그랬잖아. 개처럼 기어 다닐 자신 있다고."

"그래, 그렇게 말했었지."

"그런데 왜 그냥 갔어요?"

왜 연락 한 통 없었어요. 연우의 원망 섞인 눈빛과 마주쳤다.

그에게 취약한 유일한 약점은 변하지 않은 불변이었다.

"나한테 못 할 짓, 한 거잖아."

"네가 정말 개처럼 기어 다니기라도 할까 봐. 그 꼴 보기 싫어서."

문영은 자신의 속이 어떤지 살피기도 전에 대답했다.

조금은 아릿한 것도 같고, 아닌 것도 같지만 한 가지는 확실했다. 무심한 척 대꾸하지만 시선은 하릴없이 연우를 따라다녔다.

"내 생각해 주는 척하는 거예요?"

그가 재미있다는 듯 웃음소리를 냈다. 문영은 들리지 않게 한숨을 내쉬었다. 원망과 회한으로 뒤섞인 그의 눈빛에 문득 과거를 돌아보았다.

"생각하는 거야. 난 진심으로 네가 내 발 아래서 개처럼 꼬리 치는 게 불편하거든."

이별 후, 기댈 데 없는 그녀에게 기댈 수 있는 품을 내어 주던 그가 어렴풋하게 떠올랐다.

"잘 살았어, 남들 사는 것만큼 평범하게."

하필이면 그 시기에 아버지의 해외 발령이 확정됐다.

가족 같던 연우와 그런 일이 있고 난 후라 문영은 자신이 천벌받는다고 생각했다.

그게 아니라면 구멍 난 가슴에 서연우가 차는 일은 없었을 것이다.

시간이 지날수록 틈은 벌어졌다. 멀어진 그와의 간극처럼 커져서는 그 새로 빗물처럼 그를 흘렸다.

그럼 괜찮을 줄 알았는데.

"하필 그 시기에 아버지가 호주로 발령이 떨어졌네."

너무 갑작스러운 일이라 그에게 알릴 틈이 없었다.

사실은 하고 싶지 않았다. 그의 입대 소식을 들은 후, 믿었던 연우마저 결국 그저 그랬던 남자에 불과하다는 사실은 그녀에게 꽤나 충격이었다.

"부모님 따라 호주로 넘어간 후로 줄곧 거기 있었어."

아아, 그가 짧은 간투사로 대답을 대신했다. 이제야 이해가 간다는 듯 표정을 풀고 웃는 얼굴이 그녀를 응시한다.

여전히 하얗고 깨끗한 얼굴이었다.

"그래서 못 찾았구나, 내가."

"뭐?"

"응?"

"뭐라고 했어?"

"아니. 목소리 듣기 좋다고."

그가 팔꿈치를 테이블 위에 괴며 큰 손으로 한 뺨을 감쌌다. 잔잔한 멜로디와 어우러지는 그녀의 목소리에 온몸이 나른해졌다. 말린 채로 굳은 입가의 미소는 떨어질 줄 몰랐다.

별안간 그가 가볍게 고개를 갸웃댔다. 더 말 않겠냐는 무언의 표현이었다.

"그러니까 그 일 이후로 네가 불편해서 고의적으로 널 피했다는 생각은 안 했으면 좋겠다. 오히려 내 입장에선 네가 외면한 거나 다름없으니까."

"외면? 설마 내 입대 얘기하는 거, 아니죠?"

"그래."

연우의 모친과 통화 중이던 어머니의 말소리가 문영이 있는 곳까지 들리지 않았더라면 영영 모르고 있었을 테다.

아버지의 발령 소식만큼이나 청천벽력 같은 서연우의 입영 소식은 그녀를 무너지게 했다.

쓰라린 마음으로 무던히 자신을 달랬다.

어쩌면 연우도 그날 밤을 후회하는지도 모른다고. 경황없이 시작된 그 사고가 연우에게도 충격으로 다가갔을 거라 생각하면 몸속이 뒤틀렸다.

"그때 우리 꽤 친했을 텐데, 그런 소식 정도는 미리 언질해 줬어도 됐잖아."

"오해예요, 입영 연기할 생각이었어요. 그러다 갑작스럽게 결정된 거라고요."

"뭐라고……?"

"권문영의 개가 되라고 해도 환장할 만큼 좋았을 거야, 난."

"……."

"그런 내가 군대로 도피라도 했을까. 그렇게 생각했다니 섭섭한데요."

"그래, 어쨌든 그날 일은 너에게도 충동적인 일이었으니까. 나처럼 후회했을지도 모른다고 생각했어."

"후회는 권문영 씨 몫이죠."

"맞아, 내 몫이야."

잠시간의 침묵에 잠긴 분위기가 몸서리치게 불편했다. 괜스레 술로 목을 축였다.

"내가…… 그랬을 리 없잖아요."

잔을 내려놓기를 기다렸다는 사람처럼 연우가 말을 붙여 왔다.

듣기 좋은 목소리가 지나치게 차분했다.

"그래도 다행이네요. 내가 싫어서 도망간 건 아니니까."

나직한 그의 말에 문영은 묵언으로 대답했다.

"권문영 씨, 나 좋아했어요?"

"멍청한 질문이야."

"아는데, 그래도 듣고 싶어요."

턱을 괴고 있던 손을 내리고, 자세를 바로 고친 그가 등받이에 깊이 몸을 묻었다.

섬세한 손가락 사이로 잘록한 술잔이 끼워졌다. 고혹한 불빛을 맞은 그의 모습이 유난히 관능적이었다. 시종일관 웃는 얼굴은 얄미웠으나 밉지 않았다.

꽤 괜찮은 남자.

회사에서의 서연우는 그런 사람이었다.

이상하게 목이 탔다. 불덩어리라도 삼킨 것처럼 목울대가 홧홧해졌다.

"뭐, 아니라고 해도 상관은 없어요."

푸우, 바람 빠진 소리를 내며 대화를 갈무리한 그가 느긋하게 잔을 내려놓았다.

"이제 뭐 할까요, 우리."

마주하는 시선이 골처럼 깊어 점점 빠져드는 것 같단 착각을 무시할 수 없었다.

은은한 불빛에 연명하는 주변은 어두웠다.

은근해서 노골적인 의도가 확연하게 드러나는 그의 말에 문영의 눈빛이 흔들렸다.

"그때처럼 후회하는 짓이라도 해 볼까요."

"일부러 이러는 거지?"

"일부러가 아니면 뭐겠어요. 나름대로 배려하는 건데."

"……."

"그게 싫으면 말해요. 분명하게 말해 줄 수 있어."

"그때처럼 후회하고 싶지 않아."

무엇보다 지금은 그때가 아니었다. 그때에 반해 달라진 게 너무도 많았다. 가장 큰 변화는 그의 진심이었다.

"그럼 날 따라왔으면 안 됐죠."

그가 난처한 듯 눈썹을 꿈틀거리며 말했다. 여전히 웃는 입매는 모순이었다.

"그때 같은 일이 또 생길 거라는 거 몰랐던 거 아니잖아."

"서연우. 너 지금 나랑……."

"아직도 나한테 약하잖아, 권문영 씨."

"나랑 하고 싶다는 게, 결국 이거니?"

"진부한 이웃사촌이나 직장 동료는 시시하잖아요."

"너 대체 무슨 생각으로……!"

"나도 권문영 씨한테 약해요, 말했잖아."

난 평생 나쁜 놈 못 한다니까.

순순하게 웃는 그가 조금 가까워졌다. 입술 끝이 닿을 듯 상체를 붙이고 앉은 그가 이내 조용하게 속살거렸다.

"거절 못 하겠다고 했죠."

그녀도 모르게 숨을 참았다. 입술이 닿을 것만 같은 거리감이 아슬아슬했다.

서연우를 향한 반응은 결코 낯설지 않았다. 그래서 할 수만 있다면 꽃처럼 피어난 오감을 죽이고 싶었다.

단 한 순간도 그를 좋아하지 않은 그녀는 허탈했다.

"그럼 하지 마요."

사실은 그게 아니었을지도 모른다는 생각이 고약했다.

"하지 말고, 그거 해요."

그윽한 유혹, 귓불을 간질이는 뜨거운 숨결에 취한 사람처럼 숨이 가빠졌다. 아래로 눈을 내리깐 문영이 침착하게 숨을 고른 뒤 다시 눈꼬리를 추켜세웠다.

도무지 거절할 말이 떠오르지 않았다.

물론 핑계였다. 애초부터 궁리 따위 하지 않은 그녀의 머릿속은 온통 연우뿐이었다.

건반을 누르듯 테이블을 짧게 두드리는 손끝이 몸 구석구석을 스치는 상상이 강렬해졌다.

"섹스."

덤덤한 표정을 했으나 긴장한 듯 침을 삼키는 그녀의 목울대가 파도치는 속만큼 울렁거렸다.

둘러댈 수 있는 말은 고작 그거였다.

외로워서.

혼자인 시간이 너무 긴 탓이 크다고, 문영은 하릴없이 되뇌었다.

"집으로 가고 싶은데 너무 멀어서."

더없이 상냥한 말씨에 굳은 어깨가 풀렸다. 그제야 자신이 긴장하고 있었음을 알았다.

"호텔, 괜찮죠."

정중하게 묻는 그에게서 고개를 외면한 문영이 단조로운 투로 대답했다.

"……상관없어."

7년 전과 같은 대답에 연우의 두 눈이 달처럼 휘었다.

❖　　　✛　　　❖

말이 끝나기 무섭게 일은 순조롭게 진행됐다.

마치 처음부터 준비되어 있던 것처럼 호텔에 도착해 룸으로 이동하는 모든 시간이 삭제된 것처럼 빠르게 지나갔다.

문영은 능숙하게 문을 여는 연우의 너른 등을 멀거니 바라보았다.

얼굴밖에 모르는 원 나잇 상대와 질펀하게 뒹굴 바에야 잘 알고 지낸 그가 훨씬 낫다는 생각만으로는 울렁대는 마음을 진정시킬 수 없었다.

"서연우."

"응?"

문손잡이를 잡아 돌린 그가 그녀를 돌아보며 되물었다. 아직 가슴 한구석에 남아 있는 불안을 제거하지 못했다. 문영은 신중하게 골몰한 끝에 답을 찾았다.

"난 너랑 섹스를 하는 거야."

이 행위는 결코 사랑을 나누자는 게 아니었다.

"그래요?"

그가 가볍게 웃으며 지나쳐 가는 문영의 어깨에 손을 얹었다.

"그래요, 그럼."

더한 건 내가 할게.

덧붙인 말을 듣고도 모르는 척했다. 협탁 위에 무심히 백을 내려놓고, 시계를 풀었다.

"씻어야죠. 섹스는 순결한 거잖아."

툭, 시계를 내려놓고 고개를 들었다. 곧장 마주친 시선이 마찰열을 일으키는 것 같았다. 서로에 대한 묘한 열망은 접점이 있기 전까지 결코 용해되지 않을 것 같았다.

"먼저 씻을게."

돌아선 문영이 잰걸음으로 욕실을 찾았다. 급하게 찾아온 호텔치고 시설이 좋아 웃음이 났다. 섹스가 목적인 것치고 과하다 싶을 정도로 넓은 부스가 그녀를 적잖이 당황스러웠다.

원래부터가 깔끔한 녀석이니 일부러 호텔을 찾았을 것이 이해는 됐지만 한편으론 여자와의 하룻밤에 사치를 부릴 만큼 여유가 생겼나 싶기도 했다.

당연한 것처럼 그녀를 이곳으로 안내하던 서연우에게서 저와 같은 긴장감은 전혀 보이지 않았다.

사뭇 다른 태도에 속이 쓰린 건 그녀였다.

굳이 연우의 제안을 받아들일 필요는 없었다. 그런데도 못 이기는 척 넘어가 버린 것은 순전히 그녀가 외로워서라고 합리화했다.

아니면 서연우가 잘생겨서.

나를 채워 줄 수 있는 남자일지도 모른다는 생각이 가시지 않아서.

모르겠다. 그깟 게 뭐가 중요해.

차근차근 옷을 벗고, 샤워 부스 안으로 들어선 문영은 뜨거운 물을 맞으며 눈을 감았다.

물에 섞인 설탕처럼 그가 제 안에서 녹아들길 바라는 건, 그가 지나쳤을 무수한 하룻밤 여자가 되고 싶지 않은 마음 때문이었다.

여기까지 와서도 자존심을 죽이지 못한 스스로가 문영은 한없이 우스웠다.

"잘생긴 서연우라······."

예전에는 감흥도 없던 사실이 이제 와 그녀를 옴짝달싹 못 하게 하는 것 같았다.

샤워를 마치고 막 룸으로 나왔을 때 가만히 침대맡에 앉아 있던 연우가 자리에서 일어났다. 그녀 곁을 스치면서 부러 숨을 크게 들이마시는 그에게서 좋은 향기가 풍겼다.

"속옷, 다시 입었어요?"

한 걸음 떼다 만 그가 아차, 하며 멈췄다. 그녀를 돌아보며 묻는 말에 문영이 시선을 외면 한 채로 고개를 주억거렸다. 그가 피식 웃는 소리를 들었다.

안아 달라며 떼를 쓰던 지난날과는 판이하게 다른 태도였다. 누가 봐도 그녀는 얼어 있었다. 본인의 결정에 자신이 없는 것이다.

"왜?"

어차피 벗을 거, 애꿎은 수고를 했다는 뜻 같아 문영은 들은 척하지 않았다.

"씻고 와, 기다리기 힘들어."

그가 알았다는 듯 웃으며 돌아섰다.

연우가 욕실로 들어가고 찾아온 적막감 속에서 문영은 꽤 많은 생각을 했다. 대체로 연우와 어울려 지내던 시간을 회상하는 일이었다.

그녀를 갈등하게 했던 질문을 곱씹기도 했다.

"권문영 씨, 나 좋아했어요?"

질문은 수렁이 되어 그녀의 발목을 잡아끌었다.

얼마나 깊은지, 쏟아지는 상념에 속절없이 빨려 들어가는 느낌이 선연했다.

몸을 동그랗게 말고 앉아 무릎을 끌어안았다.

"그래도 다행이네요. 내가 싫어서 도망간 건 아니니까."

멀리서 들리는 물소리에 섞인 연우의 목소리가 웅얼웅얼 들려왔다. 소리가 가까워지는 느낌에 모로 고개를 들었다. 빤한 시선이 함께 날아들었다.

"와요."

느슨하게 풀어진 가운을 입고 있는 연우가 발치에 있었다. 언제 샤워를 마치고 나왔는지, 소파에 편히 기대고 앉아 넌지시 그녀를 바라보는 시선이 그녀를 물큰하게 했다.

잘생긴 얼굴보다는 너른 어깨가, 조금 흐트러진 듯한 가운 사이로 보이는 단단한 가슴이 그녀의 가슴 안에 연약한 파동을 일으켰다.

"응?"

또래 아이들에 반해 유약했던 서연우가 반듯한 남자로 보인다는 건 문영의 배덕함을 증례하는 일이었다.

"이리 와."

"네가 와."

"후회하는 짓이잖아요, 나랑 하는 섹스."

"……."

"내 말을 따르는 게 내일이면 더 후회스러울까 봐 그래요?"

"소파에서 하는 취미는 없어서 그래. 올 거면 네가 와."

멀쩡한 침대를 두고 그가 있는 곳으로 제 발로 걸어가는 건 왠지 억울했다.

"아아. 그런 거야?"

그가 살며시 미소 지었다. 물기로 젖은 머리카락이 그의 움직임에 따라 흐트러졌다. 자연스러운 그 모습에 홀린 사람처럼 문영은 그에게서 눈을 떼지 못했다.

"안 해요, 여기선."

"……."

"그러니까 올래요?"

"네 멋대로 구는 건 나쁜 행동이야, 서연우."

"내가 말했잖아요. 나 싸가지 없다니까."

사람 좋은 얼굴로 웃는 그를 내려다보며 문영은 손끝이 저리도록 주먹을 쥐었다.

여유로워 보이는 모습이 야속했다. 혼자만 안달이 난 것 같아서, 아닌 척 아등바등하는 것 같아서.

"아……."

저를 보는 남자의 눈빛이 묘하게 고혹적이었다.

유려하게 눈매를 접어 웃는 얼굴에 자연스레 시선이 끌려갔다. 눈빛을 따라 마음이 흔들리는 건 저편에서 끓어오르는 욕망 때문일 테다.

타의를 가장한 자의가 분명했다.

서연우가 풍기는 지독한 페로몬에 반응해 이곳까지 따라왔다.

냉정한 이성 저편에서 허물어진 본능은 눈앞의 진창을 보고도 끝까지 고집을 부려 댔다.

"응?"

화려한 서울 도시의 파랗고, 노란 LED 조명이 한눈에 보이는 고층 스위트룸.

룸 한가운데 자리한 소파에 앉아 나른하게 미소 짓고 있는 그가 문영은 조금 낯설었다.

"이리 와요."

7년 전의 기억이 선연한데, 그때의 일을 다시금 되풀이한다는 게 미친 것 같았다.

하지만 뿌리칠 자신이 없었다.

아니, 처음부터 뿌리칠 생각은 없었다.

못난 자존심에 고집을 부리고 있을 뿐이었다.

"아니면, 내가 갈까요?"

부드럽게 되묻는 목소리에 가슴이 떨렸다.

결국 문영은 느릿하게 걸음을 떼어 냈다. 발치에 있는 그와 가까워질수록 서로를 향한 시선에 진한 열기가 느껴졌다.

"처음부터 이러려고 그랬지. 네 마음대로……."

"이러려고? 뭐, 섹스?"

가까이 다가온 문영의 허리에 그가 긴 팔을 둘렀다. 가볍게 힘을 주어 다리 위에 그녀를 앉혀 놓고 눈을 맞춰 오는 그에게 아직 인내가 남아 있는 모양이었다.

"내 마음대로 할 거였으면 다시 만난 그날, 당장 박았겠지."

"……."

"섹스가 전부라고 생각하는 놈은 아니지만, 애초에 그게 목적이었다면 이러고 있지도 않았어."

느른하게 웃으며 한 손을 떼어 낸 그의 손끝이 그녀의 턱끝을 부드럽게 거머쥐었다.

"흐……."

그녀의 고개를 낮추고, 금방이라도 닿을 것처럼 가까이 댄 입술에서 흘러나온 숨결이 뜨거웠다. 턱선을 간질이던 숨결이 귓불로까지 닿았을 때 문영의 어깨가 잘게 떨렸다.

반응이 더딜 것이라는 생각과 다르게 그의 무릎 위에 앉았다는 사실만으로 이미 몸은 잔뜩 민감해졌다.

기척에 예민한 만큼 감각은 또렷했다. 말초적인 감각까지 살아나 그를 탐닉하도록 했다.

"지금은 키스만 할래요."

나직하게 속삭이는 목소리가 그칠 때쯤 꾹 다문 입술 위로 그의 부드러운 입술이 닿았다.

짧게 입을 맞췄다가 달아나는 그는 집요했다. 그러나 위로라도 하는 듯 다정한 입맞춤이었다.

"서연우……!"

"입, 열어요."

그의 이름을 내뱉는 입술이 금세 홧홧해졌다. 윤기 나는 입술이 떨어졌다 맞물릴 때마다 여린 살이 촉촉하게 젖어 드는 느낌이었다.

"자, 잠……깐만, 으읍!"

그를 안지도, 붙잡지도 못한 채 입술을 나누며 문영은 차분하게 숨을 고르려 부단히 노력했다.

잇새 사이로 간신히 숨을 흘리는 그녀의 여린 살을 집어삼킬 듯이 깨물다가도 허무할 정도로 떨어졌다.

단단한 그의 허벅지를 짚고 있던 손이 겨우겨우 그의 어깨를 부여잡았다.

딱딱해진 몸과 다르게 무감한 척하는 연우를 문영은 게슴츠레 풀린 눈빛으로 내려다보았다.

그와 몇 번이나 부딪쳤던 입술이 질펀했다. 물기를 머금은 입술 끝을 꾸욱, 깨물었다.

간헐적인 느낌이 몸 어딘가를 간질이는 기분이었다. 참을 수 없는 자극이었다. 술기운을 타고 오른 충동은, 기어이 그녀를 무너지게 했다.

"설마, 정말 키스만 할까 봐 그래요?"

이윽고 그녀의 두 팔이 제 목을 와락 끌어안자, 그는 기분 좋은 듯 낮은 음성으로 웃음을 터뜨렸다. 이내 커다란 손이 문영의 안을 파고들었다. 여유로운 어조로 말하는 사람치고 브래지어를 밀어 올리는 손길은 성말랐다.

"물론."

그의 목소리는 단호했고, 지독한 욕망이 떠오른 눈빛은 견고했다.

"섹스도 할 거야."

가볍게 깨무는 행위가 농밀해졌다.

"지금이라고 했잖아."

그렇게 말하는 그의 목소리는 단호했고, 지독한 욕망이 떠오른 눈빛은 견고했다.

문영은 물러날 데 없는 현실을 똑똑히 깨달았다.

"정말 나랑 섹스만 할 거예요?"

"그때처럼 해."

"그때처럼 할 수가 없죠. 그땐 섹스만 한 게 아니었는데."

슬금슬금 움직이는 손이 등허리를 타고 올라와 잠긴 후크 위에서 멈췄다. 숨이 가빠진 탓에 호흡할 때마다 가슴이 터질 것처럼 부풀었다.

가까스로 몸을 감싼 속옷도 금방이라도 터질 것 같았다. 그가 손가락을 세워 이음새가 얽힌 부분을 툭툭 건드렸다.

해방을 뜻하는 행동인지, 미련한 그녀의 행동을 질타하는 손짓인지는 알 수 없었다.

"나는 사랑도 했어요."

그가 그녀의 아랫입술을 문 채로 나직이 속삭였다. 물에 젖은 설탕 같은 목소리였다. 한껏 물큰한 음성이 달아 문영은 질끈 눈을 감았다.

"지금도 그래?"

"응?"

"……지금 네가 하는 행동에도 그게 있어?"

"아. 사랑?"

툭, 후크가 열리자 개방되듯 가슴이 열렸다. 꽉 허리를 감싼 손이 볼록한 배꼽을 지나 부드럽게 올라왔다. 아래에서부터 쥐어진 가슴이 그의 손아귀에 꽉 채워지는 순간 문영의 숨이 뜨거워졌다.

"넌 아니잖아."

"……뭐?"

"네가 그걸 안 하는데 굳이 내가?"

얄궂게 미소 지은 그가 이를 세워 입술을 꾹 깨물었다. 벌을 주는 듯한 행동에 따끔한 통증이 잇따랐다.

"너 말……."

"말했잖아요, 싸가지 없다고."

몇 번을 말해야 돼?

투덜대는 소리를 지껄이기에 그의 목소리는 유순하기 짝이 없었다. 발칙한 입술은 그녀의 대꾸를 차단하듯 문영의 입술을 집어삼켰다.

은밀하게 입을 열고 들어온 혀는 유유하게 치열을 따라 움직였다.

"좀 더 솔직해져 봐요."

"지금도 충분히 솔직하다고 생각하는데, 얼마나 더 솔직해져야 하는지 모르겠어."

"섹스만 하고 싶은 건 아니잖아. 권문영 씨는 나랑 뭐가 하고 싶은 거야?"

"……계속 시간 잡아 끌 생각인 거면 여기서 접던가."

"……."

"계속하던가. 하나만 해."

"권문영 씨가 하고 싶은 섹스도 사랑이잖아."

"무슨 대답이 듣고 싶어서 유도하는 건데, 너."

마주친 눈빛이 탁했다.

"그게 아니면 단순히 놀음인 건데. 나랑 그냥 즐기기만 하려고?"

"너 원래 말이 이렇게 많았어?"

"대답부터 해요."

"말 많은 남자 매력 없어."

하, 그가 작게 코웃음을 쳤다.

"말이 너무 많아도 탈이거든. 탈 난 경험은 안 해 봤나 봐."

"그래 보여요?"

"뭐든 잘못 먹으면 탈 나, 서연우."

호텔까지 자연스럽게 여자를 이끌 만큼 능숙해진 그를, 문영은 은연하게 비아냥거렸다.

"이번엔 내가 탈 날 것 같지는 않은데."

싱긋 웃는 그가 고개를 추켜올렸다.

"걱정해 주는 건 고마운데 많이 해 봤어. 탈 난 경험쯤 없을까 봐."

가슴을 부드럽게 감싼 채로 어루만지던 손 하나가 뒷덜미로 올라왔다. 붙잡은 손아귀에 힘이 실리는가 싶더니 이내 그녀의 헝클어진 머리카락을 쓸어 넘겼다.

모래알처럼 빠져나가는 머리칼을 하염없이 매만지던 그의 입술이 동그란 이마에 살며시 닿았다 떨어졌다.

바르르 떨리는 어깨만큼이나 가슴이 흔들렸다.

탈 난 경험이라. 먼저 말을 뱉은 건 그녀인데 어쩐지 속이 쓰렸다.

"그럼 그냥 즐기기만 해요."

그동안 서연우의 곁을 스쳐 간 여자들. 어림잡을 수도 없는 그 수를 헤아리다가 침을 삼켰다.

"난 소파에서 하는 취미 있어."

지그시 감은 그녀의 눈꺼풀이 떨렸다. 심장이 금방이라도 튀어 오를 것처럼 뛰어 대는 소리가 귓가에 선연했다. 부러 야속하게 구는 그에게도 전해질까 조바심이 느껴졌으나 그의 손끝에 쏠린 신경은 다른 것으로 눈 돌릴 틈이 없었다.

순식간에 자세가 바뀌었다. 허리에 둘러진 그의 팔이 온몸을 바스러뜨릴 듯 꽉 감싸 안았다. 그의 뒤로 어렴풋이 보이던 야경을 옮겨 놓은 듯한 조명이 부서져 쏟아졌다. 콧등 위로 떨어지는 그의 숨결이 느껴졌다.

어느 순간 그는 그녀의 양 허리 옆을 두 손으로 지그시 누른 채였다. 숨을 훅 참은 건 정염처럼 뜨거운 그의 시선이 흐트러진 샤워 가운 사이로 봉긋이 드러난 가슴과 배꼽을, 무방비한 그녀의 젖은 눈을 샅샅이 훑어보았기 때문이다.

기울어지는 몸이 맞물렸다. 배꼽과 배꼽이 알맞게 끼워진 단추처럼 붙자 자력처럼 어깨와 어깨가 맞닿았다. 비스듬히 턱을 돌리고서 나직한 웃음소리를 내던 그의 입술이 목덜미에 떨어졌다. 가볍게 깨무는 행위가 잠시간 이어졌다.

입술이 연약한 살결에 뭉근하게 비벼지자 문영의 잇새로 숨소리가 흘렀다.

"아……."

갈 곳 잃은 손은 결국 그의 어깨를 꽉 움켜잡았다.

점점 미끄러지는 얼굴이 옴폭한 가슴 사이에 묻어질 때쯤 간질거리는 느낌을 참을 수 없는 그녀의 손이 그의 어깨에서 떨어졌다. 적당한 운동으로 자리 잡은 근육이 언뜻 손끝을 스쳤다.

"아흑!"

의지와 상관없는 신음이 낭자했다. 깊이 묻어 두었던 과거의 기억이 얽히는 숨결이 되어 곳곳으로 흩어지는 기분이었다.

뜨거운 혀가 동그랗게 오른 유두 끝을 툭툭 건드리다 떨어질 때면 그 자리에 한기가 돌았다.

"하아……."

벌어지는 입술 안으로 온 가슴이 빨려 들어가는 기분이었다.

간만의 유희였다. 섹스는 사랑이라고 생각하는 그녀에게는 뒤통수를 치는 짜릿함이었다.

온몸이 나른함에 축 늘어지는 느낌이 싫지만은 않으면서도 끔찍했다. 뭔가를 갈구하는 욕심은 삽시간에 커졌다.

손에 닿지 않는 한 부분이 유난히 간지러웠다. 할 수만 있다면 손톱을 세워 박박 긁어내고 싶었다. 그곳이 어디인지, 모르지 않는 그녀는 그의 손길이 제게 닿을수록 조바심을 키웠다.

유유하게 움직이는 그의 손에 속절없이 반응하고 있었다. 곧 집어삼킬 듯 제 위로 올라탄 연우의 체온과 룸 안의 훗훗한 열기가 그대로 전신에 내려앉았다.

"오늘 귀찮은 짓, 많이 하네요."

후회는 네가 하는 일이라고, 그는 나직한 목소리로 쐐기를 박았다.

흐릿한 눈으로 그를 보았다. 낮게 숙인 고개가 움직이는 게 보였다. 흩날리는 머리카락이 나비 같았다.

귓불에 살며시 내려앉은 것만 같다는 멍청한 생각이 머리를 마비시킬 때쯤, 얄궂은 입술이 도톰한 살 끝을 잘근 씹어 물었다.

"아아!"

소파에서 하는 취미 따위 없다는 거짓말을 한 것 같았다. 그의 손에 벌어진 다리는 어느새 그의 허리를 휘감은 채였다.

"만져 줘야 되나?"

"하아, 뭐?"

"서로 즐기자고 하는 거잖아."

귀찮게 적셔 주는 수고까지 해야 돼요?

말씨는 적당한 온기를 느끼게 했으나 어쩐지 쌀쌀하게 느껴지는 말이었다.

"괜찮아. 굳이 네가 아니어도 잘 젖는 편이거든."

그는 대답 대신 피식 웃음을 터뜨렸다.

"잘됐네요."

얼핏 그런 말을 들은 것도 같았다.

"바로 삽입해도 되고, 좋죠."

그가 손안에 알맞게 차는 젖가슴을 세게 쥐어 잡았다.

"나도 한 번 즐기고 마는 여자의 아래까지 만져 주는 다정한 남자는 아니라서."

희열과 고통 사이에서 몸부림치듯 눈을 감은 그녀를 지그시 내려다보다가 두툼하게 오른 유두를 베어 물었다.

문영은 거푸 입 밖으로 쏟아지는 숨소리를 할 수만 있다면 모조리 참아 내고 싶었다.

손끝을 세워 몸에 선을 그리듯 어루만지는 그의 손이 허벅지 안쪽으로 들어왔을 땐 활처럼 허리가 휘어지며 짜릿한 감각이 세포처럼 터졌다.

조금씩 젖어 드는 아래는 간접적인 자극에도 한껏 영향을 받은 채였다. 곱아든 발가락으로 본능처럼 그의 척추를 건드렸다.

성질이 고약한 사람처럼 그를 다그치고 싶었으나 가슴을 흥건히 적신 입술이 잘록한 허리선을 핥고, 배꼽을 훑어 내리니 커지는 쾌감에 속절없이 무너질 수밖에 없게 되었다.

문영은 부지런히 움직이는 검은 머리를 게슴츠레한 눈으로 바라보았다.

영역 표시를 하는 충견 같았다. 서연우는.

혹 그녀가 불편할까 염려가 되어 가는 허리를 꽉 조여 안은 한 팔은 객기 부리던 그답지 않게 다정했다.

그러니까 지금 서연우는.

"소파에서 하는 취미가 있다길래, 못 보던 사이에 이상한 취향이라도 생긴 줄 알았더니."

7년 전과 다름없었다.

더없이 다정한 그 자체가 그녀를 배려하는 기분이었다.

"너 나 사랑해?"

"취미 즐기는 중인데 모르겠어요?"

그가 웃으며 그녀의 다리 사이로 무릎을 밀어 넣었다. 걸친 것 없는 생살의 느낌이 적나라하게 다가왔다.

바르르 떨리는 몸이 쾌락에 굴복했음을 명백히 보여 주었다.

"그럼 바로 삽입하지 그래. 네 사정도 딱할 텐데."

모르는 척 외면하려 했으나 느슨해진 가운 사이로 어렴풋이 보이는 그를 의식하지 않을 수 없었다. 보기 좋게 잡힌 근육 아래로 음영처럼 보이는 그의 남성이 그림처럼 머리에 그려졌다.

욱신거리는 아랫배가 묵직해지는 기분이었다.

그때 서연우가 주었던 충만감이 실제처럼 생생하게 느껴졌다.

"일부러 그러는 거죠."

다리 아래서 뭉근하게 움직이는 그의 몸이 일순간 멀어졌다.

반쯤 눕다시피 한 몸이 붕 떠오르면서 앉은 자세가 된 건 문영도 예상하지 못한 전개였다.

"나한텐 죽어도 져 주기가 싫은가 봐요."

"뭐라고?"

커다란 손이 어깨를 짓눌렀다.

"내가 잘생긴 건 한결 같으니까 새삼스러울 것도 없을 거고."

억지로 눈을 맞추고서 소파 아래로 무릎을 굽힌 그가 살며시 미소 지었다. 조금은 쓸쓸레하게 느껴지는 웃음에 문영은 가슴 깊은 곳이 애절해지는 것을 느꼈다. 접점을 목전에 둔 상황에 조급함을 느끼는 건 아니었다.

"지금까지 외롭다고 아무한테나 안기고 그랬어요?"

"뭐?"

"그것만 대답해 봐요."

"……."

"응?"

"네가."

"응."

"아무나는 아니지."

말끝에 그가 조용히 속삭였다. 아마도 다행이다, 그렇게 중얼댄 것 같았다.

어깨를 붙잡고 있던 손이 스르르 떨어졌다. 오므리고 앉은 다리 아래로 밀려 들어온 팔이 어렵지 않게 그녀를 들어 올렸다.

"그럼 됐어요."

"……."

"나는 사랑할래. 싸가지 없는 것도 못 해 먹겠어. 내 전문은 아닌가 봐요."

"뭐?"

"오늘은 내가 후회하는 짓을 자처하겠다고."

거뜬하게 그녀를 들쳐 안은 연우가 일어서자 기우뚱거린 문영이 반사적으로 그의 목을 끌어안았다. 멀지 않은 침대로 걸어가는 동안 그는 놀라 눈이 동그래진 그녀를 곁눈질하다 소리 없이 웃었다.

그러다 참을 수 없다는 듯 기습적으로 입을 맞추기도 했다.

"미리 말해 두는데, 집착할지도 몰라요."

조심스레 침대 위에 그녀를 눕혀 놓고, 곧장 올라탄 그가 짐짓 단호한 눈빛을 내며 말을 했다.

"그래도 도망은 가지 마."

말이 끝나기 무섭게 입술이 내려앉았다. 부드럽게 맞물려 시작된 입맞춤은 이내 농밀한 키스가 되었다.

혀가 얽히고 타액이 흥건해졌다. 입안에 고인 체액이 입가를 타고 턱끝에 흐를 때면 어김없이 연우의 입술이 찾아왔다. 자잘하게 쏟아지는 키스와 애틋한 손길에 문영은 무아지경에 빠져들었다.

저를 좋아했었냐는 서연우의 질문은 관계가 끝나기 전까지 계속됐다.

그의 손에 이지러지는 가슴처럼 마음이 뭉그러지는 것 같았다.

"자, 잠깐! 거긴⋯⋯!"

"안 된다는 말은 하지 말아요, 몸은 이렇게 솔직하면서."

"아아!"

허벅지 안쪽부터 타고 내려온 입술이 다리 사이를 찾았을 때에는 그와 처음 나누었던 시간이 상기되어 묘한 감회에 잠겼다. 그가 좁은 몸 안을 채우며 충만함을 전했을 때에는 한 번도 자각하지 못했던 감정이 살아나는 기분이었다.

허리를 치받는 그가 밀려 들어올 때면.

"이번엔 정말, 나 버리지 말아요."

"흐읏, 으⋯⋯."

땀에 젖은 머리칼을 하염없이 쓸어 넘겨 주는 그의 손길에 취해 마음마저 동하는 기분이었다.

"버림받지 않을 자신 있으니까."

그때 서연우의 마음이 아직까지 고스란히 남아 있는 터라면 외려 그녀가 그렇게 말하고 싶었다.

어쩌면 나는 너를 죽어도 버리지 못하는 것인지도 모르겠다고.

계절을 잊은 꽃이 연우로 하여 피었다. 온통 붉은 몸을 어루만지는 그의 온기는 봄기운이었다.

내일 출근도 잊은 채 꽤 오랜 시간 문영은 그의 품에 안겼다. 깊이 잠긴 돌처럼 무거워진 몸은 그의 가슴 안에 포근히 감겨들었다.

✢　　　✢　　　✢

출근 걱정도 잊은 채 무념무상 그의 품에 안겨 있었다. 땀으로 젖은 몸에 열기는 가실 줄 몰랐다. 허리에 감긴 팔은 엑스자로 엉켜 풀어질 줄 몰랐다.

밤새 서연우의 품에 꼭 안겨 있었다고 생각하면 가슴이 덜컥 내려앉았다.

간밤을 후회하지 않는다면 거짓말이었다.

그나마 다행인 건.

"큰일 났네요, 우리."

눈을 떴을 때 제일 먼저 보이는 얼굴이 서연우라는 게 그녀를 적잖이 안도하게 했다.

버려지지 않을 거라고 말하던 그의 눈빛이 생생했다. 좁은 몸 안을 비집고 들어와 부드럽게 움직이던 섬려한 몸짓만큼 섬세한 말이었다.

감정마저 정교한 것 같아서 문영은 입 밖으로 내지 못한 말을 가슴에 남겨 둔 채 작은 한숨을 내쉬었다.

"어제와 같은 차림새로 출근할 순 없잖아."

사실은 나 역시 너를 버리지는 못할 것 같다고 소리 내고 싶었다.

"권문영 씨가 싫어할 테니까."

"알면 좀 놓아 줄래?"

협탁으로 팔을 뻗어 휴대폰 시계를 확인했다.

당장 씻고 나선다 해도 시간은 부족했다.

"이대로 출근하면 사람들이 오해하겠다."

고개를 낮춘 그가 은밀하게 속삭이며 그녀의 귓가에 입술을 문질렀다. 가볍게 비벼졌지만 피부 속까지 깊게 자극하는 느낌은 강렬했다.

"누가 봐도 섹스한 사람 같을 거예요."

문영이 본능적으로 고개를 젖혔다.

밤새 그가 물고 놓아 주지 않던 목덜미가 촉촉이 젖어 들었다.

"······그렇겠지."

간질이는 느낌에 간헐적인 신음이 숨소리처럼 흘러나왔다.

팔에 힘을 주어 가볍게 그녀의 몸을 당겨 안은 그가 동그랗게 오른 젖무덤에 고개를 묻고 아이처럼 칭얼댔다. 감당하지 못할 만큼 덩치는 커졌지만 어리광을 부리며 품 안으로 파고드는 행동은 그녀가 아는 서연우였다.

"출근하지 말까요?"

"입사한 지 얼마나 됐다고. 네가 할 말은 아닌 것 같은데."

"회사에 미련 없어요."

"그럼 왜."

"아, 정정. 미련 많아요. 그것도 아주 많이."

돌연히 고개를 올린 그와 눈이 마주쳤다.

막 잠에서 깬 얼굴인데도 그의 눈빛은 투명했다. 너무할 정도로 말끔한 모습을 보니 이상하게 억울함이 들었다.

사무적인 태도로 그를 대하던 회사에서의 모습과는 사뭇 다른 지금의 모습이 어떤지, 굳이 눈으로 확인하지 않아도 문영은 유추가 가능했다.

"이 얼굴 보려면 더 열심히 해야겠다. 권문영 씨는 몰라도 나는 대리님 얼굴 계속 봐야 되거든."

"서연우."

"응?"

매끄러운 옆선을 타고 올라온 큰 손이 자연스럽게 그녀의 턱끝을 쥐었다.

가까워지는 얼굴에 질끈 눈을 감자 곧장 입술이 닿는 촉감이 뒤따랐다.

쪽, 가볍게 입을 맞추고 떨어진 입술이 입가로, 뺨으로 범위를 넓혔다.

"이번 일로 널 사적으로 대할 마음 없어. 그러니까 회사에선."

"연기하자는 거잖아. 아무 일도 없다는 사람처럼."

"그래."

"알았어요. 노력은 해 볼게요."

"공사 구분 없이 행동하는 거, 딱 질색이야. 알아 둬."

"그러니까 노력은 해 보겠다고."

쇄골로 미끄러져 한참 동안 그 자리를 배회하던 그가 손아귀에 꽉 쥔 가슴으로 입술을 내렸다. 그런 연우를 보며 문영은 급하게 씨근덕거리는 숨소리를 감추려 애썼다.

"흐……."

그의 손길에 제 몸은 마음처럼 말을 듣지 않았다. 화가 날 정도로 쉽게 흥분하는 스스로가 정말 개처럼 느껴졌다.

서연우로 하여 마를 새 없는 몸은 자꾸만 젖어 가는데, 이상하게 짐승처럼 헐떡거리는 건 그가 아닌 저였다.

"선 정도는 만들어서라도 지켜 줄게요."

"늦었어, 그만해."

"뭐든지 나랑 해."

"지금 시간이……."

"대답부터 해요, 그럼 그만할게."

"너 애 아니야. 대책 없이 굴지 말고 나와."

애써 단호하게 말했으나 그는 그녀만큼이나 완강했다. 불식간 그의 체중이 겹쳐졌다. 노골적으로 몸을 얽히는 그의 어깨를 문영이 꽉 움켜잡았다.

"대답부터."

"……하고 싶은 게 뭔데."

"원하는 거라면 뭐든지."

"내가 원하는 게 뭐라고 생각하는데."

"글쎄, 권문영 씨는 워낙 기분파니까 때에 따라 다르겠죠."

싱긋 웃으며 그녀의 목덜미에 깊이 얼굴을 묻은 그가 가볍게 고개를 흔들었다. 그의 체취가 불어왔다. 문영은 저도 모르게 숨을 크게 들이쉬었다.

"뭐, 그중에 이런 것도 포함이지 않을까요?"

낮은음을 내는 목소리가 묵직하게 귓가를 울렸다. 무슨 말이냐고 되물으려는 순간 경도가 느껴지는 그의 몸이 다리 안쪽을 찌르며 움직이는 게 여실히 느껴졌다. 점진적인 자극일수록 여파는 컸다.

원을 그리듯 허벅지 안쪽부터 비벼지는 촉감에 문영의 다리에 바짝 힘이 들어갔다.

"너……."

"그래서, 어때요? 알면서도 후회하는 짓을 저지른 소감이."

안기듯 했던 그가 느긋하게 상체를 세우며 눈을 맞춰 왔다. 부드럽게 눈가를 접어 웃는 얼굴을 멍하니 올려보았다.

단단한 그의 배가 퍼즐 맞추듯 그녀의 배꼽 위에 알맞게 닿아 떨어졌다.

그의 체중만큼이나 묵직한 것은 하염없이 다리 아래를 맴돌았다. 급할 것 없다는 사람처럼 침착하게 구는 그가 얄미워 일부러 손톱을 세웠으나 찰나 잊고 있었다.

그는 보기보다 꽤 고집스러운 사람이었다.

"응?"

대답을 종용하는 그의 어깨에 살며시 이마를 댔다.

"너 잘생겼어."

그가 다시 한번 응? 하고 물었다. 그게 무슨 말인지 헤아리려는 듯 간헐적으로 옴쭉대는 입술이 동그란 어깨 끝에 닿았다. 고혹적으로 벌어지는 입술이 잘 물리지 않는 살을 집요하게 입안으로 빨아들였다.

몇 번이나 그의 입술이 닿았던 그 자리에 어제의 기억을 각인시키듯 열렬한 입맞춤이 이어졌다.

"그 덕에 후회하는 일은 없을 것 같아."

고마워할 필요는 없지만, 그만하면 충분히 만족스럽다고 말하는 듯한 그의 얼굴을 보니 얼어 있던 가슴이 조금씩 녹아드는 것 같았다.

숨을 쉬지 못하는 건 녹은 물이 가득 차서일 거라고.

"끝나고 저녁 같이해요."

덩달아 묘한 감정이 복받쳐 올랐지만 문영은 차갑게 외면했다.

"내일도, 모레도."

말끝에 아슬아슬 피부를 건드리던 그가 몸 안을 가득 채우며 들어왔다. 용렬하게 밀려 들어온 그의 존재가 어지러운 머릿속을 비웠다.

"권문영 씨."

"흐……으응. 아!"

"나쁜 손, 미안하게 됐어요."

양가적인 그의 말에 문영은 포기한 사람처럼 조용히 눈을 감았다.

놓아줄 생각이 전혀 없다는 그의 말은 포부 같기도, 긴 시간이 지나 견고해진 결심 같기도 했다.

사실은 하나도 귀에 닿지 않았다.

아랫배를 자극하며 부풀어 가는 그를 느끼는 것만으로도 버거운 그녀에게 떨어지는 그의 숨결이 아니고서야 전혀 집중할 수 없었다.

헐근대는 숨소리와 그의 잔잔한 목소리가 요란한 화음을 이루었다.

"아직 취했나 봐요. 발기만큼 끝내는 게 쉽지 않아 큰일이죠?"

시끄럽게 울리는 휴대폰 알람 소리까지 겹쳐져 다소 난잡한 아침이었다.

정신이 사나워 모닝커피도 손에 잡히지 않았을 평소와 다른 하루의 시작이었다. 꽉꽉 맞물린 채로 깊이 파고드는 서연우가, 그녀의 안에서

꽃을 피웠다. 그녀에게 집중한 그의 얼굴이 자못 매혹적이라 문영은 기꺼이 홀려 주었다.

쾌감에 밀린 이성이 현실에서부터 차츰 멀어졌다. 꿈까지 찾아가서야 비로소 정신을 차린 문영은 그제야 떠올랐다.

이따금 떠올라 그리움에 몸서리치게 하던 연우의 그림자를.

7년 전의 서연우가, 이제야 또렷해졌다.

7장

어느 날, 생전 처음 보는 남자애가 나타났다.

자태가 고운 아주머니의 손을 꼭 붙잡고 있던 그 애는 자신보다 한 뼘 이상 큰 문영을 보고는 화들짝 놀라 했다.

송사리처럼 엄마의 등 뒤로 잽싸게 몸을 감추는 그 애를 아마도 문영은 웃으며 바라보았던 것 같다.

"안녕?"

이사 온 지 얼마 안 됐던 그 애는 그날 후로 문영의 이웃사촌이 되었다.

"나는 문영이라고 해, 권문영."

반색을 하며 손을 내밀자 빼꼼 고개만 내밀고 있던 그 애가 쭈뼛쭈뼛 모습을 드러냈다.

"누나는, 나보다 누나야?"

당연한 걸 묻는 그 애를 보며 고개를 주억거렸다.

쉽게 경계를 풀지 않는 그 애의 첫 느낌은 청량했다. 설원처럼 온통 새하얀 게 짧은 머리카락과 어린이용 서스펜더가 아니었다면 예쁘장한 여자애라고 믿어도 될 것 같았다.

"응. 근데 너 되게 예쁘다. 이름이 뭐야?"

참 희한했다. 남자애의 피부가 저렇게 하얗다니.

혈관이 보일 만큼 창백한 피부는 햇빛에도 잘 그을리지 않는 것 같았다.

유독 씩씩했던 문영은 왠지 그 애를 지켜 주고 싶었다. 원인 모를 사명감이 솟구쳤다. 한눈에 보아도 느껴질 만큼 유약한 그 애의 형제가 되어 주고 싶었다.

저 역시 형제가 없어 외로웠으니까.

"나는……."

우쭐쭈물대던 그 애에게 문영이 척 손을 건넸다.

조금 망설이는 듯했던 그 애가 이내 조심스럽게 손을 내밀었다. 한참 작은 손은 문영의 네 손가락을 겨우 잡았다.

아직 어린 문영의 손도 작은 편이었으나 그것보다 더 작다니.

문영은 저처럼 외롭게 태어난 이 애가 무척 마음에 들었다.

"나는 연우야, 서연우."

그 애의 이름은 서연우였다.

연우, 연우.

이름마저 사랑스러워 노랫말을 읊조리듯 문영은 심심찮게 그 애의 이름을 혀로 굴렸다.

입에 착착 감기는 그 어여쁜 이름이 고운 연우를 닮은 것 같아 입안에서 되뇌기만 해도 기분이 좋아졌다.

연우야, 서연우.

문영의 버릇은 곧 그의 이름을 콧노래로 흥얼거리는 것이었다.

문영은 그 애를 자신에게 있어 산타클로스의 선물 같은 사람이라고 생각했다. 보는 것만으로도 웃음이 넘치고, 생각만으로도 기쁨이 번졌으니까.

그러니까 그 애는, 외롭게 태어난 문영에게 둘도 없는 형제였다.

우리는 남매라고 믿어 의심치 않았다.

✤　　　✤　　　✤

"연우 성적이 그렇게 좋다잖아요."

"그게 다 문영이 덕이지, 뭐. 예전부터 공부하는 문영이 졸졸 따라다니면서 책 보는 버릇 든 거지."

"그것도 그렇지만 연우가 의지가 없었더라면 그런 성적을 낼 수 있었을까요?"

"그래, 부모 닮아 머리가 비상하긴 해."

식사 중에 대화의 화제로 떠오른 건 며칠 전 중학생이 된 연우의 이야기였다. 한 해 전 문영이 졸업한 모교에 막 입학한 연우를 생각하니 왜인지 웃음이 났다.

열심히 공부해서 누나랑 같은 학교에 다니겠다던 어린아이의 다짐이 현실이 되었다는 게 대견스러우면서도 귀여웠다.

지금보다 한참 어릴 땐 곧잘 부대끼며 어울렸는데, 문영이 중학생이 된 후로는 그때만큼 마주치는 일이 없었다.

그래서인지 문득 옆집 사는 서연우가 궁금해졌다.

"연우는 잘 지내고 있어요?"

유난히 또래 아이들보다 작고, 연약했던 연우는 보통 아이들보다 잔병치레도 많았다.

환절기엔 매일 먹는 아침밥처럼 꼬박 감기를 앓았으니까.

"부모 등쌀에 못 이겨 사교육을 얼마나 받았는지, 예전보다 조용해진 것 같더라."

"연우는 원래 내성적이잖아요."

"그때보다 더하더라니까, 글쎄."

"사춘기가 아닐까요?"

"벌써? 너무 이른 거 아니야? 하긴, 문영이 너도 그 나이 때쯤 겪었으니까. 그렇죠, 여보?"

호호 웃으며 묻는 엄마의 말에 상석에 앉은 아빠는 대답 대신 국을 한 숟가락 떴다.

사춘기라고 해 봤자 공부하기 싫다며 책을 덮는 반항 정도가 고작이었던 그녀에게 정말 사춘기가 오긴 왔을까.

그나저나 서연우는 뭐 하고 있으려나.

슬쩍 벽시계를 확인했다. 후딱 밥을 먹고, 문자 메시지라도 보내 봐야겠다.

해야 할 일이 생긴 문영의 젓가락질이 빨라졌다.

"급하게 먹다간 체해. 꼭꼭 씹어 먹어."

아니나 다를까, 늘 문영을 향해 있던 엄마에게서 잔소리가 터졌다.

"지난번처럼 속 뒤집혀서 쓰러지기라도 하면 큰일이니까."

보나 마나 이유는 뻔했다.

"이제 고등학생이니 더 열심히 공부해야 한다, 문영아. 남들보다 잘하지는 못하더라도 그보다 못하면 큰일이야."

단조로운 투였으나 목소리는 더없이 상냥했다. 철저하게 가면을 쓰고 있는 엄마는 마법사였다. 밥그릇에 반쯤 남은 흰쌀밥이 모래알처럼 보이는 건 엄마가 부린 신기한 마법 때문인 것 같았다.

효력이 얼마나 강한지, 꾸역꾸역 입안으로 밀어 넣은 밥알이 목구멍에 턱 걸렸다.

속이 무거워졌다.

"지금부터가 시작이라는 걸 잊으면 안 돼. 대학 생각해야지."

예쁜 서연우를, 오늘은 봐야겠다.

밥인지, 모래알인지 모를 것을 억지로 삼키고서야 식사가 끝났다. 곧장 방으로 들어온 문영은 조금 침울해진 채였다. 잘 지내고 있냐는 연락에 답장 없는 서연우는 감감무소식이었다.

유난히 성적에 극성인 엄마 때문에 숨이 턱 막히는 그녀의 눈앞도 캄캄했다.

연우의 연락을 기다리다 꺼진 휴대폰 화면처럼 생각도 암전된 것 같았다. 책상 위에 널브러진 문제집을 보니 한숨만 나왔다.

공부하기 싫은데.

"어머, 연우야."

문밖이 시끄러워졌다. 설거지 중인 엄마가 한달음에 현관으로 걸어나갔을 모습이 자연스레 그려졌다.

문 쪽으로 걸음을 옮긴 문영은 익숙한 이름에 문손잡이를 돌렸다.

열네 살이나 됐으면서 서연우는 한결같았다. 변함없이 작았고, 왜소했다.

얼마 전까지만 해도 지독한 감기를 앓았었다고 했던 것도 같은데.

"엄마가 갖다 드리래요."

"이 시간에 뭘 이런 걸 다……."

"이 시간에 저녁 식사하시잖아요. 입가심하셔야죠."

예쁘게 깎인 과일이 연우가 두 손에 든 접시 위에 가득이었다. 연우네와는 친분이 두터운 만큼 왕래도 잦아 어느샌가부터 쌀 한 톨도 나누어 먹게 됐다.

학업에 치여 사는 문영과 연우와는 다르게 양쪽 어머니는 여전히 완만한 관계를 유지하고 있었다.

"며칠 전에 친정 다녀왔다더니. 꿀 보따리를 한가득 싸 왔구나."

엄마의 입가에 스르르 미소가 번졌다.

"고마워, 연우야. 아줌마 잘 먹을게."

"네."

"그나저나 연우 요즘 공부도 잘하고, 효자 노릇 잘하고 있다며? 어휴, 기특해라. 엄마가 좋아하겠어."

어느새 서연우는 칭찬에도 겸손할 줄 아는 나이가 되었다.

아니면 원체 성격이 무뚝뚝하고 매사에 무감해서 달리 감흥이 없는 걸지도.

"참, 안에 문영이 누나 있는데 보고 갈래? 요즘은 서로 바빠서 얼굴 보기가 힘들잖아, 너희."

돌아선 엄마가 큰 소리를 내려는 찰나였다.

"어머. 언제 나왔어?"

"연우 온 거 같아서요."

"연우 온 건 귀신같이도 아네."

공부에 집중하지 않았다는 무언의 핍박 같아서 문영은 배시시 웃으며 연우 앞으로 걸어갔다.

"연우도 과일 먹고 가, 모처럼 누나도 만났는데."

그 말을 남겨 놓고 주방으로 사라진 엄마의 홈 슬리퍼 소리가 분주하게 들렸다.

"오랜만이네, 서연우."

주방 쪽을 넌지시 쳐다보다 시선을 내리깔았다.

그녀보다 한 뼘 작은 서연우는 어쩐지 그녀보다 더 마른 것도 같았다.

"엄청 아팠다더니 살 빠졌어?"

"네."

"뭐야, 서연우. 며칠 안 봤다고 어색하게 구는 거야?"

누나, 누나 하며 따르던 평소의 연우와 사뭇 다른 녀석의 태도에 문영이 부러 장난스럽게 말했다.

"이제 중학생이잖아요. 다 컸는데 지킬 건 지켜야죠."

생각지 못한 연우의 대답에 왜인지 웃음이 날 것 같았다. 정말 사춘기라도 온 모양인지 대꾸하는 목소리나 표정이 심상치 않았다.

"한 살 많은 선배들한테도 존댓말 쓰는데, 세 살이나 많은 누나한테 그러는 건 아닌 것 같아서요."

"우리가 남도 아닌데 굳이?"

"그렇다고 가족도 아니잖아요."

모난 말씨로 대꾸한 연우를, 문영은 물끄러미 바라보았다. 묘하게 달라진 것도 같고, 어딘가 많이 이상한 것도 맞는데 정확히 어디가 어떻게 달라졌는지 모르겠다.

"왜요?"

빤히 눈빛으로 내려다보는 그녀에게 연우가 떨떠름한 투로 되물었다.

"과일 같이 먹고 가자. 가족이 아니더라도 그 정도는 할 수 있잖아."

문영은 깔끔하게 답을 내렸다.

열네 살이 된 연우는 사춘기였다. 또래보다 조금 빠르게 찾아온 시기에 덩달아 불안정한 녀석을 감싸 주고 싶었다.

"좋아요. 대신 누나 방에서 먹을래요."

"응?"

"……거실은 불편해요."

아저씨도 계시고.

말끝을 흐리는 연우가 들릴 듯 말 듯 작은 목소리로 소곤댔다. 문영의 눈이 동그래졌다.

"그리고 누나한테도 할 말도 있어요."

실없이 손가락을 엮어 꼼지락대는 행동마저 귀여워서 문득 이 애가 평생 지금과 같았으면 좋겠다는 생각을 했다.

"서연우."

"……네."

"여기서 더 크지 마, 너 지금 너무 귀엽다."

먼저 돌아선 탓에 울적한 그의 얼굴을 채 확인하지 못했다.

뭔가 못마땅한지 입술을 삐죽 내밀고 있던 녀석은 문영을 따라 방에 들어온 이후로도 내내 뾰로통해 있었다.

"그러고 보니 너 많이 컸네, 얼마 전까지만 해도 내 어깨에 닿을까 싶더니."

"……."

반반한 접시에 과일을 담아 방으로 들어온 뒤에도 연우는 무슨 이유에서인지 별다른 말이 없었다.

"왜 그래? 안 먹을 거야?"

"……누나는."

"응?"

"누나는 몸집이 작은 남자가 좋아요?"

뜬금없는 질문이었지만 문영은 대수롭지 않은 듯 반응했다.

"별로, 생각해 본 적이 없는데."

"그럼 나한테 왜 크지 말라고 한 거야? 어른이 되면 지금보다 더 커질 텐데."

"혹시 귀엽다는 말이 듣기 싫어서 그래?"

사춘기를 겪고 있는 거라면 그럴 수도 있다는 생각이 문득 뇌리를 스쳤다.

그게 기분 나빠서 시종일관 음울한 얼굴을 하고 있는 건가.

안 하던 말버릇까지 고수하니 그가 퍽 걱정스러웠다.

"아니."

연우가 가볍게 고개를 흔들었다.

"누나가 좋다면 뭐든 좋아요. 그런데 작은 건 싫어요."

"응?"

"아니에요."

"뭐야, 너."

실없는 녀석의 말에 피식 웃고 만 문영이 과일을 집어 연우에게 건넸다.

녀석은 잠시간 문영을 쳐다보았다.

안 먹어? 입속말로 되묻는 말에 연우가 고개를 저었다.

"나랑 말하기 싫어?"

마지못해 먹는 사람처럼 사과 한 조각을 베어 문 녀석이 이번에도 설렁설렁 고개를 흔들었다.

"중학교 올라가서 공부하느라 정신없지? 여기저기 학원도 많이 다닌다면서."

"누나만큼은 아니에요."

"이렇게 묻는 말엔 대답도 잘하면서 왜 계속 꿍해 있었대."

"내가요?"

"응. 네가."

똑바로 연우의 눈을 마주했다. 불순물이 끼지 않아 깨끗하고 투명한 그의 눈동자는 청정한 호수 같았다. 구슬이 괴어 있는 것처럼 반짝거려서 눈을 맞추는 게 참 좋았다.

"······아닌데."

"아닌 게 아닌데. 왜 그러는데? 무슨 일 있어?"

"진짜 아무것도 아닌데······."

"나한테 비밀 만들 거야?"

"응?"

"난 너한테 비밀 만들 생각 전혀 없는데. 좀 서운하네."

아작아작 과일을 씹어 삼키며 포도 방울을 딴 문영이 부러 눈썹꼬리를 늘어뜨렸다. 서운한 사람처럼 우울한 얼굴을 한 그녀의 연기는 실감 났다.

순진한 서연우는 예상대로 어쩔 줄을 몰라 했다. 그게 아니라며 희미하게 운을 뗀 녀석에게서 이내 고백 같은 말이 힘없이 들려왔다.

"그게, 목소리가 이상해져서······."

"응?"

"목소리요, 지금 이상하잖아요."

"아."

그러고 보니 그랬다. 연우의 목소리가 평소와 사뭇 달랐다.

"너, 변성기 왔구나?"

"듣기 싫죠?"

"왜? 누가 그래?"

"아니, 그냥……."

"그게 부끄러워서 말도 못 하고 있었던 거야?"

"……응."

수줍게 볼을 붉히는 연우는 정말 창피했던 모양이다.

인어 공주처럼 하룻밤 새 목소리를 잃은 기분이었으니 자존감이 현저하게 낮아지는 것도 당연했다.

"나한테 할 말 있다며. 말 한마디 제대로 못 해서 오늘 안에 대화는 할 수 있겠어?"

"정리하고 있었어요. 빨리 말하고 빨리 가려고."

그런 사람치고 서연우는 뭐든지 느렸다. 말을 하는 것도, 그녀가 건네는 과일을 받아먹는 것도.

음식을 삼키는 것도.

하물며 그녀와 눈을 마주치는 것도.

"그래도 좋아, 네 목소리. 내가 좋아하는 가수랑 비슷한 목소리야."

"정말?"

"응. 들어 볼래?"

"응. 들어 볼래요."

누나가 좋아하는 건 나도 모조리 좋아할 수 있어요.

애석하게도 용기 낸 그의 말은 돌아선 문영의 귀에 닿지 못했다. 책상 한편에 놓인 CD 플레이어의 버튼을 눌렀다.

잔잔한 멜로디를 따라 가사를 내뱉는 가수의 묵직한 저음의 목소리는 언제 들어도 감미로웠다.

"좋지?"

"응."

딱히 마음에 드는 기색은 아니었으나 함박웃음을 짓고 있는 얼굴을 보니 퍽 싫은 것만도 아닌 것 같았다.

하여튼 신기한 녀석이었다.

"그래서 할 말이 뭔데?"

서연우는 희한할 정도로 자기 주관이 없었으니까.

"그냥……."

"응."

"누나랑 같이 다니고 싶었다고요."

"응?"

"내가 너무 어려서 누나랑 같은 학교에서 공부할 수 없잖아요."

"뭐야."

시시하게. 문영이 픽 웃으며 다시 녀석의 맞은편에 주저앉았다.

"그러고 보니, 서연우 너."

얼굴까지 쭉 내밀고서는 유심히 연우의 얼굴을 뜯어보았다. 뭐가 그토록 그녀를 낯설게 했나 싶었더니.

"머리에 왁스도 발랐어?"

답지 않게 셔츠까지 입고 왔다.

"뭐야, 중학생이 어른이라도 되는 줄 알았어?"

"아니에요. 머리 안 했는……."

"오늘도 학원 갔다 왔어? 그리고?"

"아니, 안 갔어."

"근데 이 시간에 집에서 그러고 있었던 거야?"

웃음을 참을 수 없었다. 어른 흉내라도 내고 싶었던 건지 한껏 힘을 주고 온 연우가 귀여워서 마음이 풀어지는 기분이었다.

"그런 게 아니라 오랜만에 보는 거니까……."

"그런 게 아니면 뭔데?"

"잘 보여야 할 것 같아서."

"그렇게 안 보여도 충분히 잘 보고 있어, 바보야."

"어? 정말요?"

쉬지근한 목소리로 되물은 연우의 눈이 휘둥그레졌다.

"응, 당연하지."

"정말? 정말?!"

"응, 정말."

안도감이 파도처럼 물밀려 온 사람처럼 연우가 길게 한숨을 쉬었다.

"대체 무슨 생각을 하고 있던 거야?"

"그냥, 이것저것⋯⋯."

"서연우, 사춘기구나. 정말."

"내가 사춘기라는 건 어떻게 알 수 있는 건데요?"

"몰라."

"응?"

과일 한 조각을 통째로 입에 넣은 문영이 살며시 미소 지었다.

"몰라, 나도."

"누나."

"응?"

살며시 고개를 들자 물끄러미 자신을 바라보고 있는 연우와 눈이 마주쳤다. 목소리가 낯설어 그렇지 눈에 보이는 이목구비는 영락없는 서연우였다.

"나는 꾸미지 않아도 괜찮아요?"

어색하게 존댓말을 쓰는 연우가 낯설다면 더 낯설었다.

거리감을 두려는 것 같지는 않은데.

"응, 난 좋은데."

뒤늦게 연우의 입가에 미소가 걸렸다. 바보처럼 방싯 웃은 입술이 커다랗게 벌어졌다. 피부만큼 새하얀 치아가 환히 드러날 만큼 활짝 웃는 연우를 따라 문영도 살며시 웃음 지었다.

"누나가 좋으면 나도 좋아요."

어쩐지 웃지 않으면 안 될 것 같았다. 사춘기를 맞은 연우가 폭탄 같아서 괜스레 그녀마저 조마조마해졌다.

연우는 착하니까, 나쁜 길로 빠져선 안 된다고 생각했다.

공부 열심히 하자, 연우야. 그냥 던진 말에도 연우는 문영의 말이라는 이유로 눈을 빛냈으니까.

문영은 연우가 정말 보석인지도 모른다고 생각했다.

✤　　　✤　　　✤

"연우 학원을 옮기겠다고? 그럼요, 문영이는 다음 달부터 강남으로 가요. 강남권이 괜히 강남권은 아니지. 형편이 형편이라 일타강사를 섭외할 수는 없잖아요."

등교 준비를 마치고 방을 나서자 통화 중인 엄마의 목소리가 제일 먼저 귓전을 울렸다.

"으응, 연우가?"

익숙한 이름에 귀가 섰지만 시간이 촉박한 관계로 모르는 척 신발장으로 나섰다.

깨끗하게 빨아진 채 놓여 있는 신발 안으로 발을 구겨 넣었다.

그새 키가 조금 자랐나. 그러면서 발도 커진 모양인지, 며칠 전까지 헐렁거리던 신발이 발등을 답답하게 조였다.

멀리서 자신을 지켜보는 엄마의 눈빛처럼 구속적인 압박이었다.

"연우가 떼를 썼다고요? 그럴 애가 아닌데."

다녀오겠습니다. 눈빛으로 말을 하며 고개 인사를 했다. 어깨에 멘 가방끈을 꽉 손에 쥔 채 문을 나서려는데 조금 가라앉은 엄마의 목소리가 걸음을 붙잡았다.

"아직 중학생인데 강남에서 배울 필요가 있을까? 하긴, 연우 엄마 말도 맞네요. 미리 준비해서 나쁠 것 없지. 수시 관리만 잘해도 서울권 대학은 식은 죽 먹기네요."

슬그머니 뒤를 돌아보자 싸늘한 눈빛으로 그녀를 훑어보는 엄마의 굳은 얼굴이 보였다.

"우리 문영이가 걱정이죠. 벌써 고등학교 1학년인데 성적이 잘 오르지 않아 큰일이네요."

분명 또 연우와 비교하는 것일 테지.

엄마는 세 살 어린 연우뿐만 아니라 교류하는 학부모들과도 곧잘 그녀를 비교했다.

"뭐, 잘하겠죠. 연우는 걱정이 없겠어요. 우리 문영이랑 같이 어울리다 보면 금방 익힐 테니 말이에요."

호호, 억지로 웃는 엄마의 이마에 핏줄이 선 듯한 건 배가 아파서일까.

모르겠다.

"다녀오겠습니다."

꾸벅 인사하고 집을 나섰다. 먹먹했던 귀가 뚫리는가 싶더니 뒤늦게 엄마가 했던 말이 떠올랐다.

연우가 강남에서 공부를 한다고 했던 것 같은데.

크게 신경 쓰진 않았다.

성적에 집착하는 엄마의 표정만이 뇌리에 박혀 다른 건 할 수 없게 했다.

필사적으로 해야만 엄마가 원하는 성적을 낼 수 있다는 걸 알면서도 집중력은 너무도 약했다. 그녀의 체력만큼 바닥을 치는 정신력을 탓하며 설렁설렁 시간을 보냈다.

같은 중학교를 졸업해 운 좋게 같은 고등학교까지 온 민우와 나란히 운동장을 가로지르는데 문득 하교 중인 친구들의 시선이 정문 모퉁이 쪽을 흘겨보는 것을 느꼈다.

수런대는 소리가 조금 커지는 탓에 문영의 관심도 생겼다.

"연예인이라도 왔나?"

민우가 넌지시 묻는 말에 문영은 특유의 무감한 얼굴을 한 채 어깨를 으쓱거렸다.

"요즘 사방신이 엄청 유명하잖아. 완전 한류 스타라고 난리도 아니던데 뭐 사방신이라도 온 거야?"

민우의 너스레에 피식 웃으며 그를 돌아보았다.

"누나는 몸집이 작은 남자가 좋아요?"

불식간 연우가 했던 말이 떠오른 건 어쩌면 그 애가 민우를 두고 했던 말인지도 모르겠다는 생각이 들어서였다.

채 말을 잇지 못하고 꾸물대던 모양새가 수상했다.

몸집에 대해 운운하던 것도 내심 신경이 쓰였는데.

"왜? 내 얼굴에 뭐 묻었냐?"

민우 때문인가.

"아니."

"뭐야, 아쉽게."

"어?"

"네가 또 닦아 주는 줄 알았지."

"⋯⋯."

"장난이야. 이번에 유행하는 드라마에서 나오는 명대사인데. 권문영, 또 모르네."

"어, 몰라."

그의 우스갯소리에 대꾸하며 찬찬히 고개를 돌렸다.

얼마나 놀라운 게 숨어 있나 싶었던 문영의 눈이 동그래졌다.

마른 몸이 여실히 느껴질 정도로 큰 교복 차림에 민우보다 한참이나 작은 키.

연우였다.

"연우야!"

연우가 왜 여기 있는지보다는 잔뜩 어깨를 웅크린 채 서 있는 모습에 마음이 덜컥 내려앉았다.

누가 해코지를 한 것도 아닌데 기가 죽어 있는 채로 머뭇대는 연우는 어떤 상황에서도 보고 싶지 않았다.

"너 왜 여기 있어?"

"오늘 5교시 했어요."

돌아오는 동문서답에 얼이 빠졌다.

"그걸 묻는 게 아니잖아. 5교시 하고 끝난 거면 한참 전에 끝난 건데 왜 곧장 집으로 안 가고 여길 왔냐고."

"……왜겠어요."

"오늘 학원 안 가?"

"응. 학원 옮길 거거든요."

그렇게 말하는 연우의 시선이 자못 높은 듯한 그녀의 어깨 뒤로 향했다.

문영의 등 뒤를 따라온 민우에게 머무르는 시선이 고스란히 문영에게 느껴졌다.

"거봐."

야윈 어깨에 손을 얹은 문영이 운을 떼기 전이었다.

"누나는 큰 게 좋은 거잖아."

아니면 저 형이 좋은 건가.

중얼대는 작은 소리가 그대로 그녀의 귀에 닿았다.

"뭐?"

뚫어져라 자신을 응시하는 눈빛을 자각했는지, 뒤를 돌아보니 민우가 머쓱한 얼굴을 하고 있었다. 민우 역시 연우를 잘 알고 있었다.

문영이 친동생처럼 생각하는 이웃사촌이라는 이야기를 종종 듣곤 했는데, 그 애가 바로 저 애라는 걸 그녀와 같은 학군이라면 모르는 사람이 없을 정도였다.

"우선 가자. 미안, 민우야. 나 먼저 갈게."

"어? 어, 그래. 내일 보자. 권문영."

어색하게 손을 흔드는 민우를 뒤로한 채 연우를 데리고 학교 앞을 벗어났다.

"왜 왔어, 학교 끝나면 바로 집으로 갔어야지."

"나 초등학생 아니에요."

"중학생이면 어른인 줄 알아? 학교 끝나면 엉뚱한 곳으로 새지 말고, 바로 집에 가야지. 학교에서 그런 건 안 배웠어?"

"걱정돼서 화내는 거죠?"

"화내는 거 아니야."

"그럼 걱정만 하는 거예요?"

걱정하는 건 좋지만 잔소리를 듣는 건 내키지 않는지, 대꾸하는 연우의 말투가 심드렁했다.

"응."

"실은 오늘 용돈 받았거든요."

"응?"

"햄버거 사 먹고 가려고 왔어요."

"연우야."

"학교에서 휴대폰 걷죠? 몇 번 문자 보냈는데 답장이 없어서 그냥 왔어요."

그러고 보니, 오늘 하루 휴대폰을 제대로 본 적이 없다.

뒤늦게 휴대폰을 살피니 엄마와 연우에게서 온 몇 통의 메시지가 그녀를 기다리고 있었다.

[누나.]

[오늘 햄버거 먹어요.]

[집에 바로 가기 싫은데…….]

[데이트하자는 건 아니고, 그냥.]

[만날 누나가 사 줬으니까 오늘은 내가 사려고.]

뭐야, 서연우.

'데이트'라는 말에 풋, 웃음이 났다.

"그래, 같이 먹자."

어차피 학원은 다음 달부터니까 이번 달은 마음을 편하게 하자.

"근데 누나."

"응?"

"아까 그 형 때문에 나 버리려는 건 아니죠?"

어째 표현이 이상했다. 버리다니…….

"사람한테 버리고 말고의 표현을 쓰는 게 어디 있어."

"엄마는 내가 꼭 강아지 같대요."

"응?"

"그럼 강아지는 버릴 수 있어요?"

음…….

대답을 망설였다. 단순히 질문이 당혹스러워서였는데, 연우의 눈썹이 마음 아픈 듯 일그러지는 걸 보니 아무래도 다른 의미로 제 침묵을 이해한 것 같아 문영이 난처한 표정을 지었다.

그게 아니라고 설명해야 하는데, 요 며칠 이상해진 연우가 낯설어 선뜻 입이 떨어지지 않았다.

"연우야, 그게 아니……."

"오늘 누나랑 햄버거 먹고 들어갈 거라고 말했어요."

"……."

"그러니까 늦어도 돼요. 대신 버리는 건 안 돼."

"그게 무슨 말이야. 무슨 표현을 그렇게 해."

"그럴 거면 애초에 날 주웠으면 안 됐다고 생각해요."

그건 또 무슨 말이야.

그때, 연우의 손이 조심스럽게 그녀의 옷소매를 잡아당겼다.

신기하게도 체구는 작았지만, 그의 손은 컸다.

앞으로 더 자랄 것이라는 징조인가.

다 작은 서연우의 손만은 유난히도 컸다.

✤   ✦   ✤

연우가 열한 살이 됐을 적에 있던 일이다.

느닷없이 사라진 연우를 찾아낸 건 문영이었다. 할아버지가 보고 싶다며 무작정 동네를 이탈한 연우는 어려서인지, 익숙하거나 자주 걸어가는 경로로 움직였다.

혹시나 해서 그 애와 자주 걷던 길을 쭉 따라 걸으니 울적한 얼굴을 한 채 바닥에 구겨져 있는 연우를 발견했다.

너무 놀라 연우의 어깨를 그만큼이나 작은 문영이 꼭 안아 주었다.

할아버지 때문에 자주 싸우는 부모님도 싫고, 싸움의 주된 원인이 되는 할아버지도 미워 홧김에 집을 뛰쳐나왔다던 연우는 천재인지도 모르겠다.

제법 큰길까지 혼자 걸었으니까.

어린 연우가 건너기엔 커다란 4차선 도로 앞에서 주저앉은 건 천만다행인 건가.

그러니까 너를 주웠으면 안 됐다는 말은 그때를 말하는 건가.

사춘기라고 하기에 기이할 정도로 달라진 연우의 생각에 푹 빠져드는데 문밖에서 초인종 소리가 들렸다.

화들짝 정신을 차리곤 다시 문제집을 내려다보았다.

"어머, 연우야. 이 시간에 웬일이야?"

하고 반갑게 소리 내는 엄마의 목소리가 들렸다.

"누나한테 물어볼 게 있어서요."

"그래? 그런데 어쩌지. 누나도 지금은 공부하는 중인데."

"제가 방해가 되는 거예요?"

원래 같았으면 착한 연우는 죄송합니다, 하고 물러났을 텐데.

"그럼 끝날 때까지 기다리고 있을래요."

답지 않은 그의 반응에 놀란 건 방 안에 숨어 있는 문영뿐만이 아닐 테다. 당연히 엄마도 놀랐을 텐데.

"아니야, 시간도 늦었는데 얼른 물어봐. 연우도 일찍 가서 자야지."

느지막한 시간, 연우가 감사하다고 인사하는 말이 들렸다.

그다음은 자연히 문이 열리는 소리가 이어졌고, 발소리는 죽였으나 너무도 선연한 그의 인기척은 문영의 등골에 척척 달라붙었다.

"누나."

"아, 연우야."

동그랗게 의자를 돌리자 문제집을 품에 안은 연우가 보였다.

연우는 건조한 얼굴을 한 채 마른 목소리를 냈다.

"모르는 게 있어서요."

그러면서 문제집을 펼쳐 문영의 눈앞에 들이미는 연우의 하얀 손끝에 난 빨간 생채기를 보았다.

"다쳤어?"

"네, 조금."

"조심하지."

"누나 생각하다가 다친 거예요."

"음, 조금 당황스러운 대답이네."

문영이 멋쩍은 듯 웃었다. 요즘 서연우는 브레이크가 없었다. 사춘기를 보내는 남자애들은 다 이런가.

"그 형이 누나 좋아하죠?"

"응?"

"지난번에 본 키 큰 형, 누나가 민우라고 부르던데……."

"무슨 소리 하는 거야."

문영이 실소하듯 웃으며 연우에게서 문제집을 건네받았다.

"물어보고 싶은 게 뭐야? 이거? 16번?"

"아니, 이거예요."

"뭐?"

"그 형이 누나 좋아하는 거냐고."

물어보고 싶었어요.

용기 낸 사람처럼 단단해진 연우의 투명한 눈이 문영을 물끄러미 바라보았다.

희한하게 그의 눈을 깊이 들여다보는데 그녀도 모르게 긴장감이 목을 조였다. 사실 민우의 마음을 눈치챈 건 최근 들어서였다.

비밀이 없다고 연우에게 일러 준 문영은 자신이 꼭 연우에게 거짓말이라도 한 것 같아 마음 한구석이 불편했다.

그녀도 모르게 만든 간극에 불순한 이물질이라도 생긴 것 같았다.

민우가 집까지 바래다주는 걸 연우에게 들켜서는 안 됐던 것 같기도 해서 자신의 부주의함을 탓하게 됐다.

왜인지도 모른 채 문영은 그런 생각을 했다.

"아니, 물어보고 싶은 게 뭐야?"

"이거라고 말했는데."

"이상한 얘기 하지 말고."

"비밀, 없다고 했잖아요."

"서연우."

"알고 싶어서 묻는 건데, 왜 대답 안 해 줘요?"

서연우의 속눈썹은 그녀보다 더 길었다. 길고 풍성해 조금만 울음이 나도 속눈썹 사이에 맺힌 눈물방울이 선연하게 보였다.

그런데 오늘 그녀의 눈에 보이는 건 눈물이 아니라 질투와 애착으로 점철된 시기의 눈빛이었다.

"나 그럼 계속 그 생각하다가 다칠지도 모르는데."

문영은 혼돈을 맞은 생각을 정리했다. 몸속 어디선가 생경한 열이 났다.

내가 사춘기인가.

볼이 후끈해졌다. 서연우의 처음 보는 서늘한 눈빛이 부싯돌처럼 문영의 가슴을 갈았다.

"그런 거 아니야."

"……거짓말."

"비밀 만드는 것도 아니고, 서민우가 날 좋아하는 것도 아니야."

민우는 워낙 성격이 서글서글하고 사교적인 타입이라 그녀가 아니더라도 주변에 사람이 많았다.

그런 애가 문영을 각별하게 생각할 리 없다. 그냥 같은 반인 데다가 짝꿍이라서. 그리고 또 같은 중학교 출신이라 다른 아이들에 반해 더 친근하게 느끼는 것뿐일 건데.

이렇게 생각을 정리하고 말을 하려 했으나 선뜻 입이 열리지 않았다.

"정말이야."

어느샌가부터 연우에게 자꾸만 비밀이 생겼다. 비밀은 가족 같은 두 사람을 남녀로 선을 긋게 했고, 타인으로 구분 짓게 했다.

비밀은 관계를 불안정하게 했다.

✢　　✚　　✢

　중학생인 연우와 고등학생인 문영의 학원 수강 시간에는 꽤 차이가 있었다.

　중등부 수업을 듣는 연우는 9시에 수업을 마쳤고, 쪽지 시험부터 모의고사까지 쉴 틈 없이 시험을 치러야 하는 문영의 수업 시간은 11시에 끝을 냈다. 자정 가까이가 돼서 강의실을 나오면 언제고 연우가 그 앞에 서 있었다.

　열심히 해야겠다는 의지가 충만한 그 애는 1학년 2학기 문제집을 틈틈이 확인하며 그녀가 나올 문을 지그시 바라보고 있었다.

　"누나."

　그녀가 나타나면 연우는 어김없이 그녀의 앞으로 바짝 다가와 섰다.

　"오늘은 우리 엄마가 데리러 왔대요."

　그렇게 말하는 연우의 키가 아주 조금 자란 것 같다.

　봄도 아닌데, 봄기운을 맞은 새싹처럼 보이지 않게 컸다. 그녀의 어깨까지 오던 연우의 머리가 지금은 그녀의 목덜미까지 올라왔다.

　소심한 성정은 시간이 지날수록 우악스러워졌다.

　그렇다고 그 애가 문영에게 이기적으로 굴거나 포악하게 행동하는 건 아니지만 문영은 연우가 고집스러운 사람이라는 걸 잘 알 수 있었다.

　서연우를 체감한 결과가 그거였다.

　"먼저 가라니까."

　가끔가다 학원 앞으로 그녀를 만나러 오는 민우 때문인지도 모르겠다.

　민우와는 정말 친구일 뿐인데.

　"엄마가 여자는 특히 조심해야 한다고 했어요."

비밀이지만, 아직 민우에 대한 마음을 정의 내리지 못해 친구로 남아 있는 것뿐.

그럴 때마다 문영은 엄마를 생각했다. 학업에 집중해야 한다. 알면서도 학구열보다는 연우에게 불을 태우게 됐다.

"위험하잖아요. 누가 납치라도 하면 어떡해요."

언제부터인지는 모르겠으나 가랑비에 젖은 그녀의 마음도 연우에게 젖어 드는 것 같았다.

자꾸만 이 애를 의식하게 됐다.

"우리나라 납치 범죄가 23%로 올랐다는데, 걱정돼서 안 돼요."

걱정이 된다고 말하는 사람치고 연우의 얼굴은 단단히 화가 나 있는 것 같았다.

학원에 등원하는 시간은 다르지만 하교 시간은 같았다.

요즘 서연우는 그녀 앞에서 곧잘 음울한 얼굴을 보이곤 했다. 세상다 산 사람처럼 걱정과 근심을 등에 업고 있는 그 애를, 문영은 무던히도 걱정했다.

"문영아."

집으로 돌아와서도 새벽까지 예습 공부를 하는 문영의 방에 무슨 일인지 엄마가 들어왔다.

"연우 학원에서 수업은 잘 듣고 있니?"

"글쎄요, 강의실도 다르고, 학년도 달라서 그건 잘 모르겠는데."

"왜, 연우 학원에서 치르는 쪽지 시험마다 20점을 못 넘겨서 매일같이 야습하잖아."

아무래도 엄마는 모르는 것 같다.

연우의 쪽지 시험이 20점에 그치는 이유가 문영 때문이라는 걸.

물론 그녀도 그 사실을 아는 데 꽤 오래 걸렸지만.

그렇게 보면 그녀도 퍽 눈치가 좋은 건 아니었다. 아니면 상대가 서연우라는 이유로 안일하게 생각했던 건지도 모르겠다.

"왜요?"

"연우 엄마가 걱정이 많은 것 같아서."

"……."

"문영이 네가 이해력이 좋아 성적이 오른다고 말을 하고 싶은데, 그렇게 말하면 연우 엄마한테 상처가 될까 봐."

거짓말.

그렇게 말하는 엄마의 표정은 퍽 밝았다.

"비싼 돈 주고 좋은 강사한테 수업받으면 뭐 해. 그것도 머리가 돼야 이해하고, 느는 거지."

"학원이 전쟁터는 아닌데. 저랑 연우랑 한바탕 싸움이라도 해야 되는 거예요?"

"얘는, 싸움 상대는 아무나 하니. 그것도 봐 가면서 하는 거지."

"연우 요즘 힘들어히는 것 같아요."

"왜?"

"그건 잘 모르겠지만……. 어쨌든 연우와 전 학년도 다르고 배우는 것도 달라요. 세 살이나 많은 제가 아는 게 더 많은 게 정상인 것 같은데. 엄마."

그렇지? 하고 대꾸하는 엄마의 잇새 사이로 호호 웃는 소리가 들렸다.

밤에 듣는 엄마의 웃음소리는 선뜩할 정도였다.

"연우, 잘하고 있어요."

그런 엄마에게 해 줄 수 있는 말은 이거뿐이었다. 절대 연우의 이야기는 하고 싶지 않았다. 굳이 연우가 아니더라도.

사실은 엄마에게 평생 벙어리가 되고 싶었다. 그녀가 자신과 닮지 않은 얼굴을 하고 있다는 데서부터 생겨난 거리감이었다.

"그리고 저도 잘 모르겠어요."

연우가 왜 그러는지.

그 애가 신경이 쓰이는 건 당연한 일이었다.

"알아서 잘하겠죠. 연우……."

문영의 관심은 비례했다. 그조차 상대적이라고 생각하는 그녀에게 연우는 문영에게 너무도 큰 관심을 가지고 있다.

때때로 부담이 되다가도, 때때로 마음을 흔들어 놓는 그 애를 문영도 등한시할 수 없었다.

"알아서 잘할 거예요."

민우와 본인 사이에 끊길 듯 가느다란 선이 어느 순간 팽팽해졌음을 느꼈다. 친구처럼 곧잘 어울리지만 불편한 순간이 종종 생겼다.

드문드문 생각나는 일도 있었고, 수업 시간에는 몰래 그를 훔쳐보는 일도 생겼다.

열일곱에 첫사랑의 열병이라니. 사치라고 생각했다. 시간과 젊음은 돈 주고 살 수 없다는데, 문영에겐 공부 외에 다른 것에 눈 돌릴 겨를이 없었다.

엄마의 표적이 되어 늘 쫓기듯 공부할 수밖에 없는 문영에게 누구나 다 하는 흔한 연애는 유치원 때 딱지를 뗀 소꿉놀이나 진배없었다.

막상 민우가 다른 여자애와 사귀기로 하니 마음이 이상했다. 먹먹한 것도 같고 속 안이 꽉 막혀 답답한 것도 같았다.

그런데 사실 민우의 연애보다 더 신경 쓰이는 건 연우였다. 남매처럼 붙어 지낸 그 애에 대한 마음은 맹세코 순수한 걱정과 관심이었다.

"어머, 연우한테 무슨 일이라도 있는 거야? 연우가 너한테 그런 얘기 안 해?"

"모르겠어요. 저한테 그런 얘기까진 안 해서."

그런 적 없던 애가 말수를 줄였다. 할 말을 아끼는 건지, 커가면서 선을 긋는 건지.

"그렇다고 가족도 아니잖아요."

문득 가족은 아니라고 쐐기를 박던 연우의 말이 생각났다.

뇌를 동그랗게 따라 움직이는 그 말에 세뇌라도 당한 건가.

가족이 아니라는 생각에 걱정을 그치려다가도 돌아서면 생각났다.

✦　　✦　　✦

학교가 끝나면 곧장 학원으로 이동하는 게 그녀에게는 일상이었다.

어김없이 운동장을 가로지르는데 민우와 사귀기로 한 여자애가 살갑게 웃으며 옆에 붙어 왔다.

"나는 사실 민우가 너랑 사귈 줄 알았는데."

"그럼 잘못 안 거네, 나랑 안 사귀었으니까."

"근데 정말 안 사귀어?"

"내가 정말 사귀었으면 너가 싫어했을 거잖아."

대화를 나누는 친구에게서 연우를 본 건 착각일 텐데, 어째서 문영은 이 애가 자꾸만 연우로 보이는지 모르겠다. 말끝에 혼란을 맞은 문영이 스르르 시선을 내리깔았다.

"장난인데, 화났어? 문영아?"

"아니."

"너무 기분 나빠하지 마. 민우는 내가 만나자고 애걸복걸해서 만나주는 거란 말이야."

불퉁한 얼굴로 말을 하는 친구를 넌지시 바라보았다.

그래서 어쩌라고?

묻고 싶은 말이 혀를 따라 입안에 떠다녔다.

"네가 재미없어서 다행이야, 문영아."

일부러 그녀를 자극하는 게 아니라면 이토록 태연한 얼굴로 실언을 할 순 없었다.

"나도 민우랑 사귈 마음 없었어."

마음 같아선 무례한 그녀에게 요모조모 따져 묻고 싶었으나 화가 날수록 무서울 정도로 차분해지는 문영에겐 아득바득 이를 갈며 눈꼬리를 세우는 것도 힘이 들었다.

"만나자고 애걸복걸할 생각은 더더욱 없고."

천연덕스럽게 대답한 문영이 예쁘게 미소 지으며 피날레를 장식했다. 찰나의 순간 그 애의 얼굴에 당혹감이 스쳤다.

알 게 뭐야.

학원에 늦을까 봐 먼저 돌아선 문영은 유유히 그녀의 앞에서 사라졌다.

8장

연우와 같은 학원을 다니면서 좋은 점은 그 애를 자주 볼 수 있다는 것이었다. 서로 학업에 치여 자연히 멀어질 줄 알았는데.

한편으론 연우가 막연하게 걱정됐다. 성적이 떨어졌다는데 연우는 그런 사실을 철저하게 외면하는 건지 관심이 없는 건지, 어쩐지 현실과 동떨어져 있는 것 같았다.

"쪽지 시험 잘 봤어?"

어김없이 그녀가 끝나기를 기다리고 있는 연우 앞에서 문영이 멈췄다.

"잘 봤으면 여기 없어요."

"성적 떨어졌다며."

"자꾸 다른 생각에 빠져서요. 집중이 잘 안 돼요."

"뭐 하는데? 관심사라도 생겼어?"

"관심사요?"

내내 바닥만 내려 보던 연우가 살그머니 고개를 들었다.

"응, 관심사."

"글쎄요. 그런 건 생각해 본 적 없는데."

"뭐야."

문영의 너털웃음에 연우가 따라 웃듯 입꼬리를 위로 끌어당겼다.

"이상하네, 서연우. 정신 차려야지."

"그냥, 운동을 좀 배워 볼까 싶어서요."

나란히 학원가를 벗어나 정류장을 찾아가는 길이었다. 위화감이라고는 전혀 느껴지지 않는 동생이 묘하게 남처럼 느껴졌다. 연우가 내는 분위기가 이전과 사뭇 달라졌다는 건 문영도 피부로 느끼던 참이었다.

"갑자기? 무슨 운동?"

집 앞까지 가는 버스가 도착했다. 자연스럽게 카드 지갑을 꺼낸 문영이 학생 두 명이요, 라고 말을 했다. 뒤따르던 연우가 주머니를 뒤적거리던 손을 허무한 듯 말아 쥐었다.

"차비 정도는 내가 낼 수 있지, 저번에 네가 햄버거 샀잖아."

무안해할 녀석을 생각해 넉살을 편 문영이 비어 있는 2인석으로 향했다. 먼저 타라는 듯 안쪽 자리를 턱끝으로 가리키니 그가 단호하게 고개를 흔들었다. 싫다는 분명한 의사에 문영이 동그랗게 뜬 눈을 깜빡였다.

"이제 애 아니에요. 누나 도움 안 받아도 돼."

"에이, 뭐야."

이따금 연우가 단조롭고 나른하게 늘어지는 투로 대꾸하면 문영은 적잖이 머쓱했다. 늘 그녀의 손을 탈 것 같던 그 어린애가 언제 이렇게 컸나 싶은 것이다.

"그래, 뭐. 그럼 내가 안쪽에 앉을게."

그녀가 창가 쪽에 앉은 다음에 연우가 느지막이 따라 앉았다. 워낙 마른 탓에 옆에 앉는데도 그다지 체중이 느껴지지 않았다.

부러워해야 하나.

아리송한 마음에 고개를 들었다. 무심코 연우의 옆얼굴을 돌아본 문영이 흠칫했다.

연우의 앉은키가 문득 커진 것 같았다.

다리는 원체 길었다. 그게 타고난 비율과 마른 몸 때문이라고 생각했는데, 가만 보면 연우는 손도 크고 가늘었다.

팔도 길쭉길쭉해서 언젠가는 더 클 것 같았는데 그새 더 컸나.

상체에 반해 하체가 더 긴 연우는 원래 그녀보다 앉은키가 작았다. 불과 어제까지만 해도 그랬던 것 같은데.

그럼에도 연우에게는 이상할 정도로 위화감을 느끼지 못했다. 그만큼 편하고 익숙하다는 뜻이었다.

하릴없이 폰을 만지작거리는 연우를 힐끔 곁눈질했다.

"운동은 왜 하려는 건데?"

뭔가를 열심히 검색하는 그 애는 뭔가에 몰두하거나 집중할 때 콧잔등을 찌푸리는 버릇이 있었다. 지금처럼 말이다.

하얗고 앳된 얼굴에 주름이 잡히니 그 모습이 애늙은이 같아 퍽 재미있었다.

"응?"

"그냥요."

쌀쌀하게 대꾸하는 그 애에게로 시선을 옮기려는 찰나에 검색창에 남아 있는 검색 기록을 보았다. 서연우의 주름만큼 재미있는 질문은 그녀를 소리 내어 웃게 했다.

남자 되는 법.

몸이 좋아지는 법.

키가 빨리 자라는 법.

그 나이에 맞게 귀여운 발상이 신기하면서도 평소 연우가 어떤 생각을 가지고 있는지는 단편적으로 본 것 같아 기분이 좋아졌다.

"왜요?"

뾰로통하게 묻는 서연우도 애였구나.

"응? 아니, 그냥."

혼자 킥킥대는 그녀가 신경 쓰였는지 연우의 눈이 가늘어졌다.

"왜?"

홀드 버튼을 눌러 화면을 잠그고, 휴대폰을 주머니 속에 밀어 넣은 연우의 귀에 이어폰 한쪽을 걸어 주었다.

"노래 같이 듣자고."

"저번에 내 목소리랑 비슷하다고 했던 가수 노래예요?"

"응, 내가 좋아하는 가수야."

"누나가 좋아하는 가수?"

"들어 볼래?"

"응, 들어 볼래요."

"잠깐만."

플레이어 버튼을 눌러 전원을 켜고, 노래 목록을 뒤적거리는 동안 연우의 시선이 옆면을 관통할 듯 바라보는 게 느껴졌다.

"누나도 공부 안 하고 딴짓 많이 해요?"

"노래 찾아 듣는 게 딴짓인가?"

"그렇죠. 어쨌든 집중력을 떨어뜨리는 거잖아."

"응, 그럼 맞네. 딴짓."

"왜요?"

"응?"

최근에 넣은 노래인데 100개가 넘는 곡들 사이에 저장됐는지 찾는 게 힘들었다.

휴대폰으로 음악을 들을 수 있으면 얼마나 좋을까.

"왜냐고 물었는데."

실없는 생각을 하는데 연우가 재촉하듯 대답을 종용했다.

"나랑 같은 이유는 아닐 거 아니야."

"그럼 넌 왜 공부에 집중 안 하고 딴짓하는데?"

어쩌면 연우의 성적이 떨어진 이유를 알 수 있을지도 모르겠다. 문영은 내심 기대했다.

연우의 속 이야기는 잘 들을 수 없는 이야기라서 녀석에게 온전하게 집중하게 됐다.

"왜, 라고 생각해요? 누나는?"

답지 않게 무게를 잡는 연우의 목소리가 낮게 울렸다. 변성기를 맞은 소년의 목소리라 하기엔 묵직했다.

"뭐야, 서연우. 왜 분위기를 잡고 그래."

자연스럽게 그의 머리에 얹어진 그녀의 손이 연우의 머리칼을 부드럽게 헤집었다.

눈꼬리에 잔뜩 힘을 줄 것 같던 서연우는 우습게도 꼬리를 흔들었다.

"내가 귀여워서 만져 주는 거예요?"

"응, 쓰담쓰담. 왜 이렇게 귀여울까, 우리 서연우."

잠시간 멍해 있던 연우가 뒤늦게 방싯거렸다. 꽃봉오리처럼 벌어지는 입술이 기분 좋은 미소를 지었다.

그 얼굴을 문영은 빤히 쳐다보았다. 때가 타지 않은 서연우는 총천연색 같았다. 지나치게 솔직한 면모가 서연우를 자체적으로 투명하게 만들었다.

이렇게 사랑스러운 서연우도 언젠가는 어른이 될 텐데.

"그럼 매일 귀여워도 돼요?"

"응?"

"누나가 머리 쓰다듬어 주는 거, 되게 좋은데. 난."

"안 그래도 넌 매일이 귀여워. 물론 성적 관리 못하는 것만 빼면."

"……."

"성적 관리하자. 같이 힘내야지."

"누나도 딴짓하잖아요. 아줌마가 누나랑 달라서 하는 거죠?"

응? 그게 무슨 말이야?

조용하게 되물은 말에 연우가 서둘러 대화를 갈무리했다.

"……아니에요."

"음."

문영은 대답을 얼버무리는 연우가 일부러 말을 아끼는 거라고 생각했다.

그녀에게 엄마는 가장 아픈 구석이었고, 예민한 문제였기 때문이다.

중학교 1학년밖에 안 된 연우가 빨리 철이 들었다는 느낌보다는 단순히 그녀를 위하는 느낌이 커서 문영도 더 묻지 않았다.

더 하고 싶지 않은 게 솔직한 마음이라면 내가 불효자이려나.

"노래 듣자. 이제 찾았어."

가까스로 찾은 노래를 틀었다.

즐겨 듣는 노래 몇 곡만 반복해서 듣는 그녀에게 지금 듣는 노래는 몇 번을 들어도 질리지 않는 명곡이었다. 잘 알려지지 않은 무명 가수의 노래라서 더 특별했다.

I'm not happy with you, so there's nothing I can do for you.
내 손이 달갑지 않은 너라서, 내가 해 줄 수 있는 손이 없다.

It's as thin as a nail moon, so i'm ready to hang up.
손톱달처럼 가늘어서 금방 끊길 마음.

I'd like to comfort you, but I don't have a hand like that.
위로해 주고 싶은데, 내겐 그럴 만한 손이 없어.

노래는 후렴구를 지나 고조에 이르렀다. 절정에 오른 가수의 아름다운 목소리가 고음으로 자연스럽게 이어지자 문영의 마음에 공명이 일었다.

"이 노래, 가사가 정말 좋아."

노래가 끝나고, 여운이 남은 얼굴을 한 채 문영이 물었다.

"위로해 줄 수 있는 손이 없다는 건 그럴 만한 자격이 없다는 뜻이에요?"

"응? 가사가 들려?"

"그 정도는……."

"오, 서연우 생각보다 공부 좀 하는데? 하긴, 너 어릴 때부터 영어 좋아했잖아."

오죽하면 연우의 어머니가 연우를 영어 전문 유치원에 녀석을 등원시켰을까.

"조금만 배워도 곧잘 하면서 성적 관리는 왜 못하는 거야?"

"말했잖아요, 요즘 생각이 많아요."

"사춘기도 한철이라고 생각해. 그 시기가 힘든 건 알겠는데 너무 심취하지 말고 정신 차려야지."

"솔직한 말로는 하기 싫어요. 누나 봐야 되거든요."

문영은 대답을 골몰했다.

모르고 있던 건 아니다. 집요한 연우는 어떻게든 문영과 함께하려고 했다.

고작 그런 이유로 쪽지 시험을 망친다는 건 죄책감이 들어 싫었다. 연우의 부모님을 뵙기가 부끄러웠다.

"집에서도 볼 수 있잖아."

"아뇨, 요즘은 집에서……."

"응?"

"아. 아니에요. 근데 그 노래 가사가 좋아요? 그래서 듣는 거예요?"

"응. 잘 쓰인 허구 소설 같고 좋잖아."

문영은 은근히 낭만적이었다. 비현실적인 걸 좋아했다.

아주 가끔은 아무도 모르게 발칙한 상상을 즐기는데, 이건 그녀만 아는 비밀이었다.

"그럼 내가 매일 들려줄게요. 그 가사보다 더 예쁜 말들."

서연우도 알아서는 안 되는.

"잘 쓰인 허구 소설 같은 가사."

키가 훤칠하게 큰 서연우를 이따금 상상하는 문영의 머릿속을 혹여 나 그 애가 들여다본다면 놀라 도망가지는 않을까.

어떻게 주운 연우인데, 달아나게 할 수는 없었다.

"뭐? 그게 뭐야."

재미있는 농담에 문영이 작은 손으로 입을 가린 채 쿡쿡거렸다.

"너 어릴 땐 영어 선생님이 꿈이라며."

"그건 그때 누나 장래 희망이 교사라고 하니까……."

"서연우. 넌 내가 하는 거라면 다 따라 하는 거야?"

"그게 나쁜 건 아니잖아요."

"장래라는 건 네 인생을 결정짓는 거잖아. 그만큼 중요한 선택을 남 에게 맡긴다고?"

철없는 소리라고 따끔하게 다그칠까 싶었으나 연우의 표정이 더없이 진지해 차마 말을 뗄 수 없었다.

"……중요한 거니까 누나 따라 하는 건데."

"차라리 노래를 부르지 그래."

"응?"

"네 목소리 좋아, 변성기 끝나면 더 근사해지겠다."

"아. 그러니까 지금 내 목소리가 좋은, 거죠? 응? 그렇게 말하는 거 잖아요."

"정말 가수라도 하려고?"

"응!"

대답하는 연우에게 한 치 망설임도 없었다.

"누나가 좋아하잖아요. 좋아하는 거면 뭐든 할 수 있어."

어른 흉내를 내는 아이처럼 씩씩하게 대꾸하는데 표정은 농담하는 기색 없이 진지했다.

붓을 잡은 선비처럼 악기를 연주하는 연주자처럼, 서연우는 단아했고 청초했다.

"다 컸네, 서연우. 내 걱정도 할 수 있고."

어두컴컴한 밤길, 사위가 고요해 으스스하게 몸을 죄는 찬바람이 싸늘하게 느껴졌다.

그 밤, 그 길에서 연우는 잔뜩 신이 나 있었다.

"그 가수 이름이 뭐라고요? 나도 더 들어 볼래요."

"알았으니까 앞 좀 보고 걸으라고. 네가 애야?"

"아뇨, 애 아니야."

내내 그녀를 마주 보고 걷다가 핀잔 같은 한마디에 그제야 문영의 옆에 나란히 붙어 걷는 모양새가 영락없는 강아지였다.

"위로해 줄 손이 없다는 건 조금 슬픈 것 같아요. 울면 눈물도 못 닦아 주는 거잖아."

감성이 풍부한 강아지는 집으로 돌아가는 가로등 불빛 아래서 연신 종알거렸다.

듣기 좋은 목소리로 쉴 새 없이 떠드는 연우의 목소리가 가수의 음색보다 더 아름다운 건 지금보다 더 근사해질 연우의 미래를 예견하는 걸까.

"그것보다 더 슬픈 건 마음이 없는 것 같아."

"걱정하지 마. 네가 슬퍼하면 위로해 줄 마음 있으니까."

"아마 내가 더 클걸요?"

"응? 뭐라고? 잘 못 들었어."

"나는 언제 클까요, 라고 했어요."

"잘 크려면 뭐든 잘 먹어야지."

"그 말은 10년 전에도 한 것 같은데."

문영이 장난스레 눈을 흘겼다.

"10년 전? 그땐 너 몰랐는데."

"아."

"정신 차리자, 서연우. 짝사랑하는 것도 좋지만 거기에 시간 낭비하는 거, 아깝지 않나."

아. 넌 아직 어려서 모르나.

문영이 혼잣말처럼 중얼거렸다.

"응? 짝사랑?"

놀라 토끼 눈이 되어 버린 연우가 가던 걸음을 멈추고는 그녀의 가방끈을 붙잡았다.

"뭐, 왜?"

"짝사랑……이라니, 무슨 말이에요?"

"서연우, 너 내가 모를 줄 알았어?"

"어?"

비밀이 탄로 난 사람처럼 굳은 연우의 표정이 경직됐다.

"갈수록 성적도 떨어져, 전혀 안 그러던 네가 꾸미고 치장하는 데 관심이 생긴 걸 보면 뻔하지. 좋아하는 사람, 생긴 거 아니야?"

"……아."

안도의 한숨이라기에 착잡한 숨이 묵직하게 흘렀다.

"아닌데."

"목소리까지 신경 쓸 정도면 엄청 좋아하나 봐, 연우 네가."

"아니라니까요!"

"아니긴. 쑥스러워서 그래? 아니면 아줌마한테 걸릴까 봐?"

"그러는 누나는. 그 형, 어떻게 됐는데?"

"누구? 민우?"

"그 형은 성이 민 씨야?"

문영이 짧게 대답했다.

"아니."

"근데 왜 자꾸 민우라고 해? 성 안 붙일 만큼 친해?"

"친하고, 안 친하고의 기준이 성을 붙이고, 안 붙이고가 되나?"

확실히 애는 애였다. 하긴, 이제 막 중학생이 됐는데.

"서민우야. 신기하지? 너랑 이름이 비슷해."

"아."

이번에는 한숨 대신 탄성 같은 신음이 연우의 잇새 사이로 나왔다.

"왜?"

"아니, 그냥. 기뻐서요."

"갑자기? 왜?"

"그냥요, 누나랑 같이 집에 가는 게 좋아서."

"뭐야."

문영이 시시하다는 듯 웃음을 터뜨렸다.

"얼른 들어가, 늦었어."

늘 그렇듯 연우를 먼저 보내고 돌아선 문영은 그날따라 뒤를 돌아보지 않았다. 습관처럼 뒤돌아서 연우를 살피던 그날은 평소보다 귀가 시간이 20분 정도 늦어졌다.

늦게까지 학원에 남아 수업 중일 거라고 생각하는 부모님에게서는 연락 한 통 없었다.

문득문득 겁이 나서 서둘러 현관을 열고 안으로 들어갔다.

잰걸음으로 현관 앞에 섰을 때까지 땅거미처럼 바닥 위에 어른대는 그림자는 사라지지 않았다.

문영만 모르는 이야기.

더는 어린아이이고 싶지 않은 소년의 그림자는 컸다.

어른처럼 몸집이 부풀었고, 키도 훤칠했다.

"연우가 장래 희망으로 작사가라고 말을 했다지 뭐야."

"네?"

너무 놀라 들고 있던 숟가락을 떨어뜨리고 말았다. 칠칠치 못하다는 엄마의 타박에도 아랑곳 않는 문영은 휘둥그레진 눈으로 그녀를 쳐다보았다. 알게 모르게 다음 이야기를 재촉했다.

"뜬금없긴 해. 연우 엄마는 연우가 저 아빠 따라 법조계 쪽으로 갈 줄 알았는데, 실망이 이만저만이 아닌 모양이야."

"……."

"요즘 연우 상태가 영 안 좋지? 얘, 문영아. 혹시 연우 말이야, 학원에서 적응은 잘하고 있니?"

"네, 뭐……."

"나쁜 애들이랑 어울려 논다거나 그런 건 아니지?"

연우 엄마 충격이 좀 커야지.

연우네 아주머니만큼 충격이 크다면 거짓말이겠다. 아침 식사 자리에서 들은 엄마의 이야기는 식탁 한편에 높인 오렌지만큼이나 신선했다.

"연우 아빠도 뒷목 잡을 만하지."

그러면 안 되는데.

"문영이 네가 연우 좀 잘 챙겨 줘, 그래도 네가 누나잖아."

그러면 안 된다는 걸 아는데도 문영은 묘하게 차오르는 쾌감을 모른 척할 수 없었다.

미안하지만 문영으로 하여 연우가 좌지우지되는 게 기뻤다. 문영밖에 모르는 그 어린애가 왜인지 소원을 이루어 주는 요술 램프 같았다.

한여름에 만난 크리스마스의 기적 같은 그 애는 신묘했다.

그녀가 원하는 것이라면 모든 다 들어줄 것처럼 구는 그 애는 늘 그 자리에 있었다.

그 자리에.

✛   ✛   ✛

"이 차림 그대로라면 사람들이 오해하겠죠."

출근 준비를 마친 문영의 앞으로 다가온 그가 말했다. 일부러 얄궂게 구는 연우를 올려다보며 문영은 지난밤을 잊으려 애썼다.

지금은 현실에 충실할 때였다. 반쯤 미친 상태로 서연우의 품에 안긴 일은 결코 실수가 아니었지만, 고의성이 다분하다 하더라도 잠시나마 사고로 묻어 두어야 했다.

"다시 말하지만 회사 안에서는 쓸데없는 말, 없었으면 좋겠다."

계속 머릿속에 남겨 두었다간 일에 집중하지 못할 것이 뻔했다. 수려한 그의 얼굴만 봐도 좀체 가슴이 진정되지 않았다. 그가 나누어 준 체온을 고스란히 몸에 묻은 그녀에게는 아직 연우의 열기가, 향기가 남아 있는 터였다.

"쓸데없는 말은 많지만, 쓸데없는 행동은 없죠."

"무슨 말이야?"

"권문영 씨한테서 내 냄새가 나는 것 같다고, 그 말 해 주고 싶었어요."

"분명히 해, 서연우."

"분명히 말해서, 어제 우리는 사고가 아닌 거죠."

"……."

"나는 어젯밤이 미치도록 황홀했거든."

그게 사랑이든, 아니든 충분히 만족스러운 밤이었다. LED의 조명과 어우러진 달빛의 은은함에 취해 눈앞의 문영마저 환영처럼 느껴질 정도였으니 애가 타고, 조바심이 느껴지는 것도 당연했다.

그렇지만 침실 안에서의 서연우는 지나칠 정도로 차분했다.

"그렇죠? 실수 아니잖아."

점잖은 그는 섹스할 때조차 단정했다. 부러 침착하게 구는 것이 그의 계획이라면 성공했다.

"그래, 아니야."

서연우가 죽고 못 사는 권문영이 발끝까지 달아올라 그에게 애걸복걸하게 되었으니까.

하염없이 그의 목을 끌어안고 있었다. 서투른 몸짓으로 그에게 사정을 했다. 쉴 새 없이 목 놓아 울었던 기억이 언뜻 뇌리를 스쳤다.

"……아닌데, 후회는 해."

우리의 밤이, 질기도록 달라붙은 채로 환희를 즐기던 시간이 오늘이 끝이 아닐 거라는 예감이 불길했다.

"그래요?"

그가 근사한 얼굴로 부드럽게 웃었다.

태연자약하게 구는 그를 문영이 힘준 눈으로 올려보았다. 작았던 열네 살의 중학생은 어느새 이렇게나 커져 있었다. 뒷목이 꺾이도록 고개를 들어야만 보이는 턱선이 남자다운 윤곽을 도드라지게 했다.

"상관없어요, 애초부터 몰랐던 것도 아니고."

"선은 지켜. 회사에선 내가 네 사수야."

"그것도 알죠. 인이 박이도록 들어서 잘 알고 있으니까, 걱정은 안 해도 되는데."

"되는데?"

"지금은 출근 전이죠."

"뭐?"

"그러니까 내 상사, 아니잖아."

한 걸음 더 가까이 밀착해 온 연우가 팔을 뻗었다. 족쇄 같은 한 팔이 그녀의 허리를 동그랗게 감쌌다.

훅 끌려간 몸이 그의 가슴팍에 부딪쳤다.

215

"서연우."

"다시 말하지만 나는 실수, 아니에요. 후회 같은 건 하지도 않아요. 알겠어요?"

미소가 가신 얼굴이 진중한 표정을 지었다. 장난기를 지운 눈매는 사나웠다. 웃지 않는 서연우는 상상해 본 적이 없는데.

"너……!"

"키스할래요."

문영이 대꾸하기도 전에 그의 얼굴이 다가왔다. 자석처럼 붙어 오는 입술이 그녀의 윗입술을 삼켰다. 뭉근하게 여린 살을 건드리고는 매끈하게 아랫입술마저 빨았다. 빨리는 느낌은 언제나 생경했다.

입술만 부딪쳤는데, 단정하게 모으고 있는 다리 사이까지 꽉 조이는 착각에 빠져들었다. 서연우와 나누는 것은 그 어떠한 사소한 것이라 한들 환희가 되는 것 같았다.

그 야릇한 감각에 문영은 미칠 것만 같았다.

반색하듯 입술을 열자 기다렸다는 듯 그가 파고들었다. 아이처럼 입 안을 떠도는 그의 혀가 움츠리고 있는 그녀를 잡아채 감쌌다. 허리를 으스러지도록 껴안은 팔처럼 두꺼운 혀는 그녀의 상상력을 부추겼다.

"……그만, 흡, 해."

질척한 소리가 룸 안을 메울 때쯤 문영이 그의 어깨를 밀어냈다. 그에게 물린 입술이 도톰하게 부풀었다. 가느스름하게 뜬 눈을 감았다 뜨는 그녀가 참았던 숨을 한꺼번에 몰아쉬자 싱긋 웃은 그가 한 번 더 입술을 맞물려 왔다.

이번에는 짧게 닿았다 떨어지는 입맞춤이었다.

"키스했으니까 지켜 줄게요, 선."

어제 입은 스커트를 입고 있는 그녀의 다리로 연우의 시선이 떨어졌다. 채 놓지 못한 한 손이 그녀의 어깨를 그러안았다.

"다리는 안 건드리길 잘했죠."

"무슨 소리야?"

문영이 반박하려는지 몸을 바르작거리자 그가 알겠다는 듯 부드럽게 등을 다독였다.

"아, 무릎 뒤쪽은 조금 빨개졌을지도 몰라요. 그래도 괜찮잖아요."

어차피 권 대리님 뒤에는 항상 내가 있을 텐데.

할 말이 없는 문영은 거푸 한숨만 쉬었다. 연우와 공유하는 예전의 추억이 구시대적인 것 같았다. 요즘의 서연우는 그때의 서연우가 아니었다.

화가 날 정도로 매력적인 그에게 온 마음이 송두리째 흔들릴 것 같았다.

서연우의 말 한마디가, 다정한 손길이 그녀에게는 채찍질이 됐다. 가슴이 자꾸만 뛰었다.

감당 못 할 만큼 빠르게.

✢　　　✢　　　✢

"경기 지사 프로젝트 연구진들과 회의가 잡혔어. 권 대리가 다녀와."

"아, 네. 대충 얘기는 들었습니다."

느닷없는 윤 차장의 호출에 예상은 했지만 역시나였다.

"당장 붙여 줄 만한 인력이 부족한데, 정 버거우면 서연우 씨랑 동행해도 괜찮고. 권 대리 생각은 어때?"

"아……."

파티션 너머로 힐끔 연우를 확인했다.

점심시간을 틈타 연우를 보러 온 여사원들 사이에 둘러싸인 그는 느른하게 웃고 있었다. 특유의 친절한 미소 때문인지 유독 그가 있는 자리만 화사한 것 같았다.

"아뇨, 혼자 할 수 있습니다."

"무리하지 마. 실적이 욕심나서 그러는 거면 내가 상부에 잘 일러둘 테니까, 마음 편히 동행해."

"실적에 관심 없습니다. 차장님도 아시잖아요."

"알지, 권 대리가 여러모로 고생이 많다는 거. 내가 어떻게든 권 대리 주재원 보내려고 노력하고 있으니까 조금만 더 기다려 보라고."

생각지 못한 그의 발언에 문영의 얼굴에 당황한 기색이 떠올랐다.

"B2C 원 대리가 이번에 싱가포르 주재원으로 발령 났다지."

"얘기는 들었습니다만 정말 괜찮습니다. 생각해 주시는 마음만으로도 충분히 감사합니다."

"내가 껄끄러워서 그래, 내가."

"네?"

문영의 눈이 동그래졌다.

"일거리만 많지, 실적은 형편없는 2팀에서 죽어라 윤 차장, 박 과장 수발만 든다는 권 대리 이야기를 내가 모를 줄 알고."

"아……."

괜스레 낯을 붉히게 됐다. 무뚝뚝하지만 팀원을 생각하는 마음만큼은 너무도 큰 윤 차장은 보기와 달리 인정도 깊어 주변 사람을 알뜰살뜰 챙기는 편이었다.

깐깐하기가 이루 말할 수 없을 정도라 직원들을 피곤하게 하는 것만 아니면 더없이 좋은 상사였다. 그런 그가 사내에 떠도는 말을 듣고 며칠 밤낮을 고민으로 보냈을 생각하니 속이 아렸다.

"정말 괜찮습니다."

일그러지는 표정을 펴고, 최대한 밝게 웃었다.

"주재원에 대한 꿈은 접은 지 오래예요. 저는 그저 윤 차장님 밑에서 오래도록 일할 수만 있다면 그걸로 족하다고 생각합니다."

"권 대리도 참. 사람이 그렇게 욕심이 없어서야."

"욕심이 없는 사람치고, 대리 승진은 꽤 순조로웠던 것 같은데요."

그녀의 너스레에 윤 차장의 허, 하고 코웃음을 쳤다.

"어쨌든 지시대로 경기 지사 회의에는 서연우 씨와 함께 동행하겠습니다. 그걸 원하시는 거잖아요."

"그래, 힘든 일은 최대한 나누어서 하자고."

그러고 싶지만 그럴 수 없는 게 현실이라는 걸, 아직 윤 차장은 모르는 듯했다.

"네, 알겠습니다."

대화를 마무리하고, 돌아서자 조잘조잘 떠드는 여자들에게 마지못해 웃어 보이는 연우가 보였다. 눈이 마주치자 그가 생긋 눈웃음을 쳤다.

문영은 무덤덤한 얼굴로 그를 지켜보았다.

보일 듯 말 듯 입속말을 속삭이는 그의 입술이 무슨 말을 하는지 모르지 않았다.

아직도 빨개요? 대리님 다리.

노골적이고 직설적인 말이었지만 귀를 붉히거나 예민하게 반응할 만큼 집중하지 않았다.

문영은 발치에 있는 연우와 동떨어져 있는 듯한 느낌에 신경을 곤두세웠다.

묘한 괴리감이 생겨났다.

늘 창가 쪽 자리에 앉혔던 그 조그마한 애가 어엿하게 자라나 이제더는 그녀의 손을 필요로 하지 않아도 되었다.

위로해 줄 손이 없다는 노랫말이 떠올랐다.

연우를 감싸 줄 손이 없어진 느낌이었다. 신체의 한 부분이 떨어져 나간 것 같았다. 아프진 않은데, 늘 있던 자리가 텅 비어 있는 듯한 기분에 가슴까지 공허해졌다.

이제 제가 좋다고 따라다니던 서연우는 없는 것 같았다.

그와 마주 보는 시간이 길어졌다. 영화 상영이 딜레이 되는 것처럼 답답한 순간이었다. 한숨 끝에 먼저 시선을 거둔 문영이 그대로 부서를 걸어 나갔다.

탕비실에서 직접 타 먹는 믹스커피를 선호하는 그녀답지 않게 1층에 있는 카페테리아를 찾았다.

"아이스카페라테 한 잔 주세요."

"결제 도와드리겠습니다. 드시고 가시나요?"

"아뇨, 테이크아웃으로 부탁드려요."

평소에 잘 마시지 않던 카페라테를 주문하고, 진동 벨을 건네받은 문영은 비어 있는 자리에 대충 몸을 앉혔다.

오가다 마주치는 동료들과 눈인사를 나누다 보니 금세 주문한 커피가 준비되어 벨이 울렸다.

"맛있게 드세요."

테이크아웃 잔을 챙겨 카페를 나왔다.

오후의 회사 로비는 언제나 북적거렸다. 외부에서 찾아온 거래처 직원들부터 퀵 기사까지. 인포와 ID 입구는 북새통을 연상케 할 만큼 소란스러웠다. 수런수런 들려오는 말소리가 소음처럼 느껴졌다.

여자들의 대화 소리와 남자들의 왁자한 웃음소리가 쇳소리처럼 귀를 긁는 순간이었다.

"강은영 씨? 여기 로비인데요. 몇 층으로 가면……, 어이쿠, 죄송합니다."

통화를 하던 퀵서비스 기사가 빠르게 걸음을 옮기다 문영의 어깨를 치고 말았다. 그녀가 무어라 대꾸할 시간도 없이 그는 짧은 사과와 함께 바람처럼 사라졌다.

그 바람에 다 닳은 구두 굽이 중심을 잃어 몸이 휘청거렸다.

"아!"

그때였다. 불안하게 왜틀비틀하던 몸에 단단한 촉감이 받쳐 주듯 와 닿은 건 문영도 예상하지 못했다.

쓰러지듯 상체를 바로 세워 주는 손길이 익숙해 누군지 물을 필요조차 없었다.

"괜찮아요?"

"뭐야."

네가 왜 여기 있느냐는 질문을 함축한 단언에 연우가 능청스럽게 고개를 갸웃댔다.

"사수 따라다니는 건 부사수가 할 일이잖아요."

"……."

"그나저나 구두 굽이 다 닳았네요?"

싱긋 웃는 그가 기울어진 그녀를 세워 놓고 시선을 내렸다.

"권 대리님한테는 전투화 같은 신발인가 봐요."

"회사는 곧 전쟁터니까 내 발에 꼭 맞는 신발이 필요하죠."

그에게 대꾸하는 문영의 눈썹이 꿈틀댔다.

"전투태세도 좋지만 내 몸 살펴 가며 일해야 하지 않겠습니까?"

"서연우 씨야말로, 지금 여기서 떠들 시간 있어요? 대화의 장에 복귀해야죠. 바빠 보이던데."

"철회했어요. 귀찮은 건 질색이라."

"그건 나도 매한가집니다, 서연우 씨."

냉담하게 대꾸한 문영이 그에게 잡힌 손을 뿌리치고, 엘리베이터 쪽으로 걸어갔다.

"음. 질투는 당연히 아니겠고."

"사사로운 얘기는 삼가 달라고 말했던 것 같은데요."

"나는 사사로운 얘기를 더 나누고 싶은데, 바쁜 권 대리님 시간 뺏기가 여간 어려운 게 아니라서요."

됐다. 서연우와 무슨 얘기를 나누랴.

자포자기 심정으로 그의 말을 철저하게 무시하려는데 고집스러운 그는 지치지도 않는지 연신 재잘거렸다.

"공적인 얘기입니다. 전투화도 전투화 나름이죠. 살짝 부딪치기만 해도 휘청거리는데."

"내 척추에 문제가 있는가 봅니다. 허리 힘이 좋지 않아서요."

듣다 안 되겠는지 문영이 쌀쌀맞게 대꾸했다. 그가 피식 웃는 게 곁눈질하는 그녀에게 흰하게 보였다.

"허리 힘. 아, 그렇죠. 퍽 좋은 편은 아닌 것 같았어요."

"……."

"커피는, 맛있어요?"

싱긋 웃는 그가 빨대를 입에 물고 쭉 빨아 마시는 그녀를 내려다보았다. 달짝지근한 커피만큼 달콤한 눈빛에 온몸이 녹아내릴 것 같았다.

"그러고 보니 그때가 벌써 일주일 전이네요."

하필 그가 지난밤을 상기시키도록 만드는 말을 던져 몸이 반응을 보이는 거라고, 문영은 애써 자신을 달랬다.

"옷 안에 남은 얼룩은 좀 사라졌어요?"

누가 들을까 무서워 홱 그를 돌아본 문영이 쌍심지를 켰다.

"싫어하는 거 아는데, 이렇게 안 하면 나한테 관심 안 주잖아. 권 대리님은."

"서연우 씨가 이런 식으로 사람 피 말리는 소리만 하는데 무슨 관심을 줘요?"

"오늘은 나랑 밥 먹을까요?"

엘리베이터가 도착했다. 우르르 올라타는 사람들 속에 연우와 문영도 섞여 들었다. 꽉꽉 들어찬 공간에 사람들은 바짝 밀착해 있었다.

그녀의 등 뒤에는 당연히 연우가 있었다. 은근하게 골반을 스치는 그의 손에 다리가 간지러웠다. 간질거리는 느낌은 발가락까지 스르르 번져 갔다.

사람들이 빠져나간 다음에야 연우에게서 세 걸음 멀어진 문영이 뒤늦게 대답했다.

"서연우 씨."

"네, 권 대리님."

"서연우."

"네, 권문영 씨."

"연우야."

나직한 그녀의 부름에 그가 눈을 크게 뜨며 웃었다.

응? 하고 묻는 입술이 가느스름해졌다.

"이제 뭐든 혼자서 잘하잖아."

그녀가 없더라도 상관없을 그에게는 문영이 모르는 새 자립심이 생겼다. 그녀를 집착의 상대로 두고 의지하던 서연우가 아니라는 사실이 새삼 놀랍기도 했고, 못내 서운하기도 했지만 지저분한 감정을 가슴에 두고 싶지 않았다.

"한 끼 해결하는 게 어려운 일은 아닐 텐데."

깔끔한 걸 선호하는 그녀가 주재원 발령을 원치 않는 이유도 그것이었다.

잡음은 싫었다. 승진이, 실적이 중요한 건 아니었다.

"외롭잖아요."

그랬지, 참. 너도 혼자였지.

"내가 필요로 하는 사람이 곁에 있는데 굳이 혼자 먹는 어리석은 짓을 해야 되나."

"……."

"당장 뭐 하자는 것도 아니잖아요."

"네가 이러는 게 부담스러워, 당황스럽기도 하고."

"난 원래 이런 사람이 아니었으니까?"

"그래."

매끄럽게 멈춘 엘리베이터의 문이 열렸다. 먼저 나가라는 듯 손짓하는 그를 떨떠름하게 올려보다가 돌아선 문영이 문밖으로 발을 내디뎠다.

그 뒤를 바짝 따라붙은 연우의 시선이 그녀의 해진 구두에 박혀 있음을 깨달았을 땐 가슴이 덜컥 내려앉았다.

"이렇게 안 하면 안 봐 줄 거잖아."

서연우는 착했다. 순하고.

"나 떼쓰는 거예요. 예전처럼 말 못 한 채로 질투하는 일은 없을 거라서 대놓고 칭얼거리는 거라고."

그래서 그가 하는 선전포고가 거짓말 같았다. 하지만 어른인 척하는 어린애의 투정이라기에 지난 그가 그녀에게 보여 준 황홀경은 매 순간 그리워질 만큼 아찔했다.

"나랑 뭐가 하고 싶은 거니, 넌."

"연애."

"……."

"……는 너무 빠르죠?"

웃으며 옆으로 다가온 그가 몸을 낮췄다. 그녀의 귓가에 은밀하게 속삭이는 목소리가 고의적으로 숨결을 쏟았다.

"그럼 섹스해요. 매일매일."

귓불이 간지러워 눈을 찡긋거렸다.

"권 대리님도 하고 싶잖아요."

다시 눈을 떴을 때 눈자위가 따끔거렸다. 한 가닥 흘러내린 머리카락이 눈을 찔렀다. 머리카락을 정리하려는 그녀를 대신해 연우가 한발 먼저 손을 뻗었다.

"몸 정이라도 좋아요."

건반을 두드리듯 관자놀이를 두드리던 손이 머리카락을 정리해 주었다.

"정이라면 충분히 있죠. 옛정."

"아아. 그런가요."

"그게 아니었다면 서연우 씨를 상대하는 일은 없었을 겁니다."

"뭐가 됐든 좋네요. 옛정. 음, 대리님은 깔끔한 걸 좋아하시죠."

이중적인 말이 어떤 의미를 가지고 있는지 알고 싶었다.

단정하고, 깔끔한 걸 좋아하는 그녀가 남들에게 흐트러진 모습을 보이고 싶지 않아 한다는 걸 알아서 방금 한 말이 야릇하게 들렸다.

정을 주지 않으면 미련도 남지 않으니, 비록 후회는 하나 뒤탈 없는 섹스 파트너를 원하는 건가.

"서연우 씨."

부서의 자동문이 열리며 익숙한 얼굴이 나타났다. 옆 부서 사원이 정중하게 인사하며 지나쳤다.

"밥은 외근 나가서 먹는 걸로 하죠. 차주부터 경기권 쪽으로 외부 근무가 있을 겁니다. 그 전까지 넘겨준 서류 정리해서 과장님께 보고 올리기로 하죠."

"밥은 언제 먹습니까?"

"제때 먹을 거니까 걱정은 안 해도 되겠어요."

"삼시 세끼는 어려울 거고."

"……."

"응?"

대리님이 말하는 그 제때가 언제예요? 그가 속삭였다.

"말 안 해 주면 나는 몰라요. 내 멋대로 해석할지도 모르거든."

저도 모르게 침을 삼킨 문영의 목이 뻣뻣해졌다. 가까이에 있는 그의 입술이 목덜미에 닿는 상상은 대낮인 것도 잊고 속수무책으로 떠올랐다.

"점심, 저녁, 다음 날 아침도 같이 해요."

불순한 권문영도 변하지 않았다. 잘생긴 서연우를 취하려는 욕망은, 그녀가 심미안을 중요시하는 사람이기 때문일까.

아니면 내게 너는 떼려야 뗄 수 없는 그림자인가.

"그래요, 그럼."

다음 날 아침이 기대되는 건 간만의 외근에 마음이 들떴기 때문이다.

통하지 않는 주문은 퇴근까지 계속됐다.

9장

마음을 내려놓으면 답이 보일까. 오리무중에 빠진 감정이 몸과 따로 노는 것 같았다.

원래 마음은 머리와 반대되는 법이다. 알면서도 답답함에 혀를 내두르는 건 연우의 적극적인 태도에 좀체 정신을 차리지 못하는 자신의 행동 때문이었다.

휘둘리지 말아야지 했거늘 자꾸만 흔들렸다.

청개구리 같던 서연우에게 전염된 모양이다. 하지 말라는 것을 자꾸만 하게 됐다.

"오늘 하루도 고생 많으셨어요."

퇴근 후, 회사를 나왔다. 자차를 두고 대중교통을 이용하는 문영의 발길이 자연스레 전철역으로 향했다.

"작전을 바꾼 거예요? 그렇게 모르는 척하면 내가 떨어져 나갈까 봐?"

"서연우 씨, 여기 회사 앞이에요."

"보는 눈 없어요."

"우리 관계에 대해서 떠드는 사람들이 얼마나 많은지 잘 모르시나 봐요."

"밥 먹자는 말, 안 해요."

"……후."

"데려다줄게요."

걸음을 멈춘 문영이 연우를 돌아보았다. 잡을까, 말까 고민하는 그의 손이 주먹을 폈다 말았다를 반복했다. 회사에서와 다르게 어쩐지 초조해 보이는 그가 씁쓸하게 웃었다.

"그 신발, 불안해서 안 되겠거든요. 내가."

"뭐, 그럼 등에 업기라도 하게?"

주변이 한산해졌을 때쯤 문영이 농담 같은 말을 툭 던졌다.

열네 살의 서연우를 떠올리게 하는 그가 풀어진 그녀의 말씨에 씩 웃으며 고개를 흔들었다.

"나, 다 컸죠."

말대로 그는 엄연한 성인이었다.

면허증을 소지했을 거라고는 생각했지만 자차가 있을 거라고는 전혀 생각 못 한 문영은 가까운 곳에 있는 공영 주차장에서 차를 몰고 나온 연우를 보고 까무러쳤다.

엠블럼만 봐도 억 소리 나는 외제 차는 아니지만 확실한 건 문영의 자차보다 비싼 차량이 그의 소유라는 데 충격을 받았다.

"졸업하고 바로 유학 간 거 아니었어?"

"차 있는 게 신기해서 그래요?"

능숙하게 운전하는 연우도 신기했지만 여유롭게 대답하는 모습에 할 말을 잃었다.

"스펙 좋다더니 다방면으로 커리어를 쌓았나 봐."

"모은 돈은 많이 없는데."

웃으며 대꾸한 그가 좌회전 차선으로 차를 옮겼다.

"할아버지가 입사 선물로 사 주셨어요."

필요 없다고 입이 닳도록 말을 했는데도 굳이 사 주셨다고.

"멀쩡한 회사 주차장 두고 왜 멀리에 있는 공영 주차장에 차를 둬? 주차비도 만만치는 않을 텐데."

모은 돈도 없다면서.

"밑 빠진 독에 물 붓기인 건 아는데, 막 입사한 신입 사원이 그럴싸한 차를 몰고 출퇴근을 한다는 건 쓸데없는 상상과 의심을 불러일으키는 법이죠."

"……."

"나는 드라마에서 볼 법한 재벌가의 자제도, 신분을 감추고 입사한 도련님도 아니거든."

그렇다고 그의 집안이 평범한 건 아니었다.

집안 어르신들이 법조계에 종사하고 있는데 어떻게 평범하다 할 수 있을까.

그러고 보면 신기했다. 어째서 서연우는 이쪽 계통을 선택했을까.

"지금도 충분히 상상력을 부추겨, 넌."

"응?"

"내가 좋다며."

"네, 왜요? 벌써부터 도망가려고 준비하는 거예요?"

근데 그래도 소용없을 텐데.

"어차피 다시 오게 될 텐데."

"말이 안 돼서."

"내 말에 놀랐구나."

"그러니까, 나는 아직 정리가 안 됐어."

그를 받아들일 마음의 준비 같은 게 아니었다. 달라진 서연우에게 적응하는 게 아직은 어려웠다.

동물적 본능에 그와 밤을 보냈지만 후회하지 않았다. 오히려 자신에게 환멸을 느꼈다.

연우에게 빠져들 것을 알면서, 그를 애타게 갈구하게 될 자신을 보았음에도 그 밤을 무시하지 못했다.

서연우는 언제고 그녀를 무력하게 했다.

"회사가 아니었다면 우연하게 만날 일도 없었을 네가, 아직도 내가 좋다는 게……."

"징그럽게 무서워요?"

"솔직하게 말해 볼까?"

"우리 사이에 비밀이 있으면 안 되잖아. 난 아직도 싫어해요. 권문영 씨가 비밀 만드는 거."

"징그러울 정도로 기분은 좋더라."

감흥 없는 얼굴이 아니었으면 더 좋았을 거라고 연우가 웃으며 중얼거렸다.

"내 편이라도 생긴 것 같아서 기분은 좋은데, 네가 나한테서 얻고자 하는 게 단순히 재미라면, 나는 싫어."

"마지막 연애가 그 남자죠? 이태섭."

"동문서답이 취미라면 당장 그만두는 게 좋겠다."

"그 사람이랑 헤어지고 나서 트라우마라도 생겼어요?"

"무슨 말이 하고 싶은 건데."

"내가 권문영 씨한테서 재미 좀 보겠다고 좆 세우고 달려들었겠냐고."

그 말, 하는 건데.

좌측으로 핸들을 꺾은 연우가 넌지시 그녀를 돌아보았다. 툭툭 핸들을 건드리던 오른손이 조심스레 그녀의 손등을 감싸 잡았다.

"전에도 말하지 않았나? 그냥 재미 볼 거였으면 당장 내 욕구부터 채웠을 거라고."

"……."

"그러고 싶은 마음 꾹 참고 옆에 태운 건, 내가 권문영 씨랑 하려는 게 그저 그딴 지저분한 섹스가 전부인 게 아니기 때문인 거고."

"……말은 잘하네."

신빙성은 없지만 희한하게도 그의 말을 믿게 됐다.

"말했잖아요, 더럽게 안 잊히는 사람이었다고."

꼭 한 번쯤 남기고 싶은 둘만의 추억이 없어 미련이 됐다.

미련은 그림자처럼 검질기게 그의 족적을 따라다녔다. 숨 쉬는 공간에, 밟고 지나가는 거리에 그녀가 남았다.

마일리지처럼 쌓이는 사람을 떠올리는 건 언제부턴가 버릇이 됐다.

그때 그렇게 떠나 버리는 게 아니었는데, 분노는 슬픔이 되었고, 슬픔은 비가 되어 내렸다. 회한은 눈이 되어 떨어졌고, 그리움은 꽃처럼 피어 평생을 잊지 못하도록 했다.

"나도 신기해."

운명은 다시 재회할 것을 예견했을까.

"그런데 어떡해요, 다시 만나서도 하고 싶은 것만 자꾸 떠오르는데."

"……."

"누나가 아는 그 서연우가 아닌 것 같다고 그랬죠."

웃으며 앞창을 내다보는 그가 신호에 걸려 매끄럽게 차를 세웠다. 여전히 시선은 정면을 응시하고 있었다.

"나도 그래요, 내가 아는 권문영 씨가 아닐까 봐 무서워."

"입맛은 조금 바뀐 것 같다."

"아아. 그래요?"

기분 좋은 소리를 내며 웃는 연우의 옆얼굴을 멍하니 바라보았다.

오뚝하게 솟은 콧날이 철옹 같은 그의 고집 같았다. 자연스럽게 단추를 풀어 헤친 재킷 때문에 성숙한 분위기를 자아내는 연우가 달리 보였다.

감탄이 나왔다. 찬사에 가까운 소리에 그가 응? 하고 물었다.

"대게 좋아했잖아."

"한여름에 잘못 먹고 탈 난 적이 있어."

"저런, 큰일 날 뻔했네요."

"그 이후로 못 먹어. 그렇게 속이 뒤집힐 줄은 몰랐거든."

무덤덤하게 내뱉는 문영의 말에 연우가 흐음, 하고 작게 앓는 소리를 냈다.

"아주머니가 걱정 많으셨겠어요. 아주머니는 잘 계시죠?"

"응. 아버지랑 호주에 계셔."

"그럼 지금……."

"나 혼자 살아."

"아. 그거 되게 위험한 발언이네요."

장난스레 인상을 구기는 그가 난처하다는 듯 굴었다.

"참고로, 나 라면은 싫어해요."

라면 먹고 갈래요?

유명 영화 속 여자 주인공이 남자 주인공에게 건넨 대사를 두고 한 말이었다.

"그런 농담 재미없어."

"정말이에요. 인스턴트라면 학을 뗐어요."

"얼토당토 않은 말로 내 집에 너 들일 생각도 없고."

"흐음, 그래요. 잘 생각했어요."

나도 사실 내가 무슨 짓을 할지 모르겠어.

덧붙인 그의 말에 가슴이 쿵쿵, 뛰었다. 빠르게 몰아치는 맥동이 기이한 감정을 불러일으키는 것 같아 문영은 숨을 참았다. 호흡을 멈추면 심박동도 멈출 것 같았다.

"혼자서 잘 버텼네요, 권문영 씨."

그렇지 않아 난처한 그녀가 괜히 창밖으로 고개를 돌렸다.

"그건 내가 해야 할 말인 것 같은데."

"응?"

"유학 생활 힘들었을 텐데. 잘 버텼네."

"솔직히 고생 많이 했어요."

상사병이 위장병보다 더 아프더라고.

그렇게 말하는 그의 목소리가 처연하게 들렸다. 씁쓸하게 웃고 있을 연우의 얼굴을 생각하니 차마 고개를 돌려 그를 볼 용기가 나지 않았다.

위태롭게 흔들리는 마음은 벼랑 끝에 내몰린 채였다.

그 아래 서연우가 있을 것만 같아 악착같이 버티고 있었다.

"근데 그 보상, 지금 다 받은 것 같아서 사실 잘 생각도 안 나요."

차창 밖으로 익숙한 건물들이 보였다.

조금만 더 가면 도착인데, 어쩐지 돌아가는 길이 멀어져도 괜찮을 것 같았다.

"빵 좋아했잖아요. 아직도 그래요?"

여사원들에게 에워싸인 채 웃고 있던 연우의 모습이 사라졌다. 그녀를 괴롭히려는 듯 난감하게 만들면서도 곧잘 뒤를 따르던 그의 발걸음만 떠올랐다.

"응. 지금도 좋아해."

"다행이다."

안도의 목소리가 다정했다.

"그럼 아침은 브런치로 해요."

"……."

"그건 나랑 먹어요."

그의 말을 듣다 보니, 벌써 집 앞에 도착했다.

"밥은 싫은 것 같으니까 빵 한 조각은 나랑 같이 나눠 먹자, 권문영 씨."

아쉬운 마음이 들었다. 5분이라도 더 그와 이야기를 나누고 싶었다. 관심을 갖고 질문을 건네는 연우에게서 자신을 배려하는 마음이 온전하게 느껴졌다.

그는 비단 섹스할 때만 다정한 사람이 아니었다.

"서연우."

그래서 그녀는 그와 위로 한 조각을 나누고 싶었다.

떨어져 있던 그 시간이, 너에게만 고통과 좌절의 시간이 아니었음을. 결코 아니었음을 말해 주고 싶었다.

잠시 제 입술을 꾹 깨물던 문영이 그와 눈을 마주한 채 다시 말을 이었다.

"……빵 먹을래?"

그녀의 물음에 연우가 활짝 웃으며 대답했다.

"좋아요."

✤　　✤　　✤

연우의 부모님은 그가 어렸을 때부터 집을 비우는 일이 잦았다.

남들보다 자립심이 강한 문영에 비해 어린 연우는 외로움을 많이 탔다. 어쩌면 문영보다 더 마음이 허전했을지도 모른다.

그런 그의 공허감을 채워 주기 위해 문영은 부단히도 노력했다. 거의 기거하다시피 그의 집에 들락날락하던 것은 물론이고, 연우를 자주 집으로 초대해 함께 식사를 하곤 했다.

서연우의 표정은 외식할 때보다 그녀의 방에 단둘이 있을 때 더 밝았다.

그때는 모르고 지나쳤던 것들이 이제 와 떠오르는 것은 그를 자신의 집으로 초대했기 때문이다.

"근처에 괜찮은 곳 있어요? 예를 들면 권문영 씨가 즐겨 찾는 곳이라거나 좋아하는 곳."

"그런 건 왜……."

"전부터 신경 쓰였거든요. 못 보던 사이에 내가 모르는 게 많아진 것 같아
서."

"……."

"전부 다 알고 싶어요, 나."

뭐든 알려 달라는 그에게 용기 내어 말했다.

"브런치 좋아해? 저녁에 먹는 브런치도 꽤 맛있는데."

그러니까 꽤 맛있는 그 집이 어디냐는 그의 눈동자를 지그시 바라보
았다.

"우리 집."

우리 집.

누구의 발길도 닿지 않은 공간에 그를 초대한다는 건 문영에게 있어
나름 특별한 의미였다.

"권문영 씨 닮았네, 집이."

집주인의 성격을 닮은 듯 심플하고 군더더기 없는 내부가 인상적이
었다. 자칫 건조하고 허전해 보이면서도 원목이 주는 특유의 안락함이
느껴졌다.

"뭐 마실래? 선택지는 별로 없지만."

"아니. 괜찮아요."

"그럼 조금만 기다려."

거실과 주방의 경계선이 없어 싱크대 쪽으로 걸어가는 문영은 그의
인기척이 바로 뒤에 있는 것처럼 선명하게 느껴졌다.

"의외네. TV도 있고. 보기는 해요?"

거실을 스윽 둘러본 연우가 3인용 패브릭 소파에 몸을 앉히며 말했다.

"응. 밥 먹을 때."

가끔은 TV 소리라도 들어야 적적함을 달랠 수 있을 것 같았다. 처음 독립하고 얼마 지나고서부터 생긴 습관을 아직도 고치지 못했다.

"많이 외로웠구나."

귓가에 닿는 그의 말에 냉장고와 싱크대를 분주하게 오가던 문영이 멈칫했다. 살그머니 돌아본 연우는 내내 그녀를 지켜보고 있던 모양이다. 훔쳐보는 사람치고 퍽 여상했다.

"그런데, 왜 날 집으로 들였어요?"

브런치를 만들기 위한 재료를 챙겨 다시 등을 보인 문영이 무심하게 대답했다.

"그냥. 네가 오늘 나랑 하고 싶은 게 그런 것 같아서."

"밥 먹겠다는 말은 안 했어요, 바래다주겠다고 했지."

"그거나 이거나, 일맥상통한 것 같은데."

"겁도 없네. 내가 갑자기 섹스라도 하고 싶어지면 어떡하려고?"

"나랑 하고 싶은 게 지저분한 섹스 따위는 아니라고, 말한 건 너야."

"그건 그런데."

흐음, 그가 의미심장한 목소리로 말했다.

"권문영 씨. 충동이라는 게 얼마나 무서운지 모르죠?"

내가 지금 당장 하고 싶다고 말하면 어쩔 거예요?

무방비한 그녀에게 그가 우려의 목소리를 냈다.

조금이나마 틈을 내주는 건 고맙지만 처연한 그를 동정해 그러는 거면 전혀 달갑지 않았다. 욕심은 유년기의 아이 같았다. 하루마다 몰라보게 자라났다.

"하고 싶으면 해야지."

"음."

"하고 싶은 대로 하겠다며. 배짱 좋게 말할 땐 언제고, 이제 와서 망설여?"

"……내가 망설이는 것처럼 보여요?"

문득 그의 목소리가 가까워졌음을 느꼈다. 빵 한 조각과 샐러드는 저녁 식사로 시원찮다는 생각이 들어 전에 사 두었던 고기까지 꺼내 놓았다.

올리브유를 두른 팬을 인덕션 위에 올리려다 말고 힐끔 돌아본 문영이 숨을 참았다.

어느새 등 뒤로 다가와 선 그의 긴 팔이 허리춤을 지나 싱크대를 잡았다.

"얼마든지 하죠."

웃으며 고개를 낮춘 그가 비스듬히 얼굴을 돌렸다. 키스하기 좋은 입술이 그녀의 눈앞에서 어른댔다.

고의적인 건지, 그가 입술 끝을 아프지 않게 살짝 깨물었다. 탐욕성이 강한 혀끝이 말캉한 입술을 핥으며 사라졌다.

그 잠깐 사이를 놓치지 않고, 문영이 코로 길게 숨을 내쉬었다. 개구쟁이처럼 웃는 그의 입가에서 도무지 눈을 떼지 못했다. 덜컥 입을 맞추고 싶다는 생각이 들었다.

"이대로 넣을까, 내 다리 위에 앉혀 놓고 박아 버릴까 고민하는 사람한테 어렵지도 않은 문제를 내 주는 거야?"

"……아."

섹스할 때는 질리도록 물고 있던 그의 입술까지 아늑하게 느껴졌다. 이대로 목을 끌어안고 부딪치고 싶은 마음이 배 속을 꿈틀거리게 했다.

그래. 그의 말대로 외로워서, 외로워서 이러는 거야.

"놀랐죠?"

"비켜."

"아니면 설레었나."

"서연우."

"하긴, 내 생각에도 바래다준 기름값을 브런치로 때우는 건 좀 아니라고 봐요."

그래서 있죠, 권문영 씨.

모처럼 연우와 갖는 시간은 추억을 회상하기에 좋은 시간이었다.

부드럽게 속삭인 그가 한 손으로 그녀의 왼뺨을 감쌌다.

이윽고 손등에 실린 촉감이 그녀의 볼까지 번져 왔다. 아쉬워하면서도 선뜻 입을 맞추지 않는 그였다.

쪽.

"아쉬우니까 여기라도."

짧게 손등에 입을 맞춘 그가 너스레를 떨며 그녀에게서 손을 거두었다.

얼굴이 잘 보일 만큼 뒷걸음질 치다가 멈춘 그를, 문영은 멀거니 바라보았다.

"혹시라도 이러는 거 싫어할까 봐, 자신이 없어."

아니었다.

그가 다가올 때 살며시 감은 눈과 긴장감이 남겨 놓은 두근거림은 그의 말이 틀렸음을 일러 주고 있었다.

싫어하지 않아.

꽤나 충격적인 사실을 인지했지만 마음을 접을 수 없었다.

그렇다면 나는 너랑 뭘 하고 싶은 걸까.

"집 구경할래요."

"서연우."

웃으며 돌아선 그가 응? 하고 되물었다.

그러니까 그녀는, 어쩌면 그 시간이 그리웠는지도 모르겠다. 다른 사람처럼 변해 버린 그에게 화가 나 부러 냉담하게 굴었다.

물론 회사에선 그를 사무적으로 대할 수밖에 없지만 사적으로 얽히지 않으려 필사적으로 애를 쓴 것은 제가 또 이렇게 되어 버릴까 봐.

"종종 밥 먹자."

제 허전함을 다시 그로 채우게 될까 봐.

그를 또 이용하고 말까 봐.

"집이 맘에 들어요."

문영의 부름에 연우가 웃었다.

복잡한 그녀의 마음도 모르면서, 아무렴 괜찮다는 듯 화사한 웃음을 머금었다.

"자주 불러 줘요."

그를 집에 들인 지 30분도 채 되지 않아 후회했다. 잠깐 사이에 그의 체취가 방 전체에 스몄다. 환기가 되지 않아서인지 유난히 그의 향기가 짙었다.

내일이면 아스라해질까.

먹음직스럽게 구운 고기를 넓은 접시 위에 옮겨 놓고, 익힌 아스파라거스와 빵, 채를 썰어 마련해 놓은 샐러드와 함께 내놓았다.

술을 즐겨 마시지 않아 애석하게도 마실 거리는 주스가 전부였다.

"다 됐어, 와서 먹⋯⋯."

말허리가 싹둑 잘렸다. 조그마한 책장 앞에 서 있는 연우를 보았다. 내내 말이 없던 그의 손에 익숙한 앨범이 들려 있었다. 문영이 유난히 좋아하던 가수의 앨범이었다.

미국 출신의 싱어송라이터인 가수의 노랫말을 곧잘 흥얼거리던 어린 연우가 떠올랐다.

그녀의 칭찬에 수줍게 볼을 붉히던 그 애의 얼굴이 눈앞을 스쳤다.

버릇처럼 미간을 좁히고 있는 서연우와 어른이 되고 싶다는 염원을 담아 휴대폰 키패드를 두드리던 소년이 겹쳐 보였다.

다시 보니 기억 속에 남은 서연우 그대로였다.

침묵하던 그때와 다르다는 데서 어렵게 느껴졌던가. 아니, 사실 그렇지도 않다.

돌이켜 생각하면 그 애는 많이도 드러냈다. 그녀에 대한 진심을 꾸준하게 변함없이 보여 주었다.

모르다가, 모르려다가 알게 됐다가, 알아 버려서 당황했다가 끝내 모르는 척했던 건 자신이었다.

그럼 나는 너를 좋아했던가.

기억을 더듬어 본다. 늘 제 곁에 있어 주었던 그때의 연우를 떠올리니, 아니라고 말할 자신이 없었다.

"아, 다 됐어요?"

정신없이 그를 지켜보고 있다가 어깨를 흠칫 떨었다.

"응."

"너무 넋 놓고 있었네, 미안해요."

제 자리에 앨범을 꽂아 넣고 성큼성큼 다가오는 그의 시선이 그녀가 직접 준비한 음식으로 향했다. 놀랄 것 없다는 듯 그는 여상한 얼굴을 했다.

"요리 실력은 여전하네요."

"맛도 보기 전에 너무 쉽게 내뱉는 거 아니야?"

"맛이야 좋겠지. 어릴 때부터 잘했잖아요, 요리."

"그랬나. 기억은 상대적인 거니까."

"난 다 맛있었던 것 같아. 그런 기억밖에 없는데."

웃으며 말하는 그의 칭찬에도 문영은 별다른 표정 변화가 없었다.

"넌 내가 라면을 끓여 줘도 좋아하던 애잖아."

"옆구리 터진 김밥을 먹어도 좋아하던 애죠."

"식겠다. 앉아."

그의 곁을 스친 문영이 먼저 앉았다.

"아직도 좋아해요? 그 가수."

그녀의 얼굴이 훤히 보이는 곳에 연우가 자리했다. 그의 앞에 포크를 놓아 주던 문영이 잠시 그를 바라보았다.

"응."

"왜?"

"좋아하는 데 이유가 있어야 되나."

"되게 웃기죠. 좋아하는 데 대단히 특별한 이유는 필요 없는데, 모순적인 사람들은 대단한 이유를 필요로 해."

그런 말을 하는 그의 저의가 뭔지 묻고 싶지 않았다.

"배고플 텐데, 얼른 먹자."

모르쇠를 부리고 싶어 하는 말에도 그는 유유하게 말을 이었다.

"생각해 보면 나한테 그런 걸 한 번도 물어본 적이 없었어요. 알아요?"

"그랬나, 잘 모르겠는데."

음, 고기 괜찮다. 사 둔 지 꽤 됐는데.

"한 번쯤은 물어봐 줬으면 했거든."

적당하게 잘 익은 것 같아. 많이 질기지는 않네. 어때? 네 입맛에 맞아?

어긋난 대화가 이어졌다.

"권문영 씨가 좋아한다면 그게 뭐든 다 좋아졌어요. 내 귀에 맞지 않는 음악까지 즐겨 들을 만큼."

"고기 식는다니까."

"뭔가를 중요하게 생각해 본 적이 없는데, 권문영 씨가 듣는 노래라면 엄청난 것처럼 느껴졌다니까."

"배가 부르구나."

"그래서 좋아해요. 한 번도 뭔가에 집중해 본 적이 없는데."

"웃기지 마, 너 영어 좋아했잖아."

외국어만큼은 자신 있다고 호언하던 연우가 떠올라 풋 웃고 말았다.

"그건 권문영 씨 이상형이 영어 잘하는 남자라고 했으니까."

언제 그랬냐는 듯 표정이 굳어졌다.

"생각해 보니까 나 서민우, 그 사람은 꽤 괜찮았어."

잊고 있던 이름이 떠올랐다.

각자 사는 게 바빠 연락을 하는 둥 마는 둥 하며 지내는 동창의 이름을 연우의 입에서 들으니 기분이 묘했다.

"의미 부여하는 걸 좋아했거든요."

"안 먹어?"

"어쩌면 나랑 이름이 비슷해서 그 사람이랑 어울리는 건 아닐까, 열네 살의 나는 매일같이 그런 생각만 하다가 잠이 들었어요."

어쩌면 서연우는 그녀도 모르는, 더 많은 것을, 기억하고 있을지도 모르겠다.

"그런 생각만 하다가 손을 베거나, 침대에서 떨어지거나 하는 일이 되게 많았는데. 몰랐죠."

기억은 상대적인 것이었다. 내겐 없는 편린이 그의 머리에는 아프게 박혀 있지 않을까.

추억은 아플수록 아름다웠다. 현재의 원동력이, 미래의 꿈이 될 수 있기에 더 반짝인다고 생각하는 문영이 닫힌 입을 가까스로 열었다.

"몰랐어, 그땐 그런 말을 안 했으니까."

문득 나를 좋아했었냐는 그의 질문이 생각났다.

내가 그랬나, 난데없이 골몰하게 됐다.

수심에 잠긴 그녀의 눈빛이 물기 어린 것처럼 촉촉하게 느껴진 건 눈물처럼 하얀 조명 때문이다.

"그땐 정리가 안 됐어. 권문영 씨 옆에 있는 남자만 생각하기에도 벅차서."

"그런 것까지 다 기억하는 거야? 머리도 좋네."

"원래 좋았어요."

"쪽지 시험 볼 때마다 겨우 20점 넘던 애가 할 소리는 아닌 것 같은데."

"누나 얼굴 한 번 더 보려고 수작 부린 거지."

어느새 호칭은 '권문영 씨'에서 '누나'로 바뀌어 있었다.

문영은 제집에서 단둘이 있는 상황이 싫지 않으면서도 조금은 어색했다.

"맛은 괜찮아?"

그래서 부러 말을 돌렸다.

"마트에서 산 거예요?"

"왜, 별 세 개짜리 미슐랭 셰프가 구운 고기 같아?"

그녀답지 않은 너스레에 연우가 선선히 고개를 끄덕였다.

"내 입맛 기억하고 있는 것 같아서 좋아요."

나이프로 고기를 썰던 문영이 잠시 손을 멈췄다.

그랬나. 생각에도 없었는데.

물처럼 당연하게 흐르는 서연우의 취향과 입맛까지 고려하고 있었던가.

"권문영 씨의 인식을 다 바꿔 버리고 싶어."

"뭐?"

"할 수만 있다면 지워 버리고 싶은데 나에겐 그럴 만한 능력까진 없네요."

그녀가 저를 기억 속 어린 동생이 아닌, 남자로 봐 주었으면 했다.

"아니."

"응?"

그가 눈을 치켜뜨며 웃었다. 대답을 기다리는 그에게 말을 얼버무릴 수 없었다.

"인식을 바꾸는 능력은 있는 것 같다고."

"아."

"그 말, 했어."

숨기려 했으나 반사적으로 튀어나온 말은 정리가 되지 않았다.

서둘러서 내뱉은 말은 짧게 요약되어 있었으나 똑똑한 서연우는 그녀가 하는 말의 행간을 제대로 이해한 것 같았다. 어리둥절했던 얼굴을 금세 지우고 함지박만 하게 웃었다.

"왜. 내가 달라 보여요?"

언젠가 지금과 비슷한 질문을 받았던 기억이 난다.

그때 그녀는 아니라고 대답했다.

그럴 리 있겠냐며, 넌 한결같다고. 언제 봐도 내가 아는 서연우 같다고.

늘 지금과 같았으면 좋겠다고.

그녀의 바람과 달리 서연우는 서서히 변해 갔다.

문영은 코앞의 그를 물끄러미 바라보았다. 빳빳한 셔츠 속에 감춰진 너른 어깨가, 그때보다 더 단단해 보였다.

사실은 그때도 넌 지금처럼 이렇게나 컸는데.

왜 몰랐을까.

"응."

씩 그가 입꼬리를 말아 올렸다. 새삼스럽다는 듯 어깨를 으쓱이는 그는 예전에 반해 많이 능글맞았다.

"그럼 다행이에요. 달라 보였으면 좋겠다고 생각했거든."

언젠가 들어 봄 직한 대답의 반복이었다. 귀에 익은 말은 그녀를 과거에 데려다 놓았다.

지금이라도 달라 보인다면 고맙다는 그의 말에, 이상하게 가슴이 떨렸다.

가족은 아니라는 열네 살의 서연우가 떠올랐다.

그 말을 되풀이하는 그 애의 표정을 보았다. 사춘기는 핑계였다.

쪽지 시험 20점이 계획의 일부였던 것처럼.

말 그대로 가족은 아니었다. 그러나 아직도 그녀의 가슴 한편에는 그를 애틋하게 생각하던 마음이 남아 있었다.

모순으로 이루어진 불순한 감정의 찌꺼기였다.

오래된 마음이 상할 법도 한데 유통 기한이 없는 그 마음은 냉동고에 오랫동안 처박혀 있는 고깃덩이처럼 꽁꽁 얼어 좀체 녹지 못했다.

"고기 맛, 괜찮지?"

그 고기가, 이 고기인데.

이상하지, 연우야.

나는 너랑 뭘 하고 싶은 걸까.

아빠의 회사가 부도 직전에 이른 건 전혀 생각해 본 적 없는 일이었다. 자존심이 센 엄마는 어디 가서 말하지 못할 집안 이야기를 혼자 삭이며 끙끙 앓았다.

엄마가 그토록 바라던 대학교에 어렵지 않게 입학해 막 1학년을 마친 문영은 사실 무념무상이었다. 대학은 엄마의 바람과 욕심이었을 뿐, 그녀가 원하던 길이 아니었기에 이대로 자퇴서를 제출해도 아쉬움을 느낄 것 같지 않았다.

그냥 그만둘까.

고민하며 둘러 입은 패딩을 목까지 잠가 입었다.

분리수거거리를 들고 집을 나섰다. 후딱 끝내고 편의점에 들를 생각인 문영은 제 몸집보다 큰 상자를 품에 안고 막 문을 열고 나왔다.

낑낑대며 걸어가는데 누군가 그녀의 앞을 막았다. 배가 부푼 상자를 순식간에 빼앗아 갔다. 익숙한 섬유 유연제 향이 그가 연우라고 말해 주었다.

"제가 들까요, 무겁잖아요."

그러니까 얼마 만이던가.

"뭐야, 서연우."

오랜만에 보는 얼굴이 반가웠으나 반색할 수 없었다. 그녀가 기억하는 연우의 모습에 오류라도 난 것 같았다.

그녀보다 반 뼘은 작았던 그 애가, 원래 이렇게 컸던가.

당황스러움에 채 말을 잇지 못하는데 연우가 아리송한 얼굴로 고개를 갸웃거렸다.

"많이 컸죠, 몰라볼 정도로."

이내 활짝 웃으며 말을 덧붙였다.

"아니."

"뭐야."

"어?"

"아니, 사실은 몰라봤으면 좋겠어요. 그래서 한 말이거든요."

"뭐야."

재미없게.

"아니면 다시 봐 주던가."

"다시 봤어. 들어 줄 것처럼 물어봐 놓고 대답도 전에 뺏어 가는 건 뭐야?"

"뺏은 건 아니고, 그냥 냉큼 가져간 거죠. 무겁잖아요."

"자상한 남편 흉내라도 내는 건가?"

별안간 그 말이 왜 튀어나왔는지 모르겠다. 민망해진 문영이 흠흠, 헛기침을 하며 걸음을 옮겼다.

두 사람은 나란히 걸으며 분리수거함 앞까지 왔다. 상자를 내려놓고, 주섬주섬 페트병을 꺼내는 연우를 힐끔 훔쳐보았다. 어느덧 열여덟이 된 서연우는 열네 살의 서연우를 완전히 탈바꿈시켰다.

부딪치기만 해도 으스러질 것 같던 그 애의 몸은 놀라울 만큼 다부졌다.

그새 키도 많이 자랐다.

그러니까.

"그렇게 생각해요?"

서민우보다 더 컸다. 눈높이가 완전히 달라졌다.

뭐, 그래도 녀석이 서연우인 건 변함없는 사실이니까.

"네가 하는 짓이 딱 그런 거라서 그냥 해 본 말이야."

"그렇게 생각하는 건 아니고?"

"그럴 리가."

"아."

"응?"

"아니에요."

웃는 그를 따라 문영이 픽 소리를 냈다.

"추운데 왜 밖에 있었어?"

"그냥, 할 게 없어서요."

"왜 할 게 없어? 요즘 바쁘다며."

"내가요?"

"응. 공부하랴, 운동하랴 바쁜 거 아니야?"

"아닌데."

마지막 남은 유리병을 커다란 자루 안에 넣고, 상자를 정리하던 문영이 눈을 동그랗게 떴다.

"응? 아니야?"

"응, 나 별로 안 바쁜데."

"뭐야, 좋은 대학 가겠다고 엄청 공부하던 거 아니었어?"

"그렇긴 한데, 속은 괜찮아요?"

"응?"

"그저께 술 많이 마셨잖아."

아. 맞아.

잊고 있던 기억이 살아났다.

이틀 전, 모처럼 술자리를 가졌다.

대책도 없이 술을 들이켠 탓에 인사불성이 되어 저도 모르게 연우에게 전화를 걸었다.

그에게 무슨 말을 했는지 전혀 기억에도 남지 않아 까맣게 잊고 있었다.

그러고 보면 오래간만이 아니었다.

"숙취 심하잖아요. 해장은 좀 했어요?"

"응."

"내가 누나 집까지 업어다 준 건 기억하죠?"

"그런 말은 어제 하지 그랬어. 나 완전 잊고 있었잖아."

"어젠 죽어 있었을 게 뻔하니까 일부러 연락 안 했죠. 숙취 심한 거 잘 아는데."

"아……."

"사실 그래서 좀 답답했어요."

돌아선 그녀를 따라 연우가 느지막이 걸음을 뗐다.

"연락을 할 수가 있어야지."

"응?"

"내심 먼저 연락 오길 기다렸는데."

"뭐야, 그냥 전화하지 그랬어."

"내 목소리가 듣고 싶었던 건 아닐 거 아니야."

"응?"

"나 변성기 끝났는데."

연우가 하는 말을 제대로 이해하지 못한 문영이 난감한 얼굴을 했다.

갑자기 변성기가 왜 나와?

"내 목소리에 싫증 난 거 아니에요?"

"무슨 소리야? 싫증은 무슨. 놀라지만 않으면 다행이지."

"응?"

"너, 갑자기 너무 커졌어. 그래서 가끔 무섭다고. 너무 커져서."

"몸집 큰 사람 좋아하면서 거짓말하지 마요."

"그건 또 무슨 말이야?"

"누나 좋다고 쫓아다니는 남자들, 죄다 크잖아. 그런 남자 좋아하는 거 아니에요?"

근거 없는 연우의 말에 문영이 인상을 찡그렸다.

"오늘따라 이상한 말을 하네. 네 말대로 걔네들이 좀 큰 거지, 내가 그런 남자를 좋아하는 건 아닌데."

"그럼 나도 싫어요?"

"응?"

"나 엄청 컸는데."

문영과 거리를 두고 선 연우가 사뭇 달라진 표정을 보였다. 제법 진지한 것도 같고, 그래서 우스운 것도 같았다.

"진짜 많이 자랐네. 지금 키가 몇이야?"

"182cm."

와, 문영이 감탄했다.

불과 작년까지만 해도 170cm가 조금 넘을까 싶었던 그 애가 벌써 이렇게나 컸다니.

"그럼 지금 사이즈를 유지해, 너무 커도 징그러울 것 같아."

"왜요?"

"넌 귀여운 게 매력이니까."

"정말? 정말 그렇게 생각해요?"

"응. 강아지 같잖아."

"그 말, 진심이에요?"

그의 뚱딴지같은 말은 언제 들어도 신선했고, 당황스러웠다.

"아, 뭐 그렇다고 네가 강아지는 아니지."

"꼬리라도 붙이고 올까요?"

글쎄, 그렇다고 하면 강아지 같을까.

문영은 찬찬히 연우를 뜯어보았다. 아직 젖살이 다 빠지지 않아 앳된 느낌이었으나 객관적으로 봐도 잘생긴 얼굴이었다.

이목구비가 얼마나 뚜렷한지 가끔 보면 그녀보다 더 예쁘게 생겼다.

눈동자가 새까만 그녀와 다르게 연갈색 빛을 띤 연우의 눈동자는 무척이나 예뻤다.

피부는 또 어찌나 백옥 같은지.

"서연우, 이리 와 봐."

그녀의 단언에 연우가 처벅처벅 다가왔다.

"고개 좀 숙여 봐."

명령에 충실한 개처럼 그가 얼굴을 내렸다.

코앞까지 온 연우의 눈동자를 문영은 깊이 들여다보았다. 그 속에 비춰지는 자신의 모습을 살폈다.

두꺼운 패딩을 입었으나 한겨울의 추위를 이기지 못했다.

서연우는 열이 많았다. 그 생각이 들어 양손으로 그의 뺨을 감쌌다.

"춥지?"

차게 식은 손이 닿았는데도 꿋꿋한 그에게 물었다.

연우는 가만히 그녀를 바라보다가 설설 고개를 흔들었다.

신기할 정도로 흑발인 그의 머리카락이 붕 떴다가 차분히 가라앉았다.

"안 추워? 내 손 엄청 차가운데."

"누나만 안 추우면 됐죠."

"서연우, 언제 이렇게 다 컸어? 이제 누나 생각도 할 줄 알아?"

"생각은 원래부터 했는데."

"사춘기 끝났다 이거야? 말대답 잘하네?"

"왜요? 목소리가 이상해요?"

"응? 아까부터 자꾸 목소리 타령이야. 네 목소리가 왜?"

그가 잠시 말을 아꼈다. 한 템포 쉬었다 이어지는 말에 문영은 웃음이 날 뻔한 걸 꾹 참았다.

"이젠 목소리 좋다고 칭찬 안 해 주잖아."

"그걸 꼭 말로 해야 알아?"

몇 해나 지난 이야기를 언급하는 거라면 대답은 이미 그 몇 해 전에 했다고 본다.

변성기가 끝나면 더 근사해질 거라는 그녀의 호언장담은 사실을 증명했다.

"엄청 좋은데."

문영이 씩 웃었다.

가만, 그러고 보니 연우 정도면 좋다고 따라다닐 여자애들이 한 트럭은 될 것 같은데.

이상하게 이성과 관련된 이야깃거리를 들어본 적이 없다.

4년 전쯤에나 한번 들어 봤던 것 같은데.

"연애 안 해?"

"짝사랑하지 말라면서요. 공부에 집중 안 된다고."

"하긴, 연애도 딴짓이기는 하지."

"내가 했으면 좋겠어요?"

"음, 인기 많을 것 같은데. 너."

"여자 여럿 울리긴 했죠."

그러다 벌받는다.

문영이 사뭇 근엄한 얼굴로 훈계하듯 말했다.

"남의 눈에 눈물 나게 하면 안 돼. 알았어?"

"그럼 벌받는 거야?"

"인과응보라는 말, 모르는 거 아니지?"

"알죠."

문영의 집 앞까지 와서 연우가 희미하게 미소 지었다.

"……그럼 누나는 몇천 번은 울었을 건데."

추우니까 얼른 들어가라는 말에 손을 휘휘 흔드는데 돌아서는 찰나에 녀석의 목소리를 들었다.

차가운 문손잡이를 손에 잡았다가 화들짝 놀란 문영이 뒤를 돌아보았다.

"응? 뭐라고?"

조금 전 그녀가 느꼈던 연우의 열기와 판이하게 다른 한기에 소스라쳤다.

"별말 안 했어요."

웃으며 훌쩍 다가온 녀석이 홀연히 코앞에 섰다.

옆에 있을 땐 몰랐는데 품 안에 가둘 듯 가까워지자 깨달았다. 새삼스럽지만 서연우는 너무도 컸다.

"문 열어 주겠다고요. 손 시리잖아요."

그런 그 애가 손가락을 말아 쥔 그녀의 손을 왼손으로 감았다. 긴 팔끝을 따라 초점을 옮겼다. 손끝이 빨개진 그의 손이 얼음장 같은 문손잡이를 잡고 있었다.

이내 문이 열리고, 어서 들어가라는 따뜻한 연우의 목소리가 모로 들려왔다.

입김인지, 한숨인지 모를 숨결이 귓불 아래로 떨어졌다.

겨울의 어느 날이었다.

10장

학과를 선택하는 데에도 문영의 의사는 전혀 반영되지 않았다.

관심 없는 경영학과는 학업의 흥미를 떨어뜨리는 데 일조하기만 할 뿐, 대학 생활을 즐기는 동기들과 달리 문영은 매사가 따분하기만 했다.

엄마는 보여 주는 걸 좋아하는 사람이었다.

"어머, 문영 엄마. 어쩜 딸을 이렇게 잘 키웠대?"

"공부도 잘해, 부모 말도 잘 들어. 문영이 너 효녀라며? 너희 엄마가 네 칭찬을 어떻게 그렇게나 하던지."

이상한 강박 관념이 있는 엄마는 문영을 애착의 대상으로 생각하는 듯했다. 그조차 사랑하지 않으면 불가능하다는데, 문영은 그런 엄마가 너무 싫었다.

공부, 공부, 공부. 인생의 전부가 학업은 아닐 텐데, 죽어라 공부만 하던 고등학교를 졸업하고 보니 알게 됐다. 대학은 학업의 연장선이었다.

엄마는 나를 치열한 전쟁터로 내모는 괴물 같았다. 그런 엄마에게 벽을 세운 건 중학생이 되어서부터였다.

"그냥 한 학년 휴학하려고요."
"그동안 뭐 하려고?"
"그냥, 아르바이트라도 할까 봐요. 친구가 집 앞에 패스트푸드점에서 일을 하는데 복지도 괜찮고 야간 수당이나 주휴 수당도 꼬박꼬박 챙겨 준다고……."
"안 돼."

외로울 땐 서연우가 최고인데.
불현듯 그 애가 떠올랐다.

"엄마가 과외 알바 알아볼게."

나밖에 모르는 강아지 같아서 달리 애완견을 키울 필요가 없었다. 적당히 재롱부릴 줄 알고, 굳이 노력하지 않아도 특유의 사랑스러움이 있어 사람들을 흠뻑 취하게 하는 그 애가 보고 싶었다.

"차라리 과외를 해, 어릴 때 연우 가르쳐 주던 대로만 해도 충분할 거야."

진짜 가족보다 더 가족 같은 연우는 최근 들어 부쩍 바빠졌다. 학교에서 검도부로 활동하면서 취미로 축구까지 하는 그 애는 방학 동안에도 시간 날 때마다 곧잘 학교를 찾아갔다.
"과외 알바라."
뭐, 나쁘진 않았다. 내가 아는 지식과 정보를 누군가에게 알려 준다는 게 무척 기쁜 문영은 한때 교사를 꿈꿨다.

서연우 여파였다. 가르치는 대로 속속들이 이해하는 연우를 보면 마냥 뿌듯했다.

저를 닮아 가는 것도 같았고, 저를 보는 것도 많았다.

하지만 다 좋은데, 왠지 과외 알바는 싫었다.

이번에도 엄마의 꼭두각시가 돼 버린 것 같아서 내키지 않았다. 불만이 생기니 기분은 자꾸만 침잠해졌다.

늘 보고 싶은 서연우가 절실할 만큼 생각이 나 전화를 걸었다.

받지 않은 전화를 보며 땅이 꺼져라 한숨을 내쉰 문영은 그길로 하릴없이 동네를 겉돌았다.

세 바퀴를 돌 때쯤 군고구마 한 봉지를 샀다. 고구마가 뜨거워서 손이 시린 줄도 몰랐다. 사실은 춥다고 하기에는 헐벗은 나무들에게 무척 미안했다.

쟤들이 더 추울 텐데.

실없는 생각이 피식 웃음이 샜다.

"아. 모르려나."

그렇게 막연하게 길을 나아가 집 근처에 다다랐을 때였다.

누군가 멀리서부터 헐레벌떡 뛰어오는 모습이 눈에 들어왔다.

아마도 그녀에게 무슨 일이라도 생긴 줄 알았겠지. 그러니 운동도 제쳐 두고 한달음에 달려왔겠지.

"서연우. 공부 안 하고 매일 운동만 해도 되는 거야?"

"부재중 한 통만 남기는 건 반칙이에요."

"응?"

"불안한 상상만 하게 되잖아요."

그녀의 코앞까지 다가와 선 녀석이 숨을 헐근거리며 말했다. 다급해 보이는 표정에 문영을 향한 마음이 가득했다.

걱정과 불안, 초조. 보이는 것은 온통 그런 것뿐이었다.

"안 하면 되잖아. 굳이 그런 나쁜 생각을 해야 되나."

"하고 싶어서 하는 건 아니에요."

"핑계야."

"저절로 그런 생각만 드는 걸 어떡해요."

아프게 일그러지는 표정을 보니 반대로 문영의 낯빛이 밝아졌다. 이래서 서연우가 좋은 건지도 모르겠다.

"그리고, 운동만 하고 싶어서 하는 건 아니에요."

그녀의 일도 제 일처럼 생각해 주는 마음에 거짓 한 톨 없었다.

"뭔가에 집중할 게 필요한데 그게 운동이 된 것뿐이지."

"공부에 집중이 안 돼? 넌 잘 나가다가 꼭 한 번씩 흐트러지더라."

그런데 신기하지.

"그런 거치고 성적이 되게 잘 나오는 거 보면 네가 정말 똑똑한 것도 같고."

"누나 따라가야 되니까 안 돼도 하는 거죠."

"대학?"

말끝에 문영이 살그니 미소 지었다. 연우가 느리게 고개를 끄덕였다.

"근데 왜 이러고 있어요. 사람 실컷 걱정하게 만들고는, 고구마가 넘어가요?"

"맛있네. 너도 하나 먹을래?"

싫다는 연우의 손에 억지로 고구마 하나를 쥐여 주었다.

넌 소중하니까. 우스갯소리를 건네며 손수 껍질까지 까 주니 그의 입에서 결국 맛있긴 하네요, 하는 말이 나왔다.

"무슨 일 있어요?"

우선 좀 걷자는 문영을 따라 연우도 움직였다.

외롭게 떠도는 길에 동행하는 녀석이 있어 문영은 든든했다.

허했던 속이 따듯해지는 기분이었다.

"아, 잠깐만요."

잠깐 그녀에게 고구마를 맡기고 탈탈, 손을 턴 다음 당연한 것처럼 훅을 채워 주고, 모자까지 씌워 주는 연우의 손길이 다정했다.

"무슨 일 있죠."

"없어."

"아저씨 회사 일 때문에 그래요?"

"네가 그걸 어떻게 알아?"

"그날 기억이 완전히 없는 거예요?"

"아."

그날이라면 연우의 등에 업혀 온 날을 말하는 건가.

기억을 더듬어 봐도 떠오르는 게 없어 답답한 문영이 쳇, 혀를 찼다.

"별걸 다 얘기했네."

"비밀 없기로 했잖아요."

"가끔은 비밀도 있어야지. 내 치부 떠들어서 뭐 해."

"아줌마 때문에 힘든 건가."

"하루 이틀 일은 아니니까."

엄마의 성격을 문영만큼 잘 알고 있는 연우는 더 해 줄 말이 없는지 꾹, 입을 다물었다. 키가 훤칠하고, 덩치만 커졌을 뿐 애는 애였다.

"위로해 줄 손이 딱 없는 꼴이네."

"그런 건 아닌데."

"아니긴."

풋, 웃으며 걷는 문영의 보폭에 맞춰 일부러 걸음을 느리게 하는 녀석의 다리가 보였다. 얇은 바지에 짧은 패딩을 걸쳐 입었다.

고개를 드니 코끝이 빨개진 연우의 얼굴이 눈에 들어왔다.

"안 추워?"

"고구마 때문에 괜찮아요."

"추우면 그냥 들어가도 되는데. 괜히 나 때문에 할 일도 못 하고 온 거 아니야?"

"누나 때문에 만든 할 일인데요, 뭐."

"응?"

"아니, 내신 관리 잘하고 있다고요."

"대학 가게?"

그가 고구마를 한 입 베어 먹으며 응, 하고 대답했다.

"대학 가서 뭐 하게?"

"누나랑 같이 공부해야죠."

"참 소박한데 비현실적인 꿈인 것 같아."

"누나네 대학 가는 게 쉬운 일은 아니라고 들었어요."

"그렇기도 한데, 대학 간다고 해서 내 미래를 보장받는 것도 아니거든."

울적해진 그녀의 옆얼굴을 서연우가 빤히 바라보았다.

시선을 조금만 틀면 집중하는 눈빛으로 자신을 관찰하고 있는 연우와 눈이 마주쳤다. 그게 싫어 꼿꼿이 정면을 응시했다.

이상했다. 종전에 본 연우의 얼굴이 평소와 달라 보였다.

한겨울인데도 그의 머리카락에 물기가 어렸다. 춥지도 않은지 황급히 달려온 녀석의 이목구비가 갈수록 뚜렷해지는 것 같았다.

"참, 그나저나 부모님이 허락하셨어? 우리 학교에는 법학과가 없는데."

"작사가 하겠다고 선전포고까지 했는데요, 뭘. 이제 와서 그런 걸 신경 쓸 리 없어요."

부쩍 연우가 어른처럼 느껴졌다. 적어도 서연우는 자신이 하고자 하는 것에 대한 의사를 소신껏 말할 수 있는 용기를 가지고 있었다.

"그날 있잖아. 나 엄청 취했지? 너한테 추태 부리고 그랬어?"

"뭐, 그래도 토하진 않았어요."

서연우의 기준에 추태는 구토인 모양이다. 하긴, 그렇게 깔끔을 떠는 녀석인데 그럴 만도.

"하아. 진짜 미안."

"나는 술 안 마시려고."

"그래, 마셔서 좋을 거 없는 거 같아."

"나까지 취해 버리면 답도 없을 것 같아서요."

"응?"

"내가 취하면 누나는 누가 챙겨."

고구마가 달랑 하나 남아 있는 봉투를 빼앗아 자신의 패딩 주머니 속에 쏙 밀어 넣은 연우가, 별안간 그녀의 앞을 가로막았다.

"추우니까 손은 주머니에 넣고 다녀요."

"……."

"그러다 엎어지면 큰일이니까 누나 팔은 내가 붙잡고 있을게요."

"그럼 너는? 안 추워?"

"안 추워요."

앙상한 나무가 생각났다. 추위도 모른 채 꿋꿋하게 서 있는 서연우는 당연히 괜찮을 거라는 안일한 생각을 하고 말았다.

놀랍게도 그에게 받는 것이 익숙해진 문영은 연우가 베푸는 친절을 숨 쉬는 것처럼 당연하게 받아들였다.

왜 그럴까, 하는 생각은 해 본 적이 없었다.

그저 내가 너를 각별하게 생각하는 것처럼, 너도 그런 마음일 거라고 생각했는데.

"아."

돌연히 가슴이 뛰었다. 부지불식간에 생겨난 떨림은 한겨울에도 훗훗함을 느끼게 했다.

숨이 턱끝까지 차올랐으나 쉬지 않고 뛰어왔을 연우의 머리를 버릇처럼 쓰다듬었다. 그가 움찔 떠는 게 그녀에게까지 전해졌다.

문영은 눈을 감았다. 다시 떴을 때에도 그녀가 아는 서연우가 있기를 바랐다.

"나 휴학하려고. 과외 알바를 해 볼까 생각 중이야."

초를 세고, 천천히 눈을 떴다. 그동안 망각에 **빠져** 있었던 건지 낯선 서연우가 눈을 맞춘 채 그녀를 바라보고 있었다.

더없이 진중한 눈동자에 이채가 감돌았다.

결국 문영은 2학년을 휴학하고 1년간 과외 알바를 하기로 했다.

고등학교 입학을 앞둔 중학생 수업이 화, 목으로 주 2회였고, 고등학생이 된 1학년 수업이 월, 수, 금으로 주 3회였다.

가끔 복습이 필요한 아이들은 문영이 주말까지 책임지고 가르쳐야 했다.

학부모 커뮤니케이션에서 만나 알고 지낸 엄마의 가입 동기들이라 그런지 모두 문영에게 살가웠다.

어려울 것 같던 과외는 생각했던 것만큼 부담스럽지 않았다. 생각보다 벌이도 좋았고, 슬슬 입소문을 타자 그녀를 찾는 학부모들도 왕왕 있었다.

주말에는 그녀를 데리러 오는 연우 덕분에 집으로 돌아가는 길이 심심하지 않았다.

가끔 평일에도 그녀를 오매불망 기다리고 있는 녀석은 까끌하지도 않는지 매번 도끼눈을 뜨고 있었다.

연우와 같은 고등학교에 다니는 1학년짜리 학생이 언젠가부터 문영이 좋다며 꽁무니를 졸졸 따라다녔는데, 하는 행동이 열네 살의 연우와 영락없이 닮아 있어 마음을 내어 준다는 게 한참 공부에 집중해야 하는 소년의 마음에 불을 지핀 것 같았다.

가령 사람은 순수한 마음으로 베푸는 호의를 다른 의미로 받아들이는 경우가 있다.

언젠가, 그녀가 연우의 배려를 배덕하게 받아들인 것처럼.

그럴 리 없는데 우려하는 마음으로 포장된 기대감이 속 안에서 넘실댔다.

"쌤, 좋아하는 사람 없죠?"

그렇다면 어쩔 건데?

서연우가 나를 좋아한다면.

"어차피 네 살 차이는 궁합도 안 본다는데. 네?"

깊어지는 생각을 완강하게 차단했다. 가슴이 울렁거려 참을 수 없었다. 집 앞까지 쫓아온 소년을 지그시 바라보았다. 문영보다 조금 클 뿐, 연우에 비교하면 한없이 작은 그 애가 눈에 차지 않았다.

"쓸데없는 소리 하지 말고 얼른 집 가, 계속 이러면 너희 어머니한테 말씀드릴 거야."

수업 진행이 어렵게 됐다고 반협박조로 말을 했는데도 그 애는 아무렇지 않아 했다.

요즘 애들이 다 그런가.

한참 녀석과 실랑이를 벌이고 있는데, 멀리서 발자국 소리가 들렸다.

"누나."

연우였다.

"여기서 뭐 해요?"

그의 이름을 부르기도 전에 성큼 다가온 녀석이 그녀의 옆에 바짝 붙어 섰다.

"어? 연우야. 이제 오는 길……."

한 번도 본 적 없는 연우의 눈빛이 서늘했다. 가로로 길고 큰 눈매가 원래 사나웠던가.

"1학년?"

"네? 네……."

그 애의 명찰 색을 확인하고 나서 똑바로 눈을 맞춘 연우의 표정이 삽시간에 굳어졌다.

서연우가 화를 내는 모습을 본 적 없는 그녀로서는 이 상황이 당황스러웠다.

더 황당한 건 녀석이 질투를 하고 있을지도 모른다는 생각이 들었다는 사실이었다.

불현듯이 생각난 서민우가 방증이라면 방증일까.

"하하……. 쌤, 그럼 다음 수업 때 봬요!"

연우를 보고 당황한 그 애가 목청 높여 인사한 뒤 쏜살같이 달아났다. 저 보기에도 연우의 낯빛이 심상치 않았겠지.

"너랑 같은 학교 다니는 후배야, 음. 아직 어리니까."

"열일곱이면, 뭘 모르는 나이는 아니지 않아요?"

"그냥, 모르는 게 있다고 집 앞까지 따라온 거야. 조금 귀찮아지려는 찰나에 네가 나타난 거고."

"그럼 정말 무례한 거네요, 방금 그 새끼."

"어?"

"손목 잡고 있었잖아요. 여기, 빨개졌어."

무심한 얼굴 뒤에 감춰진 분노가 그의 손길에 반영됐다.

거칠게 문영의 손목을 붙잡은 그가 요리조리 꼼꼼하게 오른손을 확인했다. 뼈가 오른 부분에 반점처럼 빨간 자국이 생겼다.

"너 화났어?"

"안 났으면 이상하죠. 저 새끼가 선수 치려고 했잖아, 방금."

"응?"

연우의 팔이 단단해졌다. 핏줄 선 손등을 내려 보았다. 아프지 않은 건 그가 울컥거리는 순간에도 제어하듯 힘을 조절하고 있기 때문일 테다.

"번호표 뽑아 놓고 대기하는 중이라고요. 내가."

"……."

하, 진짜 바보네. 우리 누나.

그가 짜증스레 투덜댔다.

"고백하는 것도 순서가 있지. 생판 처음 본 놈한테 뺏기면 내 기분이 말이 아니게 되는 건 당연한 거잖아요."

"뭐야."

가슴 한구석이 콕콕 쑤셨다. 어지러운 말만 하는 연우를 떨떠름한 눈으로 힐끔거렸다. 얼굴에 열이 오른 것 같아 제대로 그를 돌아볼 수 없었다.

"네가 내 남자 친구도 아니고, 요즘 나한테 집착 많이 하네. 서연우."

분위기를 바꿔 보고자 꺼낸 말에도 연우의 표정은 싸늘했다.

"그럼 하던가요, 내 여자 친구."

"뭐?"

"아뇨. 아니에요. 아무것도."

마음이 찜찜했지만 굳이 파헤쳐 묻고 싶지 않았다. 모르는 게 나을 거라는 생각이 들었다. 모르는 척하는 것만이 최선이라고 생각했다.

가족 같은 동생과의 관계를 망가뜨리고 싶지 않았다.

그를 보며 두근거리는 것조차 죄를 짓는 것 같아 문영은 누가 볼 새라 서둘러 집으로 돌아갔다.

아무에게도 얼굴을 보이고 싶지 않았다.

혼자만의 시간이 시급했다. 그래야 마음이 진정될 테니까.

휴학 후, 바쁜 나날을 보내고 있던 어느 날이었다.

문영은 우연히 연우의 소식을 들었다. 상위권을 맴돌던 그의 성적이 크게 떨어졌다는 소식은 문영에게도 제법 충격이었다.

지금부터 내신 관리를 잘해야 하는데, 물론 수능만 잘 치러도 상관없겠지만 왜 그럴까.

문영보다도 기복이 심한 연우가 걱정스러웠다.

"다녀오겠습니……."

"연우, 과외요? 벌써 고등학교 2학년인데. 학원 수강이 더 낫지 않겠어요?"

월요일이었다. 과외 시간이 다 되어 집을 나서려던 문영이 신발장에서 멈칫했다.

"성적 기복이 심해서 큰일이네요. 걱정 많겠어요, 연우 엄마. 아, 응. 그렇지. 문영이는 그럭저럭 잘하고 있어요. 애가 워낙 똘똘하니까, 응. 과외 일도 어렵지 않게 하는 것 같아. 아. 응?"

놀란 투로 말하는 엄마를 멀거니 바라보았다. 꽤나 의외라는 듯 눈을 키운 엄마의 얼굴에 당혹감이 스쳤다.

"연우 과외를 문영이한테 맡기겠다고요?"

엿들을 생각은 아니었는데 기어코 듣고 말았다. 발이 떨어지지 않은 건 그녀가 하는 말이 연우의 이야기라서 문영은 저도 모르게 귀를 쫑긋 세웠다.

"아니, 뭐 우리 문영이가 워낙 똑 부러지고 가르치는 학생들마다 성적이 오르긴 하지만……."

당황한 것도 잠시, 엄마는 은근슬쩍 문영을 자랑했다. 요즘 문영을 찾는 학생들이 많아 연우까지 맡기가 쉽지 않을 거라는 말도 잊지 않았다.

"어휴, 면목이 없다니. 우리 사이에 뭐 그런 말까지 해요. 응, 그렇지. 문영이나 연우나 형제 없이 자라서 서로한테 의지하는 것도 무시 못 하고. 일단 우리 애한테 한번 묻고 연락 줄게요."

엄마의 목소리를 뒤로한 채, 밖으로 나온 문영은 생각에 빠졌다.

서연우가 아무런 이유도 없이 제게 과외를 받겠다고 할 리 없었다.

아니, 정확하게 말하자면 문영에게 과외를 받기 위해 부러 성적이 떨어진 척한 게 분명했다.

이쯤 돼서 서연우가 저를 좋아한다는 사실을 부정하는 게 바보같이 느껴졌다.

"다 알고 있었잖아, 언제까지 모른 척하려고."

문영이 자조적인 웃음과 함께 혼잣말을 내뱉었다.

최근 그녀는 남자 친구가 생겼다. 같은 학교에 다니는 선배로, 함께 조별 과제를 하며 연락처를 주고받은 사이였는데 문영이 휴학한 이후에도 줄곧 연락을 이어 나갔다.

자연스레 호감이 커져 교제를 시작한 지 얼마 되지 않은 터였다.

여러모로 혼란스러웠지만, 저만 흔들리지 않으면 괜찮을 거라 생각했다.

그렇게 시작된 과외.

권문영을 향한 서연우의 눈빛은 두 사람 사이에 묘한 거리감을 만들었다. 알 수 없는 분위기까지 형성하는 탓에 녀석의 수업을 진행하는데 난항을 겪었다.

"왜 내 눈을 피해요?"

"무슨 소리야, 내가 언제. 쓸데없는 소리 하지 말고 수업에 집중해."

연우를 의식하지 않았더라면 크게 문제가 되지 않았을 텐데, 유난스러울 정도로 문영은 녀석의 표정을, 마음을 유추하고, 단정 짓고, 종국에는 기피하게 됐다.

"이제 내가 불편해요? 왜? 그 자식 때문에?"

"그 자식이라니?"

"남자 친구 생겼잖아, 맞죠?"

다시 생각해 보면 그때 문영은 정의할 수 없는 감정이 생경해 모르는 척 외면하려 했던 건지도 모르겠다.

"서연우. 너 자꾸 이러면 나 정말 앞으로 여기 안 올 거야."

"……알겠어요, 미안해요."

가슴 한구석에서는 하염없이 그가 연우임을 일러 주었다.

지적하고, 다그치는 소리에 환멸을 느꼈다. 가족은 아니었으나 가족 같은 동생에게 흔들리는 눈빛을 보여 주고 싶지 않았다.

자연스레 이끌리던 걸음도 줄었다. 연락하는 횟수도, 빈도수도 점차 줄어들었다.

인간관계가 불씨라면 화재로 번진 듯한 불씨를, 문영은 남기지 않고
꺼 버렸다.

＋　　　　＋　　　　＋

혼돈에 빠졌다. 무분별한 생각이 정처 없이 떠돌았다.

정리해야 한다는 생각보다 완전히 덮어 버리는 게 급선무라고 생각
했다.

그런 이유로 서연우에게 억지로 백 보 이상의 거리감을 만들게 되었
다.

그게 잘못이었다.

다시 이렇게 흔들릴 걸 알았더라면.

"계속 그렇게 쳐다보면 키스하고 싶어질지도 모르는데."

문영은 별안간 들려오는 나직한 목소리가 주는 달콤함에 혼이 빠지
는 기분을 느꼈다.

온몸이 끈적끈적해지는 느낌이 나쁘지 않아 잠시 멍하게 있던 문영
이 소스라쳤다.

꽤 오랫동안 사색에 잠겨 있었던 것 같다.

눈앞에 있는 그를 두고 다른 생각을 하고 있었다는 게 자못 미안해
서 눈썹을 일그러뜨렸다.

"미안, 먹자."

정적이 흘렀다. 멋쩍은 듯 나이프와 포크를 쥐고 한입에 넣기 좋은
크기로 고기를 자르는 중에 전화가 울렸다.

급한 전화인지, 벨 소리는 쉽게 끊이지 않았다.

자리에서 몸을 일으키는 게 귀찮아 외면하는데, 그녀를 힐끔 곁눈질
한 연우가 당연하다는 듯 무릎을 세웠다.

"됐어, 내가 갈……."

"받아요."

말이 끝나기 무섭게 돌아선 연우가 그녀의 휴대폰을 가지고 금세 나타났다. 얼떨떨한 눈빛을 내다가 액정을 확인한 문영이 의외라는 듯 눈을 키웠다.

회사로부터 온 연락이었다.

보통 이 시간에 연락이 오는 일은 거의 없었다.

"궁금함이 계속 커져요."

"뭐?"

"전화벨 소리가 우리 사이를 방해하는 것도 같고, 신경 쓰이니까 받든지, 돌리든지."

언젠가 그와 비슷한 말을 한 것 같다.

진동 소리조차 시끄러우니 받든지, 넘기든지 하라던 그녀의 말을 그대로 따라 읊는 건가.

그녀와 눈이 마주치자 연우의 눈이 활처럼 휘었다.

"얼른요."

채근하다시피 말하는 목소리가 다정해서 벙싯대듯 입이 열렸다.

아, 짧은 탄식 끝에 고개를 끄덕였다.

"네, 권문영입니다."

통화를 하는 내내 연우의 시선은 그녀의 이목구비를 몇 번이나 훑었다. 종종 그녀의 입에 고기를 넣어 주거나, 입가에 묻은 소스를 닦아 주기도 했다.

통화 중이라는 걸 알면서도 그런 친절을 베푸는 건 당황해하는 그녀의 모습이 보기 좋아 그러거나 어서 통화를 갈무리하라는 무언의 압박이었다.

티슈를 쥔 그의 손이 입술 끝에 닿았다. 그 자리를 지그시 누르자 말이 샜다.

신음 같기도, 한숨 같기도 한 소리는 오해의 소지가 다분했다.

"아……."

서연우가 웃었다. 만족스러운 듯 히죽대는 그의 볼에 보조개가 팼다.

볼우물이 난 자리를 손끝으로 꾹 눌렀다. 보복성을 가진 손짓인 걸 아는지 그는 평소처럼 순순하지 않았다.

가느다란 그녀의 검지를 손에 잡았고, 이내 손가락 마디마디를 잘근 잘근 씹었다.

붓처럼 움직이는 혀가 손끝을 감싼 채로 느리게 빨았다. 더디게 올라오는 감각에 몸이 부르르 떨렸다. 똑바로 눈을 마주친 채 손가락을 핥는 그에게서 웃음기가 거두어졌다.

울컥, 뭔가가 터져 오르는 것 같았다.

갑자기 섹스가 하고 싶어졌다.

서연우가 구미처럼 당겼다.

아니, 어쩌면 그는 방아쇠인지도 모르겠다.

뭐가 됐든 위험하고, 자극적이라는 사실은 변함없었다.

✤　　✤　　✤

아쉬움이 남아 긴 시간 그림자처럼 따라다녔나 싶었다. 땅에 진 그늘마저 문영으로 여겨지는 건 그만큼 그녀가 절실해서겠지.

이따금 버릇처럼 그녀와의 시간을 차근차근 정리했다.

언제부터 시작됐는지도 모른 채 파생된 감정은 사랑이었다.

용기가 없어 벙어리처럼 굴었다. 그마저 사랑이었다. 그것을 깨달은 건 4차선 도로 앞에 옹동그리고 앉아 있는 제 앞에 헐레벌떡 뛰어온 문영이 나타난 순간부터였던 것도 같다.

헉헉대는 거친 숨결에 다급함이 느껴졌다. 안도감과 섞인 불안감도 언뜻 보였다.

그제야 마음이 느슨하게 풀어졌다. 맞지 않는 바지를 입고, 억지로 벨트를 두른 것처럼 헐겁고, 비어 있는 마음이었지만 그 빈자리에 문영이 참으로서 충만해지는 기분이었다.

그런 그녀가 흔적도 없이 사라졌을 때에는 어떤 생각을 했던가.

이제는 기억도 희미했다.

입대 후 첫 휴가였다. 부대 특성상 외박이나 휴가가 잦지 않았으나 한 번 나올 때마다 꽤 길게 나오는 편이었다.

연우는 차라리 그게 낫다는 생각을 했다. 감질나게 문영을 볼 바에 길고, 느긋하게 지켜보는 게 더 좋았으니까.

7박 8일의 휴가를 받고, 들뜬 마음으로 집을 찾았다.

얼마 만에 보는 얼굴인지, 머릿속에 막연하게 문영을 그려보았다.

더 예뻐졌을지도 모른다.

이따금씩 티셔츠 위로 보았던 새하얀 목선과 그 아래에 움푹 팬 쇄골. 그 모습만으로도 충분히 자극적이라 아찔한 상상을 불러일으킬지 몰라.

문득, 이차 성징이 시작되면서 곤욕을 치르던 시절이 떠올랐다.

어느 순간부터 문영을 집으로 들이거나, 자신이 직접 문영의 집을 찾아가는 일이 어렵게 됐다.

그녀만 보면 혈기 왕성하게 구는 다리 사이가 못내 싫었다. 혹 문영이 이런 자신의 불순한 마음을 눈치채기라도 할까 봐 매 순간 전전긍긍할 수밖에 없었다.

지극히 자연스러운 현상이었으나 싫었다.

깨끗하고 순결한 그녀를 상대로 지저분한 상상을 한다는 것 자체가 죄악처럼 느껴졌으니까.

야한 동영상에는 일절 손을 대지 않았다. 부들부들한 여자의 살 내음을 음미하며 짐승처럼 교접하는 영상 속 남자가 꼭 저로 보였으니까.

어쩌다 한 번 보게 된 영상은 그를 미치게 했다. 좁다란 그녀의 다리 사이로 묵직한 제 것을 뿌리 끝까지 밀어 넣고, 뭉근하게 비벼 대는 착각을 불렀고, 현실처럼 생생한 환영으로 그의 선단을 흠뻑 적셔 놓았다.

그 순간에도 연우는 제가 빨고, 핥아 부르튼 그녀의 여체를 떠올렸다.

적당한 가슴을 악력을 실어 잡았을 때 일그러지는 모양조차 예쁘겠지.

신이 손수 빚은 것처럼 섬세한 그녀의 이목구비가 울음을 이겨내기 위해 일그러졌을 땐 어떨까. 동그랗게 오른 유두는 선악과일 테다.

나를 시험에 들게 하는 그것을 한 입 베어 물었을 때에는? 함께 먹던 과일처럼 싱그러운 맛을 낼까.

더럽고 음탕한 생각만 펼쳐져 몸서리칠 수밖에 없는 밤의 연속이었다.

그의 밤은 지저분하고, 피폐했다. 누군가에게 찬연한 시간이 연우에게는 지옥 같은 순간이었음을 아마 그 누구도 모를 테다.

아침이 되어서도 그의 사정은 달라지지 않았다.

그녀를 볼 때마다 불끈거리며 용솟음치는 욕망은 그를 짐승으로 만들었다. 보이지 않는 핏줄마저 곤두서는 기분이었다.

처음에는 그런 자신에게 환멸을 느꼈다. 차츰차츰 자괴감이 사그라든 건 지극히 자연스러운 신체적 반응을 이해하고, 받아들이면서였다.

일종의 화학 반응이었다. 파괴와 생성을 통해 생성물을 만들어 내는 듯한 원리와 같았다.

그녀는 몸살처럼 연우를 앓게 하는 사람이었으니까. 긴 시간을 담았던 사람이라 잊지 못하는 것도 당연했다.

"어머, 문영이한테 얘기 못 들었니? 당연히 소식 들었을 거라 생각했는데."

군화를 신고 행군을 할 때에도 달리 힘들지 않았다. 그녀에게 가는 길만큼 아득한 여정은 아니었으니까.

"문영이네 집이 한동안 상황이 안 좋았잖니. 다행히 회사 상황이 어찌 잘 풀렸는데, 한동안 바빠 보이더니 무슨 일인지 급하게 이사를 가 버렸지 뭐야. 제대로 인사도 못 하고 그대로 보냈네."

열악한 군 생활도 군말 없이 이겨냈다. 모든 것을 감내할 수 있었던 이유는 7개월에 한 번씩 돌아오는 휴가 기간 때문이었다. 7박 8일. 9박 10일. 그리고 제대.

그날 이후, 연우는 문영 역시 저와 비슷한 마음일 거라고 생각했다.

몇 번씩 적어 보낸 손 편지에 달리 회답이 없어도, 무소식이 희소식이라 생각하며 견뎠다.

그래서 버텼는데.

제대하고 2년까지는 분노와 원망만이 가슴을 장악했다. 그 속에 도사리고 있는 그리움과 미련이 그것들을 밀어내기 시작한 것은 유학 생활이 시작되고서였다. 문영을 정신적으로 갈망하는 시간이 지옥 같았으나 도저히 잊을 자신이 없었다.

그녀도 나와 같은 시간에 머물고 있을지도 모른다는 희망이 남아 하루에도 몇 번씩 가슴이 내려앉았다. 대대로 연우의 집안은 법조계에 종사했다.

연우가 아주 어릴 적 할아버지는 수석 부장 판사였다. 삼촌은 검사였고, 숙모는 변호사였다. 대대로 법률에 관한 실무에 종사했으나 아버지는 달랐다.

S대 법학과 교수인 아버지는 한때 다른 업계에 종사했다. 할아버지가 직접 선택한 여자를 외면하고 지금의 어머니를 만나 결혼한 아버지는 할아버지의 눈엣가시였다. 아버지는 종종 인정받지 못하는 아내를 타박했다.

집안에 아들이라고는 그가 유일무이했기 때문이다. 아마도 아버지는 하나뿐인 아들에게 지극정성인 어머니가 못마땅했는지도 모른다. 자신과 같은 길을 선택함으로서 후회를 낳지 않기를 바랐겠지만 피는 물보다 진했다.

"나는 두 분이 나를 그래서 낳은 거라고 생각해요."

문영에게 인생 전부를 걸었다 해도 과언이 아니었다.
패기 넘치게 작사가가 되겠다고 선포한 주제에 음대도, 법대도 아닌 흥미에도 없는 경영학과를 선택한 것도 그 이유였다.
아버지는 탐탁지 않아 했지만 연우는 아무럼 좋았다.
언젠가는 마주치지 않을까, 하는 기대감이 미련한 꿈을 키웠다. 나아가는 길에 그녀가 있지 않을까.

"맞아요, 저 같은 불효자도 없을 거예요."

미안하게도 연우는 그렇게 생각했다. 어머니가 나를 낳은 이유도 이런 것일 거라고.
아들이 다 그렇죠. 키워 봤자 소용없다고들 하잖아요. 틀린 말 아니라고 쐐기를 박은 연우를 가족들은 가시 세운 눈으로 흘겨보았다.
그는 마지막까지도 뻔뻔하게 굴었다. 한국으로 돌아와 우연찮게 자성에 입사 지원서를 제출했다.
면접은 순조로웠다. 본사에서 인턴 생활을 하던 중에 인턴 교육을 도와줄 직원이 건너온다는 소식을 접했다.

"얘기 들었어요? 자사에서 이미 유명하다던데."
"그래요?"

"에이, 반응이 너무 시큰둥한 거 아니에요?"

어디서 생긴 소문인지는 몰라도 엄청난 미모의 여자라는 말에 입사 동기들은 저마다 호기심 어린 눈빛을 냈다. 무궁무진한 관심은 장마처럼 길고 오래 갔다.

달리 관심이 없는 연우는 묵묵했다. 그 여자가 얼마나 예쁘고, 능력이 좋은지는 중요하지 않았다.

무언가에 미친 사람처럼 몇 해를 문영의 그림자만 쫓는 그에게 그녀보다 애틋한 것은 없었으니까.

아직까지도 연우에게 문영은 달그림자였다.

사위가 어두워지면 또렷하게 상기되어 몸과 마음을 집어삼켰다.

그녀가 좋아하던 노래를 흥얼거릴 때면 어김없이 몸이 타들어 갔다. 입이 바짝 말랐다. 해소할 수 없는 갈증에 시든 마음은 봄이 온지도 몰랐다.

꽃이 진 후에야 봄을 안다는 말도 그의 감흥을 자극하지 못했다.

신입 사원 교육 자료집을 챙겨 단상에 선 문영을 보기 전까지는.

전에 없을 기회라고 생각했다. 버선발로 진창을 걷는다 해도 행복할 거라는 근거 없는 자신감만 넘실댔다. 불길 속에서도 꽃은 핀다지.

천신만고 끝에 봄이 왔고, 마음이 폈다.

"네, 그럼 내일 곧장 지사로 내려가 보겠습니다."

심각한 표정으로 통화를 하는 문영을 물끄러미 바라보았다.

예쁘지 않은 곳이 없는 얼굴은 언제 봐도 놀라웠다. 투명한 피부 위로 홍조가 떠올랐다. 부표처럼 올라온 그것은 그녀의 진심을 엿볼 수 있는 흔적이나 진배없었다.

너는 어떤 마음이냐고 묻지 않았다. 그녀가 놀라지 않게 살금살금 다가가야지.

그래야 마음 약한 권문영이 자신을 마냥 귀여워해 줄 테니까.

"서연우 씨와는 외부에서 따로 만나……."

그녀의 연애와 이별을 숱하게 지켜봐 온 덕이 컸다. 깎이고 닳아 더욱 견고해진 마음은 그녀와 눈만 마주쳐도 단단해지는 제 것처럼 경도했다.

"바로 출발하는 걸로 약속 잡아야죠. 네, 알겠습니다."

무섭게 밀려오는 물결을 따라 가슴이 너울댔다. 서서히 고조되는 몸은 자제력을 잃었다.

격양된 다리 사이가 유난히 묵직했다. 교양 없는 그것을 잠시 내려보다가 문영을 응시했다. 통화를 마친 그녀가 난처한 표정을 지었다.

이마 사이에 생긴 자잘한 주름을 입으로 핥고 싶다는 생각이 자연스레 떠올랐다.

"내일 바로 출발해야 할 것 같은데. 문제가 좀 생겼나 봐."

아무래도 좋다는 생각으로까지 이어진 그의 머릿속에는 부드럽고 따뜻한 그녀의 속살을 연상케 하는 저 주름 사이에도 할 수만 있다면 처박고 싶다는 생각뿐이었다.

불순하고 음험한 망상이었다. 구체적으로 구상을 시작한 머리는 비상했다.

그녀가 좋아하는 예쁜 말은 아니었지만 공상을 현실로 실현시킬 자신은 충만한데.

"아무래도 거래처 쪽에서 속을……."

"계속 말해요."

"……아."

"응?"

"네가 이러는데 어떻게."

어떻게 말을 할 수 있겠어. 그녀는 그런 말을 하고 싶었던 것 같다.

"아."

그가 일부러 놀란 척을 하는 게 분명했다. 성난 욕정을 노골적으로 드러내고 있는 그의 손에는 아직 그녀의 손이 잡혀 있었다.

하릴없이 만지작대다가 얼굴 쪽으로 가져다 댔다.

"내가 손가락 빨아서 그래요?"

나른한 얼굴을 한 채 뜨거운 입안으로 그녀의 손가락을 밀어 넣었다. 혀로 굴리고 잡아채 빨았다. 키스라도 하듯 쪽 빨아 댈 때면 꽉 조이는 아래에 제 것을 삽입이라도 한 것처럼 찔꺽, 찔꺽 소리가 났다.

젖는 소리가 선연했다.

차츰 풀어지는 그녀의 눈빛에 쾌감이 터졌다. 입속으로 흡착되는 손끝을 아프지 않게 씹었다. 혀를 세워 간질이듯 핥았다.

"느낌이 어때요."

흔한 질문이었으나 야하게 들렸다. 이성을 초월한 동물적인 감각에 기꺼이 흔들리겠노라, 다짐한 사람처럼 묻는 말에 문영이 입술을 짓씹었다.

"……뜨겁네."

"뜨겁기만 해?"

그가 조용하게 웃었다.

"따뜻하고, 부드럽고……."

"응."

손목을 거머쥔 채 힘주어 당겼다. 툭, 그녀의 손에서 휴대폰이 떨어졌다.

마치 아무렇게나 떨어진 옷가지 위로 쓰러진 남녀의 몸이 관능적으로 뒤엉킬 것을 예견하는 것 같았다. 몸이 가까워진 만큼 마음도 닮아갔다. 옮아가듯 생각도 비슷해진 거겠지.

흐리멍덩한 그녀의 눈이 물큰해졌다.

"여기는 안 빨았는데, 촉촉하네요."

나직하게 속삭이며 손끝으로 그녀의 눈가를 살살 어루만졌다. 자연스럽게 감기는 속눈썹을 부드럽게 쓸어 만졌다. 간질거리는 촉감은 언제나 그의 기분을 만족스럽게 했다.

"그래서요."

"아, 음."

"응?"

"……."

"계속 말해 줘요, 그래서."

팔이 허리를 감았다. 단단하게 둘러진 손에 순식간에 끌려갔다.

당연한 것처럼 그의 무릎 위에 앉혀졌다. 하의가 아니었다면 훤히 벌리고 앉은 다리 사이가 그의 시야에 환하게 보였을 테다.

간질거리는 느낌은 아랫배 아래까지 이어졌다. 근육을 수축시키듯 아랫배에 힘을 주면 물것이 없어 허허한 곳이 자꾸만 미끄덩거리는 기분이 들었다.

서연우에게 의존하는 성격은 신체적인 부분에서도 드러났다.

그가 필요했다. 내재되어 있는 육감적인 본능과 욕구가 발현되었다. 속옷이 젖어 들었다. 그의 입에 물린 손가락만큼이나.

"간지럽고…… 좋네."

손톱 위 판판한 곳에 입을 맞춘 그가 고개를 들었다.

"나도 좋아요."

"……."

"어릴 땐 권문영 씨가 나를 만져 주는 게 좋았는데, 이제는 내가 빨아 주는 게 좋아."

정말 개라도 된 것 같아.

그가 타액으로 젖은 손가락을 제 입술 위로 이끌었다. 입술 끝을 쓸며 지나갈 때마다 질척하게 키스라도 한 것처럼 연우의 입술이 촉촉하게 젖었다.

"그 느낌. 잊지 말아요."

부탁 조보다는 협박조에 가까웠다. 고저 없이 으르렁대는 탓에 그의 목소리가 자상하게 들렸다.

"내가 권문영 씨 안에 박을 때마다 느끼는 기분이거든."

따뜻하고, 부드러워.

"알려 주고 싶었어요."

날개도 없는데 하늘을 나는 기분. 추락이 두렵지 않아 더 깊이 파고
들고 싶은 기분.

"권문영 씨한테만 느낄 수 있는 섭리 같은, 그런 기분이거든."

"나랑 하고 싶은 거지, 지금."

"그럼 자고 가야 될 텐데. 괜찮겠어요?"

그렇게 말하는 그와 입을 맞추고 싶었다. 가까이서 나누는 숨소리만
으로도 교감이 되는 기분이었다.

"응, 자고 가."

이제야 알겠다. 내가 너와 하고 싶은 것.

"그럼 곤란한데."

그때, 우리가 헤어지지 않았더라면 어땠을까.

심심찮게 그려 보던 그 그림을 만들고 싶었다. 시간으로 남겨 두었
다면 오매불망 추억하는 일이 없었겠지.

"계속 잡아먹히다가 사라지기라도 하면 어떡해."

노파심을 드러냈으나 분명한 농담이었다.

다시금 사라진다 해도 좋았다.

"권문영 씨야말로, 지금 나랑 하고 싶구나."

꿈이 되어서라도 그녀를 찾아갈 그가 문영의 뺨을 감쌌다.

"섹스."

서연우는 남자였다.

11장

내일 아침 일찍 경기 지사로 외근이 잡혔다.

문영은 구체적인 설명을 해야 한다는 것도 잊은 채 무작정 그에게 입을 맞췄다.

인내는 실처럼 가늘어 알량한 조바심에도 쉽게 끊겼다. 이성이 암전되었다. 술인지, 약인지 모를 것에 취한 건지도 몰라.

"아……!'

허겁지겁 그의 입술을 물고, 입안을 탐했다. 서투르게 움직이는 혀는 입천장을 훑고, 그의 혀를 툭툭 건드리기 바빴다.

빨아 달라고 투정 부리는 아이처럼 매달렸으나 그는 태연했다.

절제된 사람처럼 밀려오는 그녀를 선선히 받아들였다. 둔부 사이를 찌르는 그의 부피를 가늠하자 몸이 안달이 났다.

그가 뭐라도 해 줬으면 하는 열망이 짙어질 때쯤 성마른 키스가 끝났다.

"인정해요. 나랑 섹스가 하고 싶은 거잖아요."

그녀의 어깨를 잡은 채로 문영을 떼어 놓은 그가 속살거렸다.

속 좋게 구는 태도가 우스웠다. 그의 입을 빌려 말하자면, 박고 싶어 돌아 버릴 것 같은 게 누구인데.

열이 오른 몸에 그의 차가운 숨결이 찬물처럼 끼얹어졌다. 허무하게 식은 열기가 가시자 차츰 이성이 돌아왔다.

애써 아쉬움을 접어 두었다. 언제든 펼 수 있게 살짝 접어 둔 게 문제였을까.

"갈게요. 아쉽지만 내일 봐요."

그가 사라지고, 홀로 멍하니 서 닫힌 문을 바라보는데 외로움이 뼈를 시리게 했다.

때아닌 추위에 팔을 교차해 몸을 끌어안은 문영이 씁쓸하게 웃었다. 이게 대체 뭐 하자는 건지.

머리를 설설 흔들며 돌아섰다. 홈 슬리퍼를 질질 끌며 현관 앞을 떠나려는 그때였다. 초인종이 울렸다. 방금 막 나선 연우인가 싶어 재빨리 문을 열었다.

그를 확인하기도 전이었다. 비좁은 문틈 사이로 다급히 몸을 욱여넣은 그의 긴 팔이 순식간에 문영의 허리를 끌어당겼다.

"서연우⋯⋯? 흐읍!"

목소리를 내기도 전에 입술이 삼켜졌다.

익숙해서, 당연시될까 두려운 그의 체취와 품 안의 온기가 그녀에게 전해졌다.

그에게 잡힌 채로 고개가 젖혀졌다. 무자비하게 혀를 넣어 입안을 종횡하는 그가 농밀하게 움직였다.

불씨 같아 꺼진 줄 알았던 감각이 다시금 소생했다. 피부에 오스스 소름이 돋았다.

"하, 하아."

가까스로 내뱉은 숨결이 그에게 먹혔다. 허공에 뿌려지는 숨 한 자락도 아까운지, 그는 자잘한 것까지 결박한 채 놓아 주지 않았다.

선이 뚜렷한 허리를 쓰다듬는 손길이 둔부로 미끄러졌다. 아찔한 자극에 문영의 몸이 그에게 밀착하듯 튕겨졌다.

말캉한 혀와 혀가 엉켰다. 단단한 그의 허벅지가 그녀의 다리 사이로 파고든 것처럼.

하나인 것처럼 얽힌 몸이 끈끈했다. 그의 손은 가슴 아래까지 올라왔다가 배꼽 부근을 배회했다.

오목한 부분에 손끝을 밀어 넣고, 동그랗게 문지르다가 속옷 라인을 따라 손을 움직였다. 다시 둔부로 내려와 엉덩이 사이를 집요하게 지분거렸다.

"사실은, 나도 하고 싶어요."

"……알고 있어."

그녀를 물러날 데 없는 벽까지 몰아세워 놓고서 입을 뗀 그가 고혹적인 목소리로 말했다.

헐근대는 숨을 쏟아 내느라 살짝 벌어진 아랫입술을 그가 지그시 내려 보았다.

그의 얼굴이 가까워지는가 싶더니 이내 그의 머리카락이 눈앞에서 흐트러졌다. 여린 살에 닿은 그의 입술이 그녀의 입술을 놓치지 않고 깨물었다.

살짝, 살짝 혀를 내밀어 위로 빨아올릴 때면 그녀의 가슴이 더욱 분주하게 오르락내리락했다. 다리 사이에 말뚝처럼 박힌 서연우의 다리가 살살 움직이는 게 느껴졌다. 무릎을 세운 그가 어느 부위를 문지르는지 문영은 모르려야 모를 수가 없었다.

"그런데 참아야죠, 약속한 게 있는데."

"흐……. 서연우."

"섹스에 미친놈은 아니라서. 절제해야 하는데."

대답하고 싶은데 헐떡이는 신음만 연거푸 터졌다.

"아쉬운 대로 여기까지."

나도 힘들기는 해요.

문영은 약 올리는 거라고 생각했다. 그게 아니라면 히죽 웃으며 그녀를 놓아 줄 수가 없는데.

"내일 일정은 문자로 남겨 주세요. 분부대로 할 테니까."

"하!"

어이가 없어 코웃음을 쳤다. 그의 자극을 받아 한껏 열이 오른 그녀는 아직도 간지러운 아랫배를 긁지 못해 두 다리에 바짝 힘을 주어야 했다.

그의 손끝만 스쳐도 몸서리칠 것을 알기에 최대한 연우와 떨어지고 싶었다.

돌아선 그가 도어 록 버튼을 눌러 문을 열었다. 문이 닫히기 전에 그가 그녀를 보며 미소 지었다.

"잘 자요."

무한한 배려에 끝이 없는 것 같았다. 이 와중에도 그는 그녀의 편안한 숙면을 바랐다. 눈치가 없는 건지, 이기적인 건지.

아니, 그에게 몇 번 들었던 대로 서연우는 싸가지가 없는 건지도 모른다.

문영은 아침 일찍 그와 만나기로 한 장소로 향했다.

약속 시간보다 10분 정도 빨리 도착한 문영은 곧 나타날 그를 기다리고 있었다.

얼마 지나지 않아 누군가 운전석 창문을 두드렸다. 연우였다. 깔끔한 블랙 슈트를 입은 그가 턱짓을 했다. 도통 무슨 말인지 이해가 안 가 차 창문을 열었다.

"뭐?"

물음과 동시에 입술이 먹혔다. 비스듬히 고개를 돌린 채로 다가온 연우가 망설임 없이 입술을 부딪쳤다.

쪽, 소리와 함께 입술을 떼어 낸 그를 문영이 황망한 눈으로 올려보았다.

"무, 무슨 짓이야?"

"하룻밤 사이에 온도 차이가 엄청난데요. 아쉬움이 컸나 봐요?"

"뭐?"

"우선은 비켜 줄래요? 운전하기 버겁지 않나. 밤새 잠, 설쳤을 거 아니야."

싱긋 웃으며 손을 뻗은 그가 그녀의 눈가를 쓰다듬었다.

"내가 그랬거든."

"하."

"얼마 안 있으면 다크서클이 코 아래까지 내려오겠어요."

뭐, 그래도 예쁘지만요.

덧붙인 말에 어안이 벙벙했다. 그가 차 문을 열고, 자연스럽게 그녀의 손을 잡아끌었다.

"예쁘게도 입었네요."

셔링이 있는 연둣빛 셔츠에 적당히 피트되는 베이지 컬러의 슬랙스를 입었다. 잘 신지 않는 힐로 화룡점정을 찍은 그녀를 보며 단조로운 소감을 남긴 연우가 쭈뼛대는 그녀를 조수석으로 안내했다.

손수 문을 열어 주는 호의까지 보이고서야 만족스러운 듯 미소 짓는 그를, 문영이 어처구니없는 눈빛으로 쏘아보았다.

"무슨 생각하는지 아는데 어쩔 수 없어요."

"......"

"나라고 편한 밤은 아니었으니까."

"사람 들었다 놓는 솜씨가 대단하네. 이것도 네가 그간 느꼈던 기분이었어?"

"퍽 좋은 기분은 아니라 느끼게 해 줄 생각은 아니었죠."

그녀가 마지못해 차에 오르자 문을 닫고 앞 보닛을 돌아온 연우가 벨트를 매며 말했다.

"옆에서 브리핑해 줘야죠."

"......"

"권문영 대리님이 답지 않은 태도를 보이는 바람에 오늘 외근 일정에 대해 전혀 모르고 있네요, 나."

아. 문영이 짧게 탄식했다. 엄연한 그녀의 실수였다.

일 앞에서는 냉정하고, 사무적이겠노라 다짐했거늘 어제 그가 떠난 후로 내내 다른 생각에 잠겨 있었다. 오늘 일에 대해 제대로 된 설명도 없이 무작정 그의 주소를 물었다.

하, 알 수 없는 회의감을 느꼈다.

그래서 싫었다. 서연우와 다시 얽히는 일은 본래의 그녀가 어떤 사람인지를 망각하게 했다.

"네가 건드리지만 않았어도 그럴 일은 없었어. 다시 한번 얘기하는데 일하는 동안만큼은 어쭙잖게 사람 자극하는 일이 없었으면 좋겠다."

"그 어쭙잖은 자극에도 쉽게 반응하는 사람이 대리님이라는 건 전혀 생각 못 했죠?"

"어리고 잘생긴 남자가 주는 자극을 보통의 여자들은 선물처럼 생각하지. 세상에 선물 싫어하는 사람이 있을까."

"내가 빨아 주는 게 좋다는 말이네요. 기분 좋게."

"한 번만 말할 거니까 잘 들어."

문영은 일부러 연우의 말을 듣는 척도 안 했다. 경기 지사의 주소를 읊자 그가 내비게이션에 주소를 입력했다.

"국가 외교에 문제가 생기면서 기존에 거래하던 해외 업체와의 수입 부분에서도 문제가 생⋯⋯."

"억울한 거 알겠는데 너무 걱정 말아요."

"말 자르지 말고."

"나는 권문영 대리님 목소리만 들어도 흥분감에 발기하는 놈이니까."

"아침부터 못 하는 말이 없구나."

"못 믿을 것 같아서 만져 보게 하고 싶은데, 안 돼요."

시동을 걸고, 시트를 조금 당겨 앉은 그가 입속말로 벨트, 라고 중얼댔다. 벨트를 당겨 걸려던 그녀보다 연우가 한발 빨랐다.

예고도 없이 훅 다가온 그가 그녀를 덮쳤다. 물론 벨트를 채워 주려는 건전한 목적을 가지고 다가온 것뿐이었는데도 문영은 숨을 참아야 했다.

눈앞에 어른대는 그의 턱끝이, 단정하게 잠긴 셔츠 버튼이 종전까지 모범적인 그녀의 머릿속을 어지럽혔다.

"권문영 씨가 만지기엔 여기가 너무 지저분해."

웃으며 멀어진 그가 힐끔 자신의 다리 사이를 눈짓하며 말했다.

"대리님은 모를 거예요, 내가 얼마나 더러운 상상을 많이 하는지."

"듣고 싶네, 네가 무슨 생각을 하는지."

"그거 알아요? 권문영 대리님은 안 예쁜 데가 없다는 거."

"사람 들었다 놓는 것만 잘하는 줄 알았더니, 말 돌리는 것도 선수고."

그녀의 짓궂은 대답에 그가 피식 웃었다.

"잘 안 보이는 곳마저 예뻐서 사람 환장하게 하는 것도. 그건 몰랐죠?"

이를테면 종아리 뒤쪽 움푹 파인 곳이라거나, 유난히 살이 없는 귓가라거나.

조금 까진 듯한 발뒤꿈치가 그의 인내심을 끊어 놓았다.

쉽게 보이지 않는 곳이라는 데서부터 올라오는 짜릿한 망상은 그의 실체를 좀먹었다. 이러다 정말 회사에서까지 그녀에게 손대는 일이 생기는 건 아닐까.

"특히 혀가 예뻐요."

가끔은 주체가 안 됐다. 물론 그녀는 모르는 일이었다.

"빨갛고, 맛있어 보여요. 그 혀로 빨아 주면 눈이 돌아가 버릴지도 몰라."

"불순한 상상만 하는군요. 서연우 씨."

발칙한 상상 속에 사는 사람치고, 어제의 서연우는 선비 같았다. 그것도 무척이나 괘씸한.

그래서 선을 그어 부러 단호하게 말했다.

"응, 실제로 그럴 일은 없을 거니까."

대답과 함께 뻗어진 그의 손이 무릎 위에 가지런히 모으고 있던 그녀의 한 손을 잡았다.

손등에 포개진 손이 손가락 사이로 비집고 들어왔다. 틈도 없이 맞잡은 손에 힘이 들어갔다가 풀어지기를 반복했다.

"껌 먹을래?"

껌이라도 씹고, 정신 차리라는 의미에서 꺼낸 말이었다.

"그럴까요?"

순순하게 대꾸하며 아, 하고 입을 벌리는 연우의 행동에 허, 웃음이 났다.

껌 하나를 꺼내 그의 입에 쏙 넣어 주었다. 손가락 한 마디까지 덩달아 삼켰다가 아쉬운 듯 혀로 밀어내는 그가 낮은 목소리로 한숨처럼 중얼댔다.

"요즘은 아침도 없는 것 같아요."

시도 때도 없이 발정하는 게 짐승만도 못한 것 같아 고민이었다.

"괜찮아, 나도 그러니까."

무심한 표정, 살갑지 않은 목소리.

모든 게 쌀쌀맞은 여자의 위로 같은 대답에 가슴이 꿰뚫렸다. 목소리만으로 사정감을 느끼게 하는 여자는 단연 권문영이 유일무이할 텐데.

"우리 다시 친해지려면 아직 멀었네요."

아직도 길은 보이지 않았다.

그에게 문영은 여전히, 너무도 아득했다.

✢   ✢   ✢

"거래처가 바뀌면서 연구원들도 큰 낭패를 봤지. 물론 해외 자재를 사용한 제품이라 해도 출시명은 자성으로 나가겠지만 군사, 외교, 경제적 외교에 혼란을 맞은 이상 우리도 가만히 있을 순 없으니까."

사실상 비상 상태였다.

국가의 외교 관계와 행위에 따라 기업이 받는 손실과 이익이 갈렸다. 희비처럼 엇갈리는 상황으로 보아 현재 자성은 난관에 봉착한 것이나 다름없었다.

가뜩이나 내년 상반기에 출시될 클래식 S의 출시일이 앞당겨졌다. 클래식 S의 외관 디자인부터 기능적인 부분이 언론에 현시되었다.

대리점에서는 클래식 S의 사전 예약을 실시했고, 본사의 경영 전략팀에서는 직접 대외적인 홍보를 하며 활발한 움직임을 보이고 있었다. 그런 와중에 자성의 거래 국가와 외교적인 문제가 발발했다.

경제적 전쟁은 군사적 대립만큼이나 위험 부담이 컸다.

"프로젝트 개발 연구진 대부분이 외국인이야. 물론 소통하는 데 큰 문제는 없겠지만 상황에 따라 적절한 단어를 선택한다는 건 꽤 어려운 일이지."

그가 걱정이 되어 한 말은 아니었다. 다만 만일의 상황에 대비해 보다 조심해 주었으면 하는 바람에서 한 말이었다.

"노파심인 거 인정. 그래도 조심하자고요, 서연우 씨."

업무의 시작이었으나 어쩐지 그렇게 말하는 문영의 목소리가 더없이 포근했다. 늘 날을 세우고 있던 눈빛도 평소보다 순하게 느껴졌다.

"그럼요, 나 외국어만큼은 1등이었어."

"내 덕 본 거지. 내 이상형이 영어 잘하는 남자였으니까."

"아직도 유효하잖아요."

"글쎄, 그건 네가 어떻게 떠드는지에 따라 달라지는 것 같은데."

그가 가볍게 웃는 소리가 들렸다. 농담이라고는 모르는 그녀의 우스 갯소리라는 걸 아는지, 지사에 도착할 때까지 내내 웃는 얼굴을 감추지 못했다. 분명, 앞창을 내다보았는데 그의 속이 훤히 보이는 기분이었다.

어른이 되어 버린 그 애는 여전했다. 그의 시간은 그때 그 시절에 머물고 있는 것 같았다.

아직도 그녀밖에 모르는 지고지순한 감동이 최근에 읽은 누군가의 문학 소설보다 아름다웠다. 대단한 철학가가 논리적으로 따져 묻는 삶의 본질을 격하게 공감하게 됐다.

"그럼 잘 떠들어야겠네요."

외로움은 고무줄 같았다. 늘어났다 줄어드는 것.

온기를 나누어 주듯, 몸을 섞을 때마다 통렬한 쾌감과 함께 삭제되는 공허함.

"권 대리님."

"응?"

어쩌면 나는 너랑 이런 시간을 보내고 싶었던 건지도 모르겠다.

"나 좀 봐요."

시동을 끄고, 키를 뽑은 그가 그녀를 돌아보며 말했다.

벨트를 풀고 연우를 돌아본 그녀의 눈이 이내 휘둥그레졌다.

예고도 없이 입을 맞춰 올 때면 어김없이 가슴이 붕 떴다. 입만 맞추기가 아쉬워 저도 모르게 속을 앓았다.

출발 전에 느꼈던 그 기분, 나쁘지 않았다. 눈꽃 같은 여행 전의 설렘인가.

닿으면 사르르 녹아 사라지는 찰나의 감정이지만 느끼기엔 충분했다.

화장이 지워질까, 노심초사하는 게 뺨을 감싼 그의 손에 묻어났다. 원하는 만큼 어루만지지 못해 애가 타는 그의 손끝이 하얘졌다.

"하. 힘드네."

가까스로 어렵게 견뎌 내는 표정이 못내 불퉁했다. 절제되고 단정한 모습과는 사뭇 다른 낯빛에 웃음이 났다.

"그거 알아?"

지극히 모범적인 남자의 얼굴에 성마른 흥분감이 언뜻언뜻 떠올랐다. 억지로 감춰지지 않아 더 자극적으로 다가왔다.

"너도 혀가 예뻐."

못마땅한 듯 꿈틀대는 그의 눈가를, 코끝을 보다가 불만스럽게 꾹 입술을 깨물고 있는 연우에게 간신히 말을 건넸다.

이상하게 숨이 찼다. 서연우와 함께 있으면 늘 고도를 떠도는 것 같았다.

가슴이 쉼 없이 오르내렸다. 산 정상을 몇 번이나 찍고 내려온 등산객처럼 점도 높은 피부가 땀으로 젖었다.

흥분의 증례였다.

"응?"

모르는 척하는 여우 같은 남자는 살살 눈웃음을 쳤다.

"그게 무슨 말일까."

사람을 들었다 놓았다 하는 게 예사가 아니라는 건 진작 알았는데.

"쓸데없이 입만 맞출 거면 자중하라는 말?"

"말을 어렵게 하네요."

"서연우 씨가 나한테 할 말은 아닌 것 같고."

"권 대리님 마음처럼 어렵다는 말이죠."

"외국어도 거뜬한 사람이 모국어가 서툴러서 되겠어요?"

키스가 하고 싶다는 말을 직접 꺼내기는 멋쩍어서 에두른 말을, 누구보다 그녀를 잘 아는 연우는 금세 이해했을 테다.

차 문을 여는 그녀의 손을 연우가 붙잡았다.

"외근 일정에 외박은 포함 안 됐죠."

"애석하게도."

"내가 권 대리님 서운하게 할 리 없잖아요."

차 밖으로 발을 내놓고 선 문영이 빠르게 주변을 살폈다.

지사라고 해도 문영과 안면 있는 직원들과 연구진들이 꽤나 많았다. 한때는 내 직장처럼 자주 왕래하던 곳이기도 해서 최 대리만큼이나 가까운 사이는 아니더라도 적당히 안부를 주고받으며 시간을 맞춰 만남을 약속하는 사람들이 더러 있었다.

누가 어디서 그녀를 지켜볼지는 모르는 일이었다.

남 일에 가타부타 떠들기를 좋아하는 사람들은 첩첩산중 같은 보안도 무색하게 했다.

"손 놓고 얘기할까요, 서연우 씨."

말과 달리 그의 손을 뿌리치지 못했다. 어긋남 없이 눈을 맞춰 오는 연우의 시선이 좋았다. 비처럼 쏟아진다면 기꺼이 젖겠노라고, 밤사이 그런 생각을 하며 잠이 들었다.

이런 눈빛. 나밖에 모르는 남자의 순정적인 눈동자는 벅찰 정도로 달콤했다.

"서연우 씨, 말했어요. 공사 구분은 확실하게."

"저녁에 먹는 브런치도 맛있던데, 내 취향이야."

"......"

"이따 같이할까요, 내 취향."

대답을 듣기 전까지는 계속 고집을 피울 생각인 것 같았다.

그가 긴 손가락으로 그녀의 손등을 툭툭 건드렸다. 어서 대답하라고 채근하는 그를 내려 보며 문영이 한숨을 내쉬었다.

그에게서 거둔 시선을 어디다 둘지 몰라 괜스레 연구원을 바라보았다.

수차례 찾았던 연구동이 낯설게 느껴졌다.

"안 그래도 그럴 생각이었습니다."

연우와는 처음 찾는 곳이라서 그런가 보다.

✤ ✚ ✤

부쩍 시선이 갔다. 아무 일도 없던 사람처럼 굴기에는 입술에 남은 온기가 미치도록 뜨거웠다.

요즘은 그런 생각뿐이었다. 온통 빨갛고, 야한, 탐욕을 부르는 상상만이 줄기차게 이어졌다.

사춘기 소년도 아닌데 자나 깨나 몽정하는 기분은 퍽 불쾌했다.

턱을 문지르듯 엄지로 살짝 입술을 매만졌다.

보드라운 감촉은 그만 아는, 그녀의 점성질의 피부를 떠올리게 했다.

나만 아는, 나만.

보고서를 살피며 연구진과 연구동을 몇 바퀴나 돌아보는 문영을 발치에서 지켜보는 연우의 목울대가 꿀렁댔다. 가만히 보고만 있어도 입 안이 바짝 말랐다. 속이 홧홧했다.

뺨에 한 가닥 붙어 있는 머리카락에 혼이 빨렸다. 자연스럽게 흐트러진 모습마저 지독히도 퇴폐적인 여자라는 생각이 들었다.

고아한 자태를 뽐내는 다리 사이에 아이처럼 얼굴을 묻고 싶다는 생각이 진해졌다.

마음이 급해졌다. 움찔대는 손은 자석처럼 그녀에게로 끌려갔다. 갈수록 바닥을 보이는 인내에 혀를 내두르고 싶을 지경이었다.

잡을 것이 없어 허허한 손바닥을, 연우는 가만히 내려 보았다.

"서연우 씨, 커피 마시면서 해요. 과장님께 상황 보고해 주시고요."

가까운 듯, 먼 듯.

다 차지 않은 마음은 애욕과 순정과, 강렬한 소유욕과 또.

뭘까.

문영과 웃으며 대화를 나누는 남자에게 무심코 눈길이 닿았다.

그건 아닌데.

그녀 곁에 다른 누군가가 서 있는 모습에 가슴 깊숙한 곳이 울렁거렸다. 토악질이 올라올 것 같다가도 화마에 삼켜진 것처럼 속 안이 뜨거워졌다.

맹렬하게 솟구치는 감정의 정체는 질투인가.

아직도 7년 전에 머물고 있는 그의 순정은 앳된 모양이다.

불쑥불쑥 튀어나오는 감정은 유치한 치기였다. 알면서도 화가 나는 마음은 애초에 그에게 공사를 지킬 마음이 없었기 때문이다.

"음."

탁해진 눈빛을 그녀만 모른다.

다행이야. 착한 서연우밖에 모르는 사람이니까 꼭 숨겨 두어야지.

혹여나 그녀가 놀라 소스라치기라도 하면 큰일이니까.

"서연우 씨, 변경된 프로세스 확인했어요?"

정신없이 상념에 빠져드는 찰나였다. 그녀의 목소리를 들었다.

불현듯이 다가와 선 그녀의 등 뒤가 백지였으면 좋겠다는 바람이 짙어졌다.

온통 나로 채웠으면.

나의 온기, 나의 체취, 나의 목소리.

"여기, 먼지 묻었어요."

아무도 모르게 손끝을 세워 가슴께를 가리키는 그녀의 작은 손을 물끄러미 바라보았다.

연우만큼이나 단아한 그녀의 하얀 손톱을 실컷 빨아 주고 싶다는 생각은 며칠 전부터 차고 넘쳤다.

손끝만 핥아도 자지러질 만큼 좋아하는 그녀의 표정이 그리워졌다.

"난 깔끔한 걸 좋아해요."

눈 하나 깜짝 않고 거짓말을 하는 그녀가 귀여워 옅은 미소를 내보였다.

사정을 마친 그의 품에 안겨 울부짖던 모습이 지금의 말쑥한 그녀의 얼굴과 교차되었다.

편편한 배 위에 질펀하게 뿌린 흔적을 닦을 새도 없이 다시금 안겨들었던 여자의 말은 상당히 모순적이었다.

나만 아는 권문영의 얼굴.

우는 그녀의 얼굴을 보는 것만큼 못 견디게 싫었던 것도 없었는데.

다시 생각해 보면 울음을 꾹 참으면서도 희열에 몸부림치는 그녀의 얼굴도 예뻤다.

흘러내린 잔머리, 발갛게 상기된 두 뺨, 그가 만들어 놓은 흔적.

절경이었다. 멀리 가지 않아도 손 뻗으면 닿을 거리에 있는 그녀 자체가 경관이라면 그림으로 남겨 두고 싶다. 평생토록.

일에 치여 무관심하듯 했던 그녀의 한마디에 살며시 웃음이 번졌다.

사무적인 태도를 보이며 돌아선 그녀의 손끝에 연우의 손끝이 얽혔다. 잠시 스치는 저 손을 한시라도 빨리 손아귀에 두고 싶었다.

재킷을 걷어 손목시계를 확인한 연우가 웃으며 그녀의 뒤를 쫓았다. 보폭을 넓혀 걷는 그의 너른 가슴에 문영의 등이 닿았다 떨어졌다. 아무도 모르는 일이었다.

✤　　✤　　✤

뒷덜미가 선뜩했다. 온몸의 모든 솜털이 다 곤두서는 기분이었다.

간담이 서늘해져 주변을 자주 살폈다. 발칙한 서연우는 틈만 나면 그녀 곁을 배회했다.

회의 중에도 곁을 머무는 그의 손은 랩톱이 아니면 당연한 것처럼 그녀의 손목을 스쳤다. 고의성이 다분한 행동이었다. 공사의 경계가 불분명해졌다.

"회사에서 그러는 건 반칙이야."

"화났어요?"

"분명하게 하자."

"재밌잖아요, 아무도 모르는 비밀 연애 같기도 하고."

"장난으로 하는 말 아니야."

"나는 장난 같아 보이나?"

"서연우."

문영이 낮은 목소리로 그를 불렀다.

"정말이에요. 장난하는 거 아니야, 대리님이 예쁜 걸 어떡합니까?"

"후……."

"원래 예쁜 건 손에 가지려는 버릇이 있거든요."

문영이 심란한 얼굴을 한 채 이마를 짚었다.

"나도 모르게 손이 갔나 봐. 제정신은 아니었죠. 일종의 심신 미약."

아직도 아까 일만 생각하면 가슴이 내려앉았다. 복도를 걷던 와중에 순식간에 몸이 끌려갔다. 손목을 잡아당기는 힘을 감당하지 못해 속수

293

무책이었다.

얼결에 비상계단에 선 문영은 대리님하고 부르는 목소리에 그가 연우라는 것을 알았다.

너무 놀라 한마디 하려는데 쉿, 하며 태연하게 제스처를 취했다.

연구실은 너무 갑갑하다며 넥타이를 끄르는 그를 멍청하게 올려보았다.

"미쳤어?"

소곤대는 목소리가 조용한 비상구에 메아리쳤다.

"날이 좀 춥죠."

천연덕스럽게 굴며 그녀의 손을 잡아끈 그가 그대로 문영을 품에 안았다. 정수리에 떨어지는 숨결에 차가운 듯했던 몸이 사르르 녹는 기분이었다.

봄눈처럼 허무하게 가시는 한기에 바르르 몸이 떨렸다. 흥분했을 때와는 사뭇 다른 전율이었다.

"아까부터 대체 왜 이러……!"
"대리님은 계속 여기 있을 거잖아요."

연구진들과 가진 점심 식사 자리에서 숱한 사람들의 질문을 받았다.

해외 발령 건부터 주재원 이야기까지, 그녀라면 충분하다는 말에 미소로 화답한 문영과 달리 연우는 내내 시큰둥했다.

그를 잘 모르는 사람들은 그가 그저 정숙하고, 점잖은 사람이라고만 생각할 테다.

주어진 질문에 적당한 선에서 그친 대답을 내놓았고, 대체로 그가 하는 말은 그를 지적이고 현명한 사람으로 보이게끔 했으니.

잘 배운 사람처럼 격식을 갖추는가 하면 그의 온화한 성정과 품격을 느끼게 했다.

테이블 아래에서 무슨 일이 벌어지는지도 모른 채 사람들은 두 사람을 보고 잘 어울리는 팀이라며 칭찬 일색의 말을 아끼지 않았다.

문영이 볼을 붉힌 건 순전히 연우 때문이었다.

겸손한 것도 죄라는 어느 연구원의 말에 대답할 수 없었다. 음식을 삼키는 목이 빳빳해졌다. 뱀처럼 다리를 타고 오른 그의 손이 문영의 옆구리를 살살 쓸었다.

그녀가 흥분할 수 있도록 만져 줄 때, 느낄 수 있는 움직임은 느릿했다. 곡선을 따라 움직이던 손이 볼록하게 도드라진 척추를 향해 갈 때까지가 무척 더뎠다.

괜히 허리를 곧추세웠다. 왜 그러냐는 연구진들의 말에 소화가 잘 안 되는 것 같다고 대꾸한 건 다시 생각해도 말이 되지 않았다.

아니, 말 되려나.

돌 같은 서연우가 가슴에 확 얹혀 들었으니.

"내가 여기 있는데, 어디 갈 생각 하는 거 아니죠."

철저하게 그를 무시해야 한다고 생각했다. 저답지 않게 정신이 혼미해져 대화가 불가능한 수준에 이르기까지 했으니 충격이 아닐 수 없었다.

일과 일이 아닌 것을 확실히 구분 짓는 문영에게 근무 중 연우와의 질척한 관계를 바라게 됐다는 건 적잖이 혼란을 몰고 왔다.

좀체 일에 집중이 되지 않았다. 서연우가 왜 이러는지 알면서도 화가 났지만 겉으로 표현할 여력이 없었다.

"잊었나 본데, 우리 일하러 왔어요. 서연우 씨."

사무적인 태도를 일관하려 해도 그가 자꾸만 정신을 혼미하게 했다.

"서연우 씨의 나쁜 손은 회사 밖에서나 유용하다고 생각합니다."
"화를, 안 내네요?"
"내가 화를 낼 걸 알면서도 이런다는 게 도무지 이해가 안 되는데."
"내내 모르는 척했잖아요."

눈 한 번 마주치는 게 이렇게 어려운 일인지 오늘 알았어요.
이런 깨달음은 싫은데, 그가 고저 없는 목소리로 칭얼댔다.

"안아 줘요."

문밖을 지나가는 사람들의 말소리에 화들짝 놀란 문영이 그의 가슴을 세게 밀어냈으나 밀릴 리 없었다. 철옹처럼 앞을 가로막은 그는 고집스레 문영을 품에 가두었다.
눈에 보이는 건 구겨짐 없는 그의 셔츠와 독특한 패턴의 타이뿐이었다.

"여기 좀 만져 줘요."

그에게 잡힌 손이 그의 등에 닿았다. 쓰다듬어 달라는 말이 애절하게 들렸다. 마지못해서인지, 제가 미쳐서인지 모르겠으나 그 순간 뭐에 홀린 사람처럼 그의 등을 다독거렸다.
그래서 화가 났다. 서연우처럼 절제된 사람이 아니라서 무엇이든 쉽게 휩쓸렸다. 다부지게 행동하려 더 일에 집중했는데.

"바로 퇴근할 거죠?"

느지막이 서울로 올라가는 길에 연우가 웃으며 물었다.

함께 하기로 한 저녁 약속을 기대하는 그의 눈빛이 일렁거렸다. 다른 것을 더 바라고 있음을 모르지 않았다. 새빨간 속내가 이채가 되어 눈동자 위에 떠올랐다.

탐욕적인 시선이 짐승 같았다. 그의 동공 위에 아스라이 떠오른 그녀의 눈부처가 연약했다.

잡아먹히기 딱 좋은 실루엣은 그녀의 이성만큼이나 여리여리했다.

주차장에 차를 세우고, 엘리베이터에 올랐다.

그가 주는 자잘한 입맞춤에 연약한 신음을 내다가 허리춤을 그러안는 손길에 폭주했다.

"내 집엔 들이고 싶지 않아요."

정신없이 키스를 하다 말고 들려오는 그의 말이 뚱딴지같았다.

대충 배를 채우고, 집으로 돌아온 문영은 문이 닫히기 무섭게 입을 맞춰 오는 연우의 목을 와락 끌어안았다.

의지할 데가 없었다. 버텨 보려 했으나 건장한 성인 남성의 체중과 압박을 주는 압력을 견디기에는 그녀는 마치 유리알 같았다.

질펀하게 입가를 빨아 놓은 그가 살짝 고개를 들었다. 노골적으로 뺨을 핥는 그의 혀가 음란했다.

그게 무슨 말이냐고, 숨이 차 제대로 묻지도 못했다.

"우리 방금까지 그런 얘기 하고 있었잖아."

그랬던가. 기억이 나지 않았다. 그 잠깐 사이의 일들이 송두리째 날아가 버렸다.

그만큼 연우에게 심취해 있었다는 사실이 당황스러웠다.

톡톡, 거품 방울을 터뜨리듯 조심스럽고 부드럽게 지분대는 그의 손은 적당한 자극을 주었다. 그게 더 사람을 미치게 한다는 사실을 누구도 아닌, 연우를 통해 깨달은 바였다.

"내 집에 권문영 씨 흔적이라도 남으면 큰일이라고."

아아. 그런 말을 했던 것 같다.

제가 살고 있는 협소한 공간보다는 넓은 그의 개인 공간이 더 좋지 않겠느냐는 그녀의 말에 그가 단호한 대답을 내놓았다.

"있다가 없어지는 게, 그게 얼마나 사람 미치게 하는지 모르죠."

싱긋 웃으며 목덜미로 내려온 그가 이를 세워 여린 살을 깨물었다. 통증보다는 짜릿함이 먼저였다.

자연히 고개가 젖혀졌다. 어정쩡하게 선 채로 그의 머리를 끌어안았다. 손가락 사이를 비집고 나오는 연우의 머리카락 한 올조차 놓치고 싶지 않아 두 손으로 감쌌다.

기분 좋은 웃음소리가 들렸다.

"첫 휴가 때 느꼈던 기분이 그거였어요. 나라 잃은 애국자의 상실감이 딱 그런 기분이었다면 이해해요."

꼬리뼈를 쓸고 올라온 손이 그녀의 허리를 바짝 당겨 안았다.

쪽, 입에 닿는 입술이 부러 소리를 내며 맞물렸다. 호흡이 빨라졌다. 능숙하게 그녀의 블라우스 단추를 끄르는 그의 입술이 사탕 같았다. 도톰한 혀를 할 수만 있다면 평생 입안에 굴리고 싶었다.

"그런데 있죠, 나는 독립군 같은 건 평생 못 했을 거야."

그녀를 잃은 그가 문영에게서 헤어 나올 길이 있을 리 만무했다.

후두둑, 옷이 떨어졌다. 브래지어까지 벗겨진 탓에 상체는 완전한 나신이 되었다.

"벌써 섰네요."

오도도, 돋아난 소름처럼 동그란 유두가 오뚝하게 섰다. 툭툭, 손끝으로 튕기다가 부드럽게 손가락으로 비틀자 벌써부터 아래가 흥건해지는 느낌이었다.

그가 주는 감각에 몸이 반응하고 있는 것이다.

터럭 아래가 젖은 느낌이 오늘따라 유난히 선연했다. 머릿속으로만 그려 왔던 불순한 상상들이 이물질이 되어 모조리 흘러나오는 것 같았다.

벽에 등을 기댄 채로 어정쩡하게 서 있는 그녀의 한쪽 다리를 결박하듯 붙잡은 그가 낮게 허리를 숙였다. 제한되어 있던 감정이 폭발한 사람처럼 쇄골을 빨고, 가슴까지 내려온 그가 코끝에 걸린 유두를 입에 물었다.

"아아!"

가까운 곳에 침대를 두고, 섹스에 환장한 사람처럼 몸을 겹쳤다는 게 믿을 수 없을 만큼 놀라우면서도 한편으론 이색적인 자극이 되어 흥분감을 높였다.

아래에서 본 서연우의 모습은 지나치게 색정적이었다. 아랫배가 꿈틀거리는 기분이었다.

게걸스럽게 가슴을 빠는 그가 돌연히 눈을 맞춰 왔다. 꽉 움켜쥔 가슴이 그의 입안으로 삼켜졌다 반쯤 모습을 드러내기를 반복했다.

타액으로 젖은 반질반질한 젖가슴이 질펀했다.

"아윽!"

단단해진 젖꼭지만큼이나 딱딱해진 그의 하체가 속옷 한 장으로 아슬아슬 감춰진 비부에 비벼졌다.

삽입 흉내를 내는 개처럼 뭉근하게 문지르다가 정점을 찌르는 자극에 온몸에 힘이 순식간에 빠져나갔다. 한 다리로 버티는 게 버거워 비틀대는 몸이 순식간에 붕 떠올랐다.

"침대, 언제 샀어요?"

"뭐?"

뜬금없는 질문에 게슴츠레했던 눈이 커다래졌다.

"산 지 얼마나 됐냐고."

"왜."

그건 왜 묻는데.

되묻기도 전에 그가 솔선수범하게 대답했다.

"스프링이 망가지면 안 되니까."

와중에도 넉살을 떠는 그에게는 가벼운 농담이 진정제라도 되는 것 같았다.

"괜찮아요? 불편하지 않죠?"

조심스럽게 그녀를 눕혀 두고 묻는 그가 베개를 끌어다 그녀의 머리 아래에 놓아 주었다.

눈물겨울 정도로 다정한 그는 사소한 행동을 하면서도 뺨에, 턱끝에, 쇄골에 입을 맞추었다. 마사지하듯 부드럽게 가슴을 어루만지고, 손가락 사이에 끼워 얄궂게 비틀 때면 어김없이 문영의 교성이 터졌다.

그가 거추장스러운 타이를 풀러 침대 아래로 내던졌다. 커프스를 풀고 나서 버튼을 끄르는 동안에도 그는 부지런하게 그녀의 몸을 탐했다.

속옷 한 장으로 겨우 감추고 있는 비부에 시선을 박아 놓고, 그녀의 다리를 잡아 허리에 감았다.

볼록한 그의 것이 어떤 모양을 띤 채 부피감을 키웠는지 아래를 통해 뚜렷하게 느껴졌다.

경도를 더한 그것이 어떻게 그녀를 기쁘게 하는지, 그것을 떠올렸을 땐 앞서 오른 희열에 경련이라도 일어난 것처럼 부르르 몸을 떨었다.

그가 셔츠를 벗자 너르고, 단단한 몸이 드러났다. 하의와 속옷까지 완전히 탈의했을 때 이성을 좀먹으며 자라난 그의 것을 보았다.

날것의 그것은 끈끈한 체액으로 선단을 흠뻑 적신 채로 꺼덕거리고 있었다.

"아, 이게 너무 서 버렸죠."

난처한 얼굴을 하며 말하는 그가 멋쩍어하는 게 이해되지 않았다.

"참으려고 했는데, 자제가 안 되더라고."

"하……."

"한 번 빼면 괜찮을 텐데, 그럴 시간이 어디 있겠어요. 그쵸?"

노골적으로 드러난 그의 성기가 팬티를 가를 듯이 비부에 닿았다. 뭉툭한 귀두의 느낌이 적나라했다. 먹잇감을 발견한 맹수처럼 체액을 흘린 탓에 끈끈해진 교접 부위가 너무도 쉽게 맞붙었다.

온전한 삽입을 한 것도 아닌데 내벽 안쪽이 간지러웠다.

섹스 전, 연우는 애무에 착실했다. 피부 곳곳에 떨어지는 입술이 불도장처럼 자국을 남겼다. 멍울 같은 흔적은 화인이었다. 가슴이 터질 것처럼 부풀었다.

묶고 있던 머리끈이 풀리면서 머리카락이 가슴까지 흘러내렸다. 머리 끝자락을 손에 걸고 만지작대는 손길이 나른해 기분이 몽롱해졌다.

연우와의 섹스가 좋은 이유가 바로 그것이었다.

그는 벅찰 정도의 충분함을 거르지 않고 선물했다. 어느 부분을, 어떻게 만져 주고 빨아 줬을 때 그녀가 좋아하는지, 경악할 정도로 그는 잘 알고 있었다.

육체적인 교감은 어느 순간 정신적인 교감으로까지 이어져 통달했다.

12장

보기 좋은 근육이 알맞게 잡힌 그의 팔 아래로 시선이 닿았다. 손끝에 걸린 속옷이 아슬아슬했다.

대수롭지 않게 그것을 던져 버리는 연우를 보고서야 그제야 전라의 몸이 되었다는 것을 알았다.

"아, 하읏."

둔부가 보이도록 다리가 들어 올려졌다. 그의 팔에 걸려 바둥거리는 발가락이 곱아들었다. 아래로 미끄러지는 그의 입술이 비부를 가르고 들어왔다.

"향이 참 좋아요. 이거, 나만 맡을 수 있는 향이잖아."

"아아⋯⋯!"

탐색전을 벌이듯 조심스럽게 주름을 가르고 들어온 혀가 끈끈하게 고인 점액을 쓸어 입안으로 빨아들이는 느낌이 그림으로만 그리던 상상과 여실했다.

무상한 색처럼 변함없을 것 같은 연우의 자극적인 모습에 매혹되어 밭은 신음이 연신 새어 나왔다.

"아, 앙, 아아!"

가늘어진 교성이 작은 공간을 메웠다. 여운을 남기는 파동은 강한 진도가 되어 그녀의 가슴까지 흔들어 놓았다.

새끼 강아지가 되어 버린 기분이었다. 어느새 낑낑거리며 숨을 헐떡이고 있었다.

탐스러운 그의 입술에 사정없이 빨리는데 수치보다는 황홀함이 더 컸다.

"후……."

짙은 숨과 함께 상체를 세운 그가 그녀의 무릎을 지그시 눌렀다. 그의 시야에 선연하게 비춰질 음부가 재촉하듯 발름거리고 있음이 분명했다.

채근을 갈음하는 몸짓이 기꺼운 듯 그가 씩 미소 지었다.

제가 수놓은 흔적으로 붉어진 몸은 아물거리는 그녀의 내벽과 닮았다. 차라리 뱀이었다면, 통째로 그녀를 집어삼켰을 텐데.

은은한 그녀의 향취와 태곳적 아름다움이 연우의 눈앞을 어지럽게 했다.

다시 천천히, 살결을 음미했다. 한쪽만 빨아 댄 탓에 부푼 가슴을 우악스레 주물렀다.

목에 두른 팔을 힘껏 당긴 그녀의 품에 순순히 얼굴을 묻자 부르르 떠는 그녀의 다리가 자연스레 허리를 휘감았다.

그녀가 흘리는 체액이 고스란히 그의 턱에 스몄다. 애액의 점성도 만큼이나 끈끈하게 엉킨 몸이 떨어질 줄 모른 채 엉켜들었다.

나만 아는 얼굴, 나만 알았으면 하는 얼굴.

환희에 젖은 그녀는 절규하지 못해 침묵했다. 억지로 짓씹는 입술을 살살 검지로 쓸었다. 자잘하게 돋은 돌기가 뿌리까지 밀어 넣은 채로 찌를 때면, 지금처럼 그녀는 있는 힘껏 그를 압박했었다.

아아. 귀여운 권문영.

아프잖아요, 속삭이는 목소리가 그윽했다. 벽면을 도배하는 숨소리는 거센 맥박처럼 위험하게 호흡하는 문영의 것뿐이었다.

남기고 싶은 건 그의 숨결이거늘.

"이제 그만 넣을까요?"

그녀가 가장 좋아하는 터럭 부분에 우윳빛 체액으로 젖은 귀두를 문질렀다.

"흐……, 아아!"

"대답해요. 어떻게 했으면 좋겠어요?"

유난히 민감한 부위를 어르듯 부드럽게 만져 주거나 몸을 비벼 자극할 때면, 울음을 참지 못해 눈물을 보이는 그녀였다.

"아! 넣어……!"

"뭐라고요?"

"……줘. 제발."

그녀의 말에 기다렸다는 듯 흠칫 떠는 비부를 가르고, 천천히 삽입해 들어갔다.

그러자 성화를 부리듯 매달리는 근육이 바짝 수축해 그를 조였다.

느리게 허리를 빙글빙글 돌리며 쳐 댈 때면 아직 부족함을 느끼는 듯 성기가 끝도 모른 채로 더 깊숙한 곳을 찾아 파고들었다.

"아!"

지독한 수렁이었다. 헤어 나오기 힘든 것을 보면 이조차 환희로운 곤욕이었다.

"이렇게 해 주는 걸 좋아했죠."

그녀의 허벅지를 내리누른 채로 사타구니를 꽉 맞붙인 그가 세모꼴의 자극 점을 느긋하게 문질렀다.

"아, 아읏!"

어깨를 붙잡은 그녀의 손이 덜덜 떨렸다. 뇌까지 얼얼해지는 기분이었다.

빠르게 허리를 쳐 댈 때와는 사뭇 다른 감각이 전신을 강타했다.

자극에 아랫배가 욱신거렸다. 심장까지 닿을 듯 깊게 밀어 넣었다가 뒤로 물러날 때면 그를 에워싸듯 부피를 키웠던 음부가 허전하게 느껴졌다.

"으응. 계속! 멈추지 마……."

가지 말라고 애원하는 손이 그의 등허리를 사정없이 긁어 댔다.

연우는 최대한 움직임을 줄였다. 안달이 난 여자를 고문시킬 마음은 없었다.

당장 눈이 돌아갈 정도로 환장한 건 사실 그녀가 아닌 그였으니까.

"하, 정말 미치겠네."

비좁은 내벽이 주는 압박감은 미치도록 황홀해 숨이 멎을 지경이었다.

내 것이라고, 가장 은밀한 부분 깊숙한 곳에까지 흔적을 새기듯 연우는 아주 오랫동안 느리고, 더디게 허리를 쳐 댔다.

팔뚝처럼 두꺼운 남성이 수줍은 듯 발름거리는 음핵을 개벽하고 삽입할 때면 그 커다란 것을 용케 삼키는 그녀가 귀여워 웃음이 났다.

변혁 같은 그녀의 반응은 매일이 새로웠다. 침구를 축축하게 적실 만큼 흥분한 그녀의 모습에 진한 정염이 일었다.

"빨리, 으응."

"응?"

그녀의 겨드랑이 아래로 두 팔을 넣어 등허리를 꽉 끌어안은 그가 입을 맞춰 왔다.

"빨리 박아 줘요?"

"아, 아아……."

"응? 말해 봐요."

"으응. 박아 줘, 얼른."

다급한 사람처럼 팔을 내려 질구를 꽉 채우는 그의 뿌리를 더듬거렸다. 그의 움직임이 차분할수록 둔부를 건드리는 고환의 느낌이 선연해서 숨을 쉴 수가 없었다.

가쁜 숨을 고를 새도 없이 감당하기 버거운 체적감을 드러낸 그가 문영의 비부를 맹렬하게 쳐 댔다.

"아웃!"

사실적이었다가, 비현실적이었다가, 눈에 아른대는 그녀의 모습에 입이 말랐다.

온전히 내 것이 아니라는 생각은 시시때때로 찾아와 그의 뒤통수를 쳤다.

아주 오래전부터 그녀의 곁을 맴도는 그들이 맘에 들지 않았다.

정작 저도 다르지 않은 주제에 치졸한 질투심이 불을 키웠다.

무한한 욕망을 채워 줄 수 있는 그녀는 없었다.

"아, 아아! 하으응!"

퍽퍽. 성난 짐승처럼 거칠게 몸을 박아 댔다. 흔들리는 그녀의 어깨를 와락 끌어안고, 고개를 내려 꼿꼿이 선 유두를 이로 잘근 씹었다.

허허한 마음처럼 부족함을 느끼는 몸은 전희를 갈망했다.

문영은 땀에 젖은 머리카락을 쓸어 넘겨 주고, 봉긋한 이마에 입을 맞춰 오는 연우를 힘껏 끌어안았다.

가느다란 곡선의 허리를 잡아 세운 그는 무릎 위에 앉혀 놓은 그녀를 보며 다시금 깊게 입을 맞췄다.

그가 침구를 짚은 채로 툭툭, 음핵을 건드렸다. 간절한 탐욕의 빛이 열띤 방 안에 잠식됐다. 쾌감은 넓은 강 같기도, 깊은 바다 같기도 했다. 좀처럼 마르지 않았다.

그의 사정감이 길어질수록 문영이 견뎌야 할 쾌락도 커져만 갔다.

눈물이 마른 얼굴에 얼룩이 졌다. 그 자리에 그녀라면 사랑해 마지 않는 연우의 입맞춤이, 지문이 끊임없이 내려졌다.

시간이 어떻게 흐르는지도 모르는 밤은 찬연했다.

✦   ✦   ✦

외교 문제는 곧 중요 사안으로 자리매김되어 전 사를 시끌벅적하게 했다.

클래식 S는 예정대로 무사히 출시되었으나 갑작스레 터진 사건으로 큰 매출을 기대할 순 없을 것으로 추정됐다.

클래식 S의 로드 맵을 대외적으로 공개하고자 본사의 경영 전략 팀에서는 언론과 미디어를 이용해 치밀하고 전략적인 마케팅 홍보를 실시했다.

휴대폰의 4차 혁명이라는 타이틀을 내세워 5G 시대에 본격적으로 진입했음을 암시했고, 4차 산업 혁명을 견인하는 핵심 기반으로 클래식 S의 기능과 보안성을 적절하게 표현하는 데 성공했다.

본사는 자성 파운드리와 전 사 사업의 구체적인 로드 맵을 발표, 더불어 신기술을 소개하는 행사를 진행하며 한국을 시작으로 미국, 중국, 베트남을 완주할 것이다.

며칠 전, 한국에서 열린 자성 전 사 로드 맵 공개 발표가 한남동의 모이트리 홀에서 개최됐다. 행사가 무사히 끝난 후에야 문영은 숨 쉴 틈을 찾을 수 있었다.

최근 들어 눈코 뜰 새 없이 바쁜 나날의 연속이었다. 그나마도 곁에 연우가 있어 다행이었지, 그조차 없었더라면.

"밥, 먹어야죠."

그의 자리가 꽉꽉 채워진 기분이었다. 그녀의 방에 아직까지 묻어 있는 그의 체취와 숨소리처럼 그녀의 곁에 어느샌가 연우가 소리 없이 다가와 충만하게 채워 놓았다.

그가 자신의 공간에 그녀를 들이지 않는 이유를 조금은 알 것 같았다.

그가 없는 밤이 싫어졌다.

"오늘은 뭐 먹을까요? 권문영 씨가 좋아하는 쌀국수, 그거 먹을까?"

퇴근 후, 늘 회사와 멀리 떨어져 있는 정류장에서 그를 만났다.

비슷한 시간에 퇴근하는 일이 거의 없던 요즘, 사내 밖에서 그를 만나니 기분이 묘했다.

"후식으론 초콜릿 무스가 좋겠어."

"파르페는 먹을 게 너무 많아 싫죠, 어쩐지 살이 더 찌는 기분이잖아."

언젠가 그가 주전부리라고 사다 준 파르페를 먹으며 그런 말을 했었다.

"당 충전은 하고 하시죠, 그러다 쓰러지겠습니다."

"바빠 죽겠는데 손이 많이 가는 메뉴는 기피해 줘요. 먹느라 일하는 시간 놓치면 큰일이니까."

"그렇게 말씀하시는 분이 잘만 드시는 건 어떻게 귀엽게 봐 줘야 하는 겁니까?"

"개인적으로 파르페는 별로야, 어쩐지 살이 더 찌는 기분이거든요."

"알겠습니다."

선선히 웃던 그는 그녀에 대해 한 가지 더 알게 되었다는 사실에 무척 감격한 것 같았다.

"넌 뭐 먹고 싶은 거 있어?"

"너."

"아."

근처에 잘 아는 쌀국수집이 있었다. 자연스레 그쪽으로 걸어가던 문영이 주춤했다.

불식간에 떠오른 지난 기억이 잠시 잊은 듯했던 감각을 되살아나게 했다.

뭉근한 불씨가 언제 화염처럼 커질지 몰라 초조함이 커졌다.

"난 권문영 씨면 되죠. 달고 맛있는 게 가까이 있는데, 굳이 어렵게 생각할 필요가 있나."

서연우와의 마지막 섹스가 언제였더라.

기억이 가물가물했다.

이제는 조금 한가하니까.

"그래, 쉽게 생각해. 나 하나로만 충분하니까. 넌."

조금은.

"앞으로도 나 하나로 만족하면 되겠네."

쌀국수집에서의 기억이 거의 없었다.

섹스를 목전에 둔 남녀는 건성건성 식사를 마친 후 곧장 근처 호텔을 찾았다.

엘리베이터에서부터 시작된 키스는 룸 안에 들어서기 무섭게 더욱 격렬해졌다. 서로의 옷가지를 벗겨 내는 손길이 성말랐다. 마음처럼 쉽게 되지 않아 투덜거리다가 코끝을 맞대고 피식 웃었다.

짐승처럼 서로를 탐하려 드는 게 짐승이 아니면 뭐란 말인가.

태초의 인간처럼 날것의 몸이 서로에게 꽉 밀착되어 포개졌다. 가슴에 가슴이, 허벅지에 허벅지가 비벼진 채로 삽입이 시작됐다.

침대가 아닌 곳에서의 관계를 기피하던 문영은 난생처음으로 느낀 극렬한 오르가슴에 그가 있는 곳 어디서든지 쉽게 다리를 열었다. 그러기까지 사실 상당한 용기가 필요로 됐다.

그 사실을 연우가 모를 리 없었다. 그는 언제나 그녀에게 감사했다.

"좋아요?"

버릇처럼 머리를 쓰다듬어 주며 묻는 목소리가 더없이 다정했다.

눈물이 나는 건 아래를 공략하는 그의 혀 때문만이 아니었다. 돌기처럼 볼록한 클리토리스를 빨아올려 줄 때마다 허벅지 안쪽에 바짝 힘이 들어갔다.

진주알처럼 작은 그곳에 닿는 그의 혀가 너무나 자극적이었다. 허리가 활처럼 휘고 엉덩이가 들썩였다.

그가 허벅지를 잡아 단단하게 고정시키지만 않았더라도 당장 다리를 오므렸을 테다.

어쩌면 한번 맛본 쾌감을 잊지 못해 더한 것을 찾아 헤맸을지도 모른다.

✤　✤　✤

문영은 주말마다 집을 찾는 그에게 진수성찬을 대접했다. 물론 그에게 가장 맛있는 건 그녀일 테지만.

헐렁한 고무줄 바지가 종아리 아래로 떨어졌다. 지퍼가 열리는 소리가 유난히 귀청을 크게 울렸다.

고무장갑을 끼고, 접시를 헹구던 문영이 흠칫했다. 미끌미끌한 그의 것이 둔부의 골을 따라 문지르는 촉감에 비명을 지르고 싶었다.

"너, 아……!"

"더 만져 줘야 돼요? 이미 젖었는데."

안 그래도 불과 몇 분 전까지만 해도 그가 손으로 한껏 몸을 데워 놓은 상태였다.

뒷정리를 하기 위해 주방으로 향하는 그녀를 무릎 위에 앉혀 놓고, 연신 키스를 했다.

그러더니 티셔츠를 올려 가슴을 만지다가 급급한 사람처럼 옷 안에 얼굴을 묻었다.

어렵지 않게 브래지어 컵을 밀어 올리고, 쿵 떨어진 가슴을 하염없이 빨아 댔다.

"으응……."

"하, 여기도 달아요."

뜨겁고 부드러운 혀가 제 정점을 둥글게 자극할 때마다 오소소 소름이 돋는 기분이었다.

그 손길로 인해 삽입도 전에 이미 아래는 한껏 젖어 들어갔다.

그리고 지금, 그에게 제 아래를 들킨 것만 같아 문영은 입술을 꾹 깨물었다.

"난 이런 자세도 나쁘지 않은 것 같아."

서연우는 선 채로 박는 게 색다른 묘미라고 말했다.

"아······!"

"지금 넣으면 아플까요?"

그는 제멋대로 굴다가도 바보같이 꼭 한 번씩 그런 질문을 했다.

문영이 고개를 가로젓자 그제야 연우가 그렇죠, 하며 귓불을 깨물었다. 이내 어렵지 않게 그녀의 안에 자신을 끼워 맞췄다.

"하."

문영이 가장 좋아하는 연우의 소리는, 첫 삽입 때 내뱉는 낮은 숨소리였다.

"아읔!"

"조금만 더 엎드려 봐요. 힘들어요?"

탁탁, 그가 허리를 쳐 댈 때 나는 소리가 둔탁했다. 손에 들고 있던 접시를 놓친 문영이 싱크대를 꼭 붙잡았다. 허리에 팔을 두른 그가 그녀의 등을 지그시 내리눌렀다.

"흐으응······."

아니라는 한마디 말조차 쉽게 나오지 않았다. 꾸욱 다문 입술 사이로 뜨거운 숨과 신음만이 새어 나올 뿐이었다.

"참지 말아요. 소리 지르고 싶으면 질러."

"연······우야. 읏!"

머리카락에 얼굴이 가려지는 게 싫은지 그녀의 헝클어진 머리를 그가 하나로 모아 붙잡았다.

문영은 때때로 서연우의 거친 행동에 소스라치곤 했다. 어느 순간에는 그 찰나의 난폭함이 그녀에게 자극제가 되었다.

"그거 알아요? 지금 엄청 예뻐."

발그레한 얼굴로 신음을 참는 얼굴이 얼마나 사랑스러운데. 그녀의 마른 등에 가슴을 포갠 그가 부드럽게 입을 맞춰 왔다.

들숨 날숨, 불안정하게 호흡하던 그녀에게 숨구멍이 사라졌다.

자잘한 숨결까지 모조리 빼앗는 포식자처럼 그가 그녀의 고개를 돌려 입술을 열고 포악하게 혀를 밀어 넣었다.

아래에서 끊임없이 밀려오는 쾌감에 음부 주변이 바르르 떨렸다. 세게 밀려오는 그의 힘에 허벅지 안쪽이 다 얼얼할 정도였다. 내일이면 아릿한 통증을 호소하겠지만 아무렴 좋았다.

원체 현재에 충실한 타입이기도 했지만, 빈자리를 느끼지 못하게끔 꽉 채워 주는 그가 미치도록 좋아서 문영은 저도 모르게 팔을 뒤로 뺐다.

허우적대는 손이 그의 허리를 더듬거렸다. 상대가 서연우라면 더한 것도 좋을 것 같았다.

그렇게 흥분의 정점에 올랐다.

✢　　✚　　✢

하루 일과의 마지막은 퇴근 후 그와 저녁 식사를 함께하는 것이었다.

데이트라는 말이 거창하게 느껴졌다. 연우의 마음을 알면서도 이번에도 모르쇠를 부리는 그녀의 이기심은 그를 곁에 묶어 두었다.

혼자 있는 시간이 싫어 그의 마음을 이용하는 꼴이었다. 마음을 동냥하는 그에게 대가랍시고 몸을 내어 주는 건 스스로가 생각해도 미친 짓이었다.

미친 걸 알면서도 끊을 수 없는 중독에 빠져 자꾸만 그를 탐닉하게 됐다. 가끔은 서연우가 없는 시간을 떠올렸다.

그럴 때면 어김없이 가슴이 내려앉았다. 이음새가 나간 녹슨 대문처럼 삐거덕거리며 위험을 알리기도 했다.

심장이 저린 느낌은 전신으로 퍼져 나갔다. 온몸이 오싹해지는 동시에 내가 더 잘해야 한다는 생각이 절실하게 차올랐다. 정말 그를 잡아먹는 요부라도 된 기분이었다.

문제는 그 기분이 퍽 나쁘지만은 않다는 것. 때로는 일탈도 필요한 법이었다. 서연우와의 섹스가 그녀에게 그런 것일지도 모르겠다.

서연우와의 저녁 메뉴는 매번 소박했다. 매운 떡볶이가 될 때도, 뜨끈한 우동 한 그릇이 될 때도 있었다.

"어때요? 맛 괜찮았어요?"

"응. 입소문 날 만하더라."

회사 근방, 맛집으로 명성을 얻은 가게에서 두둑이 배를 채우고 집으로 돌아가는 길이었다. 소화도 좀 시킬 겸 조금 걷는다는 게 번화가를 한참 벗어났다.

"잠깐만. 우리 여기 좀 들어가요."

마감 중인 캔들 가게 앞을 지나치는 중이었다. 연우의 말에 자연스레 그녀의 시선이 쇼윈도 앞에 진열된 자 캔들로 향했다.

"캔들 사려고?"

"나 말고."

"응?"

워머에 올려놓은 하얀색 유리병과 보기만 해도 아늑해지는 왁스의 색감에 작게 감탄하고 있는데, 그녀와 눈높이를 맞추듯 상체를 숙인 채로 진열장 너머를, 그리고 문영을 번갈아 보던 그가 돌연 가게 안으로 들어갔다.

"받아요. 미안해서 주는 선물."

잠시 뒤, 문영의 앞에 다시 나타난 그의 손에 조그마한 쇼핑백이 들려 있었다. 줄 것처럼 건네던 그가 아, 무거우니까 내가 들게요. 하고 나직이 속삭였다.

"갑자기 왜……."

"그냥. 요즘 잠 못 자잖아."

알기는 아는 모양이다. 내가 누구 때문에 잠을 설치는데.

온전히 연우를 탓할 순 없었지만 그의 영향이 아주 없지도 않았다. 회사 일이 바쁜 건 어느 순간부터 핑계가 되어 버렸다.

그와 질펀하게 몸을 섞고 나서는 이상하게 눈이 말똥말똥해졌다. 커피를 수십 잔 입안에 때려 넣은 사람처럼 정신까지 맑아 외로웠던 밤이 유난히 찬란하게 느껴졌다.

가끔은 돌아가려는 그를 먼저 붙잡기도 했다.

"워머 디자인이 예뻐서 인테리어 소품으로도 괜찮을 것 같아요."

"네 집은 텅 비어 있는데, 내 집은 너로 다 채우겠다?"

"음. 그게 목적인 건 아닌데, 그렇게 되면 좋겠다."

상상만으로도 좋다는 듯 연우가 손에 깍지를 끼며 웃었다. 꽉 힘을 주어 그녀를 잡아끌어 안은 그에게 더는 안팎의 구분이 없었다.

"고마워. 잘 쓸게."

자연스럽게 손을 잡고, 포옹을 하고.

이만하면 충분했다. 대단히 잘난 만남은 아니었지만 연애하는 기분을 느끼기엔 충분했다.

서연우와의 연애라.

이대로라면 나쁘지 않을 거라는 게 그녀의 솔직한 심정이었다.

물론 지극히 개인적인 생각이었다. 적극적인 공세를 펼치며 다가온 서연우의 기세가 아직도 등등한지는 모를 일이었다.

어쩌면 그 역시 몇 번의 잠자리에 싫증을 느꼈을지 모른다. 요즘 들어 서연우는 섹스 후에 나른함을 견디지 못하고 잠이 들 때가 많았다.

체력적인 소모가 커 지친 것 같진 않았다. 이를테면 포만감 뒤에 찾아오는 식곤증일까.

불현듯 광범위하게 영향을 끼치는 생체 리듬이 완전히 틀어졌음을 깨달았다. 낮과 밤에 일정하게 변하는 체온처럼, 그가 있고 없음에 따라 그녀의 감정도 그때그때 달라졌다.

그에게 적응되어 가는 수면 패턴이, 호르몬이 그 사실을 방증했다.

"오늘은 자지 마요."

부드럽게 그녀의 등허리를 쓸어내리며 그가 속삭였다.

창피함도 모르고, 길 한복판에서 입을 맞추는 연인들의 마음을 조금은 헤아릴 수 있게 됐다. 지금 당장 그가 농밀하게 입을 맞춘다 해도 문영에게는 뿌리칠 의지 따위 없었다.

"뭐?"

"잠들 생각 말라고요."

그러나 애석하게도 착한 서연우는 때와 장소를 잘 가릴 줄 아는 녀석이었다. 뭐, 그렇다고 회사에서까지 착실한 부사수 역할을 해내는 건 아니었다.

몰입도가 차츰차츰 떨어지는 탓에 종종 그녀를 곤란하게 하는 경우도 있었지만 대부분은 그녀의 입장을 철저하게 배려하려 했고, 보호하려 애썼다.

"나 아까부터 참느라 힘들었어요."

"정말 못 하는 말이 없네, 서연우."

의지와 상관없이 발기하게 되는 부분까지는 사실 그녀도 어떻게 해결해 줄 수 있는 부분이 아니었다. 문제는 회사 밖에서의 그가 말 그대로 유난을 떤다는 것이었다.

그는 매사에 진중했다. 그녀를 쉽게 여기지 않는다는 건 알지만 가

끔은 고집을 부리는 행동에 알 수 없는 서운함이 파도처럼 밀려들 때가
있었다.

"왜요? 당장 여기에서 뭘 하겠다는 것도 아닌데."

바로 지금처럼.

당장 하고 싶은데, 그는 호텔이나 집이 아닌 외부에서의 관계를 꺼
려했다.

깔끔을 떠는 것 같지는 않은데.

권문영에게 있어 서연우는 아직도 설원 같았다. 그의 마음은 망망대
해처럼 넓었고, 어린 시절의 순수함이 아직 남아 있는 듯 티 없이 맑았
다.

"재울 생각은 있고?"

"그런 게 있을 리 없죠."

"서연우."

"응?"

그의 가슴에 가만히 얼굴을 묻은 문영이 한 템포 말을 쉬었다.

"왜요."

연우가 다정한 목소리로 대답하며 그녀의 뒷머리를 쓰다듬었다.

"하고 싶어."

"음."

손목시계를 확인하며 집까지 돌아가는 시간을 계산하는 그의 미간이
좁아졌다.

문영이 고개를 잘잘 흔들었다.

"아니."

응? 자연스레 그의 손이 끌려와 흐트러진 머리를 어깨 뒤로 넘겨 주
었다.

"지금 하고 싶어."

"둘이 하는 데 싫증이라도 느꼈어요? 엑스트라라도 필요한 거야?"

"오해의 소지를 남기는 말은 아니었던 것 같은데. 일부러 말 돌리는 거지, 너."

"당황스러워서 그렇죠."

"남들에게 내 은밀한 사생활을 공개하고 싶은 생각은 없어."

"알아요. SNS도 잘 안 하는 사람이잖아."

"응."

하아, 그가 난처한 표정을 지으며 길게 숨을 내쉬었다.

갈등하는 그의 모습에 문영이 단단한 허리를 꽉 붙잡았다. 그를 올려보는 그녀의 동그란 눈에 연우가 하, 실소했다.

"……미치겠다."

자조적인 혼잣말은 부는 바람에 실려 사라졌다.

"며칠 전에, 내가 너무한 것 같아서 내내 마음에 걸렸어요."

"응?"

"아파서 잘 못 걷는 것 같았거든요."

뒤로 박는 체위가 제게만 선물 같은 쾌락을 선사하는 것 같아 그녀에게 얼마나 미안했는지 모른다.

회사에서의 문영은 단호하고, 강단 있는 사람이었다. 완강하고, 고집스러운 그 모습 뒤에 가려진 그녀의 이면은 오로지 자신만이 알고 있었다.

그 사실에 묘한 뿌듯함과 쾌감을 느꼈다. 신이 나서 넘실대는 감정은 너무도 쉽게 폭주했다.

복도를 걷는 그녀의 뒷모습을 볼 때면 인적이 드문 옥외 공원 뒤편이나, 비상구에서 감추지 못한 욕망을 적나라하게 드러내 보이는 상상을 했다.

볼록하게 튀어 오른 바지 사이가 부끄러울 나이는 아니지만, 그녀가 안다면 기겁할 거라 생각했다.

음란한 상상 속에서 그는 발정기 수컷처럼 그녀를 벽에 밀어 넣고,

삽입을 했다.

그런 제 손길과 몸짓에 새초롬한 눈초리로 저를 보다가도 이내 뜨거운 숨을 내뱉는 문영을 떠올렸다.

상상만으로도 사정감이 몰려올 지경이었다.

"이럴 거면 주차장에서 만나자고 하지 그래."

만약 그 상상을 실행으로 옮긴다면, 문영은 이렇게 말할 것이 분명했다.

그녀에게 제 욕망을 직접 말해 볼 수도 있었지만 그러고 싶지 않았다.

외부에 노출된 곳에서의 섹스는 지금보다 더한 욕정을 들끓게 할 것도 같았으나, 청결하지 않은 곳에서의 행위가 자칫 그녀를 아프게 할지 모른다는 생각이 충동을 억누른 것이다.

문영과의 관계는 더없이 만족스러웠다. 서툴러서 매혹적이었고, 무방비해서 고혹적이었다.

안으면 안을수록 허기가 져 더한 것을 원하게 됐다. 그럴 때면 어김없이 더 깊은 곳을 갈구했다.

"하고 싶어, 서연우."

어쩌면 그것은, 아직 채 닿지 못한 그녀의 진심일지도.

재촉하지 말아야지. 생각을 굳히며 그가 웃었다.

"그것도 당장."

그녀에게 염증이 되고 싶지 않은 그의 손이 이내 문영의 손을 잡았다. 서두르는 걸음이 다급했다.

"권문영 씨는 갈수록 더 예뻐져서 큰일이에요."

결심은 마치 얼음 같았다. 질투에 녹아들다가도 그녀만 보면 벙싯대는 꽃봉오리처럼 마음이 폈다.

때로는 근육 같기도 했다. 모든 걸 이해할 것처럼 늘어났다가도 굳어져서는 하루에도 수십 번씩 생각을 번복하게 만들었다.

"아아."

아마 당사자인 그녀는 모르겠지만, 서연우는 오로지 권문영을 위해 참아야 할 것들이 많았다. 섹스를 할 때 더욱 그랬다.

그런데.

그게 다 저를 위한 줄도 모르고, 도발을 할 줄이야.

시간이 늦어 공영 주차장은 휑했다. 저녁이면 무인으로 운영되는 주차장 안에서 은밀한 행위를 나눈다는 게 사실 그다지 내키지는 않았다.

둘만 아는 장난이, 비밀이 공공연하게 탄로 나는 기분은 연우의 감흥을 바닥 치게 했지만 막상 제 손으로 벗겨 놓은 그녀를 보자 생각이 달라졌다.

시트를 최대한으로 젖혀 놓고서 그녀의 다리 사이에 무릎을 세우고 앉았다.

바둥대는 다리를 잡아 어깨에 걸쳐지게끔 고정시킨 그의 입술이 세모꼴의 살을 쓸고, 비부에 닿았다. 예고도 없이 내밀어진 혀가 발름대는 음핵 주변을 뭉근하게 쓸어 올렸다.

"아윽!"

"허리 들어 봐요."

"하아……."

"계속 이러고 있으면 안 돼요. 좋아하는 좆도 못 넣게 생겼잖아."

"내가 본전도 못 찾을까 봐, 하, 응."

바르작대는 그녀가 혼신을 다해 몸을 들었다. 어떻게든 제 분신을 먹겠다고 애를 쓰는 모습이 여간 사랑스러운 게 아니었다.

"진짜 사람 미치게 만드는 거 알죠?"

"흐읏! 그러니까 얼른……!"

본능이 자아내는 행동이 평소의 그녀와 사뭇 간극을 보였다. 거기서 느껴지는 감정은 매번 극명하게 달랐다. 감마되지 않은 정욕은 나날이 욕심을 키웠다.

정제되지 않아 금세 격화되는 감정이 폭발했다. 그가 잘 박아 주기를 바라며 매끈하게 허리를 움직이는 그녀의 모습에 삽입도 전에 싸 버릴 것 같은 느낌이 선단 끝까지 올라왔다.

"넣을게요."

이미 질펀해진 선단을 원을 그리듯 돌려 만지다가 그녀의 비부 아래로 가져다 댔다. 넣기도 전에 반응을 보이는 그녀의 안으로 빨려 들어갔다. 탄력 있는 내벽이 차지게 그의 것에 달라붙었다.

"윽."

고대했던 충만감에 환장할 것처럼 조이는 그녀만큼이나 그도 열렬했다. 뿌리 끝까지 밀어 넣어도 충족되지 않아 가느다란 허리를 끌어안은 채로 바짝 당겨 안았다. 엑스 자로 엇갈린 사타구니가 농밀하게 문대졌다.

"하윽!"

찰박찰박. 물이 튀는 소리가 적나라하게 귓전을 때렸다.

"……아."

"응?"

"하아, 좋아……."

"여길 이렇게 박아 주니까 좋아요?"

실컷 빨아 준 건 아래인데 그녀의 얼굴이 흠뻑 젖어 있었다.

열감이 느껴지는 얼굴을 똑바로 응시하는 그는 지극히 자연스러웠다. 거추장스러운 타이를 조금 끌어 내린 것 외에는 절대로 섹스 중임을 모를 자태였다.

시선을 내리면 아찔한 광경이 펼쳐졌다. 느리게 박혔다가 빠지는 성기가 고스란히 눈에 들어왔다. 허리를 움직일 때마다 서로의 체모가 까끌까끌하게 비벼졌다.

찌걱찌걱, 채 흐르지 못한 체액을 모조리 뽑아내듯 굵고 단단한 것이 쉼 없이 그녀의 안을 드나들었다. 성기의 표면 위로 도드라진 핏줄마저 음핵을 건드리는 것 같았다.

"하웅!"

비명 같은 교성이 좁은 차 안을 떠돌았다. 그가 양손으로 그녀의 브래지어 컵과 블라우스를 한꺼번에 밀어 올렸다.

"입에 물어요."

셔츠 끝자락을 그녀의 입가에 가져다 댄 그가 명령하듯 말했다.

"그럼 가슴도 빨아 줄게요. 잘 물고 있어요."

재갈을 물려도 지금의 쾌감을 포기 못 할 테다.

어금니로 옷자락을 꽉 물었다. 흥분에 꼿꼿해진 유두와 거친 숨을 몰아쉬는 탓에 오르락내리락하는 가슴에 그의 시선이 박혔다.

고개가 떨어지고 입술이 내려왔다. 아래로 끊임없이 치받는 그의 성기가 자궁 끝까지 쑤셔 대는 것 같았다.

"흐……, 으웃, 으!"

장기가 뒤틀리는 느낌에 울음 섞인 신음을 내질렀다.

쪼옥. 아래로는 강한 압력에 가슴이 그의 입안으로 빨려 들어갔다.

"야하네요, 권문영 씨."

탁한 목소리, 탁한 눈빛.

그녀만큼이나 뇌쇄적인 그가 유두 끝을 씹으며 속삭였다. 길게 살점을 빨아올리는 입술만큼이나 부지런한 성기는 위아래로 매끈하게 문지르며 자극을 주고 있었다.

"회사 사람들이 다들 권문영 씨 예쁘다고 난리더라고요."

"아, 아으."

"이렇게 예쁜 얼굴은 정작 나만 봤는데 말이에요."

"더, 더…… 으응!"

얼굴을 들어, 숨이 넘어갈 듯 헐떡이는 그녀의 눈동자를 응시했다.

약에 취한 사람처럼 초점이 풀린 눈빛조차 사랑스러웠다. 이 정도면 중증이었다.

"으읏!"

"내 좆 말이에요, 꼭 나침반 같아요."

"그, 하아, 그게 무슨……!"

"권문영 씨 근처에만 가면 못 싸서 안달 난 놈처럼 매일 서 버리니까."

의미심장하게 웃어 보인 연우가 느긋하게 허리를 돌렸다.

"흐으응, 멈, 멈추……지 마. 읏."

순식간에 옅어진 자극에 아쉬움을 느낀 문영이 앓는 소리를 내며 그를 채근했다.

"멈추지 마요?"

"응, 계속, 하아! 해 줘."

그녀의 말에 이미 한껏 몸집을 부풀린 남성이 움찔하며 다시 크기를 키웠다. 동시에 잠시 미간을 찌푸린 그가 힘껏 허리를 박아 댔다.

"아앙, 아, 아아!"

시트에 부딪친 몸이 튕겨져 그대로 그의 가슴팍에 안겨 들기를 수차례 반복했다.

문영은 그의 품 안에서 한껏 무너졌다. 열락을 맛본 몸이 통제될 리 없었다. 도저히 그녀의 것이라고 생각할 수조차 없는 음탕한 신음이 연이어 입술 사이로 튀어나왔다.

그녀는 몽롱한 얼굴로 혀를 넣어 제 입안을 휘젓고, 다시 가슴 아래로 내려가 도톰한 젖꼭지를 빨았다 놓아 주는 그를 내려다보았다.

시각적 효과에 섹스가 주는 쾌락의 강도가 높아졌다. 유륜까지 핥다가 젖무덤을 입에 머금은 그의 뒤통수를 힘껏 끌어안았다.

"떼지, 으응! 마. 하아."

제어되지 않는 마음이 그녀의 내벽 안에서 널뛰었다.

생각이 많아지는 요즘, 안으면 안을수록 텅 비어 가는 마음을 채우고 싶은 그가 거세게 몸을 치받았다.

그의 뜨거운 몸짓에 문영은 연신 애원하고 절규했다. 희열은 고통이 되었다가 다시금 정염이 되어 그녀를 좀먹었다.

오늘따라 유독 그의 사정이 늦어졌다. 미치도록 황홀한 순간은 끝나지 않을 것 같았다.

"권문영 씨가 좋아하는 거, 매일같이 해 줄 수 있어."

"하아······."

"그러니까 환장할 만큼 좋아서 차라리 죽는 게 낫겠다 싶은 거라면······ 그 기분, 내 밑에서 느껴요."

매일 느끼게 해 줄 테니까.

사정 후에도 떨어지지 않는 몸은 그녀의 안에서 죽지도 못한 채 꿈틀거렸다.

아직 부족했다.

아직.

✣　　✣　　✣

자성의 부회장이 그룹 회의에 참석했다는 소식이 전해지자 업무 분위기도 자연스레 침체되었다.

리튬 이온 등 이차 전지 배터리를 전문적으로 제조하는 자회사는 물론, 중국의 IOL, 일본의 베타에서 스마트폰의 배터리를 공급받아 온 자성은 각국 전자 산업을 대표하는 양대 기업 간의 협력 체제가 국가적 외교 문제로 붕괴되었음을 유감스럽게 생각했다.

애국심과 기업의 발전, 한 사람, 한 사람의 생존이 걸린 문제는 별개였다.

작년까지 세계 낸드 시장 점유율 40%로 6% 이상의 점유율을 회복시

켰으나 사실 올 하반기와 내년 상반기 실적에 어떤 변화가 찾아올지는 모르는 터였다.

선택과 결정은 오롯이 상부의 몫이었으나 사내에 주요 관심거리로 떠오른 그들의 전략 회의는 사원들의 입을 열고, 다양한 의견을 제시하게끔 했다.

"국내 양대 기업을 공급사로 채택하는 것도 나쁘지 않은 선택이라고 생각해요. 경쟁 관계보다는 양사의 거래 협력이라는 타이틀에 화제성이 더 높을 테니까요."

누군가는 클래식 S의 지지부진한 성적과 손익 분기점의 전망을 우려했고.

"섣부른 생각입니다. 아무리 전략실에서 공급사 다변화를 추진하고 있다지만 신규 고객 발굴은 시기상조 아닙니까?"

누군가는 그 의견에 반대하는 입장을 드러냈다.

"사실 따지고 보면 그동안 자성 전자에서 출시된 중저가 스마트폰의 배터리는 성산 SDI에서 공급받았죠? 자성 배터리 사업도 손익 분기점에 도달할 것으로 전망된다 하고."

의견이 분분해진 가운데 유일하게 연우만 조용했다. 내내 침묵하는 그에게로 동기들의 시선이 꽂혔다.

"서연우 씨는 어떻게 생각해요?"

내내 다른 생각에 잠겨 있는 그의 시선은 멀거니 떨어진 곳에 있는 권문영 대리를 따라 움직이고 있었다.

"아."

느지막이 문영에게서 시선을 거둔 연우가 나직하게 탄식했다.

"글쎄요."

흥미 없는 이야기에 관심을 둘 만큼 호방한 성격은 아니라, 달리 할 말이 없었다.

성산은 자성과 기업 순위 1, 2위를 다투는 경쟁 기업이었다.

그중에서도 성산 SDI는 배터리, 디스플레이, 전자 부품 등을 전문적으로 생성하는 회사로 수년 전부터 자성 측에 배터리를 공급함으로서 이해관계를 성립시켜 왔다.

그렇기 때문에 그들의 제품을 사용한다 해서 크게 문제가 될 것은 없었다.

어차피 자성 제품에 탑재되는 성산의 세부 부품에 대해서는 출시 후에도 일절 언급하지 않을 테니까.

"하긴, 뭐. 우리가 실컷 떠들어 봐야 뭐 하겠습니까. 그나저나 서연우 씨, 권 대리님이랑은 어떻게 일은 좀 할 만해요?"

"안 그래도 나도 궁금했어. 경기권 쪽으로 며칠 외근 나갔었잖아요. 힘들진 않았어요?"

힘들어?

아. 그렇지. 힘들었지.

눈에 안 보이면 덜컥 가슴이 내려앉아 좀체 일에 집중할 수 없었다.

가슴이 싸늘해지는 기분이었다.

돌아보면 시야 안에 있을 그녀를 알면서도 당장 눈앞에 보이지 않으니 조바심이 났다.

미쳐 버릴 것 같았다. 7년을 어떻게 버텼는지 기억조차 나지 않을 만큼.

권문영이 서연우에게 끼치는 영향력은 실로 대단했다.

"공사 구분 없이 행동하는 거, 딱 질색이야. 알아 둬."

"서연우 씨, 말했어요. 공사 구분은 확실하게."

"회사에서 그러는 건 반칙이야."

공사를 분명히 해 달라는 그녀의 요구도 무시한 채 틈만 나면 손을 뻗었다. 손끝에 온기가 번지면, 형체를 갖지 못한 그 체온이나마 가두고 싶어 무던히도 주먹을 쥐었다.

손을 펴면 빠져나갈까 두려웠다. 할 수만 있다면 주머니 속에 고이 담아 두고 싶었다.

치졸한 이 마음이 그저 미련한 집착이라는 것을 안다.

한 번도 가져 본 적 없는 상대에 대한 애착.

원하는 바를 이루지 못해 남은 미련은 끝내 그를 우둔하게 만들었다. 강직해 보이는 외면과 달리 탐욕으로 그을린 내면이 얼마나 난잡하고, 지저분한지 할 수만 있다면 가슴을 열어 그녀에게 보여 주고 싶은 심정이었다.

요즘은 부쩍 더했다. 불안감은 그녀와 함께 보낸 밤이 지나면 어김없이 부피를 키웠다. 그녀에게 저는 여전히 무의 존재인 것 같아 어느 순간부터는 조급함을 느꼈다.

이대로 좋다는, 언제나 지금과 같았으면 하는 마음은 애초부터 없었다.

그딴 게 있을 리 없지.

상념에 빠져 있던 연우가 자조적으로 픽, 웃어 보였다.

그때였다.

"참, 미안하게 됐습니다. 서연우 씨."

"뭘 말입니까?"

난데없는 사과에 연우가 의아함을 드러냈다.

"난 사실 서연우 씨와 권 대리님 사이, 의심했거든. 서연우 씨가 오죽 잘했어야지."

"맞아, 한창 두 사람 두고 말들이 좀 있었죠."

"솔직한 말로 필요 이상이다 싶을 정도로 붙어 다녔잖아요, 두 사람. 난 그래서 남들 몰래 비밀 연애라도 하는 줄 알았는데."

……알았는데?

연우의 표정이 삽시간에 굳어졌다. 누군가 그녀를 언급하는 게 치

떨리게 싫으면서도 애써 침착한 척 차분하게 숨을 고르는 그가 눈앞의 남자를 지그시 바라보았다.

"그런데 그게 아니더라고. 실은 며칠 전에 인사 팀 조 대리님이랑 권 대리님이 나누는 대화를 살짝 들었거든요. 물론 본의 아니게. 뭐, 이 얘기는 접고. 조 대리님이 권 대리님한테 꾸준하게 들이대는 거 알 만한 사람은 다 아는 얘기니까 이 얘기도 거두절미하고……. 그날 권 대리님 있죠, 얼마나 박력 넘쳤는지 모르겠다니까요."

서연우 씨 칭찬을 입이 닳도록 하더라니까. 듣는 내가 다 황송하더라고. 남자가 너스레를 떨며 말을 이었다.

"좋겠어요, 서연우 씨. 좋은 사수 만나서 진급이 어렵지 않겠어요. 말 그대로 승승장구네."

"일취월장이죠. 사수만 잘 만나면 뭐 해, 개인 실적과 능률이 중요한데. 그만큼 서연우 씨 능력이 받쳐 주니 승진이 쉬운 거지."

"그렇게 치면 권 대리님은 참 딱하죠. 능률은 좋은데 팀을 잘못 만나서 개고생만 하잖아. 그나마 연우 씨 같은 든든한 부사수가 들어왔으니, 이제 권 대리님도 한숨 돌릴 수 있겠지."

자꾸만 문영을 입에 올리는 남자가 마음에 들지 않았다. 연우가 후, 하고 길게 숨을 불어 쉬었다.

"근데 가끔 보면 권 대리님, 정말 일밖에 모르는 사람 같아요. 보통 여자들, 그 나이 때쯤 되면 선 자리도 많이 들어오고, 결혼 생각도 하잖아요. 희한하게 권 대리님한테는 그런 기색이 전혀 안 보인다니까요. 나이에 대한 조급함이나 결혼에 대한 부담감 같은 거."

"요즘 세상이 어떤 세상인데요. 결혼은 선택이고, 나이는 경험의 수치에 불과한 시대 아닙니까."

"그건 그렇죠. 그래도 권 대리님, 남자 친구는 있겠죠?"

"있겠죠. 없다면 서연우 씨 같은 남자를 옆에 두고, 거들떠보지도 않을 리가 없잖아요."

슬쩍 그의 눈치를 살피는 남자와 무심코 눈이 마주쳤다.

"아니, 그렇잖아요. 서연우 씨 외모야 말할 것도 없고, 요즘 로망이라는 연하남에 다정하고, 시키는 일 바로바로 처리하지. 어디 부족한곳이 없잖아. 같은 남자가 봐도 이렇게 완벽한데. 무엇보다 권문영 대리님 말이라면 자다가도 벌떡 일어날 정도로 충성심이 어마무시하고. 이 정도면……."

"개새끼죠. 주인 좋다고 졸졸 쫓아다니는."

완전 땡큐죠, 하는 남자의 말이 뭉개졌다.

"네?"

침묵하던 연우의 한마디가 그의 말을 대번에 잘라 냈다. 더 들을 필요도, 그럴 만한 가치도 없다는 듯 냉담한 연우의 대꾸에 남자의 얼굴위로 당황한 기색이 역력했다.

"아, 아뇨! 나는 그런 의미로 말한 게 아니라……."

"알아요. 강민우 씨."

그러고 보니 그의 이름도 민우였다. 한때 연우가 그토록 의미 부여를 하던 문영의 동창.

순간 그가 떠올랐다.

민우……. 가만 생각해 보면 그 당시 연우는 문영의 이름보다 그의이름을 더 많이 곱씹었다.

자꾸만 그녀 곁에 얼씬거리는 지금의 조 대리처럼.

"설마, 강민우 씨가 그런 뜻으로 말했겠습니까."

그가 잘 안다는 듯 선하게 웃으며 말했다.

"음, 서연우 씨. 그게……. 아! 서연우 씨는 여자 친구 없어요? 전에조만간 생길 것 같다고 하더니, 만나는 사람이라도 있는 거예요?"

"글쎄요."

연우가 대답을 얼버무렸다.

"아니면 아직 썸 타는 중인 건가? 그거 알죠? 요즘 대세는 직진남인 거. 하하⋯⋯."

그래요? 이번에도 그는 설렁설렁 대꾸했다.

지루한 시간이었다. 따분한 시선이 종전까지 문영이 머물던 곳으로 향했다.

"그럼 저는 먼저 일어나 보겠습니다."

어느샌가 사라진 그녀를 따라 자리에서 일어난 연우의 구둣발이 조금 전 문영이 밟았던 그 자리를 지나쳤다.

"네, 사실 리튬 이온은 온도가 높아질수록 폭발할 확률도 커지니 니켈에 비해 안전성이 떨어지는 게 사실이죠. 성산 측에서 공급받는 리튬 폴리머를 탑재할 경우 사실 타 제품에 비해 출고가가 부담스러울 수는 있겠고요."

갑작스러운 경기 지사 연구 개발 팀 고 대리의 연락이 당황스러웠지만 자연스럽게 통화를 이었다.

휴대폰 화면에 뜬 그의 이름을 처음 봤을 때 그녀도 모르게 당황한 것은 순전히 대각선 쪽에 앉아 자신을 물끄러미 지켜보고 있는 서연우 때문이었다.

죄를 지은 것도 아닌데 이상하게 그가 마음에 남았다.

뭐가 그리 언짢은지 잔뜩 미간을 좁힌 채 불퉁한 얼굴이 살살 문영의 신경을 긁었다. 그는 지지 않는 태양처럼 매일을 그녀의 가슴 안에 떠 있었다.

"가명이긴 하나 현재로선 스페셜 S로 확정이 난 상태죠. 내부에서도 기정사실처럼 생각하고 있고요."

스페셜 S는 내년 상반기에 출시될 클래식 S의 후속작이었다.

"클래식 S의 배터리 용량이 3,820mAh이니 적어도 후속작은 비교적

높은 용량의 배터리를 탑재해야겠죠. QHD나 FHD는 제가 관여할 부분은 아니니까요. 네, 배터리 광탈이나 폭발 문제만 없다면 논란이 되진 않을 거예요. 네, 최 대리님도 잘 있죠. 여전히 씩씩하고."

8층에 있는 옥외 공원으로 자리를 이동하기 위해 엘리베이터 쪽을 향하던 문영이 잠시 걸음을 멈추었다.

해야 할 일, 따지고 맞춰 보아야 할 수치와 확률. 할 일이 많은 그녀의 발길이 이내 비상계단 쪽으로 방향을 바꿨다.

"……연애요?"

문을 열고 비상구로 들어온 문영이 문고리에서 손을 떼려는 찰나였다. 갑자기 나타난 누군가가 문고리를 잡은 그녀의 손 위로 손등을 포갰다.

익숙한 크기, 익숙한 체온.

머리보다 먼저 서연우를 인지한 마음이 쿵, 떨어졌다.

소스라친 문영이 잽싸게 손을 거두고 뒤를 돌아보았다.

"쉿."

수심에 잠긴 얼굴을 하고선 그녀를 고민하게 할 땐 언제고, 능청스럽게 웃으며 말을 하는 그의 행동에 기가 찼다.

"허."

헛웃음을 터뜨리니, 수화기 너머에서 고 대리가 무슨 소리냐며 되물어 왔다.

"아뇨, 아니에요. 아무것도……."

통화 중이 아니었어도 장소가 장소인지라 큰 소리를 내지 못했을 테다.

문영은 구겨진 얼굴로 왜 여기 있느냐고, 질문을 대신했다.

그러자 서연우는 직접 다그치는 말을 듣지 않아도 잘 알겠다는 듯 씩 웃으며 문을 닫았다.

닫힌 문에 등을 기대고 선 그가 뒷걸음질 치는 그녀의 손목을 잡아

끌었다. 하마터면 비명을 지를 뻔했다.

문영이 경악한 얼굴을 했다.

미쳤어?

─연애해야지, 아직도 솔로야? 그러다 시집 못 가요, 권 대리님.

그에게 잡힌 손을 빼내려 안간힘을 주었으나 그의 힘을 이기기엔 턱없이 부족했다.

"너 여기……."

문영은 귀에서 휴대폰을 떼어 내곤 다급히 소리 차단 버튼을 눌렀다.

─최 대리님은 가볍게 만나는 사람이라도 있는 것 같던데. 근데 최 대리님 말이에요. 설마 성 대리님이랑 그렇고 그런 사이인 건 아니죠? SNS에서 올라오는 사진마다 어째 성 대리님 얼굴이 보이는 것 같아서. 알고 보면 두 사람 사내 연애 중이거나, 뭐 썸 같은 거 타는 거 아냐?

"권문영 씨, 남자 많네요."

"서연우, 너. 말."

"권문영 씨 좋다는 남자는 대체 몇이나 되는 거야?"

일등 공신은 그래도 나죠, 그렇게 속살거리는 입술이 귓가로 내려왔다.

까무러친 문영이 거칠게 몸을 돌렸다. 단단하게 손목을 붙잡고, 가볍게 당기기만 하면 어렵지 않게 품 안으로 딸려 들어오는 여자의 발버둥치는 모습은 언제 봐도 귀여웠다.

조금만 힘을 주면 으스러질 것 같다. 그래서 더 소중하게 아껴 주고 싶은데, 그녀를 욕심내는 이들을 볼 때마다 끓어오르는 질투심이 저를 미치게 만들었다.

─여보세요? 권 대리님?

"아, 네. 미안해요, 고 대리님. 박 과장님 메일을 확인한다는 게 그만."

차단을 풀고, 다급하게 입을 뗀 문영이 조용히 말꼬리를 흐렸다. 안절부절못하는 그녀를 재미있다는 듯 지켜보는 그의 미소가 유쾌했다.

"뭐라고 하셨죠? 방금?"

─남자 친구 있냐고요. 연애 안 하냐고, 권 대리님. 아님, 독신주의자인가?

"아. 남자 친구요."

왜일까. 그 순간 눈앞에 선 연우와 정면으로 시선이 부딪쳤다.

깊은 동공 속에서 일렁대는 짙은 열망을 보았다. 넥타이를 맨 건 그인데, 어쩐지 그녀의 목이 옥죄이는 듯 답답해지는 기분이었다.

남자 친구.

질문을 받는 순간 당황스러울 정도로 선명히 떠오르는 얼굴이 있었다.

13장

굳이 그가 앞에 있지 않았어도 문영은 자연스레 연우를 상기시켰을 테다.

그와의 기억을 되풀이하며 음미했을 것이며, 앞으로 그와 나눌 시간을 계획했을…….

"대답해요, 나도 궁금하니까."

"너……."

고 대리가 듣지 못하게 숨죽여 그를 부른 문영이 눈꼬리를 추켜세웠다.

대체 언제부터였을까. 그에게 그었던 선이 사라진 것이.

물론 그녀가 억지로 그렸던 실선은 가늘고 흐릿해 쉽게 끊어지는 게 당연했다. 제 생각이 이런 만큼 연우 역시 우습게 느낄 것이다. 그녀의 옷을 벗기고, 다리를 벌리는 일만큼.

문영은 혹여나 다른 사람의 눈에 띄지 않을까, 노심초사하는 마음에 수시로 주변을 살폈다.

문이 닫히는 소리나 바람이 스며들어 을씨년스러운 소리를 낼 때면 도둑질을 하는 사람처럼 흠칫 떨었다.

"사적인 질문이네요, 사생활은 지켜 주셔야죠."

—하하하, 권 대리 까칠한 것도 참 여전하네.

고 대리가 호탕하게 웃었다. 안부 목적으로 물은 말에 한껏 경계심 어린 대답이 돌아오니 그도 멋쩍은 모양이었다.

그와의 통화를 대충 갈무리 지은 문영은 종료 버튼을 여러 번 눌러 재빨리 통화를 종료시켰다.

"서연우 씨, 지금 제정신이에요?"

"아뇨. 제정신이라면 못 할 짓이죠."

"뭐라고요?"

조용조용 대답하는 그녀의 눈이 휘둥그레졌다. 밀어낼 새 없이 문영을 품에 안은 그가 순식간에 그녀를 문 쪽으로 밀어붙였다.

"감시 카메라도 모를 겁니다, 우리가 지금 뭘 하는지."

고개를 낮춰 나직하게 속삭인 그의 입술이 점점 가까워졌다. 피해야 하는 걸 아는데 굳은 몸이 꼼짝도 하지 않았다. 그의 입맞춤을 기다리는 사람처럼 얌전했다.

고분고분한 그녀의 태도에 그가 피식, 웃음을 터뜨렸다. 아마 카메라에는 그의 널따란 뒷모습만 찍혔을 것이다.

연우에 비하면 한참이나 체구가 작은 그녀를 덮치듯 감싼 이유도 다 이러기 위해서겠지.

영악한 그의 꾀에 기가 찼다.

"하……!"

입 밖으로 터진 한숨이 순식간에 그의 입안에 먹혀들었다. 입술을 맞대고 부드럽게 고개를 꺾은 그가 그녀의 입술 끝을 길게 빨아올렸다.

입술이 닿으며 나는 소리와 옷깃이 닿는 느낌이 마치 섹스할 때를 떠올리게 만들었다.

"권문영 씨한테 난 뭡니까?"

"……뭐?"

"여기에 가나, 저기에 가나 이놈이고, 저놈이고 권문영 씨 이야기만 해."

남자 친구는 있는지, 서연우는 정말 권문영의 개가 맞는지.

말 그대로 개같은 이야기만 줄기찼다. 그의 표정이 점점 어두워졌다.

"애인 있냐는 물음에 아직도 할 말이 없는 거죠."

"서연우 씨."

"내가 조금 더 노력할게요, 조금 더 기다릴게."

나, 제일 잘하잖아요. 그거.

"그런데 사실 오래는 못 기다리겠어요. 조바심이라는 게 굉장히 사람을 미치게 하더라고."

그녀의 머리를 다정하게 쓸어 넘긴 그가 봉긋한 이마에 입을 맞추었다.

싸늘한 눈빛과 달리 호선을 그린 입가에 어렴풋이 미소가 떠올랐다.

"그러니까, 권문영 씨도 노력해."

"······이런 얘긴 회사 밖에서 하죠. 괜히 다른 사람 귀에 흘러 들어가기라도 하면 어쩌려고."

"내가 사 준 캔들, 잘 쓰고 있죠? 그거 볼 때마다 나를 뭐라고 정의할지 생각해 봐요."

"뭐?"

"나랑 같이 먹었던 쌀국수도 좋아요. 역한 삼겹살도 좋아. 저녁에 함께 먹는 브런치도 괜찮고."

폭격을 맞은 기분이었다. 잡은 손을 순순히 놓아 주는 그가 주먹을 말았다 펴기를 반복했다. 초조한 심경을 내비치는 그를, 문영이 흔들리는 눈빛으로 올려보았다.

"다 좋으니까······."

할 말을 잃어 입술만 달싹거렸다. 그가 무슨 말을 하는지, 모르지 않았다.

"가만히, 잘 생각해 봐요."

우리 사이를 어떻게 정의할 수 있을지.

문영은 지금껏 한 번도 연우와의 관계에 어떤 정의를 내려야겠다고 생각한 적 없었다. 혼란을 느꼈던 것은 사실이지만, 어찌 되었든 지금의 관계가 더할 나위 없이 만족스러워서 지금 이대로도 충분하다고 생각했다.

"내가 단순히 섹스 파트너는 아닐 거 아니야."

사실상 연인이나 다름없다고 생각했으니까. 그래서 더 생각해 보지 않았던 부분이 그에게는 충족되지 않아 불안하기만 한 시간이었던 모양이다.

"재미없는 직장 동료는 더더욱 아닐 거고."

단호하게 말을 이어 뱉은 그가 그녀의 허리를 휘감았다.

그러고는 잠시나마 품에 안긴 그녀의 등을 애틋하게 쓸어 만지다가 문을 열었다.

아쉬운 듯 떼어 놓은 그녀의 몸을 다시 돌려세운 그가, 황망한 문영의 등 뒤에서 조용히 속삭였다.

"유치한 이웃사촌은 내 쪽에서 사양이니까, 그 점 고려해 주시고."

애잔한 목소리가 마음에 못을 박았다.

"이러려고 그랬나."

네가 사 준 캔들, 너와 함께 늦은 브런치를 먹었던 식탁, 체온을 나누던 침대까지.

집 안 곳곳에 그의 흔적이 가득했다.

외로울 새 없는 요즘, 문영은 발길이 닿는 곳곳마다 그가 있는 것 같은 느낌에 흐뭇했다. 유치한 이웃사촌 따위 할 마음이 없는 건 그녀도 마찬가지였다. 그가 그토록 바라던 게 이런 거였나 싶었다.

잠시도 그가 아닌 것은 생각할 수 없도록 저를 꼭꼭 묶어 놓은 것만 같았다. 서연우의 술수에 빠져든 느낌이었다. 눈 뜨고 코를 베였다 해도 이처럼 황당하지는 않을 텐데.

옴짝달싹할 수 없게 빠트려 놓고 정해진 대답을 종용하는 그는 직관적인 사람이었다. 굳이 알면서도 뻔한 대답을 바라는 게 내심 괘씸했다.

"좋지, 서연우."

굳이 이 말이 필요했을까.

"그래. 좋은데……."

좋으면서도 마음 한편으로 아직까지 망설여졌다. 아직은 동생 같았던 그를 남자로 받아들여야 한다는 사실을 좀처럼 인정할 수 없었다.

모순이었다. 그런 남자와 질펀하게 몸을 섞을 때는 언제고.

연우와 저 사이에 그려 놓은 선을 명확하게 하지 못하는 건 순전히 과거의 기억 때문이었다. 말도 안 되지만 매혹적인 연우에게 잠시나마 흘렸던 그 시절, 그녀는 그에게 흔들리는 자신이 미친 줄로만 알았다.

아쉬움만 남은 짝사랑이라 잊지 못하는 연우처럼 마음이 동했던 기억이 선명해 불장난을 저질렀나.

"좋은데, 서연우."

창틀 앞에 서서 가만히 잎사귀를 만지작거렸다. 서연우를 닮아 작은 잎은 조금만 힘을 주어도 찢어질 것처럼 연약했다.

그게 꼭 서연우 같아서, 이유 없이 애틋했다. 죽이고 살리고는 온전히 그녀의 몫이었다.

"늦게 줘서 미안해."

해가 떨어지고, 밤이 몰려왔다. 물을 주기에는 느지막한 시간에 컵에 절반 정도 물을 채워 온 문영이 씁쓸하게 웃으며 속삭였다.

기울어진 컵 아래로 또르르 물이 떨어졌다.

"무럭무럭 자라라."

서연우처럼.

✤　　✤　　✤

"동창회? 갑자기 그게 무슨……."

그야말로 청천벽력이었다. 생각지도 못한 소식에 문영이 당혹감을 감추지 못했다.

회사 일만 해도 눈코 뜰 새 없이 바쁜 데다가 늘 퇴근 후 연우와 저녁을 함께하는 문영에게 그와의 만남 외의 약속은 그저 당황스럽기만 했다.

그러면서도 그와 재회하기 전까지만 해도 당연하던 일상들이 지금은 낯설게 느껴진다는 게 기가 찼다.

어쩌다 이렇게 됐을까.

"아, 뭐. 언제? 주말?"

통화 중인 문영을 연우가 물끄러미 바라보았다. 보고서 정리부터 외부에서 전달받은 견적서를 확인하느라 여느 때처럼 야근 중인 그녀가 난감한 얼굴을 했다.

그를 두고 다른 약속을 잡는다는 게 영 내키지 않았다.

요즘 서연우는 그날 이후로 묘하게 이상해졌다. 평소보다 말수가 줄어들었는가 하면 다른 생각에 잠겨 불러도 대답 없는 경우가 많았다.

"서연우."

전화를 끊자마자 나직이 그의 이름을 불렀다.

"동창회, 나갈 거잖아요."

"네가 싫다고 하면 안 갈 거야."

"권 대리님의 주말을 나한테 주고 싶어서? 아니면 나한테 미안해서?"

"미안한 건 또 뭔데."

"미안하죠. 원하는 대로 실컷 가지고 놀았다가 버리는 느낌이잖아."

"이런 말, 아주 예전에도 했던 것 같은데 사람한테 버리고 말고의 표현을 쓰는 게 어디 있어."

"그러게요."

그가 자조적으로 웃으며 대꾸했다. 이따금 회의감을 느끼는 사람처럼 씁쓸한 얼굴이었다.

문영은 요즘 그가 지나치게 많은 생각 때문에 혼자 불안해하고 있는 것이라고 생각했다. 다시 만났고, 불같은 시간을 보냈다. 그의 마음을 알면서도 외면하고, 묵묵부답하는 그녀 때문에 매일을 고뇌하고 있을 서연우를 생각하면 가슴 한구석이 욱신거렸다.

"서연우."

"가요, 동창회."

"……."

"못 갈 이유 없잖아요. 결혼 적령기일 테니, 기혼자들도 많겠어요."

서민우, 그 사람도.

잊고 있던 이름을 굳이 언급하는 그의 저의를 모르지 않았다.

왠지 귀여웠다. 뾰로퉁하게 대꾸하는 그는 지금 누가 봐도 질투를 하고 있었다.

"그래? 분명 네가 가라고 했다?"

"가지 말라고 하면, 정말 안 가려고?"

"그러려고 했지. 내 주말은 너한테만 주고 싶으니까."

"……그렇게 말하면 내가 되게 좋아할 줄 아나 봐요."

"안 좋아?"

하, 그가 마른 웃음을 터뜨렸다. 기가 찬 듯 눈썹을 꿈틀대다가 그녀와 눈이 마주치자 참지 못하고 눈매를 반달 모양으로 접어 웃는다.

"짜증 나는데, 좋아요."

"나 정말 간다?"

"술 마셔요?"

"그러겠지."

"마음 같아선 가지 말라고 발목이라도 붙잡고 싶은데, 그렇게 말하는 게 예뻐서 보내 줄게요."

"발목만 붙잡아?"

"설마."

홀딱 벗긴 채로 침대맡에 묶어 놓았을 거예요.

그가 그녀만 들을 수 있게 속살거렸다.

가까이 다가온 입술이 그녀의 귓바퀴를 스쳤다.

"요즘 꽤 과감해졌다."

"권 대리님은 많이 해이해졌죠."

"너 때문에 정신없어."

향이 독한 향수를 분에 넘치도록 뿌렸다가 낭패를 본 기분이었다. 정신이 혼미했다.

아무도 없어서 다행이었다. 한차례 곤욕을 치른 사람처럼 난감한 얼굴을 한 채 한숨을 내쉬는 그녀의 모습은, 연우만 아는 모습이었다.

"왜 연애 안 했어요."

"응?"

"나한텐 이렇게 쉽게 굴면서."

"이 얘기도 일전에 했던 것 같은데, 네가 아무나는 아니지."

"불안해서 그래요. 내가 들었던 좋은 말은 계속 듣고 싶어."

요즘 나 정말 미친 것 같아요.

그가 나른해진 목소리로 중얼거렸다.

"그 정도 예쁜 말이야, 뭐."

문영의 위로 같은 말에 연우가 피식 웃음을 터뜨렸다.

"나 아직도 애 같죠."

"그래서 귀엽네."

"화분에 물은, 잘 주고 있어요?"

언젠가 그가 문영의 집과 잘 어울릴 것 같다며 선물한 것이었다.

"응. 사흘에 한 번씩 잊지 않고 주고 있어."

"너무 많이 줘도 안 돼요, 시들 수 있거든."

"살아 있는 걸 죽이는 일 같은 거, 안 해."

"눈 하나 깜빡 안 하고 거짓말도 잘하네."

그런가. 거짓말인가.

보고서를 꼼꼼하게 살피던 문영이 손에서 펜을 놓았다.

"나는 몇 번이나 죽였으면서."

"그래서 살리려고 노력 중인데?"

"응?"

질투에 눈이 멀어 가끔 과한 모습을 보이는 연우가 당황스러웠지만, 그를 다그치거나 밀어내지 않았다. 연우의 입장이라면 충분히 그럴 수 있다는 생각이 머리를 장악했다.

이성적이고 현실적인 그녀답지 않은 판단이었다. 아이처럼 투정 부리는 서연우를 이해한다는 건.

"……내가 미쳤나 봐요. 서연우 씨라서 이해가 되는 걸 보니."

누군가를 이해한다. 문영이 언젠가부터 쉽게 할 수 없던 일이었다.

타인을 이해를 한다는 건 곧 나를 갉아 먹는 행위라 믿었으니까.

"퇴근 언제 해요?"

"벌써 나태해졌어요?"

"아뇨. 대화하고 싶습니다, 권 대리님이랑."

실적이 중요시되는 전쟁터에서 고고하게 핀 꽃 한 송이 같았다. 서연우는.

예뻐서, 소중해서.

"말해요."

"방해하고 싶지 않은데."

낮은 목소리에 문영은 말없이 그를 바라보았다.

그 시선에 그가 살짝 상기된 얼굴로 말을 이었다.

"어린애처럼 굴어서 미안해요. 근데 질투 나."

아껴 주고 싶었다.

밟히지 않게, 꺾이지 않게.

"사람들, 생각보다 권 대리님한테 관심이 많더라고요. 남자 친구는 있는지, 결혼 생각은 없는지, 같은 지극히 개인적인 영역까지."

"……."

"그런 떠도는 말에 답안지를 채워 주지 못하는 내가, 대리님에게 아무것도 아닌 사람이라는 생각이 들었어요."

"멍청한 생각이네요."

그야말로 불필요한 사념이었다. 불안감은 잡념을 먹으며 자랐다.

"말 한마디가 천 냥 빚도 갚는다지만, 말이 전부는 아니죠."

"난 전부라고 생각하는데요."

"단순히 생각의 차이라고 생각하는데."

"단순한가, 우리 사이가."

"……."

"권 대리님은 어떨지 몰라도 난 단 한 순간도 그렇게 생각해 본 적 없어요."

물론 그건 문영도 마찬가지였다. 그녀에게 연우는 가벼운 사람이 아니었다.

"서연우 씨, 나는 아무나 쉽게 내 집에 들이지 않아요."

그가 할 말을 떠올리는 것처럼 한쪽 눈을 찡긋거렸다.

"나이가 들어서 그런가 눈만 높아졌죠. 외롭지 않다고 외로움을 모른다고 생각했는데 그게 아니었어. 그냥 조건이 너무 많은 거지."

문영이 살짝 어깨를 으쓱해 보였다.

"그러다 보니 내 외로움을 채워 줄 사람이 눈에 들어오지 않았던 거고. 특별히 마음이 가는 사람도 없었어요. 그렇게 공허함을 느끼는 것조차 사치처럼 느껴져서 더 열심히 산다는 게 벌써 시간이 이만큼 흘렀지 뭐예요."

"그래서요."

내내 그녀를 지켜보던 그가 의자를 돌렸다. 시선은 책상 위에 놓인 서류 주변을 맴돌았다.

눈에 들어오지 않는 활자를 억지로 머리에 주입시켰다. 그러나 좀처럼 집중이 되지 않는다.

"나 그렇게 쉬운 여자 아니에요. 내가 쉽지 않으니 서연우 씨도 쉬운 사람 아니지."

과부하에 걸린 사람처럼 굳은 연우를 본체만체하는 문영이 무심한 얼굴로 말을 이었다.

"서연우 씨 좋아요, 나도. 다만 서연우 씨와의 관계가 조금 어색해서 그렇지."

"아."

"언론이 왜 대중을 개, 돼지로 표현하는 줄 알아요? 몇 달은 굶은 짐승처럼 이슈에 목을 매거든. 남 얘기를 너무도 쉽게 입에 담는 사람들이에요. 쓸데없는 구설을 만들어 스트레스 해소용으로 이용하는 사람들이 태반인데, 난 그런 사람들 입에 오르내리고 싶지 않아요."

그리고 사실.

문영이 말을 덧붙이며 그를 돌아보았다.

"서연우 씨는 어린데 성격 좋아, 능률도 좋은데 잘생기기까지 했잖아. 부담스러워요. 누가 봐도 내가 도둑년이잖아."

"권 대리님은 능률도 좋아, 책임감도 강해. 예쁘지 않은 곳이 없어서 항상 나를 부족한 사람으로 만들었는데. 본인은 모르나 봅니다. 권문영 씨가 얼마나 잘났는지."

"입에 침은 바르고 하는 말이죠?"

"내 입에 내 침 바르는 취미 없습니다."

그녀의 시선에 끌려 고개를 돌린 그의 눈빛도 문영을 향했다.

매력적으로 웃는 남자의 얼굴에 예고도 없이 가슴이 설레었다. 지칠 법도 한데 말끔한 자태와 수려한 외모는 언제 봐도 놀라웠다.

"내가 예뻐서 좋아요?"

"일단은 그렇다고 해 둘까요."

"치고 빠지는 데 선수네요, 서연우 씨."

"들었다 놓는 것보단 낫죠."

그건 대리님이 훨씬 잘하는데.

"나 지금 고백받은 것 같아요."

"흠, 뭐. 그건 그렇고, 부모님은 무탈하시죠."

너무 속을 보인 것 같아 머쓱해진 문영이 화제를 돌렸다.

"네. 앞으로도 쭉 그럴 것 같고."

"아주 가끔, 아주머니는 생각나요."

참 고우신 분이었는데.

"서운하네요. 내 생각은 안 났나?"

연우의 능글맞은 반응에 문영이 흠, 하고 짧은 헛기침을 내뱉었다.

"남은 일 후딱 마치고, 간단하게 배 좀 채우고 가죠."

"권 대리님."

완전히 그녀 쪽으로 몸을 돌린 그가 바퀴 달린 의자를 끌어 그녀에게 가까이 다가갔다.

"내 얼굴 뚫어지겠어요."

"할 수만 있다면 다 뚫어 버리고 싶긴 해요."

"서연우 씨. 기분 좋아 보이네요."

너무 가까웠다.

"나 할 말 있는데."

고개를 조금만 돌리면 곧장 그와 입술이 부딪칠 것 같아 문영은 꼿꼿하게 보고서만 내려 보았다.

"권문영 씨."

눈에 읽힐 리 없었다.

"권문영."

그의 숨소리가 뺨을 간질였다.

"나 좀 봐요, 응?"

"서연우 씨, 여기 회사……."

발끈해서 그를 돌아보았다가 그대로 굳어 버렸다.

"응?"

그윽한 목소리로 대꾸하는 그의 얼굴이 코앞에 있었다.

말 그대로였다. 그의 코끝에 그녀의 코끝이 스쳤다.

사무실이라는 사실도 잊은 채, 그와 시선을 맞댄 문영이 입술을 짓씹었다. 이대로 입을 맞추고, 혀를 섞고 싶다는 불순한 제 생각을 그가 읽었을까 두려웠다.

"나 아직 감을 못 잡겠어요. 이 회사에 사람들이 잘 안 가는 사각지대가 세 군데나 있다는데."

아.

"권문영 씨는 어디인지 알죠?"

"응? 뭐?"

"우리, 다음 야근 땐 거기서 만나요."

명백히 유혹하는 말에 문영은 뭐에 홀린 사람처럼 고개를 주억거렸다.

시시때때로 차오르는 격정적인 마음이었다.

✛　　　✛　　　✛

[위치.]

[압구정.]

[상호는?]

[바르셀로나.]

[멋진 곳이네요.

비옥한 땅을 밟아도 기분 좋아지는 곳이죠. 바르셀로나.]

웃음이 났다. 종일 휴대폰만 붙잡고 있게 하더니 이제는 화면을 보며 실실거리게 만들고 있었다.

괜찮다고, 다녀오라고, 편안히 보내 줄 땐 언제고 쉴 틈 없이 메시지를 보내오는 연우의 마음이 얼굴보다 먼저 생각났다.

그녀에 관한 것이라면 문영보다 더 잘 알고 있는 그였다.

자잘한 기억까지 추억으로 남겨 둔 그에게 서민우란 적대적인 존재였다.

[사실 누구와 걷느냐에 따라 다르긴 한데.]

[최대한 좋은 시간 보내요.]

애써 보낸 메시지라는 걸 모를 리 없는 문영은 꾹 웃음을 참아야 했다.

[그 사람은 잘 지냈대요? 안부 인사는 나눴을 거 아니야.]

바쁜 일정으로 불참한다던 민우가 돌연히 모임에 나오겠다고 했다.

그 사실을 일러 준 뒤로 그의 메시지가 매 초마다 쏟아졌다.

그만큼 불안하다는 뜻이겠지. 그 시절 서연우에게 이름이 비슷한 서민우는 의미 부여의 상대였고, 우러러볼 수밖에 없는 경쟁 상대였을 테다.

혼자 고군분투했을 시간이 어땠을지, 사실 상상이 가진 않았다.

그런 게 아니라고 답장을 해 주려는데 옆에 앉은 선미가 불쑥 손을 내밀었다.

"휴대폰에 꿀이라도 발라 놓은 게 아니라면 그만하자. 너 그러다 빨려 들어가겠어."

"아."

"계속 휴대폰만 붙잡고 있었던 거 알지? 바쁜 서민우도 네 얼굴 보겠다고 어떻게든 시간 내서 참석했는데, 쟤 서운하겠어."

물론 우정보단 사랑인 게 현실이지만.

선미의 가벼운 타박에 문영이 미안한 듯 웃으며 휴대폰을 뒤집어 테이블 위에 올려 두었다.

나이가 들어 사는 데 쫓기는 동창 대부분이 불참했다.

예상 인원은 15명 정도였는데 정작 자리를 채우고 있는 건 문영을 포함해 7명이 전부였다.

"그래, 너무하다. 권문영."

그녀의 맞은편에 앉은 민우가 선미의 말을 거들었다.

"내 결혼식 때도 안 오더니, 애인 생겼다고 휴대폰만 만지작거리는 건 너무하잖아."

친구 된 도리로 선미의 손에 얼마 안 되는 축의금이라지만 분명 봉투를 쥐여 줬던 기억이 선연했다.

"축의금은 축의금이고."

그녀의 생각을 읽었는지, 민우가 말을 덧대었다.

"아, 미안."

무례했던 자신의 행동을 문영은 순순히 반성했다.

"요즘 연애 사업이 잘되어 가나 봐."

"음. 뭐, 그럭저럭."

"부정 안 하는 거 보니, 정말 연애라도 하는 모양이지?"

"뭐……."

"바쁜 시간 할애하면서까지 만나는 거 보면 이번에는 괜찮은 사람인가 본데."

이번에는.

유난히 그 말이 크게 들렸다. 그가 누구를 지칭해서 하는 말인지 모를 수 없었다.

"대학 다닐 때 만났던 사람, 별로였잖아."

"그랬나. 기억이 잘 안 나네."

"무심하긴."

"그런가."

말끝에 문영이 피식 웃음을 흘렸다.

이태섭. 짧지 않은 시간 만났던 남자였다.

"너, 왜 이렇게 변했어. 이렇게 이해심 없는 여자 아니었잖아."

일방적인 이해를 강요했던 사람.

한때는 평생을 약속하고 서로에게 유일한 사랑이기를 바란 적이 있었다.

하지만 지금은 아니었다.

무심하게 굴어서라도 떠넘기고 싶은 기억이라 굳이 상기시키고 싶지 않았다.

그와의 과거를 떠올리다 보면 태섭과 함께했던 날들보다 이별을 후회하던 날, 울고 있던 제 앞에 나타났던 서연우가 생각났다. 그래서 더 싫었다.

지금의 연우와는 사뭇 다른 모습을 한 녀석은 언제나 그녀의 한 보

뒤에 서 있었다.

그깟 연애 때문에 속을 앓을 때, 한결같이 곁을 지켜 주던 서연우의 속은 바짝 메말라 가고 있었을지도 모른다. 마른 잎에 확 불이 붙듯, 그녀의 희로애락을 제 것처럼 느꼈을지도 몰라.

서연우는 그 남자를 미치도록 싫어했다. 당시 문영을 가진 그를 부러워했던 걸까.

지금의 연우를 연상해 보면 그다지, 그랬을 것 같진 않다.

"넌 결혼 생활, 잘하고 있지?"

"그럭저럭. 연애의 연장선이지, 뭐."

"그렇게 생각하는 거면 잘 지내는 거 맞네. 와이프 행복하겠다."

"넌 결혼 안 해? 지현이는 이번 주부터 드레스 투어 시작했다던데."

"글쎄, 결혼 생각까지는 아직."

말하고 나서 까무러쳤다. 순순히 연애를 인정했음이 분명한 말이었다.

물론 연우와 시간을 나누고, 몸을 섞는 일련의 행위들을 통상적으로 사람들은 '연애' 라고 일컬었고, 그녀 역시 그렇다고 생각했다.

하나, 무엇보다 놀라운 것은 그런 그와 보이지 않는 미래까지 생각하는 듯한 제 발언이었다.

서연우와의 미래.

한때는 그녀가 걸어가는 길에 당연히 연우가 있을 거라고 생각했다.

가족으로, 형제로, 둘도 없는 친구로 서로가 서로에게 위로가 되어 주고, 의지를 하며 그렇게.

하지만 지금 그녀가 그린 시간 속에 연우는 그때와 엄연히 다른 존재로 자리하고 있었다.

"왜, 지금 만나는 사람한테 믿음이 없어?"

그가 가진 자격이 달라졌다.

함께 화분에 물을 주고, 마트를 다니고, 그녀가 손수 해 준 밥을 먹고, 같은 이부자리에 누워 잠이 들고.

"믿음이랑은 다른 부분인 것 같아. 그냥 내가 결혼 생각이 없어, 아직은."

"그러다 혹 간다. 지금 남자 친구는 몇 살인데."

"만난 지 얼마 안 돼서 말하기가 조심스럽네."

"아. 그래?"

민우가 이해한다는 듯 고개를 끄덕거렸다.

"하긴, 쉽게 만나고 쉽게 헤어질 나이는 아니지. 우리가."

"나 지금 만나는 사람, 쉽게 생각하고 만나는 거 아니야."

그의 말에 언짢은 기색을 여과 없이 드러냈다.

"아니. 오해야, 반가운 마음에 내가 좀 경솔하게 질문했네. 네가 받아들인 의미로 꺼낸 말은 아니었어. 내 말은 조심스러울 수밖에 없다는 거지."

문영은 그의 말에 작게 고개를 끄덕였다.

민우가 하고자 하는 말이 뭔지 모르는 것도 아니면서 순간적으로 예민하게 굴었다.

"사실 연애라는 게 언제 어떤 이유로 헤어질지 모르는 거니까. 특히나 우리 나이엔 주변에 만남을 공개하는 게 생각만큼 쉬운 일은 아니잖아."

어쨌든 내가 생각이 좀 짧았어. 미안하다. 멋쩍게 웃어 보인 민우를 보자 덩달아 미안한 마음이 든 문영이 사과를 하려는데, 그가 선하게 웃으며 다시 운을 뗐다.

"참, 그나저나 그 애는 잘 지내? 아직 연락하지?"

"응?"

"걔 있잖아. 가족도 아닌데 네가 동생처럼 알뜰살뜰 챙기던 그 남자애."

"아, 연우."

"그래, 나만 보면 눈에 불을 켜던 꼬맹이."

아직도 그 모습이 선연한지 회억하는 그의 표정이 부드럽게 풀렸다.

지금이야 이렇게 웃을 수 있지만 당시에는 얼마나 당황스러웠는지 모른다.

"나랑 이름 비슷한 걸 감사하게 생각해요."

어릴 때만 해도 작고 왜소했던 서연우였다.

또래보다 더 앳되게 생겨서는, 꽤 당돌했지.

"난 그 주먹만 한 게 네 보호자라도 되는 줄 알았다니까."

"그랬나."

"기억하냐? 그 녀석, 수업만 일찍 끝났다 하면 너 찾으러 왔잖아. 아직도 그래?"

"뭐…… 그 버릇이 어디 가나."

"하, 대단하네. 그만하면 인정한다. 인정."

생각보다 질긴 놈이네. 그가 우스갯소리를 중얼댔다.

두 손, 두 발 다 들었다고, 한결같은 연우를 칭찬하는 건지 치를 떠는 건지 모르겠다. 픽, 웃는 것으로 대답을 대신한 문영이 슬쩍 휴대폰을 확인했다.

수북이 쌓인 메시지가 함박웃음을 짓게 했다.

"미안, 민우야. 나 잠깐만."

그녀의 연락을 애타게 기다리고 있을 연우에게 서둘러 답장을 해 주었다.

늦지 않게 보낸다는 게 이미 때를 한참이나 지나 버렸다. 하지만 그럼에도 그는 제 메시지를 보고 기뻐할 게 분명했다.

알고 있기에 표현이 두렵지 않았다. 박식하지 않아 해 줄 말은 한정되어 있었으나 어쩐지 그에 대한 마음에는 한계가 없는 것 같았다.

미안하다는 말에, 기다렸다는 듯 답장하는 그의 얼굴을 떠올렸다.

모처럼 기분 좋은 시간이었다.

그가 곁에 없는 것치고 퍽 만족스러웠다.

✦　　✦　　✦

서민우는 젠틀했다.

그를 표현할 수 있는 말이 도무지 생각나지 않아 단순하게 답을 내렸다.

결혼 전에도 그랬지만 결혼 후에도 변함없는 그에게 친절은 곧 무기였다.

웃는 낯에 어떻게 침을 뱉을 수 있겠는가.

"괜찮다니까."

사양하는 그녀의 뜻에도 그는 집 앞까지 데려다주겠다고 고집을 피웠다. 그런데도 물러서지 않는 문영의 고집도 만만찮았다.

"택시 타는 것만 보고 들어간다니까 그러네."

좋은 게 좋은 거라고, 문영은 그에게 딱 5m만 허락할 생각이었다.

갑자기 나타난 연우만 아니었다면 말이다.

익숙한 차가 문영이 걷는 길을 따라 천천히 주행했다. 불 켜진 헤드라이트가 아니었다면 뒤를 돌아보는 일도, 그 차가 연우의 차라는 것도 몰랐을 테다.

"……!"

무감한 듯했던 문영의 눈이 커다래졌다.

건물 앞에 바짝 차를 세우고 나서 운전석을 열고 모습을 드러낸 연우의 표정이 싸늘했다. 자신의 영역 안에 멋대로 발을 들인 수컷에게 느끼는 맹렬한 적대감이 적나라하게 드러난 눈빛이었다. 탁한 눈동자에 묘한 이채가 떴다.

한 번도 본 적 없는 그의 눈빛에 오히려 그녀가 더 당황했다.

"서연우."

나직이 그의 이름을 불렀으나 들은 체도 하지 않는 그는 성큼성큼 그녀의 앞으로 걸어와 훔치듯 손목을 낚아챘다.

"뭐야."

그녀만큼이나 놀랐을 민우가 어리둥절한 얼굴로 문영의 어깨를 잡았다. 신원이 불분명한 괴한 정도로 연우를 생각한 듯싶었으나 이내 짧은 탄식과 함께 손을 거두었다.

기억에도 없는 큰 키와 장대한 기골, 성숙해진 이목구비가 풍기는 분위기만 봐선 그가 자신이 알던 문영의 그 껌딱지라는 걸 전혀 몰랐을 것이다.

"아, 그러니까 여기가 연우. 네가 아는 그 서연……."

"끝났으면 끝났다고 연락 한 통이라도 해 줬어야죠."

"방금 막 나왔어. 택시 잡으러 가는 길이었고, 택시 타서 전화할 생각이었는데."

"내내 기다리고 있을 사람 생각은 전혀 못 하나 봐요. 그거 나쁜 버릇인데."

시선은 똑바로 민우를 응시한 채 그녀에게 말을 하는 그의 입술이 느른하게 미소 지었다.

"고쳐야겠어요."

차가운 눈빛과 대조적인 미소에 할 말을 잃었다.

"뭐야, 권문영. 그러니까 여기가 내가 아는 그때 그 애……."

"가요."

연우는 대놓고 민우의 말을 못 들은 척 무시했다.

"아니, 잠깐."

그 자리에 덩그러니 민우만 남겨 놓고 떠나자니 마음이 불편했다. 연우에게 이끌려 억지로 차에 태워지는 순간까지 문영은 차창 너머로 황당한 듯 자신을 지켜보고 있는 민우를 바라보았다.

"서연우. 지금 이게 무슨 짓이야? 내 입장은 조금도 생각 안 하니? 이게 무슨 경우 없는……!"

무례한 연우의 행동에 뒤늦게 격분한 문영의 언성이 다소 높아졌다.

미처 내릴 새도 없이 차는 골목길을 벗어나 북적거리는 도로 위로 달려 나왔다. 신호에 맞춰 줄지어 선 차량 사이에 합류한 그가 부드럽게 브레이크를 밟으며 길게 한숨을 내쉬었다.

"연락도 없고, 걱정도 돼서 데리러 왔죠."

"지금 네가 한 행동, 얼마나 무례하고 경솔한지 자각에 없는 모양이구나?"

"전화라도 걸어 볼까 싶었는데 괜히 좋은 분위기 망치는 것 같아 참았어요. 나름 눈치껏 행동했다고 생각했는데 그게 아니었나 봐."

"서민우 때문에 그래?"

"아아. 그 사람."

나한테 고마워해야 하는 사람이잖아.

일말의 언질도 없이 대뜸 가게 앞에 나타난 것도 놀랐지만 다짜고짜 그녀를 차에 태운 그의 행동에 더 기가 찼다.

더욱이 화가 나는 것은 그런데도 뻔뻔하게 구는 그의 말버릇이었다.

"권문영 씨 화가 나는 건 알겠어요, 화나게 해서 미안한데…… 나도 그래요. 화가 나서 미칠 것 같아."

"그게…… 지금 나한테 할 말이야?"

"내 마음은 권문영 씨가 더 잘 알 거라 생각해요."

"뭐라고?"

"예전에 만난 남자가 지금의 권문영 씨 같았죠."

허, 마른 웃음이 입가를 비집고 나왔다. 그가 콕 집어 말해 준 탓에 고맙게도 기억하고 싶지 않은 남자의 얼굴이 떠올랐다.

"외로워하는 권문영 씨 두고 바깥으로 자주 샜잖아. 이름이 이태섭이었던가?"

"서연우, 지금 하는 말이 좀 지나치다는 생각 안 해?"

"화가 나는 데 그딴 게 눈에 뵈겠어요?"

"그러니까 네가 왜!"

"개새끼가 아니라 애새끼였나 봅니다. 권문영 씨 연락이 잠깐이라도 없으면 눈이 돌아 버릴 것 같은데, 어떡해."

머릿속이 백지가 되어 버렸다. 뒤늦게 초조한 듯 핸들을 톡톡 두드리는 그의 손가락을 보았다.

"나는 생각보다 속이 좁아요. 다 이해할 만큼 마음이 좋지도 못해서 자잘한 일에도 쉽게 미쳐 버려요."

"……."

"처음부터 내가 없는 자리에 보내기 싫었어요. 싫다고 고집이라도 부리면 나를 마냥 애로 볼까, 그게 더 싫어서 꾹 참았는데. 막상 보내고 나니 하늘이 노래지는 기분이었다니까."

"대체 무슨 생각을 하고 있었던 거니."

"서민우가 좋아했잖아."

사거리에서 신호에 걸린 차가 멈췄다. 동시에 굳은 얼굴을 한 연우가 그녀를 돌아보았다.

"너."

"대체 그때가 언제 적 일인데, 아직도……."

"우리 사이에 비밀은 없다고 먼저 말했던 건 권문영 씨였죠. 끝까지 아니라고만 하는 권문영 씨를 어떻게 믿어."

"민우는 결혼했어. 벌써 결혼 생활 2년 차야."

"이 와중에도 성은 팔아먹었네요. 듣기 싫게. 아. 오해는 마요, 권문영 씨 목소리가 듣기 싫은 건 아니니까."

"너, 지금 질투하니?"

"눈치가 참 빠르시네요. 그럼 이게 질투가 아니면 뭐겠어요?"

"아니. 그냥 싸우자는 것밖에 안 되는 것 같은데? 방금 네 행동, 정말 이기적이었어. 아무리 그래도 내 친구야. 정말 날 위한다면 적어도 제대로 인사 정도는 했어야지."

아예 모르는 얼굴도 아니고.

"네 말대로 개새끼가 아니라 애새끼인가 보다."

"그런 것치고 좋은 끝내주게 어른스럽죠."

"너랑 말장난하고 싶은 기분 아니야."

단호하게 일침을 가한 문영이 애써 화를 다스렸다.

그러다가도 방금 전 일을 다시 되짚어 보면 싸늘하게 피가 식는 기분이었다.

민우에게 적당히 예의만 갖췄더라면 선물처럼 나타난 그를 보며 행복하게 웃었을 텐데.

"자리가 자리인지라 내내 휴대폰만 붙잡고 있을 수도 없었어. 네 연락 보고도 무시한 적도 없었고. 네가 민우를 어떻게 생각하는지 몰라도……."

"그냥 싫었어요."

"뭐?"

"내가 처음으로 열등감을 느낀 사람이거든."

연우를 막연히 애 취급하던 사람이었다. 문영의 친구라는 이유로 그녀의 곁을 그림자처럼 따라다닐 때도 싫었다.

차라리 그가 자신처럼 오매불망 그녀 옆에 남아 있었더라면 모를까.

이 여자, 저 여자 들쑤시고 다니다가 종국에는 문영을 찾아와 친구라고 둘러대는 그가 가증스러웠다.

"차라리 이태섭이 나아요."

적어도 그 사람은 양심은 있잖아.

"마지막까지 권문영 씨 연락, 다 회피했잖아. 권문영 씨한테는 미안한데 사람이었으면 그랬어야 한다고 봐."

"하, 굳이 지금 그 사람 이야기까지 꺼낼 필요 있어?"

"권문영 씨 말대로 질투 중이라서."

"서연우."

"좋은 시간 보내라고 내가 보내 줘 놓고, 이제 와 땡강 부려서 미안한데 불안해서 참을 수가 없었어요."

분리 불안증을 겪는 강아지가 이런 마음일까.

침대에 누워 휴대폰을 손에 꼭 쥔 채로 그녀의 연락만을 기다렸다. 1분 전에 그녀에게서 온 메시지를 보며 기다렸다는 듯 바로 답장했으나 돌아오는 대답이 없었다.

무소식이 희소식이라는 말은 다 옛말이었다.

연락 없는 그녀가 지금 뭘 하고 있는지, 누구와 무슨 대화를 나누고 있는지, 취중 진담을 빌려 허심탄회하게 옛일을 회상하기라도 한다면 자신에 대한 그녀의 마음이 확실해질 것 같았다.

그 빌어먹을 가족, 동생, 형제, 우애.

애초부터 그에게는 없던 것들을 들먹거리며 이제 와 관계를 무효화시킬 것 같았다. 거기까지 생각이 닿자 머리가 과부하에 걸렸다.

연우는 고민할 것 없이 겉옷을 챙겨 그녀가 일러 준 위치를 찾아 직접 차를 몰았다.

초조함에 가게 앞을 몇 번이나 어슬렁거렸는지 모르겠다. 호기심 어린 눈빛을 보내오는 여자들의 시선은 철저하게 차단했다.

오로지 권문영, 권문영, 권문영.

인이 박일 정도로 곱씹던 끝에 차라리 할 수만 있다면 그녀에게 저를 박제시키는 게 나을 거라는, 어처구니없는 결론이 내려졌다.

하, 제정신이 아닌 것 같았다.

단순히 동창 모임에 나간 여자를 못 믿어서 의처증 걸린 환자처럼 제 자리에 못 박고 선 스스로가 한없이 우스웠다. 이런 저를, 혹시라도 그녀가 보기라도 한다면 싸늘한 표정을 짓고 한심한 듯 저를 바라볼 게 뻔했다. 불 보듯 훤한 얼굴을 그려 보다가 실소했다.

무감동한 그녀의 얼굴보다 무서운 것도 없으면서, 그런 표정을 한 모습조차 예뻐 보이니 당최 양자택일할 수 없었다.

내내 그런 생각이었다.

서민우와 나란히 걸어가는 그녀의 뒷모습을 보기 전까진.

"싫은 건 어쩔 수 없나 봐. 난 권문영 씨가 아닌 다른 것에 시간 쓰는 게 싫어요."

"네 말 알겠어. 그렇다고 네 잘못이 없던 게 되어 버리는 건 아니야."

"……나 때문에 화났어요?"

화가 한풀 누그러든 그가 조심스럽게 물었다. 여전히 기분은 엉망이 었지만 아까보단 나았다.

차창 밖으로 고개를 돌린 문영이 푹 한숨을 쉬었다. 서연우와 7년 만에 만나 모르는 것투성이라고 생각했다. 그동안 많이 변했을 거라고 생각했는데.

제 감정을 이기지 못해 제멋대로 구는 걸 보면 억지로 쪽지 시험을 망쳤던 열네 살의 서연우와 전혀 다르지 않은 것만 같았다.

다시 한번 한숨이 나왔다. 그러면서도 한편으론 기뻤다.

그녀가 모르는 7년이라는 시간이 그를 얼마만큼 달라지게 했는지 알 수 없어 적잖게 속상했는데.

여전히 그녀가 아는 그 서연우인 것 같아 안심이 됐다.

"기분은 말이 아니지."

그는 싫증을 잘 느끼지 않는 사람이었다. 예나 지금이나.

"……애 같죠."

"감정에 솔직한 건 좋은 거야. 물론 그걸 컨트롤 못 하는 건 애들이나 하는 짓이고."

"실망했어요?"

"아니. 내가 변태인가 보다. 실망보다는, 솔직한 말로 서연우 씨 꽤 귀엽네요."

창에 비친 그녀의 표정은 여전히 무감했다. 돌아오는 목소리도 냉기가 가득했지만 그럼에도 그는 기뻤다.

"그리고 난 애랑 섹스 안 합니다. 그런 취미 없고."

"아. 그건 내 좆이 애는 아니니까."

"아직 나 기분 풀린 거 아니야."

민우에게 어떤 말로 사과를 해야 하나 고민하는 그녀에게 별안간 연우가 넌지시 물어 왔다.

"그래서, 그 사람이랑 무슨 대화했어요?"

"뻔하지, 그냥 잘 지냈냐는 형식적인 인사치레."

"그러니까 형식적인 인사치레, 그게 뭔데?"

"서연우. 뭐가 궁금한데?"

참다못한 문영이 그를 돌아보았다. 운전 중이라는 것도 잊은 그가 불쑥 그녀의 앞에 얼굴을 들이밀었다.

"몇 마디의 대화, 그 대화의 구체적인 주제."

"민우 결혼했다니까."

"권문영 씨가 그 남자의 이름을 친근하게 부르는 이유도 막 궁금해진 참인데."

"서연우 씨, 주변에 아는 여자 없죠?"

"있으면, 매일같이 권문영 씨 마음고생만 시켰을 거예요."

근거 없는 자신감이라고 쏘아붙이려다가 꿍, 입을 다물었다.

예전부터 그를 따라다니던 여자들이 꽤 있었다. 대학생이 되어서도 식지 않는 서연우의 열기 덕에 축제 시즌이 되면 그의 집 앞이 다소 소란스러웠다.

여학생들이 대거로 몰려와 서연우의 이름을 연호했다.

시끄러운 곳은 딱 질색이라고 못을 박았는데도 연우와 어울려 놀고 싶은 여자들은 같은 학과 동기들뿐만 아니었다.

MT촌에서 우연히 본 그의 학과 점퍼를 보고 학교, 학과를 유추한 타 학교 학생들도 더러 있었다.

그 난잡한 광경을 멀거니 내다보던 그녀는 무슨 생각을 했던가.

연애를 시작하고서부터 알게 모르게 멀어진 연우가 그리워졌던가.

"그러기 싫어서 애초부터 싹을 잘랐고."

그럴 때면 연우는 마치 누군가를 찾듯이 주변을 살피곤 했다. 가끔 문영과 마주칠 때면 어색하게 웃어 보이다가 메시지를 보내왔다.

시끄럽게 해서 미안해요, 하고.

"난 권문영 씨랑 나누는 대화가 재미있어."

쫓아 버리고 싶은데, 말 섞기가 싫어요. 그 시절 연우의 목소리가 귓 가로 불어왔다.

"재미없는 건 질색이고."

그때와 엇비슷한 말의 뜻을 이해한 문영이 결국 웃음을 터뜨렸다.

못 살겠다, 서연우.

"아, 웃었다."

그의 얼굴에도 스르르 화색이 번졌다.

"그래서, 또 질색하는 게 뭐가 있는데?"

대화는 사시사철 같았다. 때가 되면 바뀌는 계절처럼 더디게 화제가 바뀌었다. 차는 자연스레 그녀의 집으로 향하는 도로를 달렸다.

집 쪽에 가까워져서 신호에 걸렸다.

"참. 내가 그 말 안 했죠?"

능청스레 눈을 키우며 그녀를 돌아본 연우가 예고도 없이 입을 맞춰 왔다. 말캉한 살이 맞닿은 채로 속삭거렸다.

"우리 어머니가 개는 버리는 게 아니래."

언젠가 그가 던졌던 질문이 생각났다. 그럼 강아지는 버려도 되는 거예요? 하고 물었을 때 얼마나 당황했는지 모르겠다.

"책임져야 하는 가족이라고 했었거든요."

지금만큼 소스라쳤다.

"물론 피는 안 섞였으니 적당하게 보살펴 주면 되겠네요."

금방 떨어질 줄 알았던 입술이 농밀하게 입술을 핥았다. 입술 모양을 가늠하듯 길게 입술 전체를 빨다가 불쑥 입안을 파고들어 온 그가 말아진 그녀의 혀를 꺼내 부드럽게 옭아맸다.

쪽, 힘을 주어 빨아 당긴 후에야 입술을 뗀 그의 손끝이 젖은 그녀의 입가를 닦아 주었다.

"개보다 못한 것도 책임져 주면 더 좋고."

짓궂게 웃는 그를 따라 시선을 내렸다. 부풀어 오른 앞섶이 흥분의 크기를 노골적으로 드러내고 있었다.

그 모습에 답지 않게 문영의 귓불이 붉어졌다.

"응?"

연우는 그런 그녀가 귀여워 문영의 앞으로 얼굴을 들이밀었다. 억지로 눈을 맞추려 했으나 쉽지 않았다. 요리조리 피해 다니는 그녀의 시선 끝에 밤하늘이 걸렸다.

"나 머리 만져 줘요."

"누가 머리 만져 주면 잠이 잘 온다며."

"응."

"지금 운전 중이잖아."

"그러니까요."

문영은 창을 통해 연우를 보았다. 다정다감하게 손을 맞잡아 오는 그의 행동에 좋아서 미칠 것 같은 건 외려 그녀였다.

"죽어도 여한 없을 만큼 좋아. 그래서 이대로 죽어도 될 것 같아."

그가 더 좋아질까, 두려울 지경이었다.

14장

성산과의 이해관계가 완만하게 성립됐다. 아직 언론에 공식적으로 알려지지 않았지만 내부에 공공연히 나도는 이야기에 각 팀은 저마다 업무를 재정비하는 데 심혈을 다했다.

문영과 연우가 소속된 제품 전략 2팀도 예외는 아니었다.

성산이 기술적 발전을 도모하면서 달라진 배터리 성능에 대해 그들도 공부해야만 했다.

배움에는 끝이 없었다.

회의는 하루에도 몇 번씩 열렸다. 성산의 배터리를 사용한다는 가정을 두고 전략적으로 로드 맵을 구상해야 했다. 그들 성능의 장단점을 분석하는 일이 길어졌다. 요즘 회사에서 하는 일은 대부분 생각하는 것이었다.

장시간의 회의가 끝나고 소회의실을 막 나서는데 눈에 익은 여자가 쪼르르 그녀의 곁으로 걸어왔다. 굳이 짚어 말하자면 그녀의 뒤를 따르는 연우를 찾아온 것이었다.

그녀는 인사 팀의 하연이었다.

먼저 나아가는 윤 차장과 박 과장의 뒤를 따르는 문영이 힐끔 뒤를 돌아보았을 때, 연우보다 한 보 뒤에서 걷고 있는 하연이 수줍게 볼을 붉히고 있었다.

묻지 않아도 그를 찾아온 이유가 눈에 훤했다.

그러고 보면 같은 팀 지은과 인사 팀의 하연 외에도 생각보다 많은 사내 여직원들이 서연우에게 무익한 호기심을 보였다고 했다.

풍기 문란이라.

언젠가 최 대리가 했던 말이 떠올랐다.

"서연우 씨 잘생겼잖아. 그것 때문에 풍기 문란 일으키지 말라고 한 소리 하고 있던 거 아니야?"

그땐 그럴 의도가 전혀 아니었는데, 지금은 의도가 분명해진 감정이 가슴 안에서 솟구쳤다.

질투일까.

"아, 저 서연우 씨."

부서실 앞에 다다라서였다. 하연의 하이 톤의 목소리가 들렸다.

뒤를 돌아보지 않아 그의 표정이 어땠는지는 모르겠으나 확실한 건 좋지만은 않았을 것이라는 거다.

대답하는 목소리를 듣지 못했다. 그에 안심하고 있는 스스로가 놀랄 노 자였다.

"잠깐, 시간 괜찮으세요?"

뻔한 상황이 눈앞에 그림처럼 펼쳐졌다. 수줍게 웃으며 고백의 말을 전하는 하연을 생각하니 순식간에 화가 치밀었다. 문제는 그 화가 아무 것도 모르는 하연보다 연우를 향해 있다는 사실이었다.

그간 간과하고 있었다.

모두의 기대와 관심을 받았던 서연우는 누구에게나 욕심나는 남자였 다.

어린데 능력도 좋고, 기대가 유망되는 인재였다. 가장 중요한 외모까지 수려하니 탐이 나지 않을 리 없었다.

그녀밖에 모르는 것처럼 구는 그에게 미쳐 깜빡 잊고 있었다.

서연우는 그녀의 눈에만 잘생긴 게 아니었다.

"지금은 조금 바쁩니다만."

자리로 돌아가려던 문영이 흠칫 어깨를 떨었다.

뒤늦게 들려온 그의 목소리가 잠시 걸음을 붙잡아 놓았다.

"잠깐이면 되는데, 어려울까요?"

"근무 시간에는 업무만 하자는 주의라서요."

"그럼, 점심시간에 잠깐 시간 어때요? 같이 식사하자는 건 아니고요, 정말 잠깐. 잠깐만 시간 내주시면 되는데……."

"메신저로는 어렵습니까?"

흐음. 그가 곤란한 듯 입소리를 냈다. 문영은 멈춘 걸음을 움직였다.

그들과 떨어지면 말소리도 그칠 줄 알았는데, 온 신경이 두 사람에게 집중되어 있었다. 끝내 자리로 돌아와서도 이야기 소리는 끊이질 않았다.

"그게, 조금……."

파티션 너머로 고개를 내밀어 두 사람을 주시하려던 찰나, 연우와 눈이 마주쳤다. 그녀만 볼 수 있도록 고개를 돌려 눈웃음을 친 그가 천천히 하연을 돌아보았다.

안절부절못하는 그녀에게 뭐라고 대답을 했는지까지는 듣지 못했다.

다만 문영이 퍽 불유쾌한 기분을 느끼는 걸 보면 내키지 않는 대답을 했으리라.

반색하며 돌아서는 하연의 표정이 밝았다. 반대로 돌아오는 연우를 응시하는 그녀의 표정은 얼음장처럼 차갑게 식어 가고 있었다.

✢　　　✢　　　✢

웬만하면 점심은 따로 먹는 편이었다.

점심시간까지 붙어 있다간 더 큰 오해를 부를 것 같아 그 시간만큼은 벽을 두기로 했는데, 처음으로 후회했다.

부러 서연우와 자주 마주치던 회사 근처의 식당을 찾았으나 그의 머리카락 한 올 찾아볼 수 없었다. 불안감은 삽시간에 증폭되어 그녀를 미치광이로 전락시켰다.

좀체 일에 집중이 안 돼 괜히 그에게 심통을 부렸다. 나밖에 모르는 것처럼 굴더니 다른 여자와 잠깐이나마 말을 섞는다는 게 도통 이해가 되지 않았다.

가만히 속을 다스리다 보니 민우 일로 불같이 화를 내던 그가 떠올랐다.

다음 날, 먼저 민우에게 미안하다는 연락을 남겼는데 그 사실을 안 연우의 표정이 어땠던가.

거울 속에 비친 그녀만큼이나 쓸쓸하면서도 싸늘한 얼굴이었던 것 같다.

"내가 그렇게나 싫다고 했는데."

어제 서연우는 자신의 무례함을 인정하나 싫은 건 싫은 거다, 그렇게 말했다.

"아니면, 권문영 씨는 불안해하는 내 모습이 보고 싶은 건가?"

저도 제정신은 아닌 것 같았다.

서연우가 저로 인해 안절부절못하는 게 퍽 보기 좋았다.

서연우의 무익한 관심이 몸서리치게 좋은 것치고 가학한 성정이다.

그의 불안감은 곧 저에 대한 감정의 증례가 되어 묘한 쾌감을 느꼈다. 섹스할 때와는 다른 기분이지만 그런대로 충분함을 주었다.

"내가 정말 미쳤나."

황망하게 뇌까리며 화장실을 걸어 나오는데 전화가 울렸다. 서연우가 아닐 거라는 걸 안 마음에 기대가 없었다.

그러다 액정을 확인한 문영의 표정이 경직됐다.

한동안 소식이 없던 엄마의 연락이었다.

"네."

고민 끝에 전화를 받은 문영이 힐끔 손목시계를 확인하고는 이내 비상계단 쪽으로 걸어갔다.

숨이 막히는 사각의 공간보다, 안부를 묻기도 전에 인사 고과를 먼저 묻는 엄마 때문에 목이 졸리는 듯한 기분이었다.

"그 얘기 하시려고 전화했어요?"

—네가 오죽 연락이 없으면 내가 하겠니. 살아 있으면 살아 있다고 연락 정도는 해 줄 수 있잖아. 너, 최근에 연락한 게 벌써 넉 달 전이야.

계단을 통해 8층 옥외 공원을 찾았다. 프라이빗한 구조로 꾸며진 옥외 공원은 이름만 프라이빗했다. 사내 직원들이 들끓는 탓에 비밀스러움과는 거리가 상당히 멀었지만 혼잡한 회사 로비에 비하면 한적한 편이었다.

사원증이 아니었다면 긴가민가했을 신입 사원들과 후배들의 눈인사를 받으며 벤치 뒤로 자리를 옮겼다.

"면목이 없어서 연락을 못 드린 거죠."

—아직도 소식이 없니?

"기별이라도 있었으면 진작 전했겠죠."

—아니, 다른 사람들은 잘만 되는 걸 어째 너는!

"정말 주재원 이야기라도 하시려고 연락하신 거예요?"

문영의 목소리가 낮게 가라앉았다.

─겸사겸사. 딸 목소리도 듣고, 이런저런 얘기도 하려고.

"그래서, 하실 말씀이 뭔데요?"

─얘는 무슨 말을 그렇게 정 없이 하니?

"저 바빠요."

엄마의 타박을 들어 줄 만큼 한가로운 상황은 아니었다.

아까부터 눈에 보이지 않는 서연우의 위치를 파악하는 게 현재로선 가장 중요한 그녀의 시선에 문득 그를 닮은 실루엣이 잡혔다.

아까 얼핏 보았던 하연의 옷차림과 비슷한 여자가 그의 앞에 고개를 푹 숙인 채로 서 있었다. 다소곳이 맞잡은 손가락을 이유 없이 꼼지락대는 폼이 영락없는 하연이었다.

귀까지 붉힌 것으로 보아 어떤 상황인지 단박에 유추됐다.

고백, 설렘, 수줍음.

반대로 지금 그녀가 느끼는 감정은 그것들과 상대적이고 대조적이었다.

분노, 질투, 배신감.

……배신감.

─얘, 문영아. 너 듣고 있니?

다른 여자를 눈에 담는 서연우의 눈동자에 불순한 것들이 이끼처럼 꼈을지도 모른다.

예쁘고 어린 여자. 연애.

별안간 그녀의 시선을 느낀 그의 눈빛이 자연스럽게 문영에게 끌려왔다. 나만 바라봐 주었으면 하는 간절한 마음이 그에게 닿았을 리는 없고.

발치의 그가 놀란 듯 눈을 키웠다가 이내 사르르 눈매를 접어 웃는다. 문영은 빤한 눈빛으로 연우를 응시하다가 조용히 시선을 거두었다.

그러는 순간에도 뒷덜미는 **빳빳**했다.

저도 모르게 어금니를 깨문 탓에 아래턱이 조금 아릿한 것도 같았
다. 불투명한 창에 비친 표정은 더없이 어두웠다.

—왜 대답이 없어?

"아, 네."

—듣고 있니?

"……네?"

—너 예전에 정현이 아줌마 기억하지?

기억하고말고.

그녀는 엄마가 한참 자신의 사교육에 목을 매던 시절, 학부모 커뮤
니티에서 만난 가입 동기였다. 슬하에 아들 둘이 있어 엄마는 종종 그
들 형제의 과외를 문영에게 부탁하기도 했다.

워낙 장난기도 심하고, 집중력도 형편없는 탓에 그때마다 문영은 질
겁을 했다. 그 애들에 관한 이야기를 이따금 연우에게 하곤 했었는데.

그러고 보면 서연우는 모르는 게 없었다. 그녀가 더듬는 기억 속에
서연우는 빠짐없이 존재하고 있었다.

하, 헛웃음이 났다.

—아줌마 큰 조카가 성산에 근무 중인데 주재원으로 프랑스에 몇 년
있다가 이번에 한국으로 완전히 들어왔다네.

"그래서요?"

무슨 말을 하고 싶은지 모르지 않았기에 오히려 문영이 아무것도 모
른다는 양 굴었다.

지겨워.

—한 번 만나 볼 생각 없냐고. 너 어차피 주재원이나 해외 지사 쪽으
로 발령받기 힘든 거잖아. 그럴 바에 얼른 남자 만나 시집가는 게 좋지
않겠어? 언제까지고 혼자 있을 순 없잖니.

"나쁘지 않아요, 혼자. 지금 당장은 누굴 만날 생각도 없……."

없다. 곁에 서연우가 있기에.

없는 게 당연했다. 그런데 말이 나오지 않았다.

말문이 막혀 입술을 사리물었다. 그때 사뿐히 등 뒤로 다가온 그림자가 그녀를 덮쳤다. 이내 어깨 앞으로 뻗어지는 손이 휴대폰을 쥔 문영의 손을 감쌌다.

서연우라는 것을 알기에 달리 반응하지 않았다. 사실 어떤 표정으로 그를 봐야 할지 몰라 표정을 정리하지 못한 채였다.

벌써 하연을 보내고 제게 왔다는 사실에 기가 막히게도 안도감이 몰려왔다. 그간 모르고 살았는데, 내가 이만큼이나 속 좁은 사람이었다는 것을 깨닫게 하는 순간이었다.

혼자 부글부글 끓었다가 혼자 들뜨는 일은 두 번 다시 느끼고 싶지 않았다.

"아주머니네요."

발신인을 확인한 그가 나직하게 속삭였다. 아쉬운 듯 손등을 쓸며 손을 거둔 그가 낮은 웃음소리를 내며 그녀 앞에 섰다.

마침내 눈이 마주쳤다.

—문영아. 뭐라고? 얘가 아까부터 정말 왜 이래?

"그게……"

"나 때문에 그래요?"

그가 싱긋 눈웃음을 지으며 그녀에게만 들릴 듯한 목소리로 소곤거렸다.

아. 당황한 입술 새로 연신 탄식만 흘렀다.

—네 나이가 벌써 서른이 넘었어. 예전 같았으면 이미 결혼하고도 애가 몇인지 아니? 너 뭐 독신주의자니, 그런 말로 엄마 속 뒤집어 놓으려는 건 아니지?

"아뇨. 엄마, 그러니까."

"말해요. 만나는 것도 아닌데, 그렇다고 안 만나는 것도 아닌 사람 곁에 두고 있다고."

어디서부터 엿들었는지, 그가 대답을 채근했다.

웃는 낯과 달리 내뱉는 말은 온통 쌀쌀맞았다.

종전에 그녀가 느낀 감정과 비슷할 것이라는 생각이 들었다. 누군가를 마음에 품는다는 일은 질투로 점철됐다.

"그게 나라고 도저히 말 못 하겠어요?"

그렇게 묻는 연우의 표정이 조금씩 경직됐다. 화가 난 사람처럼 굳은 얼굴로 비스듬히 문영을 내려 보는 시선이 냉담했다. 문영은 그 눈을 똑바로 마주한 채 숨을 골랐다.

아직은 그의 이야기를 하고 싶지 않았다. 어떤 말로 엄마에게 연우의 이야기를 할 것인지, 한 번도 생각해 본 적 없는 문제가 당도하니 적잖게 당황하게 됐다.

"저는 괜찮아요. 생각 없어요."

솔직한 마음으론 이런 관계가 언제까지 지속될지도 모르는 일이었다.

예쁘고 어린 여자. 그런 여자가 그의 곁엔 수두룩할 테다.

문영은 그런 여자들과 자신을 비교할 수 없었다.

하연과 나란히 선 모습이 쓸데없는 잡념을 파생시켰고, 결국 이런 생각으로까지 귀결되었다.

"바쁘니까 이만 끊을게요. 종종 연락드릴 테니까 걱정하지 마세요."

대충 통화를 갈무리했다. 무음으로 바꿔 놓은 다음 재킷 주머니 속에 휴대폰을 넣었다.

"내가 창피하거나 그런 건 아니죠."

빠르게 묻는 그의 말에 대답하기에 앞서 주변을 살폈다.

"아무도 없어요. 다들 내려갔어. 쓸데없는 데 눈치 잘 보는 거 아는데 대답해 봐요."

"내가 내 입으로 서연우 씨가 창피하다고 말한 적은 없는 것 같은데."

"그럼, 너무 소중해서 꼭꼭 감춰 두려는 건 아닐 거고."

"에둘러 대답한 게 마음에 안 드는 거예요?"

"내 뜻대로 대답하지 않은 게 못마땅한 겁니다."

"서연우 씨 뜻대로 대답해야 하는 의무가 있을까요?"

그의 눈빛이 돌연히 차가워졌다.

"난 생각보다 질투가 많아요. 싸가지도 없지만 성정도 온순하진 못해서."

"무슨 말이 하고 싶은 거죠?"

지지 않고 응수하는 문영의 표정도 그만큼 삭막해졌다.

"권 대리님도 나만큼 질투가 많은 것 같네요."

"너무 쉽게 단정 짓네요."

"김하연 씨는 내가 좋다네요."

"그래요? 잘됐네요."

충분히 예상했던 일이었지만 막상 그의 입으로 그런 말을 들으니 마음이 쿵 떨어져 내렸다. 어차피 서연우는 그녀밖에 모르는 남자였다. 지고지순한 그를 알면서도 가슴이 흔들리는 건 누구도 모를 변수나 이변이 염려되어서였다.

어리지 않고, 예쁘지 않은 문영에게 반대의 여성들은 적이었다.

서연우에게 서민우와 이태섭이 그러했듯.

"관심 없다고 말했어. 마음 같아선 권 대리님이 지켜보는 앞에서 울리고 싶었어요."

"그러지 그랬어요. 그랬으면 말대로 정말 싸가지 없는 놈이었을 텐데."

"내가 정말 그랬으면 좋았을까요."

"……."

"권 대리님이 보는 앞에서 내가 다른 여자를 울리는 모습이 퍽 정상적이진 않은 것 같은데."

"글쎄, 내가……."

"지금 당장 내가 만나고 싶은 사람은 권 대리님인데."

물론 만나고도 있지만.

"내가 단순히 권 대리님의 섹스 파트너라도 좋아요. 지금 권 대리님
이 만나고 있는 사람은 난데, 그 한마디가 그렇게 어려워?"

"서연우 씨."

"질투 맞아요."

말 한마디에 화가 치밀어 오르는 건 비밀이었다.

"내가 창피하냐고 묻는 거야. 아니면."

"……."

"내가 어려서 그래요?"

"서연우 씨."

"난 계속 자격 없는 섹스 파트너, 뭐 그런 겁니까?"

한일자로 다물고 있던 입을 떼려는 순간이었다. 왁자한 말소리와 퀴
퀴한 담배 연기가 옥외 공원에 퍼졌다. 예고 없이 들이닥친 사람들에게
감사해야 할지, 원망해야 할지 모르겠다.

어느새 처연한 눈빛으로 자신을 바라보는 연우를 위로해 주지 못해
마음이 불편했다.

그런 게 아니라고 대답해 줘야 하는데 먼저 돌아선 그의 뒷모습이
무서울 정도로 작아져 차마 손을 뻗을 수 없었다.

알량한 질투심이 초래한 상황은 최악이었다.

✢　　　✚　　　✢

성산과의 협업을 통해 신제품을 출시할지도 모르겠다는 말이 횡행했
다.

클래식 S의 후속작과 별개로 클래식 S의 부담스러운 비용적인 측면

을 보완한 실용적인 제품을 원하는 상부의 뜻을 모르지 않았다. 만약 사람들이 만들어 놓은 가설이 실제가 된다면 분명 전 사는 프로젝트팀을 편성할 텐데.

가능성이 희박한 이야기는 아니었기에 문영도 내심 관심이 갔으나 어쩐지 오늘은 일에 골몰하기가 어려웠다.

"내가 어려서 그래요?"

그 말만 되풀이됐다.

내가 어리지 않아서 치기 어린 마음을 품었던 것처럼 서연우도 비슷한 생각을 했던 건 아닐까.

웬일인지 일찍 퇴근한 연우의 빈자리를 넌지시 바라보았다.

"먼저 들어가 보겠습니다."

단단히 화가 난 모양인지 그는 사무적인 목소리로 인사만 남기고는 홀연히 사라졌다.

텅 빈 자리가 여간 쓸쓸한 게 아니었다.

문득문득 떠오르는 연우의 뒷모습은 냉정했다가 외로웠다가 처연했다.

"돌겠다, 정말."

예쁘고 어린 하연과 나란히 붙어 있던 모습이 오버랩되면 부아가 치밀다가도 한걸음에 제 곁으로 다가와 굳은 얼굴을 하던 연우를 생각하면 마음이 풀어졌다.

그가 하연을 울리지 않았음에 안도할 줄이야.

"하."

퍽 좋은 그림은 아니었다. 사람들의 왕래가 끊이지 않는 옥외 공원

한편에서 눈물을 보이는 여자와 담담한 남자의 모습은 호기심을 자극하기에 충분했다. 사실무근인 구설은 금세 사내를 뒤집어 놓을 테다.

눈에 보이는 것만 믿는 사람들은 지나친 억측과 이기적인 추측으로 타인을 곤궁하게 했으니까.

서연우와 김하연이 그렇고 그런 사이였다는 이야기는 사실이 아니더라도 듣고 싶지 않았다. 정작 그런 일은 있지도 않은데, 생각만으로도 피가 거꾸로 솟는 걸 보면 명백한 질투였다.

그냥 싫었던 거야.

답답한 듯 한숨을 내쉰 문영이 결국 보고서를 덮었다. 도무지 일에 집중이 안 돼 서둘러 가방을 챙겨 자리를 박찼다.

한적한 로비를 지나치면서 휴대폰을 꺼냈다. 업무상 연락이 잦은 거래처 직원이나 연구진들을 제외하면 온통 연우의 이름밖에 없는 화면을 물끄러미 내려다보았다.

창틀에 놓은 화분, 침대맡에 둔 캔들. 화면 속 떠다니는 그의 이름.

어딜 가나 온통 서연우밖에 없는 요즘이었다.

정말 그렇게 가 버릴 줄이야. 단단히 화가 난 사람처럼 돌아선 모습에 마음이 미어졌다. 입술 끝을 잘근 깨물며 고민했다.

심보가 유치하고 고약해 그저 투정을 부린 거라고 해명하자니 마음이 내키지 않았다.

서로에 대한 마음을 확인한 이후로, 단 한 번도 서연우를 그저 질펀한 유희 상대로 생각해 본 적 없는 그녀에게 그가 직접적으로 언급한 섹스 파트너는 적잖이 충격이었다.

더 놀라운 건 그의 입장에선 충분히 그렇게 생각할 법했다는 것이다.

그렇다고 그와의 만남을 가볍게 여긴 것도 아닌데, 아직 엄마에게는 연우의 이야기를 꺼낸다는 게 조심스러웠다.

워낙 저를 향한 집착과 기대가 도를 넘어 엄마이지만 유별나다고 생각했다.

또한 연우를 생각하는 엄마의 마음을 모르지 않기에 쉽사리 입이 떨어지지 않았다.

서연우를 어떻게 하면 좋을까.

골몰하며 돌아서는 찰나 도롯가에 정차 중인 차가 헤드라이트를 반짝거렸다.

쏟아지는 불빛에 눈을 찡그린 문영의 걸음이 멈췄다.

익숙한 차체였다. 나 여기 있다고 말하는 듯한 불빛은 그녀가 다가올 때까지 문영을 비추었다. 자연스럽게 이끌린 걸음이 조수석 앞으로 향했다.

선팅이 짙어 내부를 다 볼 수 없었지만 아무렴 상관없었다. 어차피 운전석에 연우가 있는 것은 당연한 일이었다.

이윽고 조금씩, 조금씩 창문이 내려갔다.

핸들을 감싼 팔 위에 얼굴을 기대고 있는 연우와 눈이 마주쳤다.

"나도 웃기죠."

그가 제일 먼저 한 말은 상당히 자조적이었다. 문영의 눈이 동그래졌다.

"있는 대로 성질부리고 돌아설 땐 언제고, 멀리 못 가겠는 거 있죠."

"……."

"나에게는 권문영 씨를 태울 자격이 없어요."

불퉁한 얼굴을 감추듯 그가 핸들 위에 이마를 묻었다.

"그래도 권문영 씨에겐 내 차를 탈 자격 있으니까 빨리 타요. 데려다줄게."

왠지 웃음이 났다.

그를 보면 제일 먼저 무슨 말을 해야 하나 고민했던 찰나의 시간이 허무했다.

결국 이럴 거면서.

"그럼 신세 좀 져야겠네요. 난 염치도 없고, 뻔뻔하니까."

당연한 듯 차에 오른 문영을 곁눈질하던 연우가 이내 벨트를 눈짓으로 가리켰다.

"나 때문에 화났죠?"

그녀가 벨트를 착용하자 차는 금세 회사 앞을 떠났다.

"화난 건 서연우 씨 같은데."

"질투는 했어요?"

"그것도 서연우, 너 같은데."

"섹스할 때만 솔직한 건 좀처럼 변하지 않네요. 매사에 솔직해져 보기로 하죠. 우리."

"……."

"나는 말할 것도 없죠. 질투했어."

설마, 질투만 했을까 봐요. 그가 웃음 섞인 목소리로 덧붙였다.

스스로가 생각해도 기가 찬 듯 드문드문 실소하는 모습이 안쓰러웠다.

"불순하고, 나쁜 생각만 하던 탓에 아직도 불안하고 더러운 생각만 해요."

"그게 무슨……."

"내가 창피해서 숨기려 드는 건가. 말 같지도 않은 공사 들먹거리면서 실컷 선 그어 놓은 것도 다 이러려고 그랬던가 싶고."

"네가 무슨 말을 하는지 잘 모르겠는데."

"눈 뜨고 코 베이는 느낌은 한 번이면 충분하죠."

후, 문영이 길게 한숨을 내쉬었다.

"난 그래요."

그녀의 말 한마디에도 천국과 지옥을 본다. 불온한 생각은 차고 넘쳐 불안감만 만들어 냈다.

"못 믿겠지만 네가 창피하거나 숨기고 싶어서는 결코 아니야. 단지 너에 대해 어떻게 말을 하면 좋을지 나 스스로도 아직 정리가 안 돼서."

"아아."

"엄마가 알면 놀라겠지."

아직 연우와 다시 만난 이야기도 전하지 못한 채였다.

"그리고, 그렇게 말한 건 뭐. 실언이라면 실언이겠지만 그렇게라도 둘러대지 않았으면 내 피가 말라 죽어 버릴지도 몰라. 너도 알잖아, 우리 엄마 유별난 거."

"나는 모르겠어요. 당장 누군가를 만날 생각이 없다는 그 말은, 철저하게 나를 비밀에 둔다는 얘기인데."

"서연우."

"퍽 기분 좋은 비밀은 아닌 것 같아서 화가 난 건 사실이야."

"우리 엄마, 굉장히 집요한 사람이야. 우시장에 내다 팔린 암소처럼 선 자리에 나가고 싶은 마음은 전혀 없어. 그럴 바엔 차라리 거두절미하고 대화를 차단하는 게……."

"아아. 그 대화가 선 자리 얘기였나 봐요."

조소하는 그의 표정이 한층 어두워졌다.

첩첩산중이었다. 대화로 풀고자 했던 상황은 점점 악화됐다. 차분하게 숨을 고른 문영이 무릎 위에 가지런히 모은 손을 꽉 맞잡았다.

"더 싫어지게."

"서연우."

"권문영 씨는 내가 불안해하는 게 좋아요? 환장해서 미친 사람처럼 구는 게 취향인 거면."

"짜증 나서 그랬어."

엄마의 추궁을 받는 것도 싫었지만 굳이 그의 이야기를 에둘러 하지 않은 것은 단순히 질투심에서 우러난 보복심 때문이었다.

"뭐."

"차라리 울리지 그랬어. 널 보면서 웃는 김하연 씨를 보는데, 솔직한 말로 열받았어."

힐끔 그를 훔쳐보자 잠시 어리둥절해하는 얼굴이 봄눈처럼 녹아들었다.

눈과 입이 일제히 미소를 지었다.

"어리고 잘생긴 남자 옆에 있는 어리고 예쁜 여자가, 괜히 부럽기도 했고."

엄마가 결혼을 재촉하는 것도 이해 못 하는 것은 아니었다. 어느덧 서른하나가 됐고, 영영 주재원 기회를 얻지 못한다면 이대로 한평생을 독신으로 보내야 했다.

혼기가 더 늦기 전에 서둘러 결혼을 했으면 하는 엄마의 바람을 알면서도 이상하게 내키지 않았다.

숭고한 인륜대사마저 엄마의 꼭두각시가 되어 치르고 싶지 않았다.

학업도, 대학도, 그 어떤 것도 그녀가 원해서 한 일은 아니었다.

"그림이 이상하잖아요."

"뭐?"

"다른 여자가 나 때문에 우는 모양새가 얼마나 많은 사람들의 상상력을 부추기는지, 권문영 씨가 모를 리가 없을 텐데."

"아."

듣고 보니 그랬다.

눈에 보이는 그대로를 곧이곧대로 믿는 사람들은 의외로 일차원적이었다. 이기적인 추측과 어리석은 억측으로 만들어 낸 구설은 금세 여기저기로 퍼져 나갔다.

이를테면 사람들의 왕래가 끊이지 않는 옥외 공원 한편에서 우연찮게 목격한 연우와 하연의 이야기도 어쩌면 누군가의 입을 통해 번져 가고 있는지도 모르겠다.

생각해 보면 우는 것보단 웃는 게 나았다. 쓸데없는 오해를 빚지는 않을 테니까.

"그리고 내가 울리고 싶은 여자는 권문영 씨밖에 없는데."

"……."

"섹스할 때만은 아니니까 오해하지 말고."

"말이 짧네."

그런가요. 그가 대수롭지 않게 대꾸하며 어깨를 으쓱였다.

문영은 그런 그를 넌지시 바라보았다. 윤곽이 또렷한 옆얼굴이 근사하다는 생각이 들었다. 반쯤 소매를 걷어 올리고서 운전하는 서연우가 정말 남자처럼 보였다.

"왜 그렇게 봐요. 키스하고 싶어요?"

"서연우."

"응?"

슬쩍 그녀를 돌아본 그가 3초 정도 눈을 맞추고서 다시 정면으로 고개를 돌렸다.

안전 운전해야죠, 도와줘요. 애타는 마음을 담은 말에 웃음이 샜다.

"왜 안 가고 기다리고 있었는데."

"그럴 거면 그냥 옆에 붙어 있을걸 그랬죠."

"묻는 말에 대답이나 해."

"뻔한 질문 하는 거 아니에요. 내가 무슨 수로 가. 권문영 씨가 여기 있는데."

"그럼 그냥 옆에 있지 그랬어."

"내가 없다고 허전했거나 외로웠던 건 아닐 건데."

왜 그런 질문을 하느냐는 말이었다. 문영이 고개를 끄덕거렸다.

"응?"

"허전했어. 이상하게 쓸쓸하더라. 그러니까 네 마음대로 사라지는 행동은 고쳐 줬으면 하는데."

"하, 사람 들었다 놓는 게 예사가 아니네요."

기분 좋은 음성이 귓불을 스쳤다.

그가 아, 하고 짧게 탄식했다.

"나는 섹스라도 하자고 달려들까 봐 그랬어요."

"내가?"

자못 당황한 문영의 눈이 휘둥그레졌다.

"아니, 내가."

"뭐……."

"그거 알아요? 권문영 씨는 단정한 옷차림을 하고 책상 앞에 앉아 업무에 집중할 때가 가장 예뻐요."

"뭐라고?"

"너무 집중하다 보면 잔머리가 흘러내리는 것도 모르고서 모니터를 들여다보는데, 그때 그 얼굴이 얼마나 자극적인지 모를 거야."

아무렇지 않은 척 그에게서 시선을 거두었지만 옷자락을 쥐어 잡은 손이, 붉어진 귓불이, 어쩔 줄 몰라 아랫입술만 슬쩍 핥고 깨물기를 반복하는 입술이 분명하게 말해 주었다.

지금 그녀는 오후 중에 마주친 하연과 같은 얼굴을 하고 있었다.

수줍음, 설렘이 융합되어 미래에 대한 기대감을 만들었다.

"당장 책상에 엎어뜨리고 싶은 마음이 굴뚝같아서 피하는 것 말곤 방법이 없네요."

"지금은."

"응?"

"지금은 그런 마음이 안 들어?"

"설마요."

뻔한 질문, 하는 거 아니라고 했죠.

그녀를 돌아본 그가 짓궂게 웃으며 문영의 콧방울을 손가락으로 톡 건드렸다.

"당장 내 위에 세워 놓고, 권문영 씨가 제일 좋아하는 곳만 빨아 주고 싶어 미치겠는데.”

그리고 서연우는 말했다.

“권문영 씨가 가장 좋아하는 부분을, 나도 가장 좋아해요.”

가슴이 큰 폭으로 떨렸다. 숨을 멈추면 거센 맥박도 멎을 것 같다는 유치한 생각이 들었다.

꼭 숨을 참고 있는 문영을 보며 그가 낮은 웃음소리를 냈다.

결국 문영은 키스하고 싶다고 속삭이는 그에게 그러라는 대답을 곧장 해 버리고 말았다.

잠시간, 뭔가를 생각하는 듯했던 그가 이내 차를 멈췄다.

“마침 빨간불이네요.”

곁눈으로 확인한 신호등이 바뀌었다.

기습적으로 팔을 뻗어 뒷머리를 감싼 그의 입술이 거침없이 입술에 포개졌다.

신호처럼 멈춘 가슴은 그런데도 쉴 없이 뛰어 댔다. 두근거리는 소리가 그의 귀에까지 스민 듯했다.

먼저 가서 미안하다는 말로 유쾌한 마음을 표현하는 그의 목에 두 팔을 건 문영이 작게 고개를 흔들었다.

오늘은 해야 할 일이 있다며 먼저 들어가 보겠다는 연우는 그녀를 집 앞까지 바래다주고서 30분가량 문 앞을 서성거렸다.

못내 아쉬운 발걸음은 제자리에 뿌리를 박은 것만 같았다.

아쉬움을 느끼는 건 피차일반이었으나, 문영은 굳이 바쁘다는 사람의 발목을 억지로 붙잡고 싶진 않았다.

그에게도 개인적인 시간이 필요한 터였다.

그의 일상도 늘 같은 패턴을 유지했다. 그녀가 아니면 일이었고, 일이 아니면 그녀였으니까.

최근 들어 서연우는 바빠졌다. 위에서 떨어진 지침에 문서실에서 살다시피 하는 날이 많을뿐더러 주변에서 들어오는 모임 자리에 참석해야 하는 일도 잦았다.

그때마다 문영은 순순히 자신을 동창회에 보내 주고서도 불안에 못 견뎌 직접 가게 앞을 찾아오던 연우를 떠올렸다.

그때 그의 마음과 엇비슷한 그녀의 심경은 최악이었다.

[다녀와도 돼요? 권문영 씨가 싫다면 안 가도 돼. 그래도 상관없어.]

보내 주기 싫은데, 보내야만 할 것 같았다. 이해심이 부족한 여자로 보이고 싶지 않았다.

그렇다고 상대에게 집착을 하는 성격은 아닌데, 이상하게 서연우에게는 그게 잘 안 됐다.

가라고, 시원시원하게 말해 놓고 돌아서면 전전긍긍이었다.

그런 그녀의 마음을 잘 안다는 듯 그때마다 그에게서 연락이 왔다.

흔한 연인들이 주고받는 이야기였다.

[뭐 하고 있어요?]
[금방 전화할게요.]
[술 한 모금도 입에 안 댔어. 난 사실 술을 즐겨 마시지 않아요.]
[내가 취하면 권문영 씨는 누가 감당해.]

열일곱의 서연우에게서 들었던 그 말을 다시 들으니 감회가 새로웠다.

그는 때때로 향수를 불러일으켰다.

[지금 차 탔어요.]

쉴 틈 없이 도착하는 메시지를 보며 흐뭇해하고 있을 때면 어김없이 전화가 울렸다.

―안 잤어요?

그럼, 잘 수가 없었다.

―내 목소리 듣고 싶었던 건 아닐 거고.

그 목소리가 듣고 싶어 기다림이라는 인내를 배웠다. 정말이었다. 그 짧은 시간 문영은, 자신을 기다렸을 연우의 마음을 아주 조금 이해할 수 있게 됐다.

과연 그의 순정에 비할 바가 못 되는 경각에 불과했지만.

―나 잠 못 자게 하는 거죠?

그의 웃음소리는 특히 근사했다. 피곤한지 사뭇 가라앉은 목소리로 낮은음을 내는 연우를 떠올렸다.

―설레서 잠을 잘 수가 없네.

설레는 것 또한 그만 겪는 일이 아니었다.
행복한 시간은 매일의 연속이었다.

―잘 자요, 권문영 씨.

커튼 너머, 집 근처에서 제 방을 바라보며 서성이고 있을 연우의 그림자를 떠올리며 잠을 청하는 밤이었다.

✢ ✦ ✢

〈자성 – 성산, 기술적 정보 교류. 협업으로 포문을 열다.〉

〈대기업 간의 이해관계 성립.〉

〈클래식 S의 후속작과 실속 있는 보급형 제품 개발. 성산, 자성의 신프로젝트 공식적으로 발표해……〉

끊임없이 쏟아지는 언론 기사를 통해 성산과의 이해관계가 성립되었음을 안 전 사에 한바탕 소란이 몰아닥쳤다.

"프로젝트의 '프' 자도 들어 본 적이 없는 나로서는 그저 당황스럽기만 한데. 성 대리는?"

모처럼 휴게실에서 만난 최 대리가 기가 찬 듯 헛웃음을 지으며 말했다.

"난 뭐 사실 내 일만 똑바로 하면 되는 부분이라 크게 영향을 받진 않지. 최 대리나 권 대리의 발등에 불똥이 떨어졌다면 모를까. 안 그래, 권 대리?"

"네, 뭐 그렇긴 한데 아직 상부가 조용한 걸 보면 크게 문제가 생길 것 같진 않은데요?"

문영의 말에 최 대리가 손사래를 쳤다.

"이래 놓고 분명 10분 뒤에 회의실에서 소집시킬 게 뻔해. 프로젝트가 웬 말이야. 기존에 진행 중인 프로젝트는 어쩌고?"

"성산 측과 공식적인 협업 소식을 알렸으니 제대로 해 볼 심산인 거겠죠."

"난 그게 싫어. 권 대리, 그 얘기 못 들었구나. 성산 SDI, 이번에 블랙 스완과 완전히 좀 났잖아. 블랙 스완이 중국 쪽으로 배터리 공급사를 다변화했다지. 그러니 어떻게든 살길 찾겠다고 자성 쪽에 입김 좀 불어 넣은 것 같은데 난 마음에 안 들어."

블랙 스완은 프랑스 그룹의 산하 자동차 업체였다. 몇 년간 블랙 스완에 배터리를 공급하던 성산은 유럽 전역으로 배터리 점유율을 높인 중국 업체와의 입찰 싸움에서 밀려 고배를 마셨다. 그렇다 한들 사실 성산 SDI의 매출이 큰 폭으로 떨어진 건 아니었다.

국내 배터리 공급사로 자성과 1, 2위를 다투는 성산 SDI의 세계 순위는 7위로 15.8이라는 높은 점유율을 보이고 있었다. 그런 성산이 국내 경쟁 기업인 자성과 협업을 한다니, 속된 말로 충분히 배가 부른 놈이 더한 욕심을 부리는 꼴이었다.

물론 지극히 주관적인 최 대리의 생각이었다. 그녀는 그저 일거리가 늘어나는 게 불만스러운 것 같았다.

"그나저나."

"네?"

"커피 식겠어요, 권 대리님."

"아."

그녀의 시선을 따라 고개를 내리니 그새 식어 미지근한 커피 한 잔이 보였다. 누가 먼저랄 것 없이 동시다발적으로 움직인 세 사람의 시선이 문영의 옆에 착석한 연우에게로 향했다.

겸허하게 앉아 경청하는 모습이 속세를 모르는 선비 같아 웃음이 났다.

"서연우 씨. 우리 대화, 이해는 되는 거 맞죠?"

"뭐, 이해하는 데 어려움은 없습니다."

"아니, 뭐 같이 합석한 건 좋은데."

워낙 권 대리 껌딱지니까.

"무슨 반응이 있어야지……."

"아. 반응."

무심코 문영을 돌아본 그가 눈이 마주치자 순순하게 눈웃음을 지었다.

"무슨 반응을 해야 할까요?"

워낙 낄 틈을 안 주는 최 대리의 말수가 많기도 했지만, 우선적으로 경청하는 문영의 옆모습을 지켜보느라 정신이 없어 말을 한다는 것도 잊었다.

문득 그녀의 어깨에 떨어진 머리카락을 보았다. 자연스럽게 손을 뻗는 것도 모자라 가볍게 스킨십까지 하는 연우의 행동에 경악한 건 최 대리와 성 대리뿐이었다.

"아니. 잠깐만!"

"네?"

"뭐야, 두 사람?"

"응?"

전혀 모르겠다는 문영의 백지 같은 얼굴에 최 대리가 고개를 저었다.

아니라고 대답을 얼버무리는 성 대리마저 더 이상 말이 없으니 의아한 문영이 연우를 돌아보았다.

너는 아느냐고 묻는 눈빛에 어깨를 으쓱이는 연우마저 잘 모르는 것 같으니 아리송한 기분을 떨칠 수 없었다.

다 식은 커피마저 연우가 직접 타 준 커피라는 이유로 풍미가 좋았다.

70여 가지의 원두를 저온에서 로스팅한 커피보다 맛있다면 과한 칭찬이라는 걸 안다. 알기에 말을 아꼈다. 자리로 돌아오니 기다렸다는 듯 저 멀리서부터 윤 차장이 손짓하는 게 보였다.

심각한 사안을 전달할 때나 보이는 근엄한 표정을 한 그에게로 한달음에 다가간 문영이 공손하게 손을 모으자 그가 대답 없이 소회의실로 들어갔다.

파티션을 내려 외부의 시선을 완강하게 차단하는 그가 미심쩍었다.

"무슨 일 있으세요?"

그와 멀찍이 떨어진 곳에 서서 묻는 그녀에게로 윤 차장의 시선이 날아들었다.

"기사 봐서 알지, 권 대리도."

"네?"

"이번 성산과의 협업 프로젝트 건 말이야. 기사 못 봤어?"

"아뇨, 이미 확인했습니다."

"길게 말할 거 없으니 거두절미하지. 이번에 편성된 프로젝트팀, 권 대리가 맡아."

"네?"

너무 갑작스러운 소식이라 기뻐할 틈조차 없었다.

"뭐, 그쪽에서도 팀장이니, 상무보니 하는 직책으로 몇몇 들어올 건데 명색이 대한민국 명실상부한 1등 그룹인데 별 볼 것 없는 시원찮은 놈들을 팀원으로 넣어서야 쓰겠어?"

"아뇨, 그게 무슨 말씀……."

"이런 거라도 해 줘야지. 권 대리가 적극적으로 밀어붙여 봐. 혹시 알아? 이번 건만 잘 되면 권 대리한테 떡이라도 쥐여 줄지."

"콩고물은 아니고요?"

"권 대리. 권 대리가 누구 밑에서, 누구한테 일을 배웠는데. 콩고물이 웬 말이야? 사람이 너무 겸손해도 못 써."

"마음은 감사하지만 저는 괜찮……."

"상부에서 서연우 씨를 적극적으로 추천하더라고."

돌아선 그가 파티션 너머를 내다보며 말했다. 문영은 어떤 표정을 지어야 할지 몰라 정색한 얼굴로 구두코만 내려다보았다.

입사한 지 얼마 안 된 신입 사원을 프로젝트 구성원으로 편성했다
니.

"서연우 씨에 대한 기대감이 큰 모양이더군."

탐나는 커리어, 평생 남기고 싶은 인재.

"밑에서 치고 올라오는 건 금방이야. 권 대리도 한 건 해야지."

탄탄대로가 예정된 신입. 욕심 없는 상사. 부추기는 상부.

사실 하고자 하는 욕심은 없었다.

이조차 그녀가 원해서 시작한 일은 아니었기에 잘되면 좋은 거고,
안돼도 그만이었다.

주재원이나 해외 지사 발령 소식은 꿈에서라도 접하고 싶지 않은 비
보였다.

돌연히 호주로 떠나 머리끝부터 발끝까지 다른 외국인들 사이에 쉽
사리 섞여 들지 못하는 문영은 물 위에 뜬 기름이었다.

아무리 세상이 좋아졌다 한들 인종 차별의 뿌리는 그리 쉽게 뽑을
수 있는 것이 아니었다.

나와 다르다는 이유로 감내해야만 했던 타인의 멸시.

지긋지긋한 어학연수 끝에 도망치듯 홀로 들어온 한국에서 문영은
꽤 많은 일을 해 보았다.

소규모의 자본으로 설립된 회사에서 서류 출력만 하는 인턴으로도
몇 개월 일을 했고, 기술적이고, 전문적인 일을 원해 활동적인 직장
에서도 근무해 보았으나 누구든 사람이라면 종국에는 내가 가장 잘할
수 있는 일을 선택하게 된다.

그 일이 바로 지금의 일이었다.

그저 잘하기 때문에 선택한 그녀는 결코 지금 자신의 일을 사랑하지
않았다. 그래서 더 열심히 하려던 것뿐인데.

"서연우 씨, 인정합니다. 능률도 좋고."

"그런 거 따질 때 아니야. 내 말 들어, 권 대리. 어차피 남은 일은 1팀

에서 해결 보기로 했으니.”

“아.”

“잘해 보라고.”

다시 돌아선 그가 그녀 앞으로 다가와 어깨를 다독였다. 평소에는 위로처럼 느껴지던 손길이 오늘따라 유난히 무거운 부담처럼 느껴졌다.

굳이, 이럴 필요까지는 없는데.

“네. 감사합니다. 차장님.”

꾸벅 인사를 하고서 회의실을 나서는 그의 뒤를 쫓았다.

자리로 돌아가자 한참 보고서 정리를 해야 할 연우의 자리가 비어 있었다.

문득 윤 차장의 말이 생각났다.

상부의 지시. 훌륭한 인재.

“…….”

사실은 그 애도 하고 싶어 시작한 일은 아니었는데.

맹세코 연우를 시기하거나 질투하지 않는다. 설령 그가 그녀보다 빨리 승진한다고 해서 배가 아플 것도 없었다. 냉정한 사회는 오로지 능률만으로 사람을 평가했다.

그가 그녀보다 뛰어나다면 당연한 일이었다.

이 와중에도 그의 곁을 배회하며 호시탐탐 말 한마디라도 섞어 볼 기회만을 엿보는 무수한 직원들을 힐끗 보던 문영이 이내 헛웃음을 지었다. 스스로가 생각해도 참 치사하고 옹졸한 질투였다.

정말 미쳤구나.

쓸데없는 데 위기의식을 느끼는 스스로가 한심스러웠다.

15장

어김없이 연우와 함께 퇴근길에 나섰다.

모처럼 자차로 출근한 문영의 차에 그가 올랐다. 조수석에 앉아 운전하는 그녀를 바라보는 게 낯선지, 그는 종종 고개를 갸웃거렸다.

"왜?"

가볍게 배를 채우고 들어갈까 하다가 오랜만에 집에서 저녁을 하기로 했다.

"프로젝트 얘기 들었어요."

"아. 그렇겠네. 좋겠어요, 서연우 씨. 상부에서 서연우 씨를 못 가져서 안달이라던데."

"별로."

"응?"

"좋진 않아요. 내가 그 사랑 받으려고 입사한 건 아니라서."

"뭐야. 기분 좋지 않아?"

"좋을 리가 없죠."

왜? 하고 물으며 뒤를 살핀 문영이 거침없이 핸들을 꺾었다.

"프로젝트가 잘되면, 권문영 씨 떠날 거잖아."

"그게 무슨 말이야."

"주재원이거나, 해외 지사 발령이라거나. 그런 데 관심 있어요?"

"없어."

"설령 있다 해도 없었으면 좋겠는데, 아직 그럴 만한 자격 없죠. 나
한테."

"글쎄, 그게 내 의지로 되는 부분은 아니지 않나."

"싫어지는 게 너무 많아 큰일이네요."

슬쩍 돌아본 연우는 그새 창밖을 내다보고 있었다.

"대체 뭐가 그렇게 싫을까, 서연우 씨는."

핸들을 돌리며 묻는 말에 연우가 커다란 몸을 그녀 쪽으로 돌려세웠
다. 운전석 시트를 붙잡은 채로 빤히 그녀를 바라보는 그의 눈빛이 노
골적이었다.

뒤섞인 탓에 혼잡한 감정이 고스란히 그녀에게 전해져 오는 것 같았
다.

"권문영 씨보다 어린 것부터가 마음에 안 들어."

"나이는 숫자에 불과하다는 말이 있지."

"아직도 내가 가족 같은 건 아니죠."

"아닌 거 알면서 너야말로 뻔한 질문 하는 게 어디 있어?"

세상에 가족과 몸을 섞는 사람도 있을까. 그녀가 질겁을 하며 대답
했다.

"그럼 내가 좋은 거잖아요."

"사랑하기를 바라는 거면 네가 너무 앞선 건데, 좋아하는 거로는 만
족이 안 돼?"

"그럼 예쁜 말 좀 해 줬으면 좋겠는데."

"예쁜 말 해 주겠다는 사람이 갑자기 태세 전환하는 거야?"

"듣고 싶으니까."

불안하거든요. 그의 손이 그녀의 머리카락을 어루만졌다. 너무 부드

러워 손에 잡혔다가 스르르 빠져나가는 머리카락처럼 언젠가의 그녀도 지금처럼 허망하게 사라졌다.

아직도 그녀가 홀연하게 사라질까 두려워 늘 불안과 의심을 품고 살았다. 지극히 당연한 일이었다.

더는 놓치지 않겠다는 결심마저 허무하게 하는 그녀는 아직도 그에게 꿈같았으니까.

"서연우 씨."

그래서 다디단 모양이다.

"서연우 씨는, 여러모로 자격 있습니다."

"응?"

"아무 때나 내 집 도어 록을 누르고 문을 열 수 있는 자격, 내가 해준 밥을 먹을 수 있는 자격."

"……."

"스프링이 불안한 내 침대 위에서 함께 잠을 잘 수 있는 자격."

"죽어도 내가 좋다는 말은 하기 싫다는 말을 돌려 하네요. 귀엽게."

귀엽다는 말을 들을 나이는 아닌 것 같은데, 다정한 그의 눈빛을 보면 막연한 사랑을 받고 있는 느낌이 충만했다.

"그 자격, 아무나 갖는 거 아닙니다."

"알아요."

씩 웃으며 다가온 그가 그녀의 뺨에 가볍게 입을 맞췄다.

"운전 중인데."

"나도 줄게요."

"입맞춤은 도착해서 하는 걸로 하고, 우선은 저리로……."

"나한테 질투할 수 있는 자격."

"……뭐."

모르쇠를 부리는 그가 퍽 얄궂었다. 천연덕스럽게 웃으며 눈을 깜빡이는 연우를 수시로 돌아보는 그녀의 볼이 상기됐다.

"난 좋아해요. 집착도, 질투도."

"……."

"권문영 씨가 주는 거라면 뭐든 다 좋아."

그러니까 뭐든 다 주세요. 그렇게 말하는 그의 손이 문영의 손등을 덮었다.

"미안해요."

"왜?"

갑자기 그게 무슨 말이야. 무어라 덧붙이려는 말허리가 그대로 잘려 나갔다.

"그새 또 서 버렸어요."

흠칫한 문영의 어깨가 굳어졌다. 앞차와의 간격이 지나치게 좁아졌 다는 걸 뒤늦게 깨닫곤 브레이크를 밟았다. 그새 신호가 바뀌었다.

"앞으로 운전은 내가 해야 할까 봐, 이러나저러나 죽기 싫은 건 매한 가진데. 그래도."

양가의 의미를 띤 그의 말에 시선이 자연스레 아래로 움직였다.

적나라한 윤곽을 드러낸 그가 어떤 모양으로 위용을 뽐내고 있는지, 굳이 속을 열어 보지 않아도 눈에 선했다.

크고, 단단한 그가 주는 만족감이 얼마나 황홀한지를 기억해 낸 몸 이 바르르 떨렸다.

"운전 중인 사람 괴롭히는 것만큼 나쁜 것도 없잖아요."

일주일의 금욕도 아무렇지 않아 하던 예전의 그녀를 비웃듯 순식간 에 몸이 뜨거워졌다.

✤　　　✤　　　✤

IT 부문의 R&D를 대표하는 각 부서 팀원들이 프로젝트 구성원으로 편성되었다.

생각지 못한 부서에서 각출된 사람들도 더러 있었는데, 팀 성과가 퍽 좋지 못한 탓에 진급에 난항을 겪는 복병들도 많아 문영은 적잖게 당황했다.

본사 사람들을 대동한 IM 부문장의 등장에 한동안 혼이 쏙 빠져 있던 문영은 겨우겨우 정신을 차렸다. 곁에 있는 연우가 아니었다면 내내 얼이 빠져 있을 테다.

부문장은 이번 프로젝트를 그동안 자성이 해 온 육성 프로젝트로 비유했다.

그간 자성은 다양한 스타트업을 육성했다. 창의적이고 다양한 조직 문화를 확산하기 위해 6년 전에 도입한 사내외 육성 프로그램은 벌써 다수의 스타트업을 발굴했고, 성장시켰다.

성산과의 공통 프로젝트를 창의적이고 다양한 조직 문화라고 하기엔 그 스케일이 남다른 것 같은데.

지루한 시간은 본사 전략 기획 신규 사업 담당자들과의 전략 회의를 마지막으로 끝이 났다.

벌써 하루가 다 지났다.

"어떻게 보면 성산과 성산 SDI의 합작이라고 볼 수 있겠네요."

"이번 후속작은 1팀이 전담을 맡아 진행한다고 했으니, 말 그대로 좋은 실적은 실적 좋은 부서만 속속들이 가져가는 게 아닌가 싶어요."

"너무 부정적으로 생각 말아요. 이번 신규 프로젝트만 어떻게 잘 마무리 지으면 이번 인사 고과 때 가점은 따 놓은 당상이나 다름없으니 잘해 봅시다."

회의를 마치고 뒤따르는 연우와 엘리베이터 쪽으로 걸어갔다.

"그나저나 주요 거래국의 수출 규제가 강화되었는데도 생각보다 대체 작업을 빠르게 진행했네요. 역시 이름난 기업이라 그런가."

수출 규제 직후부터 대체할 수 있는 국내외 제품의 테스트를 진행해 온 덕에 신규 프로젝트도 무리 없이 진행될 수 있었다.

들으려고 들은 건 아닌데, 귀가 있는 탓에 조잘대는 사람들의 말소리를 본의 아니게 엿듣게 되었다.

"OLED에 LCD까지 양산 라인에 적용했으니 뭐 제품 개발에 무리는 없겠어요. 그나저나 성산 쪽에선 누가 오려나."

"듣자 하니, 그쪽 상무보가 진급 앞두고 실적에 목을 매고 있다는 얘기를 들었던 것 같은데."

"그렇다고 상무보나 되는 사람이 이런 작은 프로젝트에 참여하겠어요?"

"뭐, 스페셜 S에 비하면 작은 프로젝트이긴 하지만 해 볼 만하죠. 성산, TS 측이랑 한참 소송 전쟁 중이잖아요."

성산은 영업 비밀을 침해했다는 이유로 TS 그룹과 치열한 공방전을 펼치고 있었다.

성산이 TS 소속의 핵심 인력을 유출했다는 데서 비롯된 소송전은 팽팽하게 대립하고 있었다.

정당한 채용이었다고 소신의 뜻을 밝힌 성산은 TS의 여론전이 어불성설이라는 입장을 공개했다.

말하는 사람이 많으니 내키지 않은 이야기도 다 전해 들을 수밖에 없는 문영은 조용히 수긍했다.

"사실 솔직한 말로 성산도 억울할 만하죠. 국익 훼손이라는 말이 괜히 나왔겠냐고요. 성산이 TS 인력을 고의적으로 채용시켜 해당 직무 분야에 투입 시킨 것도 아니고, 솔직한 말로 TS의 기술력을 수주에 활용했는지조차 확인이 불가능한 상태에서 무턱대고 소송을 제기한 TS가 경솔했죠."

"저도 같은 생각입니다. 뭐, 그렇다고 해도 이미 소송전은 시작됐고, 이번 논란으로 성산도 적잖게 피해를 봤을 텐데, 뭐가 어찌 됐든 솔선수범해서 나쁠 건 없으니 충분히 이번 프로젝트에 참여해 볼 만하다고 생각하는데요."

"그런가."

"상무보라면 더더욱. 이도 저도 아닌 직책에 무슨 힘이 있겠습니까?"

"흐음. 듣고 보니 그런 것도 같네."

적절한 타이밍에 엘리베이터가 도착했다.

문이 열리자 곁에 선 연우가 당연한 것처럼 그녀의 등 뒤로 붙어 섰다. 자못 진지한 얼굴로 대화를 이어 나가는 사람들은 그의 손이 잠시나마 그녀의 허리춤을 스치고 지나갔음을 전혀 모르는 듯했다.

그러고 보면 사람들은 타인에게 무관심했다.

그녀가 생각하는 것보다 더.

"성산 SDI의 상무보에 대한 이야기는 몇 번 들은 적 있어요."

"네?"

버튼을 누르고 옆으로 다가온 그가 문영을 내려 보며 살그니 미소 지었다.

"꽤 젊은 남자라는 이야기를 들었던 것도 같고."

"대체 그런 이야기는 어디서 듣고 다니는 거예요? 서연우 씨."

"증권가에 떠도는 이야기가 다 그렇죠."

"……."

"연예인 A양의 이야기, 운동선수 B의 이야기. 아니면 국내 최고 대기업에 다니는 이 모 씨의 이야기."

"들어서 좋을 것 하나 없는 이야기는 잊어요. 지금은 우리 일만 생각하기에도 벅찰 때니까."

불현듯 그가 상체를 낮춰 눈을 맞춰 왔다. 혹 가까워진 얼굴에 놀라 게걸음으로 두 걸음 움직였다.

힐끔 연우의 어깨 뒤를 살피니 여전히 수다 삼매경에 빠져 있는 사람들이 보였다.

문영은 저와 연우가 그들의 안중에도 없다는 사실에 잠시 안도하다가 다시 조금만 시선을 옮기면 가까이 보이는 연우의 얼굴에 심장이 덜 컥 내려앉았다.

"나는 그, 꽤 젊은 남자가 싫어요."

"서연우 씨. 여기 회사입니다."

물론 그는 그녀만 들을 수 있을 정도의 작은 목소리로 속살거리고 있었다.

문제는 거리감이었다.

"꽤 젊은 그 남자도 나보다는 나이가 있을 테니까. 정말 '남자' 같이 느껴지거든. 그게 신경이 쓰여."

"서연우 씨, 좀 비켜 줄래요?"

"아마 권문영 씨가 어린 여자를 봤을 때 느끼는 그런 기분이랑 비슷한 거겠죠."

"내가 분명 회사에선 이러지 말라고……."

난처해하는 그녀의 표정을 재미있다는 듯 지켜보다가 끝내 못 이기겠다는 사람처럼 살짝 굽혔던 허리를 바로 세우는 연우를, 문영은 당황한 눈으로 올려보았다.

"하필 그 남자가 잘생겼다지 뭐예요. 질투 나게."

"뭐라고요?"

"일어나지도 않은 일을 미리 걱정하는 것만큼 미련한 것도 없는데, 생각할수록 그냥 좀 싫어서요."

문영은 엘리베이터가 멈추고 동시에 문밖으로 걸어 나가는 사람들의 뒷모습을 슬쩍 살피다가 문이 닫힐 때쯤 연우를 조용히 올려보았다.

오롯하게 두 사람만 남은 엘리베이터 안에서 서연우의 표정이 차츰차츰 뾰로통해졌다.

귀엽다고 하기에는 조금 전 그의 행동이 무척 위험했던 탓에 그저 좋게 생각할 수 없었다.

"그런 남자를, 권문영 씨가 아는 것도 싫고."

"……."

"하. 진짜 싫은데."

뭐 마려운 강아지처럼 안절부절못하는 것 같기도 한데, 당최 이유를 알 수 없으니 속만 탔다.

회사만 아니었어도 넌지시 말을 걸었을 텐데, 요즘 들어 공사가 불분명해졌다.

행동을 확실히 해야 할 필요성이 있다는 것을 다시금 깨달은 차였기에 문영은 선뜻 입이 떨어지지 않았다.

"서연우 씨, 성산 측과의 프레젠테이션은 더 완벽하게 준비해야……."

"모르는 걸로 해요."

"서연우 씨. 지금 뭐 하는 거예요?"

짝수 층의 버튼을 죄다 누르는 그 덕분에 부서로 돌아가는 시간이 늦어졌다. 그래 봤자 2, 3분 차이라지만 문영에게는 그 경각조차 소중했다.

어이가 없어 실소를 했다.

"그렇다고 대답만 해 줘요, 그러면 해결될 간단한 문젠데."

"……허."

"그 한마디가 그렇게 어려워요?"

자격 다 갖췄다며.

안쓰럽게 일렁대던 눈동자가 간절함을 호소하는 것 같았다.

꼬리가 축 늘어진 강아지처럼 처연한 눈을 하고 그녀를 내려 보는 남자는 여전히 컸다. 두껍고 단단한 몸을 가진 성인 남자의 표정치고 퍽 애잔해서 차마 언성을 높일 수 없었다.

"응?"

"알았어요."

대답과 동시에 다시 본 그의 표정에 화색이 돌았다. 황당해서 웃음이 터졌다.

"알았으니까 회사에서는 제발, 선 지킵시다. 그럴 만한 선 없는 거 알아요. 아는데, 그래도 조심하자고요."

매 층마다 멈춰 선 엘리베이터가 마침내 14층에 도착했다.

"다행이네요."

순순히 대답했지만 그는 고약했다.

바짝 뒤에 붙어 그녀의 허리를 꽉 끌어안았다. 문이 열리는 속도에 비례하는 팔이 느긋하게 그녀에게서 떨어졌다.

문영은 문이 완전히 열렸을 때 그 앞에 서 있는 동료들을 보고 가까스로 비명을 참았다. 너무 놀란 나머지, 하마터면 소리라도 지를 뻔했다.

혹시라도 그 모습을 누가 보기라도 했을까 봐.

저와는 다르게 예를 갖춘 사람처럼 정중하게 인사하는 서연우를 황망한 눈으로 쳐다보았다.

사람이 저렇게 천연덕스러울 순 없었다. 저건 명백한 반칙이었다. 도둑처럼 몸을 쓸어 만진 건 그인데, 그의 손길에 옴짝달싹하지 못했던 그녀의 가슴만 세차게 뛰어 댔다.

왜 서연우를 대신해 제 발 저려 해야 하는지도 모른 채 문영은 어색하게 고개 인사를 했다.

"축하해요, 권 대리님. 이번 프로젝트 파이팅이에요!"

전혀 힘이 되지 않는 한마디에 억지로 입술을 끌어당긴 문영이 다시 고개를 돌렸을 때, 발치에 서 있는 그가 짓궂게 입꼬리를 올려 웃고 있었다.

장난스럽게 손을 들어 주먹을 쥐었다 폈다 하는 그가 속삭이듯 말했다.

"나쁜 손, 결백합니다."

라고.

"성산 디스플레이도 이미 국내 제품 테스트를 마쳤다는 것으로 확인됩니다. 수출 규제 이후 대체품을 양산에 투입하지 않는 것을 보면 아마도 그만한 이유가 있겠죠. 그렇기 때문에 당장 성산의 디스플레이를 자성 제품에 활용한다는 것 자체가 무리라고 봅니다. 승산 없는 싸움이죠."

　　누군가는 무모한 도전이라고 말했다.

　　"산업 통상 자원부와 국내 대기업의 반도체 계열사들이 국산화율을 높이고자 하는 취지에서 국내 양산 라인에 국산 제품을 적용하는 것으로 보입니다. 사실상 성산과의 프로젝트는 진행됐고, 현재로선 성산의 기술력을 도모해 제품 개발에 신경을 쓸 수밖에 없다는 게 제 의견입니다."

　　그리고 누군가는 그와 반대되는 의견을 내놓았다.

　　"성산 쪽 배터리나 디스플레이는 서연우 씨가 신경 써서 확인한 후에 보고서 올리는 걸로 하고, 나머지는 기술 응용화에 조금 더 힘쓰는 걸로 하지."

　　프로젝트팀을 담당하는 기술 개발 팀 백 과장이 명료하게 회의를 마무리 지었다.

　　결국 우리끼리 실컷 떠들어 봤자 아무런 의미도 없다, 라는 말을 암묵적으로 남긴 그는 차주에 있을 성산과의 프레젠테이션을 보다 완벽하게 준비할 것을 재차 부탁했다.

　　사실상 그렇게 말하는 목소리는 한껏 예민해진 탓에 부탁이 아니라 거의 명령조에 가깝긴 했지만.

　　회의를 마치고, 하나둘 자리를 박찼다. 덩달아 몸을 일으킨 그녀를 따라 연우가 일어서려는 찰나였다.

먼저 나간 듯했던 백 과장이 다가와 연우에게 반색했다.

"여, 서연우 씨. 스타트업 실적이 나쁘진 않은 것 같은데 내심 아쉽겠어."

보통은 연우보다 문영에게 먼저 알은체를 하기 십상이거늘.

문영이 의아한 얼굴을 한 채 연우를 돌아보았다. 서연우는 여상한 얼굴로 웃고 있었다.

"하긴, 그런 게 아쉬웠으면 애초에 입사 지원을 했겠어?"

"배는 아프지만 제 길이 아니라고 생각합니다."

"뭐, 신입 연봉이야 어딜 가나 박봉인 건 마찬가지니까 너무 낙심하거나 후회하지 않았으면 좋겠네. 그럼 앞으로 열심히 해 보자고, 서연우 씨가 권 대리 부사수지?"

"아, 네."

뒤늦게 돌아온 눈빛에 문영이 정중히 고개 숙였다.

"좋은 사수 만났네, 적응기 동안 난 죽었다고 생각하는 마음으로 모쪼록 잘 배워 둬."

그대로 지나쳐 갈 것 같던 그가 연우와 문영의 옆에서 잠깐 멈추었다.

"회사에도 정치가 있지. 왜 실적이 두드러진 부서가 손에 꼽히겠냐고. 줄, 잘 서야 할 거야. 그게 곧 돈이자 명예고, 미래니까."

쯧. 그렇게 혀를 차며 냉정한 말을 남긴 그가 뒤돌아 사라졌다. 꼭 실적이 지지부진한 제품 전략 2팀을 저격하는 것 같아 문영은 퍽 기분이 좋지만은 않았다.

그런 그녀의 속내를 알고 있다는 듯 어느새 연우의 시선은 문영을 향해 있었다.

문영은 애써 평정하게 굴었다.

"들었죠? 회사도 곧 정치고, 사회입니다."

부정부패 척결을 외치면서 검은 이면을 감추고 있는 회사는 국가의 이중성을 고스란히 물려받았다.

"들어도 못 들은 척, 해야 할 말도 깡그리 잊은 것처럼 굴어야 하죠."

"그래서 사실 이런 직장 생활은 제 적성에 맞지 않아요."

들어도 못 들은 척하는 방관자의 성향도 없을뿐더러 해야 할 말도 삼가야 할 만큼 성정이 착하지도 않으니까.

문영은 먼저 앞으로 나아가 회의실 문을 열어 준 연우를 넌지시 바라보았다.

그러다 천천히 그 곁을 지나쳤다. 자연스레 뒤를 따르는 그의 구둣발 소리가 듣기 좋았다.

"그래서 스타트업을 준비했어요?"

"응?"

"응은 반말이고, 여기는 회사니까 주의하죠."

잠시 걸음을 멈춘 문영이 그대로 뒤를 돌았다.

코앞에 바짝 다가와 선 그가 느지막이 제자리에 섰다.

"내가 모르는 서연우 씨의 이야기인 것 같아서. 스타트업이라니, 그런 것도 했어요?"

"아, 유학할 때 잠깐."

"잠깐?"

"그 당시에 같이 어울리던 친구들이랑 공동으로 준비했어요. 자성에서 한참 사내외 스타트업 육성 프로그램을 활성화할 때라 반신반의하며 참가한 게 운이 좋아 얻어걸린 셈이죠."

그래서 회사가 서연우, 서연우 노래를 불렀던가.

문영이 깊이 골몰하는 눈치를 보였다.

서연우의 스타트업이라니.

"청년 실업자가 급증하면서 경제 활성화와 일자리 창출 방안 중 하나로 자성에서 창의적인 스타트업을 발굴해 성장시키겠다던 뜻을 보였었죠. 그게 시기적절하게 맞았고."

"그 말은 꼭……."

"네, 자성의 육성 프로그램에 저와 친구들이 준비한 스타트업이 선별되었어요."

"허."

문영은 말이 나오지 않아 입만 벙긋댔다.

당사와 사업 협력이 가능한 스타트업을 주로 선발하는 자성이 그의 팀을 선택했다는 건 서연우가 가진 무궁무진한 능력을 입증하는 증례 중 하나였다.

"앞서 말했다시피 온전히 내 것이라고 하기에는 좀 그렇고."

공동 개발이죠, 공동 개발.

웃으며 말하는 연우를 떨떠름한 얼굴로 올려 보았다.

"음. 아마 권 대리님도 사용하고 계실 텐데. '운이 동하고'라고."

"설마……!"

문영의 눈이 놀라움으로 커다래졌다.

그가 말한 '운이 동하고'는 현대인의 바쁜 일상 속 놓치기 쉬운 건강을 위해 사용자에게 알맞은 운동법을 찾아 주는 애플리케이션이었다.

몇 해 전부터는 디바이스와 연결되어 출시되고 있어 개인의 심폐 능력과 움직임 능력 검사가 손쉽게 이루어지고 있었다.

근력 측정과 개인 체력 수준까지 확인이 가능하기 때문에 나에게 맞는 운동부터 속도, 시간 등 최적의 거리까지 완벽하게 책정됐다.

물론 문영 역시 종종 피로감을 느낄 때면 애플리케이션을 사용해 수시로 건강을 체크하곤 했다.

피로도와 기분 상태에 알맞은 스트레칭이나 운동법을 추천해 주기 때문에 장시간 사무실에서 근무하는 문영 같은 사람들에겐 더할 나위 없이 안성맞춤인 애플리케이션이었다.

그뿐만이 아니었다. '운이 동하고'는 사용자와 가까운 곳에 있는 운동 센터까지 한눈에 살펴볼 수 있어 많은 사람들이 즐겨 찾는 애플리케이션으로 빠르게 자리매김했다.

최근엔 업데이트를 통해 내 몸의 피로감을 그때그때 확인할 수 있는 기능까지 추가되어 신규 사용자의 유입률을 높였다.

"넌 대체……."

그에 대해 모르고 있는 것투성이였다.

큰 폭으로만 아는 연우의 삶을 조금 더 깊이 들여다볼 수 있게 되어 기쁘면서도 서운했다.

백 과장이 아니었다면 끝까지 말할 생각이 없었을 테지.

내심 서운했다.

연우가 저에 대해 속속들이 다 알고 싶어 하는 것처럼 요즘 문영도 그를 미치도록 갈구했다. 모르는 게 없었으면 했다.

"그럼 굳이 회사에는 왜 입사한 거야?"

"공동 개발이라고 말했잖아요. 온전히 내 사업도 아니었고, 재미 삼아 시작한 일이 생각 이상으로 커지는 것 같아 싫었어요. 실패가 두려운 것도 사실이지만 점점 싫증을 느낀 거죠."

"……."

"그 덕분에 권 대리님도 만났고."

그가 손을 건넸다. 그녀가 들고 있는 랩톱을 빤히 내려 보다가 미동 없는 그녀를 대신해 손수 랩톱을 가져갔다.

그다지 무겁지도 않은데, 팔불출처럼 구는 그가 우스워 문영은 실소가 터졌다.

태풍이라도 부는 날엔 대신 출근이라도 해 줄 기세였다.

"뭐, 그다지 내키지 않은 인물도 봤지만 나름대로 좋아요. 지금 생활."

"여러모로 사람 놀라게 하는 데 소질 있네요, 서연우 씨."

"권 대리님은 내가 일부러 제품 전략 2팀에 입사 지원했다고 하면 놀라 쓰러지겠어요."

"스토커예요? 뭐 내 옆에 사람이라도 붙여 놨어요?"

"그랬으면 애꿎은 시간을 허송으로 버렸겠습니까."

"하."

당최 뭐가 뭔지. 문영이 허무한 눈으로 그를 보다가 홱 돌아섰다.

"프레젠테이션 준비로 바쁘죠."

"사적인 얘기는 메신저로 하죠."

"단호하시네. 업무 이야기잖아요. 그리고 바쁘다는 핑계로 답장 안 할 거 압니다."

"회사에서는 분명히 하자고 했는데. 사수 말에 말꼬리 잡는 버릇 고쳐요."

"사람 애태우는 게 취미이신 분의 말에 반문하는 겁니다."

저녁이나 같이해요. 그가 앞으로 걸어 나가며 말했다.

잠시 걸음을 세운 문영은 집채만 한 그의 뒷모습을 물끄러미 바라보다가 폭, 한숨을 내쉬었다.

멍청한 생각이 틈을 비집고 들어왔다.

방심한 사이에 스며든 상념은 금세 생각을 장악했다. 할 일이 태산인데 또 서연우에게 빠져들고 말았다.

서연우라는 존재 자체가 피할 수 없는 덫 같았다. 정신을 다잡으려 해도 매번 그에게 빨려 들어갔다.

그와 섹스한 지 꽤 오래되었음을 깨달은 문영의 심박동이 빨라졌다.

저녁을 함께한 뒤에는 항상 수순처럼 관계를 가졌으니, 오늘도 당연히 그럴 것이라는 본능적인 기대감이 활짝 폈다.

"바빠도 시간 내서 식사는 해요, 같이."

외로운 사람들끼리 어울리자는 말을 대놓고 지껄인 그와 눈을 마주쳤다. 에두른 그 말의 속뜻을 이해하는 사람은 당연히 그녀뿐이었다.

잠시 얼어 있던 문영이 생각을 갈무리하고 금세 그의 옆에 따라붙었다.

"하루 한 번, 식사 정도는 괜찮은 거잖아요."

엘리베이터 버튼을 누르고 선 그가 느긋하게 몸을 내렸다.

입술이 귓불 쪽에 떨어졌다. 살랑대는 숨결이 툭툭 귓바퀴를 건드렸다. 간질대는 느낌에 소름이 올라왔다.

"나 요즘 안달 났어요. 내 거라고 못이라도 박아 두고 싶은데."

그러질 못하니 불안감만 커진다고요.

그는 부드러운 목소리로 살려 달라며 귀엽게 애원했다.

문영은 연우의 능청스러운 태도에 헛웃음이 터졌다. 싸늘했던 낯빛도 그의 앞에서는 속절없이 사라졌다.

"서연우 씨 때문에 정말 돌아 버리겠네요."

"누가 할 소리를요."

엘리베이터가 도착했다. 문이 열리자 안에 탑승한 사람들이 바글바글했다.

그중에 잘 아는 동료들을 발견한 문영은 조용히 눈인사를 나누며 연우와 나란히 엘리베이터에 올라탔다.

다른 이들의 시선을 의식한 두 사람은 언제 그랬냐는 듯 건조한 표정을 지었다.

엘리베이터의 계기판만 노려본다고 해서 사무적인 건 아닐 텐데. 연우는 애써 무표정한 얼굴을 하고 있는 그녀의 새끼손가락에 은근히 자신의 손을 엮었다.

"……!"

문영은 보일 듯 말 듯 스치는 손끝에 가슴이 터질 듯 두근거렸다.

요즘 들어 서연우는 대범해졌다.

그만하라며 눈꼬리라도 세우려 하면 불안해서 그래요, 하며 동정을 유발하는 탓에 화를 낼 수도 없었다.

미칠 것 같은 나날들의 연속이었다.

그간 성산에서 출시한 제품의 특성을 살폈다.

기능적인 측면에 있어선 자성에 뒤떨어졌지만 외관이나 디스플레이는 당사에 못지않음을 순순히 인정해야 했다.

세계적으로 많은 공급사를 두고 있는 성산 디스플레이나 SDI의 수주 건과 협력사부터 성산의 부품 기능, 응용 여부 등 세밀한 부분까지 꼼꼼하게 확인해 본 후에야 본격적인 프레젠테이션 준비가 시작됐다.

성산과의 협업을 통해 두 배 이상의 시너지 효과를 내야 했다.

국내 양대 기업의 협업이라는 타이틀에 걸맞은 신제품은 기대치만큼이나 폭발적인 반응을 끌어내야 했으며 '보급형 기기'라는 꼬리말이 무색할 만한 기능을 탑재해야만 했다.

당장 내일, 성산 측과의 외부 미팅이 잡힌 상태였다.

프레젠테이션은 삼성동에 있는 자성 개발 센터에서 가질 예정이었다.

"당사의 단점을 최대한으로 보완하는 쪽으로 멘트 잡죠."

"각 제품 출시 일자 재확인 부탁드립니다."

"OLED 부분도 살펴야 할 것 같은데요."

다들 숨 가쁘게 바쁜 날을 보내며 얼마 남지 않은 프레젠테이션을 준비했다.

그런 와중에 서연우는 능구렁이 같았다.

정신없이 일을 하는 것 같다가도 문서실에 들러 돌아오는 길이라거나 간단하게 끼니를 때우기 위해 배달 주문을 한 야식거리를 받아 오는 길에는 어김없이 문영을 불러내곤 했다.

"다음번엔 CCTV의 녹화 기능을 제한하는 프로그램을 만들어 보려고요."

아쉬운 듯 한숨을 쉬며 하는 말에 웃음이 터졌다.

"생각해 보니, 대놓고 입 맞추는 것도 어려운 곳에서만 보는 것 같아요. 우리."

둘만의 시간이 부족하다는 말이었다.

"서연우 씨는 많이 한가한가 봐요? 당장 미팅 준비부터 하죠."

쌀쌀맞은 그녀의 말에도 연우는 싱긋 웃어 보였다. 그녀 역시 저와 같은 생각임을 확신하는 듯했다.

사실이었다. 문영은 그의 말에 전적으로 동감하면서도 부러 무감한 표정을 짓는 것 외에 할 수 있는 게 없었다.

밤도 잊은 회사는 여전히 곳곳에 불이 켜져 있는 채였다.

지켜보는 눈이 많아 더 조심해야 하는 상황에서 연우와 구설을 만들고 싶지 않았다.

문영은 코 닿을 거리에 두고서 안지도, 만지지도 못해 참담하다는 연우를 가만히 올려보았다.

그에게 내어 줄 시간이 없어 미안한 만큼 그를 향한 애절함도 자못 몸집을 키워 갔다.

하루라도 안 보면 미칠 것 같은 건 이쪽도 마찬가지였다.

"서연우 씨."

그럼에도 버틸 수 있는 이유는 그가 그녀의 곁에 남겨 준 흔적 덕분이었다.

"날이 추워졌네요, 그런데도 싹이 자라는 걸 보면 그저 신기합니다."

온밤을 밝히는 캔들의 워머도, 수시로 들여다보는 창틀 위 화분도, 심심찮게 살펴보는 휴대폰도 온통 서연우로 보였다.

권문영의 주변은 그렇게 서연우로 가득했다.

오늘 아침에 확인한 피로도는 47%였다. 현대인의 건강도를 높여 행복감을 키운다는 운이 동하고의 미래상은 어느 정도 성공한 셈이었다.

"덕분에 피로감도 줄어들었네요."

나에게 맞는 스트레칭을 하는 동안 걸려 오는 그의 영상 통화 덕분일까.

"오늘은 어렵고, 내일 프레젠테이션 끝나고 저녁이나 같이 먹어요."

그녀의 말에 그가 선선히 웃으며 고개를 끄덕거렸다.

"저녁 먹고도 딱히 할 일이 없는데. 집으로 초대도 좀 해 주세요."

누가 들었을까 무서워 잽싸게 주변을 살피는 일은 여전했다. 어느 순간부터는 버릇이 돼서 문영은 그와 나란히 걷다가도 종종 뒤를 확인했다.

가끔 저돌적으로 다가오는 서연우 때문에 하루에도 수십 번씩 가슴이 내려앉았다.

간담이 서늘해지는 기분을 느끼면서도 그를 피할 궁리 따위 하지 않는 건, 아무래도 껌딱지인지, 저만 보면 꼬리를 흔들며 따르는 대형견인지 도통 분간이 되지 않는 서연우가 더 좋아져서겠지.

✤　　　✤　　　✤

"인사 팀 조 대리님은 여전하시네요?"

"그러는 서연우 씨는, 인사 팀 하연 씨로는 부족했나 봐요. 재무 팀 송은 씨까지 나서서 좋다고 달려드는 것 같던데."

"그게 무슨 의미가 있죠? 달려든다고 해서 내어 줄 품 같은 게 있을 리 없는데, 뭐."

"품이 있으면 내어 주기라도 할 것처럼 얘기하네요."

"지금 질투하는 겁니까?"

"질투가 뭔지 잘 모르나 봐요, 서연우 씨는."

프레젠테이션이 있는 삼성동으로 이동하는 중이었다. 운전 중인 문영은 제 옆에 앉아 한 마디도 지지 않는 연우를 간간이 쏘아보았다.

"잘 알죠, 내가 매일같이 하는 건데."

모를 리가 있을까요.

"권 대리님이 하는 지금 그게, 딱 질투인데."

"그거, 확대 해석 아닌가요? 보고서 한 장이라도 더 작성해야 할 내가 그런 엉뚱한 데 시간을 낭비할 사람은 아니라서."

"그건 시간보다 감정 낭비죠."

"어째 한 마디를 안 지네요, 서연우 씨."

"그래서, 낭비는 잘하고 있습니까?"

얄밉게 웃는 그를 눈꼬리를 세워 노려보았다.

언제는 저밖에 없는 것처럼 말해 놓고, 뜬금없이 재무 팀 여직원과 함께 식사를 하고 차 한 잔까지 함께했다는 걸 알게 되었을 때 순간 표정 관리가 되지 않았다.

하필이면 또 그 이야기를 친한 최 대리를 통해 전해 들었다.

"서연우 씨 말이야, 권 대리 껌딱지 포기한 거야? 아니면 권 대리가 떼어 낸 거야? 다른 여자 옆에 있는 그림이 영 어색해서 말이지. 내가 너무 주책인 건가?"

그렇게 말하던 최 대리의 당황한 표정이 떠올랐다.

"어려서 그런가, 하여튼 아직 청춘이야. 한두 해만 더 지나 봐. 어디 그럴 여유라도 생기겠냐고."

하필이면 또 어린 여자였다.

심지어 사내에서 예쁘기로 소문이 나 입사한 후부터 지금까지 많은 남자 직원들에게 대시를 받고 있는 송은은 보이지 않는 적이 많은 여자였다.

연우가 아니었다면 문영은 그녀의 좋은 전우였을 텐데.

"서연우 씨한테 하는 낭비보다 사치는 없죠."

"사치는 아름답고 화려하죠. 보석만큼 예뻐서 끊으려야 끊을 수가 없을 텐데."

"내가 지금 장난하는 거 같죠?"

"화내지 말라고 재롱부리는 거예요. 왜 화가 났는지 알겠는데, 김하연 씨 때처럼 오해할 만한 상황이 있었던 것도 아니었고."

"아, 그러세요? 서연우 씨는 앞으로 차림새를 깔끔하게 할 필요성이 있는 것 같네요."

듣자 하니, 먼지가 붙은 그의 어깨 부근을 송은이 웃는 낯으로 툭툭 털어 내 주었다고 했다.

"아."

바보는 아니라서 돌려 하는 말에도 연우는 척척 단번에 말뜻을 이해했다.

눈치 좋은 그가 뭔가를 기억해 낸 듯 눈을 동그랗게 키웠다. 이내 그녀를 돌아보며 능청스레 떠들었다.

"무슨 말 하는지 모르는 건 아닌데, 기분은 좋네요. 권 대리님도 매번 이런 기분이었어요?"

"승리자의 쾌감, 목적을 가진 자의 성취감, 뭐. 그런 거?"

"음. 그런 건 모르겠고, 나 때문에 화가 난 상대의 질투가 귀여워 보이기는 처음이네요."

"처음이어야죠, 서연우 씨 말대로라면 내가 서연우 씨의 첫사랑이니까."

"첫사랑이기만 할까요."

"첫사랑만이었으면 좋겠는데."

마음에도 없는 말이 속속 터져 나왔다. 뇌를 거치지 않고 튀어나오는 말의 대부분은 진심이 아니었다. 퉁명스레 대꾸하는 문영을 연우는 물끄러미 바라보다 부드럽게 미소 지었다.

보통 여자의 질투와 투정은 닳지 않는 배터리 같았다.

그만할 법도 됐는데도 속이 언짢아 내내 툴툴거리다 보면 덩달아 화가 나 있는 상대의 표정이 보였다.

"그만하자, 너랑 더 할 얘기 없다."

서운해서 서운함을 표현하는 것일 뿐인데. 대부분 남자는 그런 여자의 행동에 지쳐 피하기 일쑤였다.

한때 그녀가 만난 남자도 그런 부류의 남자였다.

오만하고 이기적인 데다 지나치게 자기중심적인 남자.

"하. 문영아, 내가 지금 네 얘기를 들어 줄 여력이 없다고."

태섭이 바로 그런 남자였다. 처음에는 남자의 강인한 모습에 빠졌으나 시간이 갈수록 허물을 벗는 그의 실태에 놀라 종국에는 연애에 학을 떼게 되었다.

처음부터 다시 시작하는 것도 지쳤을뿐더러 시시콜콜한 이야기를 나누며 어색한 시간을 보내는 것조차 싫었다.

그런 점에서 원래 잘 알고 있던 서연우는 달랐다.

그녀를 대하는 모습도 달랐고.

"그렇게는 못 하죠."

지고지순한 순정을 여태 지켜 온 그의 마음도 태섭과는 대조적이었다.

신호에 걸린 사이, 문영이 그를 돌아보았다.

"질투는 내가 할게요."

"그걸 하고 싶어서 하는 사람이 있겠어요?"

"방금 질투라고 인정했네요."

"……아."

왠지 그의 뻔뻔한 화술에 넘어간 기분이었다. 크게 당한 사람처럼 문영의 표정이 경직됐다.

"와. 기분 좋다."

별게 다 기분이 좋다고 한 소리를 하려는데, 진심으로 기뻐하는 그의 표정에 잠시 말문이 막혔다.

"나 사실 오늘 개발 센터 가기 싫었어요. 그런데 오늘 권문영 씨를 보니 용기가 나네요."

도통 이해할 수 없는 말의 향연이었다. 다시 신호가 바뀌었고 멈춘 차를 출발하면서 문영이 입을 열었다.

"무슨 말을 하는지 전혀 못 알아듣겠는데."

"오늘 끝나고 같이 저녁 먹기로 한 거, 잊지 말아요."

"내가 네가 아니면 누구랑 그런 약속을 잡는다고."

"모르는 일이죠. 급한 약속이 생길 수도 있는 거잖아."

"그럴 일 전혀 없습니다."

그랬던 적도 거의 없었고.

"그렇게 말해 주는 건 고마운데 너무 단정 짓지는 말아요."

무슨 일이 있을지 모르는 법이니까.

미래를 다 아는 사람 같겠지만 원래 문영은 계획대로 움직이는 편이었다.

약속이 없는 날에는 대부분 집에서 시간을 보냈다.

갑자기 만나자고 해서 급하게 약속을 잡는 편은 아니었기에 회사 일이 아니고서야 연우가 걱정할 일은 전혀 없을 게 분명했다.

그런데……

"서연우, 왜 그래?"

곰곰이 생각해 보니 오늘 서연우는 이상했다.

송은과의 일 때문에 미처 돌아보지 못했는데, 가만 되짚어 보면 회사에서부터 내내 평소보다 말이 없었을뿐더러 어딘지 모르게 표정이 좋지 않았다.

굉장히 심기가 불편한 사람처럼 구는 그가 걱정스러워 오전 중에 몇 번 메신저로 메시지를 보냈다.

그마저 한참이 지나 답장하는 그는 완전히 다른 생각에 잠겨 있었다.

"무슨 일 있어?"

어디 아픈 사람 같아 보이진 않았는데.

걱정이 돼서 하는 말에 그가 씩 웃는 거로 대답을 대신했다.

✤ ✦ ✤

센터에 도착해 먼저 차에서 내린 그녀를 따라 연우가 차 문을 열고 긴 다리를 뻗으며 걸어 나왔다.

엘리베이터를 향해 걸어가는 중에 불현듯 그가 손목을 낚아채듯 붙잡았다.

"오늘은 나랑 약속한 거예요."

"응?"

혼란을 맞은 사람처럼 흔들리는 그의 눈빛이 그녀의 눈을 직시하고 있었다.

조금 긴장한 듯한 낯빛이 썩 좋지 못했다.

정말 어디 아픈 건 아닌가, 걱정이 되어 문영은 손으로 그의 이마를 짚어 보았다.

"이상하네. 열은 없는데."

"나랑 먹자고, 밥. 대답해요."

"이미 약속한 건데 무슨 대답이 더 필요해서 이러는 거야?"

손을 거둔 그녀가 흐트러진 연우의 머리카락을 정리해 주었다.

최 대리에게 들은 송은의 발칙한 행동이 생각나 연우의 머리부터 발끝까지를 차근차근 살펴보았다.

머리카락이라도 묻어 있는 곳은 없나 살펴보았다.

"이렇게 깔끔한데 아까는 왜 그랬는지 모르겠네."

친절을 가장한 스킨십이 필요한데 도무지 도와줄 생각이 없는지 그는 멀끔했다.

"그냥요, 중요한 약속이 생겨도 나 뒷전으로 하지 말라고."

이제 그거 못 하겠으니까.

"서연우 씨 아까부터 진짜 이상한 거 알죠?"

아무것도 모르는 백지장의 얼굴을 보며 그는 무던히도 답답했을 텐데.

답을 알지 못하는 문영으로서는 어리둥절한 표정밖에 지을 수가 없었다.

"나한테 서연우 씨가 두 번째일 리가 없잖아. 왜 자꾸 그런 말을 하는지 모르겠네."

"불안하니까 그렇죠. 좋아하는 사람한테 두 번째로 밀린다는 게 얼마나 기분 엿같은 일인지 권 대리님은 모르잖아요."

"뭐가 그리 불안한지 모르겠지만, 난 서연우 씨가 싫어하는 행동은 전혀 할 생각 없어요. 그러니까 걱정 안 했으면 좋겠어. 더는 불안해하지도 말고."

"……."

"이미 말했던 거 같은데. 자격 주겠다고요. 줄게요, 그만한 자격. 내 일이라면 원할 때마다 개입해요."

나는 서연우 씨가 그래 줬으면 좋겠으니까.

그 말을 듣고 나서야 비로소 그의 안색이 밝아졌다.

"그렇다면 기꺼이 그러도록 해야죠."

만족스럽다는 듯 목소리가 한층 가벼워졌다.

아직도 순순한 남자의 태도에 피식 웃음이 났지만 이를 악물고 꾹 참았다.

요즘은 쉴 새 없이 웃음이 나 큰일이었다.

때와 장소에 구애받지 않은 탓에 시시때때로 입가에 미소가 번졌다.

서연우로 인해 평정심을 잊은 지 오래였다.

"안녕하세요."

"반갑습니다. 잘 지내셨죠?"

1층에 도착하자, 이따금 콘퍼런스에서 마주치곤 했던 성산 측 직원들을 만날 수 있었다.

실없이 나오는 웃음을 참으며 그들과 가볍게 인사를 나눈 문영은 이내 대회의실로 움직였다.

<입술 끝이 닿으면> 2권에서 계속…….